陈希我疼痛小说系

我疼

陈希我—著

人民文学出版社

图书在版编目（CIP）数据

我疼／陈希我著．—北京：人民文学出版社，2017
（陈希我疼痛小说系：纪念版）
ISBN 978-7-02-013393-2

Ⅰ．①我…　Ⅱ．①陈…　Ⅲ．①中篇小说—小说集—中国—当代
Ⅳ．①I247.5

中国版本图书馆CIP数据核字（2017）第237274号

责任编辑　**陈彦瑾**
装帧设计　**李思安**
责任校对　**刘佳佳**
责任印制　**苏文强**

出版发行　**人民文学出版社**
社　　址　**北京市朝内大街166号**
邮政编码　100705
网　　址　http://www.rw-cn.com

印　　刷　**三河市西华印务有限公司**
经　　销　**全国新华书店等**

字　　数　**283千字**
开　　本　**880毫米×1230毫米　1/32**
印　　张　**11.375　插页3**
版　　次　**2014年4月北京第1版**
印　　次　**2017年10月第1次印刷**

书　　号　978-7-02-013393-2
定　　价　**39.00元**

I'M HURT

序

陈希我从来不是一个令人愉快的小说家。他根本不能指望人们喜欢他或者爱他。

我也不喜欢他。现在，读他的小说，深呼吸，放松，同时紧张，就像即将登上拳击台，面对一个凶悍无情的对手——这厮是个疯子，他不把你搞死誓不罢休。

这就是为什么我还要读陈希我的理由——如果我偏就喜欢拳击，我在亢奋、窒息、狂怒和恐惧中深刻地感受着我是“在”的，我的活着成为一个千钧一发的问题，所有的一切都在眼前摇和滚，好像一支发疯的重金属乐队占领了世界……

那么，就读陈希我。

陈希我会让人想起鲁迅，那种阴郁深黑的气质，当然，可能并非偶然，他和鲁迅一样，都有日本生活的背景。我读陈的小说，常想起鲁的“女吊”，他们都执念于“鬼”，而且是“厉鬼”。

那些“鬼”，他们隐身于我们的意识之外，在我们的生活尺度之外，他们永远不会在白天出现，但是，在深夜里，他们猝不及防地显形，他们紧握夜的真理，全面地颠覆心安理得的白昼。

鲁的“女吊”是复仇者，申冤在我，我必报应。这样的复仇实为审判。陈希我的小说里也隐藏着一个“审判官”——他的小说如同一次次审判，那些“鬼”，被从皮袍下、西装下榨取出来，拧干了汁液，荒谬残破地摊在被告席上。

我不习惯也不喜欢遭受审问，挣扎于坦白和抗拒之间。我想大家都不喜欢。但我倾向于认为，陈希我式的“审判官”为中国小说提供了某种可能：向着我们的经验、生活、灵魂发问的强硬态度，不闪缩、不苟且，如果有深渊那就坚决向着深渊去。于是，在他的小说中，陈希我提供了一系列令人毛骨悚然的景观——那是崩塌和破灭，是沾沾自喜的生活忽然遭到最严厉的盘查：它真实吗？它幸福吗？它有意义吗？它能够经得住盘查而清白如初安稳如初吗？

却原来，我们的身体和精神如此虚弱，简直是不堪一击，更何况那样干燥、简明、锤子般的句子的持续猛击。“审判官”对人们的虚弱完全是心中有数的，他习惯于一上来就霸道地把问题摊开，不铺垫不过渡不绕弯子，让富足的人们猝不及防地面对内在的贫瘠和荒凉。

但是，我对陈希我的兴趣主要还不在他揭示了什么，而在他怎样揭示：如果有一个“审判官”的话，他从哪儿来？他的依据何在？他如何审判又如何裁决？

这个“审判官”不是外在的，他没有身体没有姓名，他在受审者的心中，这是一种声音，纠缠、逼迫、陷诱你的声音。陈希我的很多小说都采用第一人称叙述：“我”在说，“我”的声音中包含着审判和辩驳，这并非通常理解的“我思”或“我”的矛盾，“我”是一个场所，追逐、躲避、搏斗的场所，各种声音辩论的场所，“我”作为一个战场、一个法庭几乎是没有个性的，它时时刻刻都在向着“我们”扩散和膨胀。

——陈希我不相信“我”，也不相信有可以划分、可以辨认的公共领域和私人领域，他重新阐扬陀斯妥耶夫斯基、卡夫卡的现代主义传统，他认为在生活的最为细枝末节之处，“审判”即可开始，而且能够直接达到宏大的、本质性的规模。

但是，那个“审判官”的声音依然令人困惑。他不是通常意义上的“理性批判”，他也并不依靠在“审判”这个场景中我们能够联想到的宗教价值，这位“审判官”并非来自理念或信仰的“天堂”，他的声音本身也是复杂的，既威严又邪恶，既清醒又魅惑，他把人从幻觉中惊起，但他从不寻求或应许拯救。

这更像是“魔”的审判，捉鬼的“判官”本身就是个“鬼”，是个“恶鬼”。他并不来自任何其他地方，不来自宗教和理性，他正好就植根于人们的自性，是肉身和灵魂之荒谬的结果，就好比，人们充满欲望，人们渴望消费和被消费，但是，欲望注定会疲惫枯竭，消费会厌倦，会因厌倦而愤怒。欲望自身就会进行审判，人们在欲望中犯下罪，而欲望自身就包含着罚。

在此，陈希我回应了中国小说一个根本的疑难：精神叙事何以成立？当力图照亮我们的内心生活时，我们手里的“灯”在哪里？或者，当我们企图建构起一种内在的、自省的、有逻辑的精神空间时，什么是可用的资源和方法？

很多小说家诉诸《圣经》，但问题是，熟读《圣经》的只是小说家自己，他的人物大概根本不知《圣经》为何物。也就是说，小说家提出的问题和做出的解释，其实是在人物的理解限度之外，人物读不懂写他的小说——当然，这种情况很常见，但这里的特殊性在于，不仅是人物，而且人物所在的世界都在根本上与小说家的思想和谋划无关。

所以，陈希我的探索独具意义，他的审判是向人物、向人们提出了真正内在于他们自身的问题，不诉诸上帝或其他什么神明，上帝本不在心中，人只能孤独地自抉心中之鬼，这个过程酷烈艰难，常常难以为继，但至少为精神叙事确立了诚恳的起点。

而陈希我作为一个小说家的限度可能也正在这里，他太有方向感、太专注，因此他单调；他太严厉、太彻底，因此他并不公正，所谓“公正”，是指对人性和人类生活之丰饶宽阔有趣多变的感受力和理解力。他比许多小说家都更深入地分析和追问了我们的经验，但面对我们的经验，他也比任何其他小说家都更为粗暴。他像个偏激的外科大夫，只管治病而不管死活。

我在几年前想象过陈希我的可能结局：他归于沉默，他发现他其实已经迅速写完了他的小说。当然，现在，我又在为他的这本新书作序……

李敬泽

2014 年 3 月

【目录】

引

我们都怕疼，这是生命的本能。感谢我们身体里有阿片样物质，因为它，我们才不会每时每刻感觉到血液在血管壁摩擦，神经像闪电一样闪射，我们于是得以活下去。

但同时，这个阿片样物质也是对我们生命的遮蔽。

一味逃避疼痛是有问题的。一味逃避疼痛，很容易浑浑噩噩顺从肉体的本能。人和动物不同，就在于人不仅有肉体生命，还有精神生命。精神生命通过疼痛来确认，痛感是一种感知生命的能力。乌纳穆诺说："只要我们不曾感受到不舒服、苦难，或者悲痛，我们就不会知道我们拥有心、胃、肺等器官。生理上的苦难或创痛，它能向我们展现自己内心的精髓。而精神上的苦难或创痛也同样真切。因为除非我们受到刺痛，否则我们从来不注意我们曾拥有一颗灵魂。""鞭打教派"用鞭笞来接近上帝；普罗米修斯被缚，美诞生了。可是在我们这个消费时代，消费主义借助高度发达的信息技术，把一切可以引发痛感的因素消解掉了；即便张扬刺激，但也只是缺乏灵魂的刺激。只有对痛感的自觉，才使得我们的意识回到它的本身，才产生痛苦的灵魂。

实际上，我们一直缺乏这样的灵魂。德国人雅斯贝尔斯曾这样论述我们："在这个文明里，所有的痛苦、不幸和罪恶都只是暂时的、毫无必要出现的扰乱。世界的运行没有恐怖、拒绝或辩护——没有控诉，只有哀叹。"但这本书里的人不是这样，他们有痛苦，虽然他们并不完美，甚至罪恶，但他们是有痛感的人，有痛感，就是觉悟的开始。我仍想引用乌纳穆诺的话："受苦是生命的实体，也是人格的根源，因为唯有受苦才能使我们成为真正的人。"

现在，让我们来看看一个个真正的人。

【我疼】

我篇

1

你觉得疼吗？比如头疼，那种摧毁整个人生意义的感觉。一早醒来，忽然就头疼了，可你昨晚睡前却毫无预感。也没着凉，也没做梦，你睡得好端端的，像落进了阴险的圈套。于是你一整天的计划全毁了，浑浑噩噩，熬着，只等着睡觉时间再度到来。

可是，比起牙疼，头疼又算得了什么？就好比跟一个饥饿的人谈灵魂归宿。

那种疼直接逮着你，逼你解决。我从小就牙疼，那是我妈的基因。现在才知道除车祸其他疾病都是基因惹的祸。可那时似乎连我妈自己也不心知肚明，她只相信预防，教育。她是一个小学教师，总是相信教育。我从三岁起就被教育要刷牙。她似乎对牙齿有特殊的敏感。不要以后牙齿也像妈妈了！妈妈说，用的是既哀叹现实又对未来充满信心的语气。他们那些人说起话来总是这样的语气，弄得灵魂支离破碎。可是她女儿牙刷都拿不稳，左突右蹿。她还喊：从上到下……呈四十五度倾斜！先左边，后右边……慢慢刷，一下，一下，做什么事都要有耐心，有恒心，有毅力！后来九十年代初全国大抓学生军训，我恰上中学，站在军训场上，我每每想起我的刷牙训练。因为刷牙，我还挨了不少打。现在我对那些打居然毫无记忆了，也许当时就没多少痛感。我只记住:不能牙疼！

不能牙疼！为了这，我什么都能承受。我还从小被禁止吃糖。什么甜的东西都被禁止了，包括甜橄榄。“六一”到了，小朋友们终于盼到了一年一度的儿童糖，抱在手里，连外包装塑料都那么好看，可我一回到家，妈妈就伸过手来，我就知道自己要怎么做了。毫无商量余地。妈妈总是向你伸过来那毫无商量余地的手。妈妈的手指可真直真长哪！我从来没有吃过儿童糖，我的童年没有甜味。妈妈说，人可以不要甜味，但绝不能不要牙齿，牙齿坏了，一切都完了。我成长的警示钟不是“狼来了”，而是牙坏了。可是，牙还是坏了。

我不到五岁就患上了龋齿。我清楚记得当时我正在吃晚饭，我将一片猪肚塞进嘴里，忽然左边大牙一个疼。我脊梁上猛地沁出冷汗。其实那并不非常疼，但我被预感吓坏了。我张着嘴，直到我蓦然瞧见妈妈更为惊恐的目光。我赶忙闭上嘴巴若无其事地又吃起饭来。可是妈妈的眼睛像老鹰一般锐利。张嘴！她叫，那声音都变了调。我没有张嘴，仍然顽固地上下颌一张一合，做着机械的牙床操。张嘴！她又叫了一声，把筷子猛地举了起来。可是还没等我张开嘴，她就绝望地摔起筷子来，好像世界的末日已经来临了。我早就告诉过你要好好刷牙，好好刷牙！你就是不听我的话！……可上帝知道，我并没有不听她的话。我从来都是很听话的，我自己也怕牙齿坏。后来我被接踵而来的牙疼折磨得生不如死时，我才明白，这其实是母亲她的推脱。这样的痛苦，是谁也承担不了的。我也承担不了。

我至今还清晰记得我第一次躺在牙科手术椅上的情景。那医生的脸几乎全躲在大口罩后面了，只有两只滴溜溜的眼睛。我不知道他将要怎么做。我只能从那眼睛不安地揣度他的居心。我紧紧抓住椅子的扶手。金属器皿在铿铿碰响。

我瞧见一个形如钻头的东西旋转了起来，然后又停了，好像是要先让我瞧瞧它的厉害似的，然后，再伸到我的嘴里。

我大张着嘴。与其说是怕被那钻头触着，毋宁说是为了讨好母亲。

我从一开始就大张着嘴巴，好像要以此来向母亲谢罪。那钻头在我嘴里又旋转了起来，可是很奇怪，并不疼，只是发着夏天蝉鸣的声音，像搔痒，倒给我几分安逸。

终于有点疼了，却也并不那么疼，可以忍受。再疼了些时我就用指甲抠自己的手肉……我忍着，像水中炖煮的青蛙，抽着腿，能忍则忍，直到彻底把我疼晕。

这感觉是那么的让我刻骨铭心。我一生都摆脱不了这梦魇一般的感觉。五岁起，我的牙齿一颗颗轮番动手术，又是车，又是填，又是拔，什么榔头铁锹都用上了，可是我却唯一只有这个感觉。后来语文课上鲁迅先生的文章，读到“麻木”一词，我总想到了它。

只能杀神经了。十岁，医生对着我的恒牙说。

这样就不会疼了，父亲说，疼，是神经的作用。

父亲也是一名医生。他所以对我说那些原理，也许是想用科学知识释放我的恐惧。可是却更增加了我的不安。我从此明白了人的身体上原来像电网一样密布着那个叫做“神经”的东西。还有数不清的血管，里面有血在穿走。想想吧，我的血管内壁总是被血磨蹭着；一不小心碰到了哪里，哪里的神经就会被电击一样迸出火花来，那该是怎样可怕的景象！我的脑袋里总是充满了这些怪念头，说起话来也古里怪气的。上体育课，跑步，跑得满脸通红，我就说，这是血在往头上冲；有人患了感冒，我就说现在他身上白细胞正在跟细菌激战。弄得大家浑身不舒服起来，都讨厌起了我。我从小就是一个不讨人喜欢的人，连老师也不喜欢我。

你总是讲怪话！老师说。

可是我疼！我辩。

就你娇气！老师说，你瞧人家……初一时班主任总是指着我们班的班长这样对我说。班长也是一个女孩，非常不娇气，非常懂事。有一次她放学回家掉到路边一个没井盖的下水道里去了，砸得头上隆起一个大包，手骨头也折了。有关部门都在推诿责任，她却在班会上大讲起自己如何战胜疼痛来了，还把头一昂一昂的。她额头上的包也随之一闪一闪的，看了都难受。完了，还要把手举过头顶行队礼，被绷带牵住了，她却还坚持。她怎么就不疼？我都替她觉得疼。

生命的疼痛如此尖锐，我无法回避。头疼、牙疼、肩疼、肌肉疼、跌打损伤疼，我的整个人生就是如此尖锐而赤裸裸。我还想到了死，那是怎样一种极端的疼？那是一生疼痛的总复习。可是疼痛是不是有极限？超过了这极限，感觉疼的生命就不存在了，所以死又是一种解脱。我曾经苦苦寻思怎样死，怎样死法才不疼，跳河？上吊？割脉？我想到了吃安眠药，那样睡死过去一定就不会疼了。我还一度真的积攒起安眠药片来了。我钻进我父亲所工作的医院的药房，装做玩，跟那些药房叔叔阿姨打得热火。我故意指东扯西，打探安眠药装在哪个褐色瓶里，然后趁他们不备偷走几粒。我不敢多偷，怕被他们发现了。

我从小就深谋远虑。我不能不深谋远虑。我也不敢放在家里怕被父母抄出来了，我把它们藏在我塑料铅笔盒夹层内，每天随书包带走。那一阵，每天我背着书包连同安眠药上学走出家门，都会生出一丝跟家永别的感觉。我禁不住把我熟悉的一切包括每双拖鞋都扫视一遍，那感觉既怅惘又轻松，还有那么一点悲壮。

可是有一次，我从电视上瞧见一个中年妇女服安眠药自杀了，她的脸居然淤得发黑。她服了安眠药怎么还会难受呀？我脱口就问出来。

你以为服了安眠药就不会难受了？父亲道。

我的心猛地一沉。那……人该怎么死才不难受呢？

哎呀这孩子怎么乱七八糟的！母亲马上打断过来，什么死不死的，小小年纪……

2

十三岁，我来了月经，痛经也随之而来了。有一次，我甚至疼得滚到课桌下面去。当时正在上生理课，生理老师慌忙把我送到了楼下的校医务室。校医说，没什么，痛经而已。可是我还是疼得在检查床上打滚。同学们全从教室里跑出来了，我听到了楼梯噔噔响，整座楼好像都要震塌下来。我感觉到了他们在医务室窗外看。我知道自己很丢人，可是我没有办法。我甚至还听到几个男生起哄声。我听见生理老师在外面冲他们喊：干什么！有什么大惊小怪的？很正常的生理现象嘛！哄，他们跑了。

那以后我简直无脸面对同学们了。男生们总是用特异的眼光看着我，好像我就是生理实验室那个人体标本，他们已经破译了我的秘密。而女生们也怪起我来了，因为我连累她们也成了标本，暴露了她们的秘密。她们竭力避免人家把她们跟我联系在一起，排队，男女分队，她们就挤在一起，躲我远远的。好像她们并不跟我同样性别，有同样的生理构造，她们并没有月经，好像满电视的卫生巾广告都不是为她们做的。她们把卫生巾紧紧实实垫在内裤里（那小心翼翼藏着卫生巾的内裤多么假惺惺呀）。她们照样说呀，笑呀，体育课叫跑一千五百米就跑一千五百米，丝毫不说一个“不”字。可是我不行。虽然我也很想行，可是我坚持不了。我第二次出了丑，我跌倒在跑道上。学校赶紧通知我的家长。我被送进了我父亲所在的医院。

我被直接送到医生面前。因为我父亲在这医院，我拥有这个特权。我不需要排队挂号。我瞧见一个老人蹲在挂号窗口旁拼命呕吐，他的手还死死占着窗口铁栏的位置，那么的孤单无援。他家里人呢？可是他即使有家人是不是能拥有特权？可是我拥有特权又能怎么样？仍然要经受漫长的常规程序，量体温，血压……这是不是一个病人必须承受的痛苦过程呢？即使你再有特权，即使你是中央首长。

医生叫我躺了下来，脱下裤子。医生是女的，可是我根本没有去想向我下这羞耻命令的是男是女。我突然感觉到一种奇特的被撕裂的疼痛。我全部的神经都痉挛了起来。我第一次感觉到我有这个器官。它就是疼。

可是她那只残忍的手是那么的理直气壮。好容易，饶了我了。她到边上洗手台洗手了。她说：没关系的。

我不知道她为什么说没关系，我明摆着还在疼。她又坐到了诊桌旁，说，开点中药吃吧。

什么？中药？我很知道中药药性慢。开了药，提回去，先浸，后煎，再沏茶一样细细沏出来……我就常见到我妈这样。可我的疼就像一个毒蝎趴在我的身上，我巴不得早一秒钟扒了它！我不吃中药！我要西药！我叫。

她吃惊地瞧了瞧我，又瞧我爸，笑了。我爸也笑了起来。真是耳濡目染呀，小小年纪也知医晓药的。她说。

吃中药少副作用。爸也说。

不，我不怕副作用！我要吃西药！

她又笑了，还伸出手摸我的后脑勺。没关系的……她又说了“没关系”！什么“没关系”？你当然没关系了！疼不是在你身上。我真想干脆钻到她的诊桌下打滚。我不要中药！我喊。

好好好，她又呵呵笑了起来。那笑充满了诡谲，像个妖婆。要西药就西药。我就给你开西……药……

可想而知，这妖婆给我开的仍然是中药。我于是又在第二天疼倒了，她才不得不开了西药。可是西药也不能解我的疼。下个月，我再一次疼到了地上。那是一个深夜，我在地上打滚，浑身黏糊糊的，我知道这是血。我在血中打滚。

满屋子被我搅得一片狼藉，床歪了，挂衣架倒了，被子拖到地上跟桌腿椅腿搅在了一起。妈慌了，央我爸去找主任。主任是我爸的好友，又是院长。爸一走，妈就赶紧大收拾起来，一边喝我起来。我起不来。妈拖我我也起不来。妈突然一甩手，火了。

疼也没见你这么疼法的！一疼就往地上钻。地就能解你的疼了？

这倒是真的，地也许真能解我的疼。在这时候，仿佛地、血、狼藉、肮脏特别有亲和力。我把脸贴着它，亲它。妈又来拽我，她好像忽然感觉到了什么，恐惧起来，我感觉到她的手在痉挛。好像我是要去赴死似的。她紧紧拽着我，可是我就是不起来。她忽然抽了我一巴掌。我脸上火辣辣的异常畅快。我号啕大哭了起来。主任来了。要不是实在无计可施，我肯定我妈是绝对不会让门打开的。主任挟着冷风进来了。我停住了哭。主任的脚就在我的额前，我瞧见了那是一双精瘦的脚，像一张干练的脸。我匍匐那脚前。只有将自己降低到他人脚下，我的希望才会高高升起。她君临而下。她戴上了听诊器，听了听我。她听到了什么？我忽然直希望她听出别的什么了，发现出别的什么病，别的病因。

我宁可自己还有别的病。我瞧着她的脸。她脸上毫无表情，就像她的脚。她一用劲立起身来，把听诊器连同手揣在上衣袋里，仍然毫无表情。她问我爸都吃了什么药了。她瞧着我吃的药。我忽然又希望她瞧出了什么问题，愤怒起来，大骂那个医生，庸医！甚至，用院长的权力把她解职了。可是她仍然没有。她说，这药可以继续吃。

我眼前一片黑暗。什么主任？狗屁主任！到底会不会看病！是捡便宜当上主任的吧？我简直要叫。爸连忙把她请到了客厅，关上门。

结了婚就会好起来的。我听见她在外边说。

结了婚就会好起来？为什么？我不知道。结婚……我只隐隐感觉到结婚是一种更大的疼，被蹭，被压，被屠戮……然后，子宫被无情地胀大，肚皮被撑大，再阴道撕破生育，就好像便秘。你抓哪里都没用，扯断自己的手也没有用，没有救命稻草，你只能后悔，后悔！后悔为什么要结婚，种下孽种！为什么她们对结婚、对生育、对活着如此欢天喜地充满了希望？莫非就是一种诓骗？妇科主任诓骗女病人，老女人诓骗年轻女人，熬成婆了的诓骗还在当小媳妇的，妇女诓骗处女，母亲诓骗女儿，孕妇自己诓骗自己，疼过就忘，又想第二胎，痛苦到底有没有记性？诓骗到底有没有穷尽？

3

平心而论，我不该骂那妇科主任。她其实真是个好医生。这么好的医生对我的疼都无计可施，我瞧见了医学的穷途。

听说当年我就是在她抢救下才来到这个世界的。我是倒产出来的。当时，医院问我爸，是保母亲还是保胎儿？我爸说，当然保母亲。也许当时真应该只保母亲，也许这正是我一直喜欢父亲胜过母亲的原因吧。可是，手术却成功了，于是有了个成功的范例，也有了我这个受尽苦难的肉身。也许这才是我忌恨那妇科主任的真正原因？

父亲也经常听诊器连同手揣在上衣袋里，直直立在病人床前，瞧着病人苦苦挣扎、哀号，至多托一托鼻梁上的眼镜架。他好像已经习惯了这样的场景。

他是医生，他只知道把守生命的最底线——能活，哪怕是植物人。

父亲一直这样直立着，终于有一天，他倒下了。得的是一种没有理由让他得上的(大家都这么说)病:肝癌。他不抽烟,不喝酒,不吃腌制品，不吃油炸物，所有据说能导致癌的坏习惯他全没有。迷信的说，那是因为他老是跟阎王抢点名簿，被阎王忌恨了。我则猜想，那是他所见的痛苦太多而成疾了。医生职业不像那些演艺界，可以寻欢作乐，说大家爱听他自己也爱说的花里胡哨的大好话，什么长命百岁呀，恭喜发财呀，喜逢盛世呀，红红火火呀，就是面对人家的下岗苦难也可以耍个滑头唱声：你该歇歇啦！医生要面对无可逃避的人生的残酷。

脱下白大褂的父亲完全没有了医生的威严。穿着白大褂的医生好像死神面前的一块屏障，比共产党员还特殊的材料做成，别人会得病他不会得病，别人会传染他不会传染，别人会死他不会死。现在他要死了，他完全显出了凡胎俗骨。

那么的虚弱，无助，被人送进手术室，送去放疗，还有化疗。我有一次甚至也瞧见他抓住给他放疗的同事的手，小孩般哀求道：不要了！

我不要了呀！听说癌症患者晚期是非常痛苦的。可是没有人能救他。我们早已哭干了眼泪。

我们只能眼睁睁地瞧着他身体一天天瘪下去，直到只剩下一片肉干。他原来可是那么高大啊，一米七八的块头，百六十斤重，那是他四十年积攒起来的能量。要扼杀掉这能量，该需要怎样强力的打压？就像把一只吹得大大的气球压爆。

我总这样想。我问，爸，疼吗？疼！他说。他缓缓地抬高了嗓子：人生是一个大圈套！我被套住了。

我怀疑从最初起，父亲就不曾对康复抱有希望。他其实比我们谁都心知肚明。他自己就是医生，名医。可怜的却是我们还竭尽全力瞒骗他，一会儿说他脸色好看了，胖了，一会儿又说他精神好多了，一会儿又谎称他体内肿瘤缩小了，一会儿又告诉他年底前有望研究出一种抗癌新药、特效药。他总是笑笑的。只有那笑，才恢复了他原有的风度，有时反让我们天真地以为真的有了希望。到他生命的最后三天，他忽然对前来查房的一个他原来的助手说：

给我杜冷丁！

我清楚记得那助手好像突然被一把刀逼在脊梁上，缩了缩脖子。他似乎想说什么，但瞧见我父亲那近乎威严的目光。他什么也没说，就出去了。

父亲死得很有尊严。平静地躺着，然后沉迷了下去。有一刻他好像叫了一声我，那音色是从来没有的安恬。我很吃惊一个人可以这样活着，可以这样死。

那是怎样的一种让人迷恋的生与死啊！他怎么能这么死？

杜冷丁……蓦地有谁在说。我回过头，窗前站着父亲几个同事在交头接耳。阳光从他们肩头和腋下炽烈地透射进来，他们的身影好像被光幻化了。

我瞧见一双惊慌掩饰的眼睛。我记住了那眼睛。

4

他总是像我爸腰上的钥匙串一样随我爸转来转去。那时他还是我爸的助手。我和我妈去医院找我爸，见到他，要是坐着，他立刻就会站起来，把手贴在裤脊上；若我爸不在，他会殷勤地说：啊，主任他在……现在我又去医院，又碰到了他，他居然慌慌张张还说：啊，主任他在……说了一半，觉得不对，把脸涨得通红。

在公墓里。我说，笑了起来。他才如释重负地也笑了。对不起……对不起……

我总是在医院跟他巧遇，当然这是我的阴谋。我喜欢看他张皇失措的样子，好像一只被追逐的兔。我故意跑到他的诊室去，倚在检查床旁，看着他。他就像兔子一样一惊一乍地支着耳，感觉着我的存在。有时候，别科室的人，那些过去我爸的同事进来，冲我一笑。我知道他们笑什么，我不在乎。我甚至还真希望他们知道我跟他的关系。可他却总是把脸憋得通红。他惊慌地瞧着最后总是剩下我跟他，然后，技巧拙劣地装出才发现我的样子，啊了一声。找我？有事吗？他说。他说的时候眼睛不看我，而是瞧着墙壁，好像是说给墙壁听似的。墙壁写着：人民是父母，病人是亲人。

没有事就不能找你吗？我反问。

他马上狼狈了起来。我喜欢看他狼狈的样子，好像一个贼。男人的本性是贼。我引诱着他的贼性。当然我很清楚我这样做将会有什么后果。我必须付出的恰恰是疼！我没有爱，我已经不可能去爱了，即使有爱是不是能免除被做爱的疼？那个妇科主任简直野蛮地撕开了我的阴道，结婚了就会好的。我感觉到了我阴道内壁在收缩，在痉挛。我做梦都梦见一杆冲击钻从墙壁直钻进去，墙壁的红色肉瓤扑簌簌喷出来。女人命中注定就要承受更多的疼。疼是女人的宿命。

可是他却说感情这东西要有一个发展过程。他说他不相信闪电式爱情。他甚至不相信一见钟情。他像一把钥匙一齿一扣，说起来一套一套的，道理好像全抓在他的手里。倒把我衬得很堕落、很无耻。好像我天生就是这么堕落和无耻，好像他天生就是道理的化身。我讨厌道理。道理是那些活得滋润的人想出来的劳什子，什么爱情呀、操守呀，他在台上，他就是道理化身，咱可要清醒不能顺着他的道理被他套进去了。咱就是不要道理。你听他说“婚姻”这词时那么理所当然，好像不是在说对我的肆虐似的。他身上的酒精味是多么的一本正经而又毒辣啊！为了他的“过程”，我必须受着多么漫长的煎熬！

我讨厌他把我带到大街、电影院、百货商店，我讨厌端坐在茶艺居，喝那有味没味的涮茶汤，讨厌去西餐厅装模作样左手拿叉右手拿刀，连五成熟的牛扒也没有一丝血。他就这样毫无血性毫无痛感地夸夸其谈呀。他说他拿有十本各种各样的证书。我说那你很像张艺谋哦！他却不高兴了。

什么像张艺谋？张艺谋那是评出来的，我这是考出来的！他说。

他似乎很相信考。他最激愤的时候就是谴责高考也作弊。他说他当年考上上海医科大学可完全是靠真才实学。我不知道他是不是知道这些只能在考场上耍棒弄刀无论不作弊的他还是作弊的那些人都是天生的可怜动物，真有本事的人是不用考而是考别人。有一次，他居然装满了一文件袋七证书八证书带来给我看。这些都是资本哪！都是资本！他一本本摆着，像摆着一张张好牌。我疑心他在自己宿舍里是不是也天天抄出来在床上摆牌，欣赏，然后陶醉地倒在床上，就像那个老葛朗台陶醉着金条。

我拨着他的宝贝证书。哪一本是治头疼的？又哪一本是治脚疼的呀？

他马上把证书收了起来。这是科学！他郑重地说，郑重得好像小学生刚戴上红领巾的时候。他脸上明显有一种被亵渎的不悦。这是我的不对。我已经养成了刻薄的德行，这德行就跟我的疼痛一样无药可治。我马上改口，说我不是这个意思。他才满意了，又说：

医学是一门科学！

他也许真懂科学，有很多知识，也有很好的技术，可是他唯一缺少的是对疼的感觉。

有时候我怀疑他是不是真信科学。

到明年，若不发生意外的话，我就可以拿到中级职称了，到时候就是我同学中第一个了。

他说。于是他小心翼翼地开药，为了不发生意外，有时还掐指头计算剂量。他说稍一疏忽，一切就毁了，要珍惜！他好像很珍惜自己。他说我家跟你家不一样，我爸是工人，我爸从我爷爷当农民发展到他当工人，我又发展到成为知识分子，不容易，要珍惜！有时候我真希望他一时糊涂，开出一帖毒药，把他毁了，看他珍惜！可是他开完处方笺后总是要把它微微竖起来，巡视一遍。甚至作废的处方笺都被他撕得碎碎如碎纸机吐出的一样。我的阴谋于是也一天天被他报废了。

好像我妈感觉到了我要干什么，尽管我自信我的言行并没破绽。莫不是因为我会疼，就有了堕落的嫌疑？父亲死后，家像个坍塌了的废墟，只有妈还可怜又可笑地像圆明园废墟上的柱子一样支立着。她好像对我更不放心了，几乎有点神经质。我一叫疼哪！她就紧张起来。为什么我的病让她这么害怕？胆战心惊？好像我是对着她的灵魂号叫似的。好像我是对着这世界的灵魂号叫似的。

乱叫什么！她喝。再没有人肯沾手我的病，满医疗界都在传我这个名医女儿的可怕病情。他们并且由此推断出医生后代的普遍健康问题，近乎宿命。妈开始向我灌输自己，他们那一代是怎么走过来的，絮絮叨叨——改革开放、拨乱反正、尊重知识、发展经济、反腐倡廉，走向辉煌（一听“辉煌”这词，就好像亮晃晃的钢化玻璃板直逼而来，我就疼得更厉害），你们已经够幸福的了，还身在福中不知福，还要怎样？

我一听这话就火了。我要怎么样？我要幸福！你说我够幸福什么了？我疼！你生下我，给我疼，你既然给我疼不能给我幸福为什么还要生我？你生了我不能给我幸福我自己寻找幸福还不行吗？我不知道自己怎么这么大胆了，胆敢顶撞起我妈了。要以前我是不敢向她说一声“不”的，那样她会一戳她那又长又直的食指，让我站在墙壁前反省大半天甚至一整天的。可是这次妈没有这样做，她居然出奇的忍耐。她忍耐得近乎阴险。

当然，我们社会还有阴暗面。她说，以往她是绝不肯这样说的。这就是阴谋，这是一种策略，是圈套，故意显出跟你深有同感的样子，目的还是为了招安。她说，阴暗面（这些词总那么小心翼翼、似是而非、充满狡黠），社会经济飞速发展，造成了心理障碍，这是现代社会面临的问题……

她怎么居然说我心理障碍来了？好像这二十年来她就不曾瞧见我的病似的。她倒像个医生，比医生还医生的大医生，洋洋得意握着一剂灵丹妙药。不是！我不是！我不是心理障碍！我只是疼，跟社会阴暗面无关。我只是疼！疼！纯粹的疼！

我恨大家不看我的病，我更恨我妈乱看我的病。自以为是。我恨她一向自以为是的逻辑。我要砸烂！我要砸烂所有的药！这辈子她到底信过多少灵丹妙药呢？你既然这么有灵丹妙药，为什么爸病时你也只懂得哭？你拿出灵丹妙药来呀你拿呀！别只会哭，还一套一套的，你拿呀！别让爸那么疼，疼死！

这可刺了妈了。也许我太刻毒。可是只有刻毒才能发泄我的绝望。就你会疼！妈像母兽一样尖声号叫了起来，我也到处不舒服呢！我还重度宫颈糜烂盆腔炎附件炎从来没有好过，我向谁去叫？做人哪能那么舒服！

我简直惊呆了，瞧着我妈。我第一次瞧见她这样。我感觉到一股绝望的阴气直逼而来。我想拉她，可是她也化在阴气中。我哇地哭了起来，哭得像个孩子。我也不知道自己为什么居然会哭得像个孩子，无助的孤儿。

一个女孩子，不要让人说太“开放”了！妈叫。

“开放”就“开放”！我是一个妓女。我跑了出去。那是一个没有月亮的夜晚，不时有机动车防盗警报“汪”地一叫，就有几扇窗户同时打开探出个人头来，惊弓之鸟，关在鸟笼一样的防盗网里，可是那鸟笼里很豪华很璀璨、很小康咧。也许那警报根本就是他们自己疑神疑鬼遥控安的。草木皆兵。曾经看一部外国电影，说一个艺匠受雇给一个马戏团编大球，他埋头编，结果也把自己给编进去了，可演出时间已经到，只得认了，大家把他连同大球推上台去。

他们是不是也已经认了？他们已经认了没有防盗网的家就成不了自己的家，没有防盗警报的车就成不了自己的车，没有加锁的东西保不准哪天就飞了。他们的防盗网是不是要加粗，再加粗？（钢筋条，镀锌管，不锈钢……）他们的防盗器是不是要技术更新再更新？他们的东西是不是要加锁再加锁？可是我是妓女。我一无所有。我的东西是别人的，别人的东西是我的。我敲上了他宿舍的门。他住在医院宿舍里。他一开门，我就倏然倒了下去。他大吃一惊，慌忙把我抱了进去。我叫疼呀！他更加慌张，问：哪疼？我说哪都疼！当然我一点也不疼，装出来的。

我装疼时才发现疼的感觉一点也不可怕，只是在纸上大大写一个“疼”字，我只是个文笔娴熟的作家，或是演员，唯妙唯肖。我死死挣扎，叫呀，我从没想过我还能表演疼。我的样子一定比真疼时还要可怕，我瞥见了他额头上沁出了汗珠。他说：别叫！别叫！让人听见了。

可我偏要叫。

我求你了，别叫！我这就给你拿药去！他说。

又是药！我叫，没有用，我这是痼疾！

那……我通知你母亲……他说。

你敢叫我妈，我就立刻死在你这里！

他被镇住了，脸色发绿。那……你说怎么办哪？

给我杜冷丁！

这声音好像不是我发出来的。这声音好像是我爸发出来的，那么威严、冷峻，盛气凌人。一种神圣的邪恶。我瞧见了他脖颈也绿了。

听我说，这可是管制药品……

给我杜冷丁！

他一抖，不说了。“杜冷丁”三个字像三道湿鞭子抽在他的身上。你不要嚷这名字嘛！他居然说，好像只要不让人听见我们在谈论杜冷丁，就是让人知道我在他宿舍里、我们在干肮脏羞耻违法犯罪的事，他也认了。

你不知道，一会儿，他又抗拒了起来，这种药有成瘾性……

给我杜冷丁！我又说，简直像个恶魔。

你听我说吧……

杜冷丁！

他终于不再吱声了。他的绿脖颈终于硬梗梗地往外移去。快到门口，他猛地又转了回来，好像在做最后的抗争。可是他碰到了我凶狠的目光。他改口说了一句：你别嚷嚷啊！

5

我终于尝到了没有疼的人生。这在我是第一次。没有疼。他们原来都是活得这么滋润哪！我躺在他的床上。他的床软软的。他的宿舍又空又大，有点昏又有点亮，上面布满了三角梁架，还有几张蜘蛛网在飘，有一缕像鞭子一样悬了下来。我忽然感到一种奇特的空虚，需要什么来填，我的身体简直都要迎了上去。那就是爱吧？我爱啊！我唤他。可他没有应。他还站着。他居然用古怪的神情瞧着我，好像我不是我了，好像我不该这么快乐，我天生就该是那个痛切切病恹恹的模样。好像我就不该有快乐。

我要向你坦白一件事……在这之前，我其实并没爱上你。

我说，那舒坦，快意，充满真诚、趣味，像削开一颗水分饱满的砀山梨。

他将会很吃惊，好像拉开了舞台的帷幕，甚至他会气愤（我涎着脸等他反应），然后让我来忏悔，他再来原谅我，拥抱我。即使他不原谅我，我也愿意承担后果。他会严厉地惩罚我。可是他不。他什么都没有。他只是终于证实了什么似的坐到了椅子上，让我惊讶、失望。他深陷在椅子里，那是一张漆着白漆印着医院编号的木办公椅，他好像被两股硬邦邦的力量卡住了，他被死死卡在其中，不知所措。他甚至不知道该不该伸手求援。这倒让我可怜起他来，我向他张开了手臂。可是他马上痉挛了起来，好像我是向他打开了一个洞，令他恐惧。他在恐惧他将要得到的窒闭的快乐吗？他痉挛得好像一个快死的婴儿。

真的！我又说，其实这之前我只爱它。

我指了指床头柜上的那个空针剂瓶。他猝然一震，像被椅座弹起似的，跳了起来，扑过去抓那空针剂瓶。他的手被扎出了血。

我抓住他的手，用嘴去吮。我觉得自己从来没有这么愿意献身，我爱他。

可他却像受了电击一般闪到一边。我抱住他，紧紧的。都是我害的，你骂我吧！你打我吧！

他却把我一推。

我又扑上去。他又一推。他站了起来，说：我送你回去。

我不回去！我说。

那好，他说，夹起了一床毛毯。我去值班室睡。

我不要！我叫。我又扑了上去，拽住他。他躲藏着，好像我的温度都令他害怕。他居然连枕头都没有带，我从中瞧出了绝望。为什么？为什么要这样！我好疼，疼，一种一颗蛀牙暴露在风中的疼。幸福的感觉像焚烧中童年照片上的笑靥一样迅速融毁、消失。我想挽留，哪怕是一点点，一点点。给我一点点吧！我拽着他。他挣脱了。我又拽着他的毛毯。我也不知道自己怎么有这么大的力气，居然把那毛毯拽过来了。他简直恐怖地一跳，跳到门口。他的腋下空荡荡的，却还紧紧夹着，好像还有着什么重要的、关乎生命的东西。他很自得地夹着。他的一边手还拽着那只空针剂瓶子，那手还在流着血。我抢过那只针剂瓶。他猛地一慌。你要干什么？他叫。

我想干什么？我问我自己。我不知道自己要干什么。我只知道我非常疼！我要让自己不疼！我要屠戮自己！就像我小时候第一次躺在牙科手术椅上一样，不，我要破坏！我要让自己彻底地疼，淋漓地疼！我要把快乐和痛苦扯平！

我不要感觉！我要杀死我的心！我对准了胸口。他惊恐大叫。他一定没有料到我会对自己这般残忍。我是自己的刽子手。他反扑过来抢夺我的凶器。他的身上满是保存尸体的福尔马林气味。我死死拽紧不放。你疯了！他叫。

是疯了！对这世界来说，我疯了，对我来说，这世界死了。

6

他去投案自首了。他说他不能原谅自己，违纪私开杜冷丁。他得到了宽恕。

他和法律媾和了。也许他们早就达成了协议。他于是还成了典型，在戒毒所的宣传栏上有一张剪报，上面就是他的事迹，关于正确的人生观、道德观，关于真、善、美。我怀疑他其实是个“托”。跟宣传栏交相辉映的是一个大标语牌，每个戒毒所都一样，上面写着八个令人“辉煌”（我又感觉到了痛极）的大字：

告别毒品走向新生

你可以猜到了，我被送进了戒毒所。他送的。他说他不相信我当时是真的爱上了他。他反而说那之前他相信我爱他，那以后才不信了。戒毒所检查了我的身体，血样，尿样，我相信我绝不会有问题，可是他们就是不放我出来。有时候我疑心，他们所以不放我，是因为瞧见了幸福和痛苦的落差。

那样，真的很舒服？有时他们会这样问我。我知道，其实他们也心痒痒的很贪婪。

不信，你自己去试试呀！我应。

他们马上正襟危坐起来。我们才不会试呢！我们可是戒你的！

有一天，他们告诉我，我家里人来看我了。我被带进了会见室。我没料到除了我妈外还有他。他搀扶着我妈（可是我妈明显并不老），妈脸上充满了被关爱的幸福（妈没理由这么幸福，他也没义务让我妈这么幸福）。我怀疑，那幸福感是表演出来的，给我看，他们企图抹杀我对快乐的辨别力。

我们等着你。

他说，他这样说时显得简直有点悲壮（他也没义务要等我）。

等我什么呀？我问。

等你出来呗！妈说。

出来干什么呀？我说。

出来……妈笑了，傻丫头，我们开始新的生活呀！

我也笑了。

可是，你们不懂得疼！我几乎骄傲地应道。

【母亲】

她篇

1

怎么办？

你说……

索性……

我打个寒战。

怎么样？

问题是……能行吗？

其实，一断了氧气，就差不多了。

嗯……

这就去吧！

我放下电话，往外走。妈妈你去哪里？女儿叫。我一惊，这小鬼精的眼睛正盯着我。有事……我支吾。

什么事？

快吃饭吧！我喝她。丈夫在给她喂饭，端着小勺，等在她嘴前。他也望着我，我这才意识到，应该跟他交个底。我向他使个眼色，他放下碗，我们拐到卧室里。可是我却说不出来了。丈夫说，我听到了。

听到了什么？女儿钻进来，问。

大人的事，小孩不要问！我应。

也许是为了堵她的嘴，我拿起勺子给她喂饭。她嘴里还有饭，她总是把饭含嘴里。我叫：快吞，快吞下！妈妈来不及了！

妈妈要去上班吗？

是的，每天早晨，这个时候，我都是去上班的。快快把她喂了，送幼儿园，然后我去上班。我说：是……你快，妈妈上班来不及了！

妈妈不是去上班！她却说。

我一惊。她怎么知道的？

你刚才就要走了，没送我去幼儿园。

噢，这小鬼精。我说，今天爸爸送你去，妈妈有事。

不要，我要妈妈送！

听话！今天妈妈有事……

什么事？

这家伙，倒像存心来逼供的。我如芒在背，我的秘密被她窥视了。是的，我不是去上班，我是去结束一个人的生命。我烦躁，把碗一摔：

不吃就别吃，死了算啦！

我夺门而出。外面车水马龙，我处在其中，这是一个上班的早晨。我忽然羡慕起大家来了，他们是去上班的。他们虽然步履匆匆，但他们是安逸的，可以按部就班。我等不了公交车，打车，可也没那么容易。好容易打到一辆，我又差点不想上去了。出租车计程器在跳，我的心比它跳得还急。我这么急着去干吗？去结束一个人的生命。计程器上公里数在快速推进，时间一分一秒地缩短。路程每推进一步，时间每缩短一分，那个人的死期就越近了。她知道不知道死神的手正在向她伸近，她还躺在床上，一点也不知道。

她更不知道，要处死她的是我。司机对我说了句什么，原来他在问我做什么工作的。我没回答。他又猜，一定是知识分子，因为看上去斯文。他要知道我去杀人，他还会说我斯文吗？出租车也堵住了，车窗外立刻塞满了摩托车，让人觉得即使道路疏通了，也不可能马上就走。难道我就这么着急？我不知道。我最好不去，最好跟我无关，哪怕永远被堵在路上。可是我没有这福份，我只能去，因为那个人不是别人，是我的母亲。

我居然要去杀母亲，简直大逆不道。但这不是我决定的，是二姐。我只是同意而已。何况这是母亲她自己希望的。她躺在医院已经五天了，鼻孔插着鼻导管，手上挂着点滴。她很痛苦，不停地挣扎，不停地惨叫。她的头上大粒汗珠沁出来，固定鼻导管的胶布翕开了。护士又把新胶布盖上去，固定住。但很快又翕开了。护士给换上了面罩。她似乎在罩子里更加难受。我们瞧着她，握着拳头为她使劲。但我们什么也不能做。我们知道她老人家很痛苦，可是我们只能看着她苦，我们不能替代她，也不能为她增加气力。我们束手无策。

这已经不是第一次了。光是被送进医院抢救，就已经三次了。是心力衰竭。半夜三更，二姐打电话来，母亲又不行了。赶紧叫急救车，我打车直奔医院，抢救，又缓过来了。回家，一段时间后又发作了，又被送到医院来。就连医生都把她认熟了，就是刘医生。抢救过来后，母亲也认得他，说他跟自己的儿子一样亲。母亲没有儿子，就我们姐妹三人。不，应该说是就剩下我们姐妹三人。在我们中间，本来还有几个，其中就有男的，但是都夭折了。

母亲还说要刘医生当他的干儿子。刘医生也笑呵呵的，虽然没答应，但心是贴近了。他没事常到病床前看看，聊聊天。同病房的人以为真是儿子，说母亲真有福气。

什么话！福气？到医院享福？

母亲渐渐康复了。病人们都说还好母亲身体的底子不错，能扛得住。刘医生也这么说。这种病就是这样，挺过来了，又好了。他说，不过像她这样这么多次，也少见。体能，不能不说是个关键因素。

母亲是辛劳过来的，虽然苦，但也锻炼了体质。第一次第二次，我们也欣慰。可是接下来，我们就高兴不起来了。正是因为母亲体质好，才使得她一次又一次遭受折磨。倒不如底子不好算了。但是这也由不得她，她必须辛劳，她就是辛劳的命，她的身体也就无可选择地强壮了起来。这生命就像被吹大的气球，要消失，只能把它压爆。但那是多么可怕！只能任其继续胀大。但这更加恐怖。

2

五天前，母亲再次被送到医院。她躺在急救室，眼神呆滞，木然，没有痛苦神情。我曾经杀一只公鸡，放了血后，把它拧了脖子丢在一边烧水去。我回来时，居然瞧见它站起来了。它昂首阔步，却又摇摇晃晃。它走不动，但它又被生命的本能推着走。它瞪着直眼，现在母亲就是这种眼神。

她在挣扎着，身体一挺一挺着。刘医生把床板摇立起来。“这样会舒服些。”他说，眼睛戳戳墙边监护仪上的指示。当然很难受。他说，她的心脏在做无用功。

她只能艰难地抽气。她的肺像漏洞百出的风箱，吼吼作响。每一次抽气，都要付出极大的努力，说不定什么时候就抽不上来了。但这不是由你决定的，在不知抽得上来抽不上来时，你就得抽，你不能不抽，生命的本能驱使你不由自主地去抽。想到每个生命到了尽头都要这样，简直不寒而栗。

她要坐起来。但她很快又躺了下去。很快又要起来。她自己也不知道该怎么办，怎样才能舒服一些。惨白的脸上沁着汗珠，这使她的皮肤好像湿的白纸一般脆，一拉就要破。

她的左手在竭力提起来。护士不明白她要干什么，还帮抬了抬它。那抬起来的手向脸部伸去，伸向氧气罩。我想母亲是觉得氧气罩不舒服，我对母亲说：

知道，知道，一会儿就好了……

话音未落，她的手已经按住了氧气罩。护士制止她，可是力向错位，护士以为她要去按紧氧气罩，不料她却侧向扯下了它。

你干什么！护士把氧气罩死死揪着，叫。

母亲摇头：不要了……

她说什么？

让我死……母亲又说。

她突然发不出声音了。她焦急地挣扎着，可是没有用。这使得她的手更加用力了，好像全部的希望都寄托在这只手上，她把全部的力气都聚集在这里，她要孤注一掷。但护士毕竟是两只手，还是把那只手镇住了。可是母亲的另一只手又起来了，这是打点滴的手。护士惊叫着又去制止。她的手插着针头，这使得她具有优势，只要她挥动，就能达到把针头扯出来的目的。护士两头不能兼顾，扭头冲我们喊：

你们来帮帮呀！

我们才意识到我们闲在一边，只是握着拳头。刘医生出去了。护士的叫声好像把我们踩了一下，我们跳起来，扑上前去，七手八脚控制母亲。我们好容易把她制服了，我们累得直喘气，她也好像把所有的力气都用光了。

母亲怎么这么不懂事！母亲一直说我们不懂事，我们长大了，她还这么说，觉得我们还是小孩。可她自己现在也跟小孩一样，简直是老糊涂了。母亲晚年确实越来越糊涂了，爱耍脾气。她一耍脾气，二姐就叫我过去解决，好在她还听得我哄。本来一直是她哄我们的。我上大学那一阵，老感觉活着没意义，不如死了算了，她就骂我：

我这么大年纪都不想死，你年纪轻轻就想死了？

那时我常想，好像她比我还年轻，还有干劲生活。她总是说，将来会好起来的。后来我知道这只是一种策略，有了希望，就有了活下去的力量了。至于希望能否实现，倒是无所谓的，因为到你盘点一生的时候，你已经过了这一生。你发现一切是虚妄的，但一切已经过去。这就是成熟人思维跟不成熟人思维的区别。那么，她也可能处在发现虚妄的时期？

这次奇迹会再出现吗？也许不能。但也许还能。即使能，熬过了这一关，毋宁意味着还得面临一次煎熬。我忽然明白了母亲的意思。也许母亲并不糊涂，就像回光反照的人的意识，会突然清晰起来。

母亲又剧烈挣扎了起来。我们慌忙扑过去，把她的手按住。可是她却昏迷下去了。难道母亲就这样去了？我刚才的念头荡然无存。我们叫喊着母亲，只希望把母亲救回来，无论如何，即使她已成植物人。可是母亲叫不回来了，这好像是对我刚才罪恶念头的回应。急救室外人声鼎沸，吵得慌，什么东西咣当一声掉地上了，乱成一团。我感到害怕。刘医生闻声跑进来，二姐摇着刘医生的胳膊哭求：

求求你了，一定要救我母亲，一定要把我母亲救过来！

她忘了刘医生待我们亲如家人了。母亲每次被送到医院，只要他在，他都优先抢救。既然熟悉，他不能不这么做。但也正因此才让母亲活到现在。如果是一般关系，医生一拖拉，怠惰，抬杠，母亲可能就过去了。

心内注射。护士拿出一根穿刺针，比常见的针长得多。母亲的衣服被解开了。母亲裸露出了她的身体。光亮得扎眼，两颗乳头赫然在目。这就是我母亲的金贵的身体！我虽然出自这个身体，小时吸过这个乳头，但是对它的模样并没有记忆。我也从来没有想过要去看母亲的身体。对母亲的身体，我只是崇拜，觉得它不可看，不可亵渎，它是我们心中的圣地。母亲总是把身体包得很严实，在我们姐妹面前，她也穿着整齐。这对我们三个姐妹影响很大。大姐说过，母亲从不像有些女人那样，当街撩起衣服就奶孩子，我们也非常注意。现在这身体被毫无商量地要野蛮撕开了，我们感觉非常难堪，就好像我们的身体裸露出来一样。我下意识去看刘医生，刘医生已经转到边角的桌边，背着我们，好像在做什么。

所以感觉难堪，也许还因为这身体的寒碜。乳房已经软塌，空布袋似的甩在腋下。整个身体白惨惨的，像一堆死猪肉，简直丑陋，我原来对母亲身体的美好想象整个被破坏了。它的主人要是有知，一定拼死把自己掩盖起来。可是她现在一点能力也没有。我们也没有能力。人到了这份上，身体只是一块肉，抢救的目的不过是让这块肉活起来。

护士的手在上面探着。她的手定在一个地方。消毒，拿起穿刺针，垂直对着那部位。难道就这么扎下去吗？那针又特别大。她真的就这么扎下去了！母亲身体猛地弹起来，又重重砸在床上。我仿佛能听到她的尖叫。可是她并没有醒过来，她只是在昏迷中痛。也许本来，她是不需要被这么扎的，她可以这么顺势去了。现在她毫无抵抗能力，只能由人摆布，听凭别人扎她。

护士继续深扎下去。黑黑浓浓的血溢上了针筒。血回流上来了，护士紧张的神情舒缓了下来。于是注药。

母亲醒过来了。她陌生地瞧着我们,我们让她瞧着,我还对她笑了笑。母亲好像终于辨认出我们，但那神情仍然是冷漠的，也许是平静，也许因为药物的作用，她平静了些。

送重症病房。刘医生跟着，帮我们拿吊瓶，他个子高。到了病房，刚搬上病床，换上住院衣服，她又难受起来了。她又开始扯氧气面罩。这下我们有准备，两下就将她制服了。我和二姐分别镇住她的左手和右手。她就蹬脚，把身体转过来，折过去。护士压住她的两腿。母亲的四肢被牢牢摁住，再也动弹不得。我感觉她的手在我的手中颤抖，一如被抓住挨宰的鸡的脚，那与其说是反抗，不如说是无法反抗之下的忍受。

可是她终于又无法忍受了，又开始挣扎。她把身子顶起来。我和二姐把整个人压了上去。边上一个穿医院白衣的女人也来帮忙，我猜她是医院里的工人。母亲终于又安静了些，也许也乏了。

那女工说，这样按着也不是办法，把四肢绑在床栏上。

我简直不相信自己的耳朵了。绑？对我的母亲？我怎么也不能把这个词跟母亲联系在一起。如果说之前的施暴是为了治疗，那么绑，则完全是暴行了。我不同意。

可是护士明显赞成那女人的意思。也许这在医院里，已经稀松平常了。护士看着我们，要是平常，护士可能会抛下一句话：你们自己看吧！

一走了之。但是护士知道我们跟刘医生关系好，仍然说服我们。我瞧二姐，二姐喘着气，面无表情。她没反对，我知道就是默认了。我真有点怪她。但是我也喘着气。至少，要是二姐不帮我，我也没办法。

护士招呼那个女工拿来粗布条。她们开始绑脚了。然后上来绑手。先绑二姐那边的，二姐被换下来，一屁股瘫坐在床头柜上。我瞧着她，也顿感再也承受不住了。护士来换我时，我顺从地把母亲交了出去。我瞧着她们绑，头脑一片空白。只是有一刻，我叮嘱一声："别太紧了……"

母亲被绑在床栏上，摊着四肢，好像在受刑。她浮肿的腿被绑出深深的印迹，好像无法愈合的伤痕。我走近她，她愤怒地瞪了我，好像瞪着仇人。是的，是我们不好，我们是刽子手。可是母亲，我们是为了你好的，为了能救活您，让您活下去。挺过这一关，一切都好了。回家，我们好好补偿您，我们好好孝顺您，我们负荆请罪。您要打我们也可以。只是您现在要坚持治疗，挺过去。

母亲好像绝望了，开始自顾呻吟。她企图侧身，可是不可能。她只能竭力把身体像弓一样顶起，又落下去。也许她动动会好受些，一个病人，本来够难受的了，却被限制住，不能换姿势，她只能这么直挺挺地硬撑着，熬着。她一挺，一个呻吟，一挺，一个呻吟。这要到什么时候？

刘医生来了，我问他。不知道。他说，反正什么都衰竭了，能挺到现在，已经是奇迹了。

这些话，其实他早就跟我们说过，我还问，与其是抱着些微的希望，毋宁是想推卸责任。我假装没听懂，看二姐。她是老二，我是老三。但二姐索性装作没听见，毫无反应。她也不敢做出决定，只有问大姐。可是大姐住在北京。"大姐跑哪里去了呢？"二姐念叨。

大姐一直没联系上。电话过去，是大姐夫接的。他说，大姐跟他因为大外甥女的事吵了架，不知去哪里了，几天没回来了。大外甥女要临产了，正需要她做事，大姐夫也急得要命。她没去大外甥女那里，她已退休，也没有单位可去。她的朋友们也没见到她。

会不会发生意外？二姐问。

大姐夫道：凭她那种性格，逼她去死都没门！

大姐夫话里明显还带着气。大姐性格好强，大姐夫受尽了她那脾气。大事小事总找大姐夫的茬，这次大姐夫顶了她一句，她就受不了了，把家里存折金银细软卷了走了。她要去死，就不会卷了这些走。大姐夫呀大姐夫，你忍了大半辈子了，这次怎么就不能再忍一下呢？要是忍了，大姐就不会出走了，我们就可以找到她了。可是现在，她把存折金银细软都卷走了，明显是要做长期的打算了。我们怎么等得了？母亲已经这样了。

让大姐夫拿主意，大姐夫又哪里敢做主？他现在也后悔自己去顶撞大姐了，就求她消气了回来。一回来就马上让她联系你们！大姐夫说。

可是连他自己都知道这很渺茫。何况，她回来了能不能来，还要打个问号，大外甥女不是要临产了吗？

母亲又煎熬了一天。我们不敢离开，轮流守着。我还好，家里有丈夫衬着，二姐就不行了，二姐夫去世了，家里只有上高中的二外甥女，还需要照顾。二外甥女在电话里说，她也来轮班，被她母亲啐了一脸：

你来轮？不想读书啦？考不上大学，到时也像你妈这样子，一辈子受穷！

二姐是穷。工厂倒了，只得这干干，那干干，她是我们姐妹三人中境遇最差的。恰在这时，护士来通知我们欠费了。我说我去交吧，二姐想说什么，但又没法说，就又对话筒那边喊：

你要这么有本事，就不要读，给我挣钱去！我现在就急需钱，也不知向哪里要！

她忽然悲怆起来，把电话一摔。还不如死了好！她说，瞥母亲。这样倒好！

母亲又挣扎了起来。她不再吱声了。可是她似乎不甘心，又嘟囔了一句：

活着受罪，倒不如死了算了！

我的心一个跳。不知她有意还是无意，这话正扎中我的隐秘之处。我交钱了！我慌忙说，跑出去。我并没有那种不该的想法，我是去交钱，我这是让母亲继续活下去。

我和二姐轮班，她白天要上班，只能轮晚上。我单位可以溜，就跟丈夫交替着值白天。二姐上班本来就累,晚上又没能休息,很快就不行了。只能由我们顶上。我也很快撑不住了。这时候又来了例假。简直生不如死。丈夫说，请护工吧。

医院让那位女工介绍她的老乡。一天七十元，还不肯值夜班。“要包晚上也可以，一天一百二！”她说。

二姐又爱惜钱了，说她可以来。我说我来出，她不肯。我只得跟护工说，就跟我二姐说七十，余下的我私下补给她。

即使如此，我们也不敢随便离开，不过具体事务由护工去做罢了。母亲处在危险中，什么时候过去都不知道，让我们完全走开，我们也不放心。二姐还是晚上跑到医院来躺着打盹。有时候就我去。仍然心力交瘁。瞧着母亲在病床上挣扎，我更能深切感受到她的痛苦了。如果把我这么绑着，让我这么受折磨，我怎么熬下去?

每次二姐来交接，我都迫不及待地逃离，像从监狱里逃出来一般。一分钟都不想多待。想想经过的每一分钟，都觉得可怕。当然我知道母亲的每一分钟更加难熬,只是我不去想。如去想,我的呼吸也要艰难起来。

早上，二姐给我来了电话。她说她想了一晚上，我们没办法了，实在没办法了！与其这样熬着受苦，不如干脆来个了断，放弃了算了。

我跟刘医生谈过了，他说，我们要抬回去，他们就停止治疗。我们不抬回去，放在医院，他们就只能治疗。

我没话。我们受苦不算什么，是我们自己选择的，我们要活。可是母亲是被我们绑架着活着，她不想活了，不想再受折磨。作为子女，让母亲死，当然大逆不道，可是正因为我们是子女，我们才看不下去母亲受苦。

母亲已经七十五岁了，也已经上寿了。我这么想到，让自己有些许安慰。

3

我没料到大姐出现了。我刚到医院，她就打我手机了。

她是自己回家的，是去一个大学同学家了。问为什么把存折金银都带走，她说：要不带走，那窝囊废管得了？弄丢了怎么办？

她立刻从北京飞过来。

大姐一来就责问护工为什么把母亲绑起来。“病人不是犯人，怎么能这样对待病人！”

护工把目光投向了她的老乡。她老乡投向了我们，好像在说，这样做是得到我们默许的。我们都不吱声。放弃治疗的想法更是不敢说了，肯定会被她骂个狗血淋头。

大姐历来专横，年龄又比我们大许多，我们都怕她。现在，母亲倒下了，她更是可以行使家长的权力了。她骂：“你们都怎么搞的？把自己的母亲绑起来，亏你们想得出！”

我道：“我们也是没有办法……”

“没有办法！”大姐又啐道，“是没有办法，还是不想有办法？”

二姐听不下去，应道：“你这是什么话？你当然好，平时离得远远的。”

二姐说得对，平时，母亲的事都是我们在料理。特别是二姐，伺候母亲，抓屎抓尿，更不要说母亲发脾气的时候了。这是没有长期待一起所不能想象的。做一天孝子容易，永远做孝子难；偶尔献献爱心容易，你长期献献看？比如我的孩子，谁都说要疼，这个抱那个抱，还教训我应该多抱他。他皮，他们就更觉得好玩了，这个逗那个逗，逗哭了也是好玩的。可是你们好玩，你们手抱酸了，逗腻了，走了，我们还扛在手里，我们得做许多细微具体的事。大姐又道：

“谁叫她当初要占着母亲？就因为母亲能给做饭，当老妈子。你用母亲时怎么就不觉得累赘？”

当初大姐曾要把母亲接北京去，可是母亲不愿意。二姐道：天地良心，是母亲自己不愿意的。你那北方，母亲怎么能住得惯？也不是没住过，不到一礼拜就受不了了要回来，这你又不是不知道！

那你也不见得做得好，要做得好，母亲也不会给我打电话。

我知道，大姐指的是什么。那一次，母亲脾气又发作，正好大姐电话打回来，母亲就在电话里大骂二姐。我道：

大姐，话可不能这么说。整天碰在一起，舌头跟牙齿还打架呢。离得远当然就什么事情也不会发生了。事情做得越多，错误越多。母亲这些年的情况，你又不是不理解，人老了，脾气坏了，莫名其妙发脾气。你可知道二姐这些年做了多少事？母亲越来越不懂事了，喜欢吃上火的东西，不给吃就吵，吃了就便秘，拉不出来，二姐都用手指抠过。有时候又拉稀，拉了一身都是，就得换得洗。母亲又爱干净，还得洗澡。母亲习惯是天天要洗澡，她自己又不能洗，都是二姐给她洗……

大姐无话，但又不甘心，道：那现在给洗了吗？现在天天给洗了吗？她戳着躺在病床上的母亲。

母亲这样，怎么能洗？

把她绑着，当然不能洗！大姐道，擦身，也只能擦前面，后面擦不了，就省了一半工作了，最好是全省了算了！

她越来越不讲道理了。好像我们什么都没做的样子，好像都是她在孝顺的。我说：真是站着说话不腰疼。好，让你像二姐那样做，你做做看，你会怎么样？你有多孝顺？看你会比二姐孝顺？

二姐说：我也不要你说孝顺了。我快死了！我昨晚一个晚上没睡，我要回家去躺。

大姐道：你走吧！以为没有你们，地球就不转了？

她说“你们”，把我也包括进去了。我本来还想着她刚下飞机，让她歇一歇，现在不管了，让她做，让她一个人做！我也拿起提包。大姐也没有留我，自己大声吆喝护工把绑的布条给解了。

护工瞧我，好像不认为大姐也是女儿，她只认识二姐和我。我想阻止也是没有用的，她不会听的，我也够累的了。我猛然感觉深入骨髓的疲乏。这与其是因母亲生病而劳累的，毋宁是大姐的折腾带给我的。我不管了，什么也不管了。护工怔在那里，大姐又叫：

听见没有？怎么？我就叫不动你？

我索性扭头走。护工只得去松绑。一松绑，母亲就又乱抓起来。大姐慌忙去控制母亲的手，可她根本没有经验，阵脚大乱。倒是母亲好像早有蓄谋，手法娴熟，声东击西。大姐抓了这边，顾不了那边。大姐还没弄明白怎么回事，氧气罩已经被母亲抓下来了。

她赶紧去夺，但是母亲的手指搭在面罩边缘上，这样她的手就跟氧气罩紧紧把持在一起，要把氧气罩拉起来，手就跟着一起起来了。只能去掰手指，让它们从氧气罩脱出来。顾了氧气罩，输液管已被她抓在手里。她一抽，手背上血涌了出来。

我们赶忙返回病房。我们其实都没走，都在门外看着。即使我们生气，不想帮大姐，我们也放心不下母亲。我们合着大姐控制住母亲流血的手。我们叫护工去叫护士来。

护士来了，是另一个护士。她不高兴地问：谁让你们松绑了？

护工看我们。我们不敢吱声。大姐也不敢辩，只是说：快点吧，流血了。

先把氧气罩盖上。二姐把母亲一边手压住，不让再抬起来。然后，护士转到另一边手上来，把针头抽出来，要重新扎。让我们压着手臂。但她的手臂挣扎着，十分有力。所以有力，是因为她身体扭动，她整个身体带动着手臂动。护工有经验，骑到母亲身上去，把她整个身体压住。

现在只需要对付她的手臂了。可是它仍然可以转动，骨碌碌地滑来滑去。针头扎滑了，没见回血。针头在皮下游来游去，令人难受，大姐说：

不行就再扎一次吧！

又扎，又滑走了。大姐冲护士叫：你们什么技术！

护士瞪了大姐一眼，正要反驳，她的眼睛看到了什么，不吱声了。原来是刘医生来了。大概护士也知道刘医生跟我们熟。于是刘医生也就必须出来表态了。刘医生安慰那护士：不要急，慢慢来……

大姐啐道：慢慢来？仗着不是你们自己的母亲！

大姐刚来，不知道刘医生跟我们的关系。我连忙制止大姐：是大姐，她太激动了，对不起！

但刘医生敏感了。他口罩上的眼睛闪着认真冷峻的光。我们都是把病人当做自己亲人的。他说。

他认真地挑起眉毛，语气严肃。他这话也就否认了我们是他的亲人。我知道他介意了，毕竟，人家不是你的什么人，只是医生。我真是气得没法说。再扎，再次失败了。我冲母亲喝道：

你安静点！一直动，还得再扎！

母亲的头剧烈摇晃起来。我知道母亲的意思。我们都知道。可是大姐不知道，问：怎么啦？

她的耳朵凑近母亲的氧气面罩。母亲的嘴在面罩里面动。她在说：

不要了，让我死……

什么？大姐叫起来。

母亲摇着头。我受不了了……

大姐道：很快就会好起来的！

母亲说：不会……

大姐道：妈，别这么说，会好的！

不会好的……让我去吧……

不行！

对母亲的话，她根本不加考虑。是的，她不可能考虑的，因为她没有痛苦到那种程度。专制者的毛病就是不知道将心比心。母亲一再说，还没说完，她就专横地打断：

不行！绝对不行！不要再说了！

母亲只能继续挣扎。也许她认定行动比语言有用。我们按着她，累得满头大汗。刘医生也来帮忙按，毕竟是男的，力气大。好容易扎进去了。我们仍不敢松懈，仍按着。护工一个人按着两条腿，肩膀像翘翘板似的歪来歪去。她叫：

我撑不住了！这样，给我三百块都不干。

大姐瞪了她一眼。护工不高兴了，要撒手走人。我连忙说，我们会想办法的。

护工道：什么办法？还是得绑起来，总不能这样一直摁着吧？你们能行，我可不行，钱能买人命啊？

我们的命也要没了。我们看大姐。大姐不作声，也许是想到这一场折腾就是由于她的失误，她不再张狂了。护士也道：要是针头再拔出来，我们可没办法了。我们忙得很，可不能耽搁在你们这。

大姐看我们。我们不看她，意思说，你要按，你一个人按去吧。她不情愿道：

你们要怎么办就怎么办吧！

4

我想想还是让大姐先去休息。可大姐仍说，要在这里陪母亲，这么多年没跟母亲在一起了。二姐撇撇嘴。

还不是想立牌坊？平时不照顾，这时候来做样子。走到电梯口，二姐对我说。

我想了想，还是不敢走。但我也没有回到病房去，在外面椅子上坐着，能够看得见病房里的母亲。母亲被绑着。也许是药物的作用，母亲显得平静了。她好像睡着了。一会儿她醒了，精神也好了一些。难道奇迹再次出现了吗？难道这次，又可以回家了？这种情形以前就发生过，跟开玩笑一样。

护士把氧气面罩换下，换成鼻孔给氧，说可以给她喂点东西。可她摇头，不吃，神色愠怒。重新被绑，让她感觉屈辱。第一次被绑，还是在混乱之中，她还处在半昏迷状态，但是这次是在她清醒状态之下的。

这种清醒好像更让她清晰看到了自己的前景。即便这阵过去了，但她还会重蹈痛苦。也许很快就会,从她的反复发作过程看,间隔越来越短。她一定感到紧迫了。她必须采取果断措施。最有效的就是把氧气管抽出，可是她的手被绑着。她开始试探着手活动的范围，绑的时候是留有余地的。可是很有限，根本够不着氧气管。她于是开始转动手腕，企图从绳套里溜出来。我有点紧张，想跑进去制止，可是很快我就发现她根本不可能得逞的。她试图靠头的摆动让氧气管脱出来，但是也不可能，插管跟着走。她于是又试着用鼻子擤。可是被大姐发现了，被制止。

一会儿，她企图把大姐支走。她说要睡一觉，你走吧。

大姐说：我不走，就这里坐着，您睡。

你在，我睡不着。母亲说。

刚才您不是睡得好好的吗？

母亲冷酷道：你走！不要你在这里！

大姐没法了，走了出来。我避到一边，不愿让大姐看到我还在外面，那样她会更加嚣张。好在大姐只在外面站了站，就从病房另一扇门进去了。母亲明显看不到，我瞧见母亲开始凶狠擤鼻子，同时扭动着头。她果然把插管擤脱出来了。大姐扑了过去。

母亲才发现大姐原来没有走。恼怒加上绝望，她索性要泼了。她更剧烈挣扎起来。大姐按着她，大叫护工。我奔进去，护工和护士也闻讯赶来。

我们控制着母亲。突然，母亲的脚踢向大姐。这是她有意识要踢人，之前那脚只是挣扎。大姐惊叫着闪开去，也许不是怕被踢到，而是母亲会踢她，她没有想到。我也没想到。

那氧气管重新送入她鼻孔，可是一凑近她鼻孔，她的头就剧烈晃动，就是插不进去。大姐把母亲的头死死按住。终于插进去了。护士撕了个非常长的胶带，把她整个头圈住。她再摇晃，也是徒劳。母亲绝望瞧着护士走出去，把脸别到一边去。

也许是感觉歉疚，大姐拿热水瓶里的开水兑了矿泉水，倒在汤匙里，送到母亲嘴前。母亲一甩头，汤匙被甩掉了。母亲目光愤怒。

想烫死我呀！

大姐脸红了，尴尬地愣在那里。要是平时，按她的脾气，一定不会轻饶对方。但现在她只得老老实实捡起汤匙，擦着被打湿的地方。

母亲却不饶人，仍然咄咄逼人：这是你平时太没做啦！从小到大，都怪我宠着你，连一个碗也不叫你洗……

确实，作为大姐，本来应该多做事的。但是母亲总不让她做，为的是让她专心读书，好出人头地。为了她，我们也付出了牺牲，二姐做了大姐应该做的事，就连我，小小年龄也被摊派了家务。

大姐又舀起一汤匙，用嘴唇碰了碰。不烫呀……

要怎样才能烫死我！母亲道。

她好像又不想死了。我知道她是向大姐发泄怨恨了。你们阻止我去死，现在冤有头，债有主了。她说：我苦了一辈子，苦到头了……

母亲苦，我们何尝不知？她从小就没了父亲。我的外公在她五岁时去南洋谋生，再也没有回来。我们的外婆也很早就去世了。为了有个依靠，母亲嫁给了父亲，不料我父亲又是个好吃懒做的人，养不了家，她只得自立。我从小就有印象母亲把街道工厂的纸盒拿回家糊。她又要忙外，又要忙内，我深知多么辛苦。可那时母亲却不止一个孩子，她要带三个孩子。

母亲是个很理性的人。她知道，没有人能救我们孤儿寡母，只能靠自救。要彻底改变现状，归根到底就是让孩子读书。她全力让大姐读书，将来读书出仕。不料刚要考大学，就来了“文化大革命”，大学梦破了，然后被送到山区去。接着二姐也要上山下乡。好容易粉碎“四人帮”了，大姐终于考上大学了，毕业，眼看要挣钱补贴家用了，但没几年，又“脑体倒挂”了。二姐情况更糟，早年根本没好好读书的环境，大学自然考不上，进工厂，又下岗了。至于我她就更没指望了。她说我从小就最不懂事，最让她操心。虽然考上了大学，可到毕业，撞上大学生取消分配。连个安稳的工作都没有，连大姐都不如！母亲说。

母亲她一直很看重安稳。咱们小民折腾不起的，她总是说。她的一生是太折腾了。

我为你们辛辛苦苦卖命，到头来你们竟要烫死我！母亲说，你们就这么报答我！

我们怎么报答您了？大姐辩，我们是要救您……

报应啊！母亲仍然嚷，好像没听见大姐的话。也许她根本不听，她明白对话根本没用。她就不管三七二十一硬说你。我怀疑那是母亲的策略。这几年跟她打交道中，我就发现她常会这样。可是大姐没有发现，毕竟她这么久没有跟母亲在一起。她仍然争辩，说她是为了母亲好，她是孝顺的。

你孝顺，就这样孝顺吗？孝顺把你妈绑起来吗？母亲提提手。

大姐看我。最后是你拍板的，我想，可是大姐看着我，就把责任全推给我了。我只能说：也不是我们愿意这么做的，是实在没有办法……

可是母亲仍然道：什么办法！对自己的妈，还要什么办法？对阶级敌人呀？

我们愣在那里。这个词我们都已经很陌生，但母亲却还记得清清楚楚，运用自如。母亲又叫：

报应哪！

大姐冤枉道：谁把您当阶级敌人了？不就因为您不肯……您想想，我为什么要把您当敌人，您是我妈，生我养我，对我的恩情我一辈子也报答不完，我为什么要跟您有仇？我这么老远回来，不就是因为要救您？我自己家里还有很多事，很多事……您又不是不知道，我也活得很累……

她眼睛红了。平心论，大姐也活得很累。她也有一大家子要照顾。大姐夫虽然人好，但却是个什么也不管的“甩手先生”。平时我们只看到大姐的好强，但也是被逼的，谁不想轻松呢？谁想累呢？但总不能一个甩手了，另一个再甩手吧？

……可是您是我妈，再重要的事，也没有您重要，所以我赶回来了。您说我不孝，我还要怎样孝？

可是母亲根本不听，仍继续叫：报应呀！你自己也是母亲，以后你女儿也这样对你你怎么办！

我们姐妹生的全是女儿。老天让我们生的全是女儿，也许就为了让我们完完整整遭报应。母亲这话好毒。可是母亲，您也是外婆的女儿，如果外婆要去死，您能让她去吗？将心比心。女人的心都是柔软的，您就狠心这么践踏吗？我不能再待下去，我跑回家了。

丈夫已经回来，也把女儿接回来了。女儿问：妈妈怎么没来接我？

我说：妈妈有事……

什么事？女儿盯着贼溜溜的眼睛问。还是这问题。这丫头，她来审问我了。现在的小孩精得很，缠人得很。我该怎么说？我说:大姨回来了。

大姨是谁？女儿问。确实，她脑子里没有大姨这概念，从来没有见过。我说，就是妈妈的大姐，外婆生了三个女儿，最大的就是大姨……

我忽然说不下去了。好在丈夫过来解围，对女儿说：不要再问了，自己玩去，改天带你去看大姨……

女儿终于被哄走了。我跑进卫生间，狠狠洗了把脸，把一切都抹去了。刚觉得清爽，二姐又电话来了。

她问：怎样了？

我说：没事。

没事？

噢，没事？什么没事呢？是指母亲没事，还是我们没事？我们没事了，母亲就有事，她明明在床上挣扎，一分一秒都在遭受折磨；如果让她停止挣扎，她就死了，那么怎么叫没事？我们陷入了悖谬的逻辑中，我们被这种悖谬拉扯得心力交瘁。我说："就这样。"

二姐又问：大姐住哪里？

是啊，我才想起这问题。忙乱，争吵，把这事给忘了。大姐的行李还在医院里，总不能让她住医院吧？大姐已经跟二姐挂脸了，我这边条件也好些，我说，就住我这吧。女儿一听大姨要来住，高兴地跑出来。敢情这孩子还在偷听我们的话。我说了什么不适合的话了吗？唉，还得防孩子。我啐：去去去，没你的事！

女儿嘟着嘴走了。她一定很不满。报应？她以后会怎么对我？唉，什么乱七八糟的。二姐在电话里叫我。她说：

那么，今晚就我去吧！

二姐还是通情达理的，毕竟都是姐妹。也好，我也要把大姐接回来，给她安排一下。正要给大姐电话，大姐电话来了：母亲又不行了。

果然！这么快又发作了。我连忙通知二姐。我们赶到病房，刘医生已在那里。

母亲很快又被抢救过来了。又罩上了氧气罩。她没有挣扎，她已经太虚弱了，她的力量只够用来抽气。她眼睛瞧着我们，我知道，她清清楚楚瞧得见我们，但目光惨淡。

刘医生走出门去，大姐跟出去，问：

医生，这样能保持多久？

刘医生说：只要有办法，我们都会尽力抢救的，救死扶伤是我们的职责。

刘医生避开了实质性问题，而且说起了套话。他明显生分了。我把大姐拉开，问刘医生。刘医生叹息道：

难说。能拖一天是一天吧！你们要治，我们就给治。这不？又好了。你们家属要治疗一天，我们就一天不会放弃。如果严格按照‘脑死’的标准，那还要更久……我的意思，明白吧？

我明白他的意思。我们不约而同回头瞧病人，母亲在艰难地抽着气。虚弱，但又被牵制着抽气着，仅有的力气都被拉去抽气了，欲罢不能，简直受难。她还神志清醒着，她清晰地忍受着这种苦难。如果脑先死，倒好了。现在是要先熬到心死。

而且，这一天费用，你们是清楚的。他又说。

我们当然清楚，只有刘医生才能这么对我们说。可是大姐却道：钱倒没什么。

说得轻巧！二姐说，问题在于，花钱给母亲买罪受！

大姐道：那你说该怎么办？

该怎么办就怎么办。二姐嘟哝。

大姐问：什么叫该怎么办就怎么办？

二姐横下心，道：该怎样就怎样……

什么？大姐叫起来，你居然抱着这种心？

什么这种心？二姐道，别让病人无谓地受罪……

二姐不说“母亲”，只说“病人”，大概也是心里发怵吧。

大姐叫：什么“无谓地受罪”？我看你是在想“无谓地花钱”！不是吗？你肠里几只蛔虫，我还不清楚？你光屁股都看到了……

刘医生尴尬了，走开了。大姐没有发觉，仍说：好，不要你钱，钱我全包了，不要你出一分钱！

5

钱确实是个因素。我们都是挣工资的，二姐连工资都挣得不稳定。大姐在北京，工资高一些，但是要真让她来支付，那费用可是无底洞。

再说，我也不可能让大姐一个人出，二姐也不会愿意。

二姐道：你有钱，什么了不起？我们也有钱！

但她真是没有钱，这是谁都知道的，装也没有用。于是她又攻击起大姐来：你那么有钱，平时也不见多寄给母亲，小妹多少，你也多少。

确实，大姐付的赡养费一直跟我一样多。她从来没有提出多给。也许她想过多给，但又作罢了，吝啬了，想想自己也不是钱太多。她只是有时候寄些东西给母亲，毕竟寄东西比给钱省些。人总是这样，没有到生离死别，就还浑浑噩噩地混，迁就了自己的私心。但这也并不妨碍她到时候幡然悔悟，慷慨补偿。

大姐没有应，走回母亲床边。大概她估计我们刚才争论，母亲是听到的，母亲会赞赏她的。她伸手为抚摸，摸母亲的胸口，不料母亲把身体躲开去，不让她摸。她的手仍然跟过去摸。母亲挣扎。她一挣扎，汗珠从脸上沁了出来。

大姐道：妈，你就安静着吧！

母亲应：我不是你妈！

大姐苦笑：怎么不是我妈呢？

母亲道：我没有生你这个女儿！

大姐掩着脸，哭了。妈，我们也是迫不得已的，我也活得不容易。特别在外地，一个人打拼，不像在家乡，有亲人可以帮，有妈可以依靠。

她说这时，我觉得她有点做作。大姐历来干巴巴的，我总怀疑她是智商有余，情商不足。她从不会说温柔的话，从不撒娇发嗲。她怎么说起这种话来？也许是她没有办法了，为了说明自己确实是想念母亲，她只能嗲一下。我感觉她的脸有点羞红。

我可是时时刻刻都想着妈妈您的，她又说，我还记得那首《砻砻粟》。

我一愣。大姐不爱唱歌。她小时候还唱过一些歌，比如这支童谣，但是越长越大，她越板得紧了。但她居然哼起来了，明显还羞涩，哼得哼哼哈哈的：

砻砻粟，粟砻砻。

糠养猪，米养人。

青蛤养鸭母，鸭母生蛋养主人。

…………

这童谣，我小时候经常唱。我是从二姐嘴里学来的。二姐摇着摇篮，哼着这童谣。二姐曾告诉我，她是大姐教的。我想象着大姐当初还会唱歌的时候，那天真的样子。大姐应该是母亲教的吧。母亲摇着大姐的摇篮，哼着这曲子。大姐听熟了，学会了，摇着二姐的摇篮哼着。二姐也听熟了，学会了。二姐又摇着我的摇篮教给我。好像摇篮就是筛米的砻子，筛着，筛着……想想当时姐妹几个是多么的好，虽然也会争吵，但争的都是无关紧要的东西，只是我们自己觉得很重要，争个不休。母亲总是叫：

不要吵了，你们跟上辈子仇人似的！

母亲的语气是甜蜜的，与其是喝，毋宁是呢喃，幸福的呢喃。她甚至头也不抬起来，只顾干自己的活计。那情景多么温馨啊！我跑过去，抱住母亲，说：

妈，我也记得，《砻砻粟》……

我也唱了起来。二姐在那里愣了一会儿，也过来，抱住我，望着母亲。这是我们共同的母亲。

母亲曾经是多么疼爱我们。恨不得把肉割给你们吃！母亲总这么说。那时候市场紧缺，什么都要凭票供应。限量的肉，还得摊着熬油炒菜，全家一个月还吃不了两次肉。母亲总是说自己不爱吃肉。直到她晚年，每当吃肉，她还要说自己不爱吃肉：

老年人少吃肉，身体好。她说。

我们告诉她，现在再怎样也不至于像过去那样了，肉还是吃得上的。可是她就是不听。她老糊涂了，总是记着过去的记忆。

有时候搞得我们很烦。我们把肉夹到她碗上，她又把它夹出来，放回盘子里。搞得二外甥女再也不碰那盘肉了。

我们叫：妈，你就顺着我们点吧！你以为是为我们着想，我们又不要你为我们！

可是她依旧不改，她就是执意要为我们着想。

这个执意为我们着想的人，现在躺在我们面前。她已经自顾不暇了，轮到我们为她着想了。她呼吸得很艰难，我也抚摸她的胸口。母亲不再挣脱了，让我们摸着。也许抚摸确实能让她舒服一些。但那身体仍然羞羞缩缩的。我们从来没有摸过它，它已经羞于被我们摸了吧？她在迁就我们。她现在仍在迁就我们，把自己的身体献出去。这个身体满是松弛的肉，这身体生育过我们，是被我们糟蹋了的。她每生育一个，就要遭受一次糟蹋。母亲的身体毋宁是被蹂躏的战场。父亲的铁蹄从这里践踏，我们在这里把它撑大，再从这里出来，把母亲身体摧残得伤痕累累，更不用说分娩的危险了，如同闯鬼门关。即使闯过来了，接着还要哺乳，还要带孩子。同样作为女人，我很清楚，孩子简直就是扛在女人手上的永远放不下的包袱，做父亲的倒可以甩手。即使他有心，也未必承担得了。

当然现在时代风气变了，女人可以选择保全自己而不生育。但是不生育的女人是女人吗？有几个女人不想生育的？这就是女人的宿命。当然也可以生育而不给孩子哺乳，不带孩子。但不是亲自拉扯大的孩子，对你不亲。有付出才有得到。“糠养猪，米养人。青蛤养鸭母，鸭母生蛋养主人……”

母亲叹息道：唉，养什么哪，都是作孽！

本以为母亲会说句谅解的话，不料她却这么说。

大姐道：妈妈，我们真是感激您的呀！您对我们的养育之恩……

那也是作孽！母亲道，不养不行啊……就当我没有养你们！

她说得这么绝情。也许是的吧，可是毕竟已成事实。可是毕竟您已经养了我们了，您是我们的妈，我们爱您，我们已经爱上您了，我们依恋您了。我说。

不要你们依恋……

可是怎么可能？再说，从道义上我们也不能不认您，不管您。我们都在这里，谁都知道您是我们的母亲，我们是您的女儿，刘医生，护士，护工，邻居，还有亲戚，所有所有的人……他们都在看着我们怎么对待您。您可以不管，您不会有错，因为您已经对我们有恩了，现在考验的只是我们。我们无论如何必须做得好，不然就被谴责。我们必须承担责任，不孝的罪名我们承担不了！”

你们承担不了？我是一直在承担着呢……母亲道，几次想自杀……用刀，怕死在屋子里，让你们承担不孝的罪名……跳楼，但人家仍会认出来。去远些地方吧……人家不认识我，但我又走不了。只能熬着……我是为你们熬啊！现在我熬不住了……你们却还要挟我……

二姐道：那我们又被谁要挟呢？我们还本来不想生下来呢！

我愣。二姐话说得不好听，但这是真的。父母生孩子，完全没有征求孩子的意见，包括我现在对带孩子如此抱怨，可是是我擅自把她生下来的，生下她，还不就是为了自己需要？母亲怕孩子对她不亲而带孩子，难道不是为了自己的需要？这不是自私吗？为了孩子亲，才自己遭罪，然后让孩子承担这个债务。妈妈，你不要对我这么好吧！我也不想得到你的好。可是不可能，她就是要对我们好，我们已经稀里糊涂地接受了这个好，已经反悔来不及了。

看现在过成什么样，二姐仍道，早知这样，还不如当初你别生我。

大姐瞪二姐：你怎么能这么说？没有功劳也有苦劳。至少，给你煮了那么多年的饭。

二姐应：要是没生我，我何必要吃饭？何必要煮饭？你以为我吃的是什么饭？

母亲更剧烈地喘起来。算我对不住你们……她说。

我连忙把二姐拉出去。她净会胡说！大姐瞪着二姐背影，对母亲说。

她说得对！母亲道，我不怪她，要怪就怪我自己作了孽，现在，你们让我结束这个孽，是我自己要的，不关你们的事。

我们以为母亲讲的是气话。妈，不要再说了！我们说，不要生气！

母亲摇着头，好像在说，不是生气。她喘得更厉害了，眼看又要憋过去。我们大叫，外面的二姐慌忙跑去叫医生。

母亲终于又安稳下来了。她说要笔和纸。她的手还被绑着，拿笔纸干什么？她要干什么？她说：我可以写字据。

什么字据？

证明是我自己要死的。她居然还说。实在熬不下去了！求求你们，让我走好了。这样走，自然而然，人家也不会说什么了。

说到这份上了。我瞧大姐，大姐瞥瞥我，她动手整母亲的被单。母亲等着她，像个顺从的乖孩子，让她整理着。不料大姐立起身，仍说：

您好好歇着吧，会好起来的。

好像一切并没有发生。我明白了，纵使她同意，但她也不敢承担这个责任。没有人肯承担这个责任。二姐要是在，也许她肯，那么我就附和。要不是大姐突然来，我们早按我们的计划办了，但是机遇失去了。

当然可以再提起，让二姐提出。我跟二姐说了，不料二姐却说：

我成什么人了？好像就我不孝！

也许是被大姐攻击，也许还因为她自责，自己说了那样的话。现在她要是再提出放弃治疗母亲，那罪责就实实落在她头上了。

那么她就不顾惜费用吗？无底洞。

谁也不说，也是谁也不忍说吧。毕竟是自己的母亲。于是就只能忍心看着母亲受罪了。虽然也不忍，但是这样，生命总还在，要怎样，还有得选择。如果生命没有了，反悔也来不及了。

母亲好像彻底绝望了。她不理我们了。这倒没什么，只要能保存下她的生命，总有求她谅解的机会的。即使她不谅解我们，她能活着，我们也欣慰了。

又是一个晚上，母亲又熬了一个晚上。是二姐值夜。本来大姐说她反正没有上班，由她来值，但是二姐不肯。

她在跟她怄气。大姐对我无奈地摇摇头，也罢，好心被雷打。我还累着呢！

但是大姐并没有休息好。半夜里听见她起来，我披衣出来，她说：

老二她会不会照顾得清楚啊？

我说：怎么会不清楚？这么多年都是她照顾过来的，大姐你还是少操这份心了！

你就是向着她。大姐说。

早上，轮到我接替二姐，大姐也在家待不住，说她也去。我们一起去医院。一路上我在盘算着自己的事。昨晚我跟丈夫商量了，丈夫说，还是让母亲回来吧。男人比女人理性，这时候需要理性。但是单独面对大姐，我不敢说，我想到了医院，二姐在场时再说，至少二姐附和总会吧？

母亲面色苍白，目光呆滞，简直跟死了差不多了。只有偶尔的抽动，让人知道她还活着。二姐说，母亲整个晚上都没睡，当然，怎么可能睡？要睡下去，也就死了。可是不睡，不死，她更难受。我更坚定了说的决心。我把大姐二姐拉到门外，说了。果然，大姐睁大了眼睛。她的脸很快转成了愤怒。我预感到谩骂会像骤雨一样砸在我的头上。

突然，我听到一声哭。我们都没有反应过来这是谁发出的，大姐愤怒的表情仍在脸上，只是僵住了。我瞧见护工似乎也没意识到，她正在向卫生工领东西，愣了一下，还继续领。我们猛然意识到什么，才慌忙往房间里冲。护工也撒下东西，跑了进来。

居然是母亲哭！我简直不相信。

印象中母亲几乎没哭过，可眼下却哭得跟小孩似的。这些年母亲越来越像小孩了，虽然如此，但毕竟跟小孩不同。她耍脾气，你给她说道理，她就会理解的。毕竟是成年人，智力再萎缩，也比还没有培养起来好。

我们劝她，问怎么了？其实这是个白痴问题。还能怎么了？难受嘛。

我们这么问，其实只是为了引出问题。可是她不说。以前她都会说的，说了，就有的放矢了，就好办了。但是现在她不说，只是哭。也许她太痛苦了，已经顾不了倾诉了，她只能哭，哭是她的本能反应。

哭声惊动了整个楼层。许多病人或家属都跑来了，挤在病房门口看。真是丢人！母亲历来自尊自爱，现在却被人指指点点。她在众目睽睽之下哭。以前，遇到再大的事，她也不会哭的。即使是父亲去世，别的女人会当众哭天抢地，还念念有词，可她却没有。当然也因为她对父亲感情不深，但毕竟从此家里少了一份收入，从此她就更苦了，她也应该为自己，为自己的命苦而哭。其实她还是有哭的，我瞧见她在蚊帐后的马桶角揩了眼泪，但是她不在人前哭。遇到再大的事，她也不在人前哭，就像她从来不求人似的，一切自己解决。母亲在我们眼里，在大家的眼里，是很有尊严的。可是现在，她的形象稀里哗啦全垮了。

我们也觉得很丢面子。我冲过去，把病房门关上。可是他们又把它挤开了。我又不能把门拴上，护工跑去叫护士了，她们要进来。大姐就压低声喝母亲，让她别哭了。可是母亲不听。如果只是小孩，被一喝，就会害怕的，可是母亲是大人，这种办法不灵，她才不怕呢。有什么可害怕的？女儿还能把她吃了？再说，到了这种份上，如果真能把她吃了，倒是个好事。也许她就抱着这个想法的？她是存心的，这是她的另一个阴谋：既然跟你们说不通，那就要赖好了。想想，她这样被绑着，手脚都动不了，还能做什么？除了哭。

而且手脚被这么绑着了，还有什么尊严可言？

人到这份上，真是惨不忍睹。如果让一个人自己解决自己的生命，那还是有尊严的，甚至因为勇敢而非常有尊严。但是当连自己解决自己生命的能力都没有的时候，只剩下苟延残喘，丢人现眼了。这个濒临死亡的老人，完全被打败了。她闭着眼睛，不看我们，只管哭，完全不管外界的存在。她用闭眼来抹掉这个世界。我们怎么劝，她都不理。她哭得落花流水，不惜把自己的脸抓花了。真是急死人了！

我听见门外大家在议论我们，说生孩子没用，老了这么被子女对待，不孝！可是你们知道什么？正因为我们要孝，才落到这样田地。你们事不关己，高高挂起，当然能说漂亮话了。我们多想像你们那样，我们也可以袖手谴责别人。如果我们稍微帮一下，哪怕只是帮助托一下，递一杯水，提一个建议，还会受到赞赏，轻轻松松就可以得到好名声。可是我们不能像你们，我们面对的是母亲，我们的母亲这样了，我们必须管，推不掉。

我求母亲：不要哭啦，妈，求你啦！我也哽咽了。妈，你怎么这样？这样让我们怎么活人？可也许她就是恰知道这是我们的软肋，她偏要这样。她哭得很张扬，要不是手脚被绑着，她一定会手脚助阵。但我发觉，一般哭泣，总有个间歇的时候，情绪会因为发泄得到消解，眼泪也有限，声音也会嘶哑，这时候就会缓和下来。可是她却是马拉松似的，一旦后劲不足了，她就又组织起一次冲锋，让哭声再度高扬起来。我甚至怀疑她眼睛是眯着的，偷看着外界，看我们的反应，看门口大家的反应，看大家如何对我们施压。我还真发觉了她眼皮在动，她眼皮内的眼球在转。一旦我盯上她的眼睛，她就闭紧了，然后更大声号啕起来。这简直是小孩的伎俩。又好气，又好笑了。

二姐也发觉了，啐：你别鬼哭鬼嚎的，号什么！

老而不死，是为禽兽。自己不像话了，子孙也看不重她了。但是我制止了二姐。这把戏只有我们发现，外面那些人并没有发现，要是戳破了，母亲就更丢人了，连痛苦的形象都没有了，只剩下可笑。可是他们不知道，就认为是二姐不对。他们指责怎么能这么跟母亲说话！大姐也不明白，也用眼睛瞪二姐。我只得把二姐的手捏了捏，让她不要反驳，就忍受委屈。可是二姐不依，气乎乎道：

就你难受，就你会难受！你难受了，就有天大的道理了！

大姐反啐：给你天大的道理，你也受一受看？

二姐硬嘴道：受就受！

我当然知道母亲很难受。并不全是伎俩，首先是因为她难受。所以出此伎俩也是因为她太难受了，她忍无可忍了，无法遏制了。不料母亲应了一句：

到你死时！

她说话时，停止了哭。说完，又记起似的，连忙又哇地大哭起来。这突兀反应，所有人都感觉到了。这下大家笑了起来，甚至有人叫：

再哭，再哭！哭大声些！

我气急败坏冲过去。有什么好看的？没看到你妈死呀！

我吃惊我说出这么粗野的话。我把门关上，拴上。

大姐也看出来了。她愣愣瞧着母亲，好像不认识自己的母亲似的。她一屁股坐在床头柜上，望着墙，一脸惨淡。

6

母亲又昏厥过去了。又是抢救。只能抢救。

然后又是醒来，又要死；又昏厥，抢救……大姐也绝望了，终于同意让母亲回家。回家，就是放弃的意思，只不过表达得委婉些。大姐一直没有说“放弃”二字，她只是说，家里的环境好些，倒好像母亲还有很长的生命，还有希望活下去似的。

我们也没有用“放弃”这词。但是彼此心里都明白，不过心照不宣，自欺欺人罢了。

刘医生也没在病历上用“放弃治疗”这类措辞。他教我们回家后用氧气袋给母亲供氧。医院没有卖氧气袋，他指点我去一家医疗器械用品商店买两个，什么样的袋子，怎么用，他耐心教我。

医院可以充气吗？我问。

他点头。

二十四小时都有充吗？我问。

上班时间吧。他说。

那我买三个吧，免得来不及替换。我说。

他不置可否。我不知道,我想得太好了。刘医生为什么也不告诉我?他一定知道的。也许他是不忍。

护工说她可以联系老乡来运送。她老乡来了，谈好价格。二姐说：得给抬上五楼啊!

二姐家在五楼。

他们诧异：人家都是放杂物间的。

确实，一般来说，将死的人抬回去，都是放在杂物间。说是免得到时候搬来搬去，其实真正的原因是家人忌讳死在屋子里。那是二姐的家，如果她要放杂物间，我们也没办法。可二姐却啐工人道：

要是你妈死了，你也放杂物间呀?

工人赔笑道：也不是……那得加钱。

二姐道：加钱就加钱! 加多少，说吧!

我们很惊异。二姐是孝顺的，其实是最孝顺的。

把母亲抬回家。我指挥工人把母亲抬进她自己的房间。工人想当然地把头朝向窗户一侧,母亲叫起来。工人没明白,我也没意识到怎么回事,二姐过来，道：

你们懂什么? 朝这边!

我和大姐全成了废人。是二姐的家,我们既不熟悉,也不敢随意做主,只能听二姐调遣。母亲要什么，我们只能传达给二姐，由二姐拿。我们走出母亲房间，随手关门，母亲就叫嚷。二姐来了，把门打开。母亲就不叫了。

她半夜睡觉都要开着门。二姐说。这些年来，我虽然经常来二姐家，但是从没有在半夜来，所以完全不知道母亲这个习惯。

大姐更尴尬了，有时候她不好意思去问二姐，就去问二外甥女。

母亲靠氧气袋供氧。她仍然不肯插氧气管，我们只好又把她的手绑起来。很快的她也不挣扎了，我们试着松绑，她果然不再去抓。她闭着眼睛，好像昏迷着。

偶然发现，母亲开始依赖起吸氧来了。换氧气袋时，换得迟缓点，她的鼻孔就会迫不及待地寻找插管。她喘得厉害，我们一旦把氧气旋大些，她就会安详下来。

氧气很快就用光了。一袋氧气用不了三个小时，这样下去，一天要用多少袋！我跑医院充气。我还庆幸我买了三个氧气袋，一下子可以充两袋，可是医院只让充一袋。我找了刘医生，刘医生的面子，终于答应给充两袋了。谢天谢地！但以后怎么办？总不能每次都找刘医生吧？只让充一袋就一袋，我刚换下一袋，就拿医院充。不料医院又不让充了。医院说他们不能无限期地供应氧气。怎么会无限期？这病人已经这样了……我没有说出来，忌讳。冷静想想，我们还真想着母亲的生命可以无限期延续下去了。这些日子，我们没去想这问题，也许是不敢想。

但即使想到了，也不能给母亲断了供氧吧？我说：你们当初答应过给充的。

不是充过了吗？他们说。

怎么能这样？真是不讲信用！我又去找刘医生。刘医生又去说情。充了，但是对方说，下次坚决不行了。

可是病人在等着呢！我说。

那也没有办法，医院的规定。管充氧气的工作人员说。

我看刘医生。他当初怎么让我们买氧气袋呢？刘医生抱歉地低下头，嗫嚅道：

我也没想到你们会让她拖这么多天。

什么意思？

可以旋小一点。工作人员说。

什么？那岂不是不让母亲活了？我猛地愣了。也许正是这个意思。

刘医生的话也正是这个意思。我背上一阵寒冷。

本来也就是个形式。那工作人员又说。

其实，我们当初让母亲回去，不就是让她等死吗？

我们只能把氧气旋小了。母亲明显难受起来，她的手脚开始又挣动。她说不了话了，只能手脚挣动。她的手企图伸向氧气插管，可是她够不着，她已经没有力气维持她的手举到脸上。我帮她支着，她的手终于能碰到插管了，她竭力将它往深里按。

现在她需要氧气，她要活。这是人的求生本能。她不想死了，可是氧气没有了。

她的手很快就不能动了，只剩下随着身体的抽搐。她像一只被打伤的濒临死亡的小动物，明知猎人向她走来，她却无能为力，只能听凭命运宰杀。

我们急坏了。我疯了似的满街找医院。丈夫也动员起来，托门路。好容易有医院愿意给我们充一袋两袋。也难以为继。我们走投无路，求助无门。

我跪在母亲床前哭。面对着母亲的求生欲望，我们无能为力。我真后悔为什么要把母亲抬回来。如果在医院，就有办法了。再把母亲送医院吧！我脑子里闪出这个念头。那么，难道不是一切又要重新开始？我满足了母亲的求生欲望，就等于延长她痛苦的过程。她一直是在痛苦之中的，所谓缓解，也不过是痛苦之下的缓解。

还是把氧气旋大了。可是旋大了，很快就会没气了。彻底断了供氧，就好像猛地把她捂死。那情形多么可怕！不如给个缓慢的过程，慢慢地没了，也许还好些。

有一天，母亲忽然睁开眼睛了。难道这次又出现了奇迹？我简直不敢相信，都已经到了这种地步了。但无论如何我们感到宽慰。我们给她喂水，她摇头不吃。看来还是不行。

到下午四点多，她忽然说煮饭的时间到了。她要去煮饭。她居然想撑着起来，我们把她劝住。这些年，只要她不病倒，一直是她煮饭的。可怜的母亲，煮了一辈子的饭，这时候还在惦记着煮饭。二姐说，她会煮的。她也没坚持，其实她根本没力气爬起来。

《东方红》响起来了！她催促说。

这都是多少年前的事了。每天下午四点半，有线广播开始播放，我们旧家门口的屋檐下挂着一台广播机,这时候就会响起始播曲《东方红》。那时候家里没有钟表，家庭主妇们都是听广播煮饭的。早已不是那种年代了，我们也搬了新家，家里也有了钟，母亲也懂得看钟了。可现在她怎么回到过去了？

快去开门，她又说，外婆来了……

外婆？我们从没见过外婆。外婆早在我们出生前就死了。我们只看到她的遗像，我们小时候，它一直挂在厅上。后来母亲跟二姐了，因为是二姐夫的家，就搁在母亲自己房间的柜子上。后来柜子上东西越摆越多，照片就被挡住了，已经很久了。想到从那阴暗角落里走出了外婆，我们简直毛骨悚然。

大姐明白了，是回光返照了。赶紧去联系丧事“一条龙”公司。庆幸的是，上个月我丈夫拿了数码相机来给大家拍照，其中母亲的一张照还可以，可以裁成遗像。

我连忙叫丈夫去裁剪打印，然后让他把女儿叫来，见外婆最后一面。好在今天母亲形骸还可以，虽然憔悴，满脸皱纹，但是神态还安详。前两天女儿就一直吵着要见外婆，我一直没让她见，怕吓了她。我对她说，外婆去外地了。

去哪里外地？

这小家伙真缠人。我说，去大姨那了。

大姨不是在这里吗？

唉唉，我怎么把这给忘了？大姨来了，大姨家里还有其他人呀！

小家伙还想问什么，被我岔开了。

女儿一进来，就问：外婆去外地回来了吗？外婆去大姨家就生病了？

这是什么话！真怕大姐介意。好在大姐不介意。都这时候了，还介意小孩一句话？

母亲见到小外甥女，明显兴奋了些。她的身体动了动，又停住了。她的眼睛在找二姐。冰箱里有上排……她说。

我们以为她想吃，正要高兴，她却对我女儿说：二姨煮面给你吃。

以前小外甥女来，她总是张罗着这那给她吃。不，所有的客人来，她都要煮点心。妈，都什么时候了，您还操这份心！

我女儿说：我不吃！

要吃！吃了好长大！她说。

我几乎要哭出来了。她长大，你也看不到了。我说：都是一家人，还这样干什么嘛。

可她不依。二姐只好说，好好，我去煮。假装去厨房，转到她看不到的位置。毕竟，不愿让母亲再不高兴。

母亲高兴了，笑了。她居然笑出声来了，笑声爽朗。

大姐忽然提议：要不咱们一起吃吧！

我诧异，大姐怎么还有心思吃面？大姐，你还吃得下吗？我胃堵得慌。我看大姐，大姐在向我使眼色。我蓦地明白了什么。

吃太平面！她又说，有鸭蛋吗？

有鸭蛋。线面加上两颗鸭蛋，就是太平面了。我们这里把鸭蛋叫做“太平”，因为它跟“压浪”谐音。我们这里的人过去漂洋过海谋生，船常会翻，因此走前吃了鸭蛋，就能压住大浪了，就能保住生命，就能再回来团圆了。外公就是没吃太平面才回不来的吧？现在也可以团圆了，母亲不是见到外婆了吗？一定也会见到外公的。活着不容易，但在生命尽头，团圆了。大姐说：

一家人终于聚在一块了，咱们一起吃！

大姐长期在外地，聚少离多。大家高高兴兴，团团圆圆！她又说。

大姐也老了，最知道老人要什么。老人就求个团圆，人就求个圆满。大姐做出很高兴的样子，好像一切是真的。我真佩服大姐能装得这么好，忍得住。也许这就是大姐胜过我们的地方，她见的世面比我们多。可是，母亲毕竟要离开我们了呀！说什么团圆？什么圆满？但是，人最后总要这么结局的。与其凄凄惨惨，不如坦然接受。与其让她恐惧着走，不如让她开开心心上路。何况，她自己也选择了走呢，就好像自己选择了旅行一样，应该好好为她送行。

当然她最后又不想走了，但是没有办法的事。她已经不能自我把握了，我们就不能替她把握吗？

二姐也明白了大姐的意思，大声答应着，真下厨房了。用高压锅炖上排，捞线面。二姐做得磕磕碰碰，毕竟平时大多母亲做。

二姐叫我过去帮忙。肉炖在高压锅里，我看着直倒胃。二姐好像一直在忙着，无暇顾及我，只背着我说：

把蛋壳剥了。

二姐的嗓音是发黏的。锅里在烧面汤，汤气弥漫，我看不到她的脸。她忙着把面下到汤里，低头探锅里，怕太硬了，又怕糊了。面捞起了，下到两个盛着肉汤的碗里，让我先端出去。外面，大姐在跟母亲说话，一边抚摸着母亲的胸口。母亲和颜悦色，好像完全原谅大姐了。云开雾散，一片祥和气氛。

我让母亲和大姐先吃。大姐说，她要喂母亲吃。妈，让我喂你吧！她请求母亲。

大姐因喂水被母亲斥责过，她居然还要喂。我明白了，她要在哪里摔倒，就在哪里爬起来。给走前的母亲留个好印象，让母亲宽慰。

母亲答应了。母亲也很配合，但其实她根本吃不下了，但她顺着大姐的意思，用嘴唇碰了碰。

不行哟，大姐把孝顺全抢了！我故意说。

大家大笑。母亲对大姐道：你呀，是有“孝”无“顺”！

母亲以前曾经这么说过大姐。当初毕业，让你回来，你不回来，说在北京有前途……你这个孩子哪，就是这样！我也由你了……毕竟小孩有自己的前途，可是却受苦啦！

大姐道：没有受苦，是得到锻炼了。就跟上山下乡得到锻炼一样。其实，我什么都会做，要不然怎么把孩子带大？

大姐忽然记起她的女儿，说要给北京的女儿打电话，让她跟外婆说话。可惜二姐家没有电脑，不然可以网络视频。社会进步了，人类联络越来越方便了，可是我们却没有利用起来。我曾想过把母亲接到我家，让母亲在电脑里看看大姐一家，举手之劳的事。可是今天拖，明天拖，拖到现在没做到。永远也没机会了。也许正因为是举手之劳，我们才疏忽了。人就是这样！

电话接通了，用免提，大外甥女的声音响起来了。有点认不出来了，毕竟已经到了要做母亲的年龄了。她一听外婆的声音，就叫：

妈妈她骗我！外婆您这不是好好的嘛！

她不知道她外婆的状况，她完全不知道。她又说：

妈妈，我这边都乱套了，你却跑了！一个多月就生了……

大姐啐道：还有一个多月，还早呢！

我们只盯着今天，明天都不可知了。

生孩子好可怕！大外甥女仍说。

母亲安慰道：不怕，外婆都生了那么多个。

大外甥女问：是不是很痛？

母亲道：不痛，外婆教你，你就吃炒鸡蛋……

这是母亲的妙招，她曾经教给我们，现在她又教给大外甥女。一代代传下去。她是我们所有人之母。

她还要详细说，但她喘了起来。大姐连忙说我们全知道了，我们不就是这么做的吗？那边对大外甥女说，外婆要休息。但是对方仍说了许多不着边际的话，还快乐地笑。我们都要哭出来了。大姐不由分说把电话掐了，冲进洗手间。我只能先忍着。大姐出来，眼眶里还湿湿的，我就也迫不及待钻进去。眼泪唰地流了下来，我咬着自己的手，不让自己哭出声来。

二姐的女儿当场哭了起来。二姐出来喝道：不想吃面就别吃，哭什么？这孩子就是不想吃东西！

母亲道：你不要这么骂孩子。你呀，就是脾气不好！

大姐故作风趣道:面倒做得挺好，我以为都是妈妈做，她不会做呢！

大姐这么说，等于承认了二姐的功劳。我连忙说：当然了，要是换成我，都不知怎么办了呢！

我丈夫也道：最不会做的是我家这位了。

我撒娇道:我怎么不会做？还不就因为你也做了些，心里不平衡呀？人家丈夫都这么做的，要不然，我要你干什么？

大家笑了。母亲也笑着，我们围着母亲吵吵嚷嚷，说着笑着。蓦地发现母亲又迷下去了。我们知道这下她是彻底不行了。我让丈夫把女儿抱出去,赶紧去旋大氧气开关。可是氧气已经不多了。只剩这一袋了,不，只有三分之一吧。我把旋钮旋到最大，氧气袋明显地瘪软了下去。天哪，我要氧气！哪里有氧气卖？多少钱我们都买！可是没有人卖给我们。叫天天不应，叫地地不灵。只能把旋钮旋小。可是我又瞧见母亲在抽气。我手在旋钮上旋来旋去，不知所措。母亲抽得越来越艰难了。她好像不再抽了，但我感受到她是在身体里抽，已经微弱到不能在外表体现出来了。她一定更加难受，她身体内部在进行着殊死搏斗。

我们瞧着母亲，无能为力。只能求这种搏斗快点结束。好了，好了，就要好了……我们心里念着。

氧气袋彻底瘪了，氧气光了。母亲也完全安静了。好了，好了……

没有了动静。大姐拿手在母亲鼻孔上试了试，又从边上拿一张纸放在鼻孔下。纸没有动。

我的手还停在氧气袋的旋钮上。是我害死了母亲！我叫起来。

大姐、二姐也哭了起来。她们也叫是自己害死了母亲。我们把母亲害死了。要是我们不把母亲抬回家，她还不会死。至少医院还会给我们供应氧气！是我们害死了母亲！我们都是刽子手！现在，我们都没有母亲了。天地苍茫。我们没有母亲了，好可怜！大姐把我搂住，我也去搂大姐。大姐又把二姐搂过来。二姐顺从地被她搂着，也抖抖索索摸上了大姐的肩，又搂住了我。我们抱成一团，号啕痛哭起来。

7

火化了母亲，我们仍沉浸在悲痛中。不，是凄惨。收拾着屋子，做着事情，忽然就发呆了，然后会不由自主流下眼泪来。

我们望着墙上母亲遗像，竭力回想母亲在世时的情景，我们小的时候，我们长大以后，她临走前的最后一天，上排面，我们的笑声，母亲的笑容，像放映电影似的。可是很快，这一切就被另一副情景所叠替，母亲的挣扎，寻死觅活，哀求，凶恶，耍赖，假哭，小孩似的痛哭流涕……

无法抹去。也许是把母亲看得太圣洁了，一经玷污，污迹就怎么洗也洗不干净。这就是我们的母亲！闹到了这种地步，真惨哪！我们为母亲可惜，为我们自己感到可怜。

我们在这种情绪中难以自拔。只有在“做七”的时候，在僧人的诵经声中,我们的心才得到一些安宁。我们仿佛随着诵经声,随着袅袅香气，离开了现实的世界。

工人在扎纸房。摆上纸糊的家具，绘上庭院花草，扎上纸轿纸马，配上丫环仆人，童话世界一样，一个跟现实不相干的另一个世界。要是真有童话世界该多好。

“化库”了。把纸房投进火中焚烧，纸房被火舔软了，化了，成了灰，飞上了天。母亲在天上等着，等着她的东西。把母亲留下的衣物也烧了送去，所有的一切，包括箱子，柜子……我们不想留。我不想留，二姐也不想留，大姐也在搬着母亲的东西投向火里。我们姐妹三人的想法出奇的一致——让熊熊大火把一切全烧了吧！

最后只留下了母亲的遗像，挂在墙上。因为没有了柜子，外婆的照片没地方放了，也将它跟母亲照片挂在一起。我女儿从没见过我外婆的照片，叫：

外婆！

我愣。才发现她们长得非常像。外婆看上去，就是年轻时的母亲。

不是外婆，是大外婆。我纠正道。

大外婆？她没明白。

就是外婆的妈妈。

哦，大外婆。女儿第一次听到这个词。大外婆……

大外婆比外婆年轻！她忽然说。

什么？

大外婆比外婆年轻！

我一愣。我外婆去世时只有三十多岁，照片上的她，年轻，漂亮。相比之下，母亲却是满脸皱纹，憔悴不堪，被岁月糟蹋得惨不忍睹。

傻瓜，那也是你外婆。我说，指着我的外婆。

我们把母亲的照片摘下了，留下年轻漂亮的外婆。也许外婆死前也曾有惨不忍睹的一幕，但是我没有看到。没有看到的，就是不存在，我们不想去探究，为什么要？我们还得活下去，我们还得纪念母亲。

我们把母亲的照片也烧了。

【又见小芳】

我和她篇

1

女人到底想要什么呢？她说，她没有 MIC，只能打字。

她是我在 QQ 上随便搜索到的。我知道她有 MIC。我调整音频，扬声器音量灯在闪。我说，你有 MIC，你在撒谎。

她为什么要撒谎？不用语音交谈，只打字。打字比起语音，毋宁是一种阉割。科学发展到今天，什么都成为可能，为什么还要阉割自己？她终于发出了一点声音：你好。

你好吗？我问。

好。

可我看不到你好不好。我说。

我没有摄像头。她又说，对不起。

你还在撒谎。我说。你有摄像头，你没有开。

你知道的？

其实我也不知道。我只是诈她。她笑了。我听到她的笑声。这笑声才是她真的声音。你怎么知道的？她问。

我当然知道。因为我比你懂，你是菜鸟。我说。

对方不作声了。我对上网是不太熟悉。她说。叮，她下了。真没意思。我起来撒尿。我住的是公司集体宿舍。合居者正从卫生间出来，急匆匆的。

见了我，点了个头。我知道他是急着要钻进他的房间，他也爱趴在网上找女人聊天，我给他一个外号：搜狐。其实也无所谓搜不搜，更多的时候只是不肯失望，处在吃鸡肋状态。搜狐忽然停住了脚，好像想到了自己即使进屋去，也没有谁在等他。他向我嘀咕了一句什么。

他在问我房子装修得怎样了。

我马上就要住进自己的房子了。我要结婚了。新房是贷款买的，房价涨疯了，贷款政策也越来越严，装修价格也越来越贵，总之像一道道绳子勒在脖子上。还得一个月吧。我说。

哎，多了一个现实的人，少了一个虚拟的人。他怪里怪气叹了一声。我知道他指的是什么。少了个像他那样的人。

多的不见得是好事，少的不见得就是坏事。我回答。这时，房间里又响起了 NetMeeting 呼叫声。又是谁？我奔进去。还是那个女的。

接了。她仍然没有打开视频。

我有点恼了，膀胱里的尿憋得难受。有一种冤枉的感觉。

我掉了。她说明道。

哦。我说。

我确实是新手。她说，接上了刚才的话题。

是吗？

是的，只是喜欢聊。

要聊就诚心诚意。我说。不然又有什么意思呢？不如不聊。你开呀。

她终于开了视频。可是仍然没有把镜头对准自己，而是对着墙壁，墙边有一个石膏像，是那个断臂维纳斯。什么嘛，你又不是维纳斯。仍然是遮掩。何况，我一直是现着形的。我都现出形来了，你也太不够意思了。我说。

她笑了。男人现出形，跟女人现出形所付出的代价是不一样的。她说。

这倒也是。难道她是恐龙？再不露就切了。我说。

终于露出了一个臂膀。那臂膀挺肥沃的。果然。我问：你是哪里的？

上海。你呢？

我也是。我答。

是吗？她叫，听得出是惊喜的。你是干什么的？

老板。我说。

我也在撒谎。其实我只是一个为老板开车的。我喜欢说自己是老板，至少在说时，心里好像咬破了酒心巧克力糖一样，一个醉甜。

我蓦然意识到身后还开着门。搜狐站在大厅上。幸好我的镜头逼自己非常近，没有把后面的他摄进去。我把摄像头调开了，回头关上自己房间的门。我听见他在外面揶揄地叫了声：老板。

我脸红了。真他妈的讨厌！还不是彼此彼此？但是我比他好，因为我还炒股，因此有了女朋友。

可是我有了女朋友，为什么还要在网上找女人呢？

我再转正镜头时，对方那女人说，你很帅。

2

我和未婚妻在商场买浴缸。她叫影。女孩子嘛，就是购物狂，只要有钱就可以把她搞定。

现在谁还用浴缸？但是影要的是那种带水力按摩的。我说那不好，对身体没有好处。你怎么知道？她问。你想想啊，人有高有矮，可那按摩点却是固定的，颈部，腰部。对我是恰到好处了，到了你，不就按到屁股上了吗？

好啊，你骂我！影叫，就要过来掐我。

影比我矮半个头。我没有说错。但我知道自己是在推诿，实际是我没有钱。按摩浴缸少说也要五千元。我的股票被套牢了。我所买的东方地产，传说是一家空壳公司，我用了我全部的钱买了它。当然那些钱也是我从股市上赚来的，一下子进到我的账上了，又忽然全出去了，不是自己的钱了。买股票就是这样，像梦。当初我是用赚来的钱吸引影的，她并不知道那钱只是暂时寄在我这里。我不敢告诉她，告诉了，她一定要飞走。谁愿意跟一个穷光蛋？我只能瞒着她。先结婚再说。尽管我也知道结了婚了也可以离，现在婚姻是拴不住人的，但也没办法，只能走一步算一步了。

我故意装做逃跑。她追。我很快就把她带离了那该死的卖按摩浴缸的店。她追上我，说：你是不是嫌我矮？

我怎么会呢，再说你也不矮呀，一米六，还矮？

她其实长得很漂亮。我说了。漂亮什么呀！她说，很快就要老了，你不让我保养。

谁不让你保养了？我辩道。我只是觉得你这样漂亮的身体，应该放在那样的浴桶里。

我指着前面一个木制浴桶。看上去很粗糙，简直是我小时候用的木洗脸盆的放大。现在的人真是邪门了，这种东西又搬出来了。之所以指它，是我断定它不会有多高价格。影果然活蹦乱跳地跑过去了，一下就跨了进去。她在里面确实很漂亮，像精巧的玩具。你也进来！她叫。

我怎么进得来？这么窄。我说。

挤挤嘛！她叫。哦，不愿意跟我挤？还没结婚你就嫌弃我了？女的一结婚就变成老太婆了，你们男的还可以青春永驻，永远这么帅。她说。

我确实很帅。QQ 上那个女的不也这么说我吗？可是帅有什么用？我原来是赛车手，没赛出名堂，就给人当车夫了。只配买这种木浴桶。我瞥了瞥边上的价格。一万元！我吓一跳。

销售小姐过来了。先生小姐，喜欢吗？

喜欢这玩意儿？我说。

我瞥见她吃惊地看着我。她不明白我为什么忽然又变卦了。这乡下才用的东西。我又说。

销售小姐说，先生，这您就不知道了，这叫回归自然。

靠，还什么回归自然。现代人什么毛病？我说。这要是回归自然，我爷爷那辈就回归自然了咧。

对嘛，销售小姐说，所以才叫回归嘛。

我愣了。影咯咯笑了。看来你小学没毕业，那毕业文凭是假的。

靠，我说，现在什么不是假的？我说。

那你对我也是假的喽？她叫。

那哪里会……我支吾。

那你就买！她叫。简直是命令。要不你就是假的，就是不爱我！

我当然爱你。可是我拿什么爱你呀？我想。我已经没钱了。可是我怎么能对她说？算啦，买就买吧，大不了借款，结婚后一起还，她要离婚也得承担一半债务。

还没结婚就考虑着离婚，简直有点残酷。谁让我没钱呢？谁让我破产了呢？谁让我中了那该死的上市公司的圈套了呢？付了定金，出来，影吻了我。我咬住她的舌尖，体味到爱的残忍。这就是我们的爱吗？

3

那个女人又呼我了。她好像总是很悠闲。

你是干什么的？我问她。

公司。

公司的，老总？我问。我是在揶揄。我恨有钱人。我没有钱。

你不也是老板？她问。她果然是老板。我愣了一下，记起我曾经对她说我是老板。我是小老板，你是大老板。我说。也许是出于李鬼见到李逵的心虚。

你怎么知道我是大老板？她问。

我就是知道。我说。

你说嘛！她急了，问。我感觉她被我钓住了，像一只鱼，使劲扯着鱼钩，欲罢不能。因为我知道。我仍然说。

说吧！

我瞥见了她的胳膊。有这么肥沃的胳膊，难道还是小老板吗？因为我看到了你。我说。

对方猛地把胳膊一缩，闪出了画面。我笑了。

你根本没有看到我。她说。

我看到了。

你看到了什么了？

看到了你怕了。

我怕？哈，笑话！她又把胳膊大大方方露了出来，好像在说，我为什么怕？为什么要躲？

为什么只敢露出胳膊来呢？我说。

你还要怎么样？她说。猛地把镜头一拉，露出了脸。那脸似乎并不丑。但是那脖子在指示，那延伸下来的部分可能是很胖的。有胆量见面吗？我问。纯粹出于挑衅。

见就见！她回答。

居然！

我们约好在一家咖啡屋见面。她来了，果然是胖，非常之胖。女人一胖，给人印象稀里哗啦就全垮了，再不会去细致分析她哪里还可取。就连我原先建立起来的她还过得去的脸部印象。

我甚至看不出她的年龄了，大概有四十来岁吧。

她明显很不自在，不停地使唤着服务生拿这个干那个，好像要把你的注意力转移到那上面去。忽而她似乎又觉得自己点太多东西了，让人想到自己肥胖过剩，就说，我们走吧。

去哪里？

去兜风。她说。她指了指玻璃窗外的她的车。那是一辆宝马，好车，而且适合女人开。我常会在街上看到女人开着好车，这些女人有的很年轻很漂亮，但是我知道这车十之八九不是她们自己的，或者不是靠她们的钱买的。而确实有些女人，她们是真正的车的主人，但是她们老丑。每次见到这样的女人，我的心头就会涌起一丝悲哀，那车，就好像她们抹在脸上的厚厚的脂粉。

我才记起必须交代我车的情况。一个老板是不能没有车的。我说，我的车坏了。

她笑了笑。

笑什么？我问。

我的车没有坏。她说。你开的是什么车？

大奔。我撒谎道。不过也并不完全是撒谎，这车确实是我开的，只不过是我老板的车。难道这有什么吗？就好比那些二奶，她们开着她们男人的车，为了她们男人搞事便利。

大奔好啊。她说。

不过现在的大奔也不怎么样，你看，我那就坏了。我说。

她让我上她车。她上车时侧着身，好像是硬挤进来的。特别是那肚子，真担心会被挤破。世界上居然有这么胖的女人。可是她有车。

自己有车真好啊。我记得我们股票交易所里有个大户，有段时间也开了一辆宝马来，说是股市上挣的第一桶金买的，把我们羡慕得。后来他不再来了，据说赚了更多钱，开大公司去了。这样运气怎么就轮不到我？

你当初是怎么挣到第一桶金的？我问她。

她显得很惊讶，似乎没想到我这么直截了当。是的，没有人会这么冒冒失失去问别人这个问题，特别是对一个女人，特别是一个女老板。但是恰恰因为她是个女人却很丑，我可以这样作践她。

你是不是认为是睡出来的？她反问。

她居然这么说。也不看看你什么样子，还有人跟你睡？

人们看漂亮女人成功了，就想，还不是睡出来的？她说，看丑女人成功了呢？该怎么说？你看，这么丑的也能睡出来！

我吃惊。

她笑了。传销。她直说了。

没有被抓起来？我说。

险些。她说。很累啊！她还真是干过传销的。她说，有一次干部会议，突然听说公安部门来检查，连忙转换会场，到对面楼十三层。这边下楼六层，那边再上楼十三层……

你也上得去？

上不去也得上呀。她说。不过那时候还真能上得去，那时候还年轻，还没有现在这样子。她居然用眼睛指指自己肥胖的身体。也许是出于一种抵抗性的自嘲。这个女人，对自己的长相相当在乎。话说回来，哪个女人对自己的长相不在乎的呢？我倒不知道该怎么办了。倒好像我看着她的丑相，是一种侵犯。年轻好啊，我只能说，年轻好赚钱。

不，往往是年轻时不好赚钱的。她说。赚了钱，就不年轻了。

说得像绕口令。我也笑了。她打开了 CD 匣，音乐响了起来。是那首流行的李春波的《小芳》。说是流行，其实只不过是他们那年代人的流行，我是没有感觉的。从词到曲，其实都很简单，一般，但在他们那代人听来却像浓醇的酒。也许只因时间酿久了。

后来呢？我问。

什么？她好像被惊醒，几乎是神经质地。其实我也是随口问问，我找不到合适的话说。我赶忙说明：我是问你后来又做了什么生意了。

房地产。她回答。

啊，就是那个把我害了的房地产！我就是买了房地产股。怎么房子拼命涨，我这股却一直往下掉呢？我恨它。尽管那上市公司跟她没有关系。房地产好啊，可以炒，大炒特炒，炒得一方倾家荡产，一方吃得肥肥的……

你这是什么意思？她问。

我知道她指的是什么，可我不想住口。不是吗？我反问。

是吧。她承认。她抵赖不了，就像她像海绵一样的身体隐藏不住她吸取的本相一样。

你还可以再吃呀！我说。

为什么？她说。

为什么不？我说。

为什么要？

还可以吃得更多呀！

我已经吃这么多了。她说。又瞥瞥自己。我已经这么肥了。她蓦然说。

我一愣。感觉一拳砸过去，被她的肥肉弹回来。可我仍不善罢甘休。我说，你这样怎么了？可以去锻炼呀！可以把车子卖掉去走路锻炼呀，把钱分给穷人，保证你得瘦下来！

说得对。她说，语气软了下来。

我离不开车了。她又说，声音喑哑。好像是贴在我耳边说的。我猝然被触动了一下。

我也是。我也说。我也离不开车。这些天我的大奔坏了，我就几乎寸步难行了。

她笑了。你没有大奔。她说。

我脑袋猛地蒙了。我没想到她会这么直接，这么说。

你不需要大奔，这个棺材。她又说。你还能走动，身强体壮，你不需要棺材。她捶着方向盘。喇叭响了起来。我们都一惊。没有交警。赶紧加大油门跑。

这哪里是棺材？你看它还会叫。我说。也许正因为她把自己的车称做棺材，我的屈辱被抵消了。

她笑了。

你看它还跑得这么快。我又说。

你可真会说话。她说。听说过那个新闻吗？

什么？

美国的。一个肥胖的人躺在沙发上起不来了，最后沙发也垮了，他就躺到了地上，直到死，人们无法将他抬出门来，只得把门拆了。

我似乎听说过有这样的事，是不是这一件，我弄不清。这样的故事总是很多，肥胖是我们这个时代重要的话题。有人甚至设想：假如哪一天世界上都充斥着肥胖的人，地球就要受不了了。

其实胖也没什么。我安慰她。

那换给你？她说。

好啊。我说。我无所谓啦。

你是无所谓。她说。男人胖一点也无所谓。

只要没病。我说。你没病吧？

这很重要吗？她反问。

当然，健康是最重要的，只要没病，身体好……

口是心非吗？

为什么要口是心非？我说。

男人不要女人的钱。她说。男人只要女人漂亮。

我一惊。这倒是。无论人类如何进化，世界格局如何改变，这似乎是不变的。我问，你结婚了吗？也许我问得太冒昧。

结过了。

结过了？

对，又离了。

对不起。我说。

没什么对不起的。她说。她盯着我，几乎是挑衅地。我很惶惑。为什么……我问得很含糊。

因为他受不了。她说。

哦。

因为他不要女人的钱。他宁可一分钱也不要，走了。那时候我已经有钱了，公司发展得越来越红火，人也发展得越来越胖。发展，对女人是个悖论。

她说。我一愣。

不是吗？

是吧。我想。

永远扯不平。她说。除非死了。

她忽然猛踩油门。我大吃一惊。她神情冷酷，好像就要去赴死似的。我感觉自己也飞了起来，到了临界状态。虽然我是赛车手出身，但以前从来没有这样的感觉。也许是因为是别人掌握着方向盘的缘故，而且是她掌握着。我想去抓她。我感觉我们被绑在了一起。那感觉有点玄妙。

4

我一连几天都在想着她。可是她再没有在 QQ 上出现了。或者是她改了名字了？当然我可以通过聊天记录识别出她来，但就在几天前，我的电脑重装了一次，聊天记录全没了。我怪自己当初怎么没探出她的电话，或者别的联络工具。

那种玄妙的感觉一直挥之不去。也许是因为它跟死联系在了一起。它触动了人最根本的隐痛。谁没有死的时候？其实我们时刻都在准备着死，无论是惧怕，还是奔赴；无论我们对生活是希望还是绝望。

死把我们连接在了一起。或者说，是死亡的话题。那是一种超越在现实之上的话题。人跟人，一旦谈到了这话题，就共同拥有了一个玄妙的世界，就好像一起从阴间走一遭回来的旅伴。

她终于又在 QQ 上出现，是在一个礼拜后。我呼她。我责问她这段时间都跑哪里去了，好像是她失约了似的，好像她本就应该属于我。

她说，公司忙。

噢，她有公司。我这才记起来。她的主要角色是公司的老板。她要忙活的是她的公司，而不是我。

你忙吧。我说，我下了。

不不，她说，现在没事了。

没事了才找我？

她笑了。现在即使有事也不管它了。她说，那些事真是烦死了。

老板都是这么说。我说，可是你们又不肯放弃生意，关门大吉，去睡觉，去玩。只是希望休闲休闲。就这么没治。

说得好。她说。我今天就放弃了，去喝酒吗？她说。

我们找了衡山路一家酒吧。酒吧非常吵，有乐队表演节目。说话都困难。服务生跟她说着什么，她听不见。我也听不见，只瞧见服务生摊着大巴掌。她就给他一叠钱。她可真有钱。服务生点着钱，走掉了。

酒来了。其实她不该喝酒。书上说，酒也能使人发胖。但是她喝了。她还点了萝卜干，都说腌菜能减脂肪，也许这就是她保持着理智的地方。可是她就不怕腌菜致癌吗？

碰杯，喝。一个染着棕色头发的男孩在歇斯底里唱着。她忽然对我说话。我听不见。她就凑近我。我闻到了她嘴巴的味道。

我凑她耳朵回话时，我闻到了她香水味。

太吵的地方，只适合于喝酒、疯，不适合交谈。或者把心交给了那唱歌的男孩。他在唱猫王的《Don’t Be Cruel》。大家身体随着歌声晃动着，让那歌声牵着走，让那歌声占领自己的心，把自己变成空心人。

音乐终于柔和了，有人去跳舞。跳吗？她问。

我不会。我说。

我真的不会跳。在这种场合，你会发现，不会跳舞真是个遗憾。

浪费了好身材。她也说。

我反问，我身材好吗？

当然，一看就是个运动员。

她还真有眼力。你错了。我却说，我只是个车夫。

这我知道。她说。现在是司机，过去是运动员。

她怎么什么都看得出来？我说的对吧？她问。

你怎么知道？

你看你的胳膊，多健美。她说。

原来如此。我承认了。我曾经是个赛车手。我说。

令人羡慕。她说。

羡慕什么？只是劳累。我说。

那叫锻炼。

哈，是锻炼。我讨厌锻炼。我说。当年训练完全是被逼的。因为要出成绩，要有出路，就好像传说中的欧洲公主穿上红舞鞋就只得跳个不停，直到死。结果还是没有出路，只能给人打工，还这么穷。

讨厌的，往往是有益的。她说。这就是宿命。就像富裕了，就不可避免地胖起来一样。

她又提起了肥胖。哈，我连忙说，又来了，什么关系嘛。

什么什么关系？她反问。没关系吗？你以为你是老板了就没有关系了吗？

我不能说。

是的，你是老板。她说。你可以进入各种各样的场合，你参加招商会，人家说，这是个女的呢。你做得很出色，人家会说，这女人厉害，她长得什么样？

我一愣。是啊，我倒没有注意到。也许这就是女人不能逃脱的宿命。

长得什么样？她说，自嘲地。就是这个样。你再成功也没有用。你越成功，越吸引人家的眼球，就越让人看到你是这、个、样！没有一个女人不在长相上被人议论的。你逃不了。你想逃也逃不了。有一次我给一个农村小学捐资，一千万。我拿着写着一千万的红纸板在台上，学生给我献花，我腾出一只手去接花，那沉重的红纸板就拿不住了。边上的节目男主持人就连忙帮我扶住一头。他不停地夸我。男的。她说。

我点头。我理解她为什么要特地点出主持人是男的。

我好开心哪。她继续说。我感觉到自己是这世界上最骄傲的人了。这世界是多么的美啊。我去亲那个给我献花的男孩子，不料那男孩忽然鼻涕流了下来。我的脸颊沾上了，热乎乎，黏糊糊的。我笑了。我不觉得脏，我拿手帮他擤掉了。那男孩说，姨，你的手真香。

她那手？我瞥了瞥她的手。

真的吗？我更笑了。她说。姨，你的手真好看。那男孩又说。我看看自己的手。我的手真的很好看吗？也许是因为小孩的眼光吧。当然更因为我现在的角色，我是个献爱心者。或者也可以说，我是个给钱的。有钱真是好啊。就这只手是一只普渡众生的观音手呢。观音不是也挺胖的吗？如果让我再捐一千万，我还愿意。

……男主持人要我讲话。我说，我唱一首歌吧，《爱的奉献》。大家就鼓起掌来。我就开始唱了。我站在台的中央，拿着麦，有音乐伴奏。所有的人都听着我唱。我唱啊，我觉得自己就是韦唯了。我感动了，眼泪哗哗了，我都被自己陶醉了。忽然，我听到了台下一个声音。像泼在琴弦上的水。什么声音？我听不清。是一个男人的声音。我不知道他在哪里。或者说，我知道，但是我不愿意承认。

……其实那只是一声嘀咕。我没有必要去听。但是我又非听不可。我要知道他讲什么。

……那声音在说：你瞧你长得什么样！

……心好像被一根棍棒一杵，杵到了深底。

我一惊。那家伙怎么能这么说？简直太刻薄了！担心她感觉我在意那句话，我轻松地笑了一下。

你笑了。她说。

不不，不是……我慌忙辩解。我怎么会呢？

你会的。她说。你也是个男人。

也许……我也是个男人，没有一个男人不在乎女人的相貌的，一个丑女人，是永远的输者。

她开始喝酒。一杯接着一杯。音乐不知道什么时候已经换成了萨克斯，低回，旋下去，旋下去，旋到了底。她的嘴唇溺在酒中。酒杯玻璃后面她的脸，溺在了水里。

我伸手拿开她的杯子。你会醉的。我说。

醉了不好吗？她反问。醉了，就分不清现实和梦了。一辈子都没有醉过的人好可怜。她说。

5

出来时，她已经醉了。摇摇晃晃。秋天了，夜已很深。

她没有去开她的车。看来她脑子还清醒。就是身体不听使唤，醉酒的人都这样。她把我推到驾驶座上，说她家住在很远的南郊。

我开着她的车。过了公交终点停靠站，我意识到回头必须自己花钱打出租车了。我当然不可能再把她的车开回来。我在心里盘算着兜里的钱，毕竟我没有什么钱。

她的家到了。一幢很漂亮的洋式楼房，三层楼。她说，你进来坐坐吧。

我说，不了。

这样麻烦你，真不好意思。她又说，连一口水都没有让你喝，不行，我不能让你就这样走。

我也想看看富人的房子，就答应了。

很宽敞的房间，富丽堂皇。墙是用皮革包裹着的，给人殷实的感觉。我闻到了皮革的味道，那是豪华的味道。我老板的车内，就充满着这味道。那味道有时候会令人窒息，让人受罪的，好像在考验你是不是承受得了这种豪华，你是不是这个命。

这家里没有别人。我记起来了，她离婚了。墙上的皮革绷得紧紧的，我的心也绷紧了。没有别人。房间就显得更加空荡荡的了。你看，这么大的房子，就我一个人住。她说。

你住得过来啊。我说。

有帮我住的。她说。

谁？

她笑了笑。她带我走进一个房间，里面摆着一张考究的麻将桌。电动的。她说。关上了门。还有它们帮我住。她又打开了另一个房门。这是一个大房间，满是运动器械，像个机房。沉重。看了都累得慌。这么多。我说。

可是没有用。她说。

什么没用？

减肥呀。她说。

噢。我说。

绝食也没用，她又说。还晕倒了。

我知道。

她好像忽然不甘心起来，又走向跑步机，登上去，按下电门，跑了起来。她很快就累得气喘吁吁了。可是那机器还拽着她跑。我蓦然想起我每天骑着自行车长途跋涉，上坡下坡，赶去上班，为人卖命。她却无端地让自己疲于奔命。人跟人真是大不一样。穷人肉还吃不够，而富人却要吃萝卜干蔬菜了。

我要帮她按灭按钮，可是她不肯。她再也跑不动了，好像马上就要死了。她终于脸色惨白地败退了下来。可是她并不坐下来，也不站住，而是走动着。她说不能停下来。这我知道。剧烈运动完猝然停下来，会造成猝死。心脏受不了。必须继续走。走！走！体能锻炼时，我们教练就总是这么朝我们喊。越累越要走。生命的秘密在于运动。简直可怜……

她终于缓过气来了，又恢复了常态。她的常态是什么呢？就是胖。她好像意识到了这点，又开始动了起来。她又钻进了一台大型机器中。那机器模样有点狰狞，像刑具，我从来没有见过。她说是最新研究出来的。

研究者一定是在恶毒的心态下研究出来的，发狠，没有这种狠，是难以有此创造的。

她把两个手臂伸进两个长筒里。是皮长筒。长筒猛地一拧。她战栗了一下。但是她没有退缩，闭了闭眼睛，坚持住了。然后她的双腿也被铐住了。机器运行了起来。发着狰狞的声音。她整个人被吊了起来，又横下。现在，即使后悔也来不及了。只能任机器宰割。她应该不是第一次体验到，她不会不知道这结局。她是自己情愿送上去受刑的。

我从她的神色看得出，她的手和腿在经受着强烈的挤压。她却迎接似的吸了一口气。莫不是迎接痛苦才能抵消痛苦？

那些皮长筒松懈了些，可是它马上又旋转了起来。我瞧不见它了，只感觉一阵刷刷的风。她的全身也筛糠似的颤抖了起来，好像遭受了电击似的。

由于她的抖缩，她肚子上的衣服被撩起来了。那肚皮真的惨不忍睹。

突然，一条什么东西抽向她的肚皮。啪！还没等我看清，那东西已经把她的肚皮紧紧圈住。是一条皮带。她的肚皮在皮带下抽搐，可是当皮带离它而去，它又好像迷恋似的要跟着皮带上去。皮带不顾，兀自远离。待到肚皮失望地耷拉下来，它又猛一回头，回抽一下。原来是一种欲擒故纵的阴谋。那肚皮缩住了，缩得很深，几乎要贴到脊梁上了。让人看到了它瘦下去的希望。

她惨然笑了。豆大的汗珠从她的额头沁出来。

那腰间也满是汗珠，涔涔的。她说，这下体重一定轻了！

我怀疑。

出汗减肥嘛。她又说。她爬了下来，站到边上的磅秤上去。轻了，你看。她说。

我看不出来，我不知道她原来有多重。为了安慰她，我点头称是。

可是喝口水又重了。她却又说。

怎么会？我说。

问题在脂肪。她说。怎样才能把它揉出来，排出来！她说得咬牙切齿。只有动手术！

手术？

吸脂呀！她说。

噢。我也听说过。

往你的身上切个口，注入膨胀液，把脂肪稀释了，然后把吸管插进去，吸。她说，吮着嘴。有一种恐怖的感觉。

……你可以瞧见吸管在你的皮下面游走，像老是插不到位置的输液针头。可是那不是，那是因为吸管吸完了一个地方的脂肪，又转到其他地方吸了。你感觉得到吸管在划来划去。你的皮好像是透明的，看得见吸管头突了出来，是浅蓝色的。有时候会觉得吸管好像要穿到皮外面来了……

我感觉到了疼。并不是纯粹的疼，一种不可名状的感觉。我难受了起来。可是她却笑了。脂肪被吸出来了，黄黄的，不不，是橙色的，因为掺和着血水。一泡一泡地出来了。她说，双手顺着自己的身体，笑了，好像看到了吸脂的成果。

她为什么要这样折腾自己？就为了活吗？何苦呢？我想起小时候玩金鱼，一只金鱼摇摇晃晃，不时翻着白肚，眼看就要死了，有人说，往它身上浇尿就会活起来。我们就做了。果然，金鱼又被刺激得活蹦乱跳了起来。

其实好看只是一种感觉。我安慰她，其实你并不胖。

真的吗？她问。

真的。我应。我以为她是相信了。女人是容易被哄骗的动物。

谢了，可是她说，你是在奉承我。

我，我，我为什么要奉承你？我说，我又不想向你借钱。我说着，自己也笑了。我怎么说起这话来了？纯粹是口头禅。

她也笑了。好啊，要多少？她说。

我也笑了。我不借，说的才是真话嘛。

谁知道呢。她说。当面说好话，也是谁都会说的。

那不见得。我辩道，我突然发现自己抓到了一个极好的理由。你忘记了？那个在捐款大会上说你的人。

他不是人。她说，他是畜牲。

我一愣。那家伙，真是个畜牲。

其实他说的是对的。可是她说。他不是畜牲,我才是畜牲呢。她说着，猛然拱起肩膀，把自己的身体团成像一只熊。那肥肥的后颈肉简直惨不忍睹。简直恶毒地。她干吗这么糟践自己？

没法再陪她玩了，我告辞。

你不想到上面看看吗？她说。

上面？我望了望上面。楼梯有点暗。不了，我说。

上去看看吧。她又说。

我又望了望。按正常格局,上面应该是卧室了。她醉了。我说,不了，很迟了。

上去，我给你看个东西。可她坚持说。

你醉了。我说。就要走。她扑上来要拽我的手。我躲闪，她拽住了我的胳膊，用她的胳膊紧紧勾住。你不要走！

她的胳膊可真胖，像粗大的绳索。她眼睛发红，像一只饿极的母狼。我慌忙挣脱。可是那身体异常笨重，几乎要把我拽倒。我终于甩掉了她。她坐到了地上。她把手在地上拍着，喊道：我是醉了！醉得上不了楼了，你就这样把我扔在楼下吗？

我的心一颤。可是我还是走了。

6

我知道她要做什么。一个单身女人，一个没人要的女人，一个用酷刑都不能拯救的女人，一个绝望的女人。

而且，她又那么有钱。她以为她有钱就可以得到了。我蓦然感到屈辱。她有钱，又怎么样？

可是有钱确实很怎么样的。这世界上，人们忙忙碌碌，谁不是在为着钱？股市简直疯了。东方地产被证实是个空壳公司，股值跌到了底。我趁老板不在赶到了股市。有人在骂，有人在号啕大哭。一个老头，扑到自动操作机前，拼命捶打着机器，喊着要把里面的钱抢救出来。保安过来拉他，他打了保安。保安叫了110。他被架出去时握着干巴巴的拳头，唾沫挂在嘴边。他喊：这是我的钱！我全部的血汗钱啊！

我拿着证券报，恍若梦中，似乎不知道发生了什么事了。难道一切是真的？就报纸上这几百个字。那操作机屏幕上的钱就没了？又是一阵骚乱。大家纷纷往楼上跑，说是一个人爬上楼顶跳楼了。人群忽然又折了回来，说已经跳下了。

我从窗户往下看，如临深渊。那人大张着手脚躺在深渊里，脸对着我。他好像在朝我笑。我被蜇了一下似的，猛缩回来。

我早该想到了。只是我还抱着幻想，以为只是传闻，不是真的。但传闻往往是真的。我不愿意正视，抱着侥幸。我还在玩，还在跟她玩，跟一个富婆玩。我还在劝慰她，同情她，多么可笑。

我赶回来，老板问我去哪里了。我支吾说不出来。其实我平时挺会找理由的，可是今天我不会了。

老板说，要不想做，你可以走！

我不能走。我已经只剩下这薪水了。我感觉自己蓦然被逼到独木桥上，下面是万丈深渊。我猫下身去，抱着独木桥爬。

下班了，我不敢去找女友。我不知道该对她怎么说。实说了，她一定会拂袖而去。我回到家，搜狐说，你怎么了？

什么怎么了？我说。我甚至连他都不想告诉。这世界崇尚的是强者，不是弱者。我是个一贫如洗者。

搜狐还在鼓捣着电脑。可怜的家伙，他找不到女朋友，只能在网络上玩虚拟，假装老板，博得对方女孩羡慕的眼睛。可是那女人并不是他的。拎不出来。严格上说，她只是玻璃屏幕上的图像而已。他没有女朋友。我马上就要跟他为伍了。

影来找你。搜狐说。她说你的手机老打不通。

我忙掏出手机。不知什么时候电池没电了。怪不得老板联系不到我。刚换上电池，影就又打来了。

你知道了吗？影说。

什么？我问。她知道了什么？

东方地产。

难道她也知道？有一种接到死刑判决书的感觉。什么东方地产？我说。

股呀。她说。

哦，这跟我什么关系？我说。

你不是也买了吗？

谁？谁买了？我撒谎了。

你不是说，你买了东方地产了吗？她也犹疑了。

谁说！我说，你听到哪里去了？我买的是东方明珠。你看看，你这人，从来不认真听话，以后可怎么管我们家里的账哦！

我自己也觉得好笑，还要让她管账？以后还有什么账让她管？

对方哧哧笑了起来。我才不管账呢！你当银行行长好啦，我只管支取。影说，我看中了一台三星电视，PS43E400U1R。

多少钱？我问，几乎神经质地。

两万七。

居然！太贵了吧？我说。

不贵，人家还有五万多的呢。所以这才限量销售。她说。

人家是什么人！我几乎要脱口而出。但我把话吞下了。我如果说出去，我知道，她会马上走的。现在的女人都这么现实，尤其是漂亮的女人。漂亮的女人为什么要嫁给你穷光蛋呢？我为什么会是穷光蛋呢？

7

Hi!

Hi!

那个富婆又出现了。毋宁说，是她来找我的。我知道她为什么来找我。

她不忌讳地让自己全部形象出现在视频里。已经没有必要隐瞒了。她胖胖的身体好像要把视频框胀破了似的。

你好吗？她问。

不好。我说。

怎么了？

不怎么了。我说。

说吧，也许我能帮你。

你？

不能吗？她说。她的身体在视频里前倾了一下，好像要压过来似的。我慌忙向后一退。但是我还是感觉到自己被压扁了。

能。她还真能。她有钱。而在此之前我还一直觉得是自己在同情她呢。

也许她瞧出了我的虚弱，她哈哈大笑了起来。她的身体随着她的笑在发抖，画面上泛起了一团团马赛克。那马赛克又随着她身体的扭动旋转了起来，我的心好像也被扭转了起来。我被扭得气恼起来。

我真的能帮你。她又说，不相信吗？

我相信。我说。

那么，能跟我讲吗？她问。她的身体定住了，静着等我回答。也许她是真要帮我。也许她早已经猜到了。这么大的事件。她的同行业。还有人跳楼了。虽然那跳楼的不是我。在这个不公平的游戏里，弱者总会遇到不公平的事。一个弱者遭殃了，意味着别的弱者也会遭到同样的命运。我还有什么好挺的?

我当然相信你。我说。我从心里真的服从了她。我没钱了。我说。

是这样。她说。我还以为什么事呢。她说得很平淡。当然,她有的是钱。

还有什么事更大吗?我说。患病?

病又怎么样?

癌?

癌就癌。她说。

那么死呢?

她笑了。

那么发胖呢?我说。简直恶毒。我要激怒她。

她的笑容猛地凝固了。你为什么要这么说!

她在乎了。刺到她的痛处了。我感觉到一种转被动变主动的畅快。这有什么?我学着她的口气说道，死都不怕，还怕发胖吗?

你不要这样说我!她说，你道歉!

她几乎是尖叫着。这世上的事可真稀罕，不怕死而怕发胖。肉体被毁灭了，美感还存在吗?也许她是这么觉得的。她能够这样想，因为她不存在肉体被毁灭，她并没有病。她可以追求精神，奢侈地，追求纯粹的精神感觉。可是我远没有达到这个境界。我没有钱，我要被饿死了。一个要饿死的人还讲究什么?好吧，我道歉。我说。

你没什么可道歉的。可她忽然又说。

我一愣。谢谢你总是安慰我。她说。我能帮你解决问题吗?

我不要。我说。我又不愿意了。

别死要面子。她说。

这话忽然让我有点心酸。

真的没有。我仍然说。

不要犟。她又说。我知道你很有志气，你很男子汉。她说。这话好像把我一搡。我笑了一下。还男子汉？我还是男子汉吗？好吧，我说，能借给我一点钱吗？

说吧，多少？她说。

两万七。我说。也许我可以多说一些，也可以备用吧。可是我说不出来。我没有底气。

小问题。她说。晚上你来我家吃晚饭。

8

她凭什么要借钱给我？严格上说，我们并不认识。只是见过一次面。她不知道我的任何情况，姓名，住址，具体工作单位。她唯一知道的是，我是一个男人。

她说过，男人不需要女人的钱，男人需要女人漂亮。但是当女人有了钱，男人没有钱的时候，情形可以倒过来了。你很帅，她曾经说过。你到我家来。她在召见。我必须去应召。

我为什么要去？我坐在宿舍里。搜狐推门进来了。你还没吃饭哪？他问。他端着一碗方便面在吃。一股寒碜的热气味。

我没应。

他又问了一句。

我不吃不行吗？我突然嚷了起来。我针对的是晚上她的晚餐：你来我家吃晚饭。

搜狐愣了。我问了你一句，我做错了什么了？他说。

他没有错。但是我也没有错。你是穷人我也是穷人本身就是错了，穷人跟穷人只能乱糟糟混在一起，永远拎不清。

对不起。我说。

他站着，好像有什么事。他有事总是来找我，也只能来找我。什么事？我问他。

我想向你讨个主意。他说。他变得有点可怜兮兮。有一个女孩，她想约我见面。

我笑了。还真弄出真名堂来了。

可是我曾告诉她我是开公司的。他说。

这一定是的，我们总是在网上谎称自己是老板。他怎么就没有想到接下去该怎么办？如果不能有所发展，撒谎又有什么意义呢？也许只是为了心理满足一下，即使自己给自己画饼充饥也好。

那你就一口咬定自己是开公司的吧。我说。

可我不是呀。

你可以是呀，去开个公司。我说。

他笑了。你说得容易，你去开个给我看。

你以为我开不了？

你拿什么开？钱呢？

钱？啊，钱呢？我他妈的缺的就是钱。这时影来了电话。她说，要我晚上就跟她去买那台三星。我哪里有钱？

我说：我晚上有事。

什么事？

什么事？我能说吗？一个朋友约了。我说。

什么朋友？那朋友就比我重要？

不是重要，是我们有事。

有什么事？她仍在纠缠。还不就因为你的事？我想，有点火了。

有事就是有事！我说。

那就是瞒着我的事了？她叫。

我能不瞒你吗？好，我不瞒你，说出来了你会答应我吗？你不就看着钱吗？我还不知道你吗？我这才明白自己为什么有了她了，仍喜欢在网上泡女的了。现实有什么意思？没意思透了。谁瞒你了？可是我仍然必须说。

你不瞒我，好，那你说。

我说不出来。穷是最说不口的事。穷困是最大的隐私。

说不出来了吧？她叫。好啊，原来你一直在瞒着我。你说！是什么事？她是谁？那女人是谁？

那女人？她怎么知道的？什么嘛。我说。你乱猜什么呀！

你以为你有钱了，就可以这里一个女人那里一个女人了？她叫。

我有什么钱？我想，我有什么钱养女人？倒是，她说得也对，有钱就能养女人。女人有钱了也能养男人。我没钱了，就要给人养！你知道不知道我是没钱了去给人养？这就是这世界的逻辑！我叫：是呢，是呢，我是养人了！

你，你没良心！那边叫。

我是没良心！我应，我是没良心，没什么也不能没钱！我卑鄙，不要脸……

对方把手机摔了。我听到了地面乱糟糟的声音。猛地，它被什么一轧，什么声音也没有了。

彻底完了。我知道。即使我要向她检讨，也不可能了。无可挽回。我也许将再也找不到她了。虽然我知道她的家，但是他们家的人未必会理睬我。曾经有一次，我们吵嘴了，我到她家找她，她的母亲就说她不在。其实她就躲在楼上。

其实我和她的关系是那么的脆弱，说没就没了。即使我们结婚了，你能保住吗？什么也不能保住。

我感觉很累。

我也不知道是怎么到那富婆家的。她出来迎接我。她穿得好像很休闲，宽松，像这秋天的叶子。她站在夕阳前面，我隐约瞥见她休闲服里面的身体。

她说先吃了饭再说。当然，吃饱了，做事才能更加从容，甚至更加有力。这是正常的逻辑。所以有这么多的饭局。请吃饭，未必只是个借口。

我说，好。

她安排我在大厅坐着。她在厨房里做着饭，我听到锅碗的磕碰声，还有炒菜的香味。我想起了母亲，小时候我就经常这样一边玩，一边闻着母亲炒菜味道的。可是现在这已经不是在玩了。我听到了刀和砧板在战斗。

饭好了，她招呼我过去。很丰盛的饭菜，我没料到她这么会炒菜，哦，她是女人。

没有开酒。我以为她会要的。她说，不喝酒了吧我们，醉了不好。

醉了不好？什么意思呢？是因为醉了我不好被驱使吗？即使是这样，她难道不需要醉吗？不醉，她方便吗？可是又有什么不方便的呢？还有什么好羞羞答答的呢？不醉才能够更清醒，在清醒的状态下看着一个男孩被自己占有了，充分感受着占有的快乐。我明白了。

她不让喝酒，你就不能喝，她不允许你醉，你就不能醉，你必须清醒着为她服务。但话说回来，醒着又有什么不好呢？我也可以醒着跟她讨价还价，做到付出有值，利益最大化。

她说，所以不喝酒，是因为酒对身体不好。

有什么不好的？我问。

能使人发胖呀。她说，笑了起来。

她为什么又要去提自己胖？难道是为了突显自己的肥胖，从而确认是真实的自己在支配着我？一个丑陋的女人，在占有着我这样一个帅小伙子？这是怎样的快意呀！如果我有钱，我也会这么做。

我并不胖啊。我说。再说我也不怕胖。

我知道你很帅。她说。她又说我很帅，果然。你知道吗？你害了我了。她说。

我一惊。没有想到。

就因为你这么帅。她说。见到你以后，我越来越觉得自己长得不像话了。你这么近距离地摆在我的面前，让我发现我什么价值也没有了。

这么多年来，我都得到了什么？赚了钱，可是又怎么样呢？

这是典型的有钱人的思维方式。有钱了，就想七想八了。而我没有钱，我只有帅，只有年轻。

想当初，我也是这么年轻。她说。于是我就开始把过去的照片翻出来看。我也曾年轻过，还很漂亮。她说。

我以为她会去拿当年的照片了。可是她没有拿。我真的想知道她过去长得什么样了。能让我看看你过去的照片吗？我问。

不要看了。她说。

为什么？

为什么要看？她盯着我。我感觉她洞穿了我的心。

我没有别的意思。

我知道。她说。不看更好。看了，就更对比了。

原来是这样。

这是绝对的错误。她继续说。两张照片，一张过去的，一张现在的，摆在一起，一个漂亮，一个丑。本来吧，是想用过去的漂亮安慰现在的丑，可是现实是真实的，你抹不去的，你看得到，摸得到，就摆在这里。以前的美，简直就是在告诉你，那一切已经一去不复返了，看，你现在已经多么丑！

我倒没有想到这。

我就犯了这样的错误了。她又说，就在见了你的当天晚上。那样两张照片摆在一起，让你清晰瞧到了身体各部位的演变，简直是丑恶化的过程。你看这腰，从多少公分肥到了多少公分。还有这肚皮，原来是平坦坦的，什么也没有，如今有了这么多的赘肉，里面满是脂肪，恶性肿瘤似的。

我悚然。我看不到她体内的脂肪。我什么也没有看到，只是被她比划着。我想象着，像想象着癌症病人体内的癌细胞。

她想得太过分了。

还有这眼袋。她又说了，还有那眼角：那一个，光滑滑的，你看现在这一个，眼尾纹一道，两道，三道……爬上来了。看得多清楚，凛冽的对比。

凛冽！我一愣。没有料到她会用这个词。

……一道一道地来……她继续说。

一个恶作剧的小孩拿着刀，在漂亮的宝马车门上划，一划，两划，三划，划成了大花脸。残酷哪！

同样是这个人，这个女人，不是别的女人。就这样过来了，到现在这样子。她说。

我无言以对。谁都有这样的时候，老丑了的时候。我忽然感到害怕，喘不过气来。其实……也没那么可怕……我说。与其是安慰她，毋宁是安慰自己。

你不这么觉得吗？她问。

不会的。我说。我没有说不觉得，而是说不会。真的。我又加了一句。

现在你没有权利这么说了。她说，你向我借钱了。

我一愣。

她笑了。可那笑很快就凝固了。都这样了，还说什么过去，过去的，不是自欺欺人吗？她说。

也许真是的。但她还要求怎么样呢？她还要求她真实地成为漂亮女人吗？

是不是？她还问我，简直是逼问。我不知道她为什么要逼问我，逼问我，对她有什么益处？是不是受虐更能解脱痛苦？

她把碗筷撤到一边，不吃了。我瞧着她，她的动作有点浮，好像在水里似的。她让自己沉在水里，一直往下沉。我救不了她。其实她是如此的清醒，要拯救一个清醒的绝望者是不可能的。她为什么要如此苛刻地让自己处在清醒中？

我也说不吃了。她说，我们走吧。她的声音冰冷，好像不是从一个活着的人体里发出的，而是从一个尸体。我感到不安。

又看到了健身房。她的声调明朗了些，她说，你去练一练？

我？我吃惊。

她点头。

不了。我说，你去吧。

我还练了干什么？她说。这些对我都已经没有用了。

我知道。

总是抱着希望去练。可是希望一次，就更绝望一次。你去练几下我看看。她再一次说。

我不知道她为什么要我去。但是我马上意识到我不能不去。我是有求于她的，今天在这里，她是什么人，我是什么人，我应该很清楚。你看，你总是犯糊涂。你又在可怜她了。其实你应该可怜自己。

我走进去了，拿起了哑铃。她说不行不行，你脱了外套。

这也是我不能推辞的。我脱了。时候是秋天，我只穿着贴身的背心。我重新拿起了哑铃，她啪啪拍起巴掌来，像拍在我的光身体上。

果然健美。她说。

我是健美。我当然知道。但是这不是在健美比赛。我这是在卖。她也不是在欣赏，她是在玩我。她不停地夸着我，多么健壮，你是个标准的男子汉。你看那三角肌，只有男人才有这样的三角肌。真是男子汉，标准的男子汉，典型的男子汉！我知道她为什么要这样说。她是要让自己感觉到面前这男人是典型的男人，所有男人的代表。所有的男人都被她玩于股掌之间。她肥胖的巴掌用力拍着，简直要把我拍扁。我愤怒地挥舞着哑铃。但我知道，我越是愤怒地挥舞，越是用劲，我发达的肌肉就越是显现出来，就越让她满足。

这是我的宿命。

但是我为什么不能让她满足呢？为什么执意要抗拒呢？我他妈的就是投到人家富婆裙子下面又怎么样？当鸭子也要够条件呢。

我开始轻快地挥舞了起来。做着各种各样的动作。这在我并不困难。我原来就是运动员出身。我开始笑了。我索性把背心也脱了。

她简直是惊叫了起来。

上腿力机，可以吗？她忽然又说。

她说得小心翼翼的。我感觉到她的心在发颤，滑滑的，你一抓，它就滑走了。

我去了。一上了腿力机，我就明白了她的用意。我必须脱下外裤，长裤，要不然做不来。当然喽，只露出上半身没有露出下半身是不行的。男人的上半身是随处可见的，没有什么隐秘，没有价值。现在需要真正的隐秘，真正的价值。开始了。

我的手提到了腰间，摸上了皮带。我瞥见她有点紧张。我当然知道她为什么紧张。但是她没有说什么，没有肯定，也没有制止。我解开了皮带扣，松下了裤头，裤子脱落下来了。她仍然没有说什么。其实这还是很正常的，因为我里面还穿着短裤，虽然是裤衩。我的大腿肌肉把裤衩挤压得特别窄小。

她的眼睛直了。

也许这仍然可以算是健美表演。她只是在欣赏。我的手又摸上了裤衩头，把裤衩头的牛筋拉起来，弹了一下。像弹一根琴弦。

她猛地一抖。她好像要说什么了。可是她仍然没有说。她能说什么吗？她能说得出口吗？还需要她说什么吗？我很明白我应该怎么做。我向她冲了过去，猛地抱住她，把她抡在地上。我发现她全身颤抖得非常厉害，像抽筋似的。可见她需要什么。我把她压住。我是一个男子汉。你不就需要一个男子汉吗？

蓦然，她挣扎了起来。令我吃惊。她竭力要挣脱开我。难道她不愿意吗？难道她不是这个意思吗？她为什么要让我到她的家里？她，这么一个丑女人，没有人要的，怎么会拒绝我呢？你是个标准的男子汉。她不是说过吗？

我撒手了。她趴在地上呜呜哭了起来。哭得像猫，那声音是从肺腑发出来的，很掀人。我从来没有瞧见像她这样的人哭，这种年龄了，一个事业有成的女人。完全没有了女强人的矜持。

也许是我太鲁莽。女人是不接受鲁莽的，曾经看到一篇网文这样说过。

9

我呆呆地坐在地上。甚至还保留着刚才被她推倒时的姿势。

她也没有起来，趴着。她已经不哭了。外面很静。我听见了落叶的声音。

你们男人都这样吗？也不知过了多久，她说。

……曾经有个男人，就是在这，健身房，跟我做了这种事的。她继续说。他说他爱我，他要娶我。他只不过是我的一个下属。当然我并不践视他，其实我有什么呢？只不过给我撞上了时机，钻了国家政策的空子罢了。倒买倒卖，谁都可以做。其实我很稀罕他的爱。可是还没结婚，他就卷走我一大笔钱，跑了。

莫不是她认为我也是这样的人？所以她迟迟不肯给我钱。

……后来我才醒悟过来。她又说，他为什么要在这种地方跟我做。他一直在这种地方做这种事的，或者在卫生间，汽车里，甚至在马路边。我很不习惯，为什么好端端的卧室他不做呢？我有房子，这么大的房子。我还有几处这样别墅。可是他从不在里面做。他做的时候总要命令我摆出这种姿势，那种姿势，全是非常规的姿势。他最喜欢让我做狗爬式。他说这样才刺激。他需要刺激。我明白了，他根本是在厌恶我，他必须把我当做狗，把这种事当做强奸一样才行。他其实爱的是我的钱。

……后来又来了几位，也是这样。都是冲着我的钱来的。他们几乎无一例外逃避跟我做爱，因为爱是不能做假的，他们不能。不能就是不能。

他们根本不爱我。好像我只是一摊母猪肉。他们碰都不想碰我，更不要说抱了。女人是喜欢被抱的动物，你知道吗？那感觉真好啊，你的脚可以不用了，一直被鞋子束缚的脚，（所以女人喜欢脱鞋子的感觉，知道吗？）不止呢，是被全身重压的脚。人飘了起来。有一次，我向一个人提出来，抱我一下行吗？他说，我抱不过来。

我瞧着她粗大的腰。

……前天，就在前天，我现在的那个，他，居然买了个人造工具送我。

我一愣。

……他说那是最高级的。电脑控制，自动调温，价格最贵。他说他就是要买最高级最贵的献给我。他还说，我这不是用你的钱买的，是掏我自己的钱买的，表示我的心意。我真是哭笑不得了。这是你的心吗？这就是你们男人的心吗？这就是你们男人的爱吗？你们男人只知道钱，物质的，感官的，你们只知道一根棍子塞到一个窟窿里，即使有温度，即使用的是最有舒适度的材料，用所有现代高科技技术，那是人的吗？即使有快感，那快感也是建立在这种冰冷的机械的技术之上，是刺激出来的。

她爬了起来，走向健步器，按开了按钮。机器运动了起来。她又转向了健骑机，也打开了开关按钮，顿时一个庞大的影子在房间里拱动起伏，横冲直撞。划船器张牙舞爪，多功能举重机让你感觉到天要压下来。整个健身房都动起来了，像一个大工厂，什么声音都有，铿锵，沉重。光影眩目，令你眼花缭乱。你弄不清楚它们是怎么来，怎么去的。你不得不佩服它们的奇妙。她就在这奇妙中，她又在受刑。

她疯狂地摇着头，好像在撕扯自己。可是没有用，她还是她，还是那个完整的她，还是那么胖。最后她颓然倒下了。

这在她，已经是第几次了？

能上楼上来吗？好久，她说。

上楼？我一愣。

是的，可以吗？

她说，用的是商量的语气，毋宁是在哀求我。我不能拒绝。

我知道楼上是什么地方。我蓦然明白了，她为什么要我上楼。第一次来她家，她就让我上楼。按基本格局，二楼应该是卧室的。

女人不能忍受粗暴，女人需要温柔、温馨。

我点头。来。她说，说得很小声。

我跟着她上楼。那楼梯很陡。她在前面走着。她的身体软得像要垮下来一样，像一堆化了的奶油。她熬不住了。我想。

上了二楼，又再上去。三楼也对。把卧室设在最高层更好。到了三楼，拐进了一个楼道。楼道有点暗，好像很长。我没有料到会有这么长的楼道，虽然她住处是单独的楼房，整座楼都是她的，但是如此长的楼道，我还是想象不出在区间上如何安排的。

也许是因为楼道在悄然拐着弯？所以也越来越暗了，幽幽的。外面的夜，也已经很深了吧。我闻到了一种味道。一种旧房屋的味道。土木的。这味道我已经很久没有闻了，这些年来我已经闻惯了皮革的、油漆的，或者是金属的味道，只有它们，才代表着现代、华贵。

我用手摸边上的墙，我的手被粗糙的木面扎了一下，像被电了似的。居然没有上油漆。这样豪宅里居然用这样不上漆的装修，不可思议。也许是为了返回自然？一种理念。富人们的做派。吃够了山珍海味，又来吃野菜。

终于到了一个房间前。打开了门，拉了灯。奇怪，居然用的是拉绳，灯也是原始的白炽灯，上面用一张纸做灯罩。我小时候家里就这样。房间里也全都是没有上油漆的白坯家具，床，桌子。式样并不是现在时髦的回归自然型的那种，而是十多年前的，凑合着用的那种。纯粹的寒碜。纯粹的土。那时候中国还没有富人。

她为什么用这样的家具呢？白炽灯昏黄，把一切变成了老照片。也许是出于怀旧？怀旧，也是一种时尚。谁能说那时代的东西就不能成为时尚呢？你看许多知青餐馆、军用挎包，不就成为当今的时尚了吗？

只是墙壁上没有照片。她现在的照片固然不会有了，她往昔的照片也没有。她不是说过了吗？太凛冽的对比。

仅有环境。也许她结婚时用的就是这样的家具，她就在这样的床上跟她的丈夫相亲相爱？我明白了，她要的是这样的效果：回到从前，跟我做。

我等待着。果然她开始动作了。她打开了衣橱。在一个外人，特别是男人的面前打开衣橱，意味着什么？我闻到了樟脑的味道。

她拿出了一条内裤，放在床上。又拿出了一个文胸。那内裤和文胸好像很旧了。我知道接下来要怎样了。我甚至悄悄观察起更衣室在哪里。

可是她并没有脱衣，把它们换上去。她只是把它们摆在床上，按人体结构。一个女人的形骸赫然出现在我的面前。说白了，一个女人主要就是这些部分，这些部分出来了，女人就出来了。

可是那毕竟不是真实的人，没有肉，没有体温，只是一个虚壳。什么时候我们又开始玩虚的了？已经从看不到她的人，到看到了她的人，到约会，到交易。人都摆在这里了，还要玩虚的？

也许她是想让我对她过去的身材有个认识？撇开了照片，她还是想这样。毕竟，过去是美好的。

是你过去的？我问她。

不！她却否认了。怎么可能是我呢？她说。你看我是什么模样。

我是说过去的你嘛！我说。

你可别乱说！她说，生气了。好像我扯上她，是玷污了眼前这个女的。你看我是什么样！她叫。她猛地跳起来，扒下自己的外衣。她穿着紧身衣。原来她一直穿着紧身衣，还这么胖。

她把紧身衣也剥掉了。她把紧身衣翻过头时，我瞧见她起伏的肚皮，简直像青蛙。

她剥掉后又恢复了姿势，那肚皮显得更鼓了，而且层层叠叠，像沙皮狗的脖子。在这之前，我没有看到过她竖着时的裸肚。那肚子连同全身的肉顶着她的胸罩和裤衩。胸罩带和短裤裤头好像顷刻要崩断了。她戳着自己身上的胸罩，你看，这跟那个是一个型号的吗？她嘴巴戳着床上的内衣。她是她，我是我，我是我，她是她，有什么关系？！

她忽然又拉扯起自己的肚皮来。那肚皮原来的褶皱被她拉成了一张张扁扁的难看的嘴。这个女人，这样子，你觉得好看吗？她叫。这身体只配人造工具应付，这下水，只配狗吃，不，狗都不吃，只配埋了！

没有一个女人会这样作践自己，我很吃惊。尽管在这之前她也曾说自己丑，但那只是嘴上说的，你也可以把它当做调侃。即使是实实在在地展现出来，暴露无遗，也没有经过恶毒的丑化。她这是怎么了？即使那不是她的，我说错了，她又哪里犯得着这样呢？难道那女孩子比她自己更重要吗？

她是谁呢？不是她，又是谁呢？

可惜不是照片。如果是照片，我可以指认照片上的特征。我一定要指认！

可是它只是衣服。只是流水线车间制造出来的、谁都可能买的衣服，买了谁穿，就是谁的。又是内衣。只有穿者自己知道是谁的。

对不起。我只能说。

你也不必道歉。她说。她平静了。或者说是，她感觉成功了。她已经成功地把自己跟那个女孩分离开来了，她的声音里有一种胜利者的明朗。她叫小芳。她说。

小芳？

小芳是谁？

小芳就是小芳。她说。

是那首歌里的小芳吗？或者是她杜撰出来的一个人。但也难说不是她自己。她叫什么名字，我不知道，就像她不知道我叫什么一样。也许是她的小名？她叫什么芳，这可是女的常用的名字。可也正因为有那么多的叫小芳的人，我不能肯定就是她了，也许只是一种泛指。

你觉得她怎么样？她问。

我不知道。我说，我又不认识她。

想象一下。她说。

我想象不出来。

你真没趣。她说。还是网络上混出来的呢，没有一点想象力。

是啊，我为什么忽然变得没有想象力了呢？也许是因为她的存在，她就在我面前。她的存在，是个障碍。

这个女孩，怎么可能跟眼前这个肥丑的女人是同一个人呢？看那内衣，她多么的苗条。内衣是做不来假的。我想象：身材很好。

脸也不坏。她说。

应该是。我说。

你能说说她的三围吗？她说。

三围？虽然我知道什么是三围，但是我从来没有认真想过这问题。我连影的三围都不知道。

她拉开抽屉，拿出一卷布尺，展开，递到我手里。我知道她是让我量。我量了。我的手偶然碰到那文胸上，触电似的一颤。我不知道自己为什么会这样。我并不是没有碰过这东西，我有女朋友影，我们都已经到了谈婚论嫁的程度了，那可是实实在在的身体呢。

胸围：83CM。比影还棒。精巧而丰满。影则太干了。那文胸很圆，立起来那种。

你再量量她的腰围。那富婆说。

58CM。腰很小。

说说你的感觉。她说。

好像一掐就能掐断。我说。

我也这么觉得。她说。

我真的这么觉得。我的心底涌起一种要拥有的欲望。不，是掐，掐死对方，彻底地占有。

我量那臀围。别忘了，衣服是平面的，人是圆的。她提醒我。

我知道。

她帮我把那裤衩撑起来。因为撑起了，裤布显得特别薄，好像透明了似的。我仿佛瞧见了那薄薄的布后面的世界，圆润，绝不拖泥带水。

88CM。漂亮！我想。

她漂亮吗？她问。

我点头。

想要吗？

是。我承认。

可是你得不到她。她却说。因为有很多人爱着她呢。她的身边围满了男人，苍蝇似的。那些男人喜欢给她买衣服，她也没钱买那么多衣服，也乐于这样。那些男人说她穿什么样的衣服都好看。他们看到了好看的衣服，就想让它穿在她身上，朋友，同事，简直把她当模特儿了。同事总是说，你可要天天上班穿来喔。其中一个甚至说，你不穿来，老子就强奸了你！

她说着，笑了。其实他们都恨不得把她占为已有。他们很多人设圈套捕获她。但即使这样，感觉也很好啊是不是？你想想，你逃，他追，还有争风吃醋的。看着他们吵吵嚷嚷，打打杀杀，多开心啊！她说。她眼泪盈盈了。

你知道她最后被谁捕获了吗？她问。

不知道。一定是其中最优秀者。

不是，她说。一个最会骗的。他说他很有钱，男财女貌。她笑了。也许也算优秀吧，男人会骗就是优秀。她说。

……其实他很穷。给她的结婚金项链都是借来的。一结完婚，就有人来搬新房里的东西，什么都搬走了，剩下一张没有上油漆的床铺，还有一张破办公桌。她哭了。

我猛地瞧那床，那桌子。不会就是它们吧？应该不会。我也不相信。

……他就跪在她面前，请求她原谅。她继续说。他说他一定要去挣钱，补偿她。他哭了。他抱她，她感觉骨头都被他抱碎了。那种深入骨髓的心酸和温柔。如果她没有受骗，没有他抱着她忏悔，还不会产生这种感觉。她又哭了。她说，我们一起去挣钱。

……他们做起了生意。他们有钱了。其实是她有钱了，她做得远比他成功。他们买了房子，有了全新的家具，把旧家具扔了，就像抛掉贫穷的帽子。我们再也不穷了！再也不需要它们了！再也不需要别人给买漂亮的衣服了，要什么样的衣服，她都买得起，多高级的时装都买得起。我自己拥有了自己。可是……

什么？我问。

她一愣，煞住了，不讲了。

人需要外力，知道吗？她说。

我不明白。不是常说别人有不如自己有吗？我问。

那是在那时。她说。

那时？那后来呢？

什么后来？她突然一跳，警醒了似的。这就是现在的事。

现在？我一愣。

对呀！你瞧她。她指那内衣。她在看着你呢。

说得如此逼真。我恍惚了。

她在问你喜欢她吗？

我喜欢。我说。

爱她吗？

爱。

谢谢你。她说。我不知道她为什么要谢我，是替那女的吗？我真的不知道……

你可以抱抱她吗？她忽然又问。

抱？

女人是喜欢被抱的动物。

可以。我说。我抱了。我真的爱上了她。

那富婆身子一个颤抖。我明显感觉到了。她哭了。我不知道她为什么哭。我真的不知道。

她打开另一个抽屉，拿出一沓钱。一看到钱，我就又记起自己是为什么来的了。那全是百元大钞。那么粗陋的抽屉里居然放着这么多的钱，让我吃惊。她随手抠起一叠，交给我。我捏在手里，明显不止两万七。她居然又把剩下的也放在我手里。我不要这么多。我说。

拿着。她说。

我拿着了。这是她买我的钱。她多给，是在给我加价了。我想。那么她到底要我怎样为她服务呢？她忽然又决定了什么似的，去抄抽屉，抽出一叠存折。她怎么这样？难道，她要把所有的钱都给我？她真的要这样。我不要。我承受不起，我甚至有点害怕了。她要干什么？她也止住了，说，也好，它们就放在这抽屉里，我会写好的，这些钱全归你。

难道她不想活了吗？我想。她写什么？遗嘱？她不知道我的名字怎么写？哈哈，作态罢了。

你给我这么多，我怎么还你？我说。

不要你还。她说。

我一愣。

你可以走了。她说。

走？事情还没开始呢。我瞧她，她向我点着头。她确实是让我走。

我不敢走。

你可以走了。她又说了一句，我人有点不舒服。

哦，她是让我暂且先走，以后再召我来。我必须随叫随到，随时为她服务，做她的应召男郎。这就是我力所能及的。可是，难道她就不怕我走了，再不来了吗？我已经拿了钱了。或者即使来了，也只是敷衍她，像那些她所遇到过的男人一样。这个社会哪里有诚信?她凭什么对我这么放心?她就不怕再次被骗吗?我又望了望她。

我忽然感觉有点难受，好像是我在存心骗她似的。我需要钱，这世界就是钱。这是我的全部目的。可是她却好像不知道。她是那么的单纯，无辜，一个弱女人。

你难道就不怕被我骗了吗?我说。我不知自己为什么要这么说。

不怕。她说,谢谢你的骗。你快走吧!你走吧,你走吧!她叫,快走!

10

我几乎是被她推出来的。

已经过了零点。我回头瞧她屋子，灯光已经灭了。

已经没有了回城的班车，也没有出租车。我走了好长的路才拦了一辆运新鲜蔬菜进城的卡车。这么早啊。我搭讪。

不早卖不了好价钱啊。卡车司机应。

哦，钱。我捂着怀里的钱。

回到了城里。我和女友重归于好了。她没有问我那晚去哪里，因为我给她买了液晶彩电。现在人都不那么死心眼。我们又买了家具，留了举办婚宴的钱，剩下的照了最豪华的婚纱照。我们就可以结婚了。

可是我变得懒洋洋起来，好像结婚并不是我的目的。常常会有一种恍惚的感觉。也许我还想着那女孩?小芳。其实她是不是真有其人，我根本不知道，无法证实。即使有吧，真像那富婆说的那样吗?

那个富婆始终没来召我。有一天，我去了她家了。那房屋大门紧锁。贴着封条。是公安局的，边上还有一张寻找案件线索的布告。她死了，自杀，但也不能排除是他杀。她死的日期是我离开的当天。

我找到了公安局。公安局说，她留下了一封遗书。遗书?莫不是她真的立下遗嘱把存款给我?但是没有。当然，她不可能把遗产给我。那遗书上只有一句话：

有你一抱，可以去死了。

她?

这个你，就是你吧？公安局问。

是。我承认。但是我并没有对她怎么样呀！我辩。我抱的只是小芳……我愣了。

我们会弄清楚的。公安局说。

他们没法弄清楚。没有任何作案工具。她是以最简单的方式去死的。跳楼。简单就是快捷。所以她才那么急煞煞推我走。她不能等。她等不得去拿药，等不得去拿刀，等不得去找绳索。从那窗户一跳。

美景定格了。

【绑住我】

他和他们篇

我先说说诚实，这个老话题。

现在的人一点也不诚实！老一辈总是这么说。我们那时候啊，不能做的，就绝不做！可我却猜想，他们那时其实不是不想做，而是不敢。体制像一块大蛋糕，功名，利禄，仕途，饭碗，种种保障以及近水楼台靠山吃山靠海吃海，钓着你。像幼儿园小朋友，排排坐，分果果，每个听话的都有你的份（甚至可以叫打倒谁就去打倒谁）。谁不听话，就扫地出门，打入另册，你就不再是那张“好画最新最美的画”的白纸了。这有点像一个女孩破了处女膜。

说到破处女膜，历来是拴住女孩的最有效方法。记不得是哪个朝代了，有个故事，说是三个男的向一个女孩求婚。能文的绞尽脑汁给女孩做诗，女孩没点头；有钱的散尽家财给女孩送礼，也没点头；第三位索性把女孩按在床铺上，噼里啪啦给睡了，那女孩就跟他了，还忠心耿耿，死心塌地，你推她也不走。可现在不行啦，那些女孩子无所谓，bye 就 bye！你不跟她 bye，她还要跟你 bye。

我就破过别的女孩的处女膜，没有拴住她。我妻子的处女膜也不知道被谁破过了。可是我们结了婚。我们都没有审问对方，我们只竭力过好现在的日子。我们相亲相爱，或者也可以说是战战兢兢。今天不知道明天会发生什么。这种感觉有点玄，拴不住，飘，像旅游。结果，我们八年没有孩子。

我讲一个旅游的故事吧。

1

说穿了，没有一个男的不想在外头搞女人，只不过有的有心没胆，有胆的呢，又没钱。说话的人拍着腰。他腰间扎着个腰带钱包，鼓囊囊的。因为这钱包，他显得更胖了。他说他是炒股专家。炒股，就是钱炒钱！他说，他有钱。他老婆恶狠狠瞪着他。钱？钱什么钱！就要去拧他耳朵。他就逃。这一对就在车上一追一跑了起来，弄得旅行车颠颠簸簸。导游也不阻拦，还拍手助兴。正是导游刚才说了那“左手握右手”的民谣才引出人家丈夫一番话的。那老婆追累了，站住了，叉着腰，戳着远远躲着的丈夫：你有钱？好，咱俩离婚！再有钱也对半分！大家笑了。据说就是因为那丈夫在外头搞女人被发现，才被老婆罚着出来旅游的。这叫做补偿！那丈夫说。

补仓？导游问，不知道是真没听清还是故意。大家哗啦一声大笑起来。对对对，是补仓，套牢了补仓，补仓了才能解套嘛。

导游是华裔，也弄不清是第几代华裔了，中国话说得外国话似的。

他说他姓陈，泰语尊称人应称pi，大家就“屁陈”“屁陈”地叫他了。屁陈很会引发大家兴致，一路上又是说又是唱，道理一套一套的。“一部高档手机，70%的功能是没用的；一款高档轿车，70%的速度是多余的；一幢豪华别墅，70%的面积是空闲的；一堆公务人员，70%是混饭吃的；一所大学里，70%的教授是扯淡的；一大堆社会活动，70%是无聊空虚的；一屋子衣物用品，70%是闲置没用的；一辈子挣钱再多，70%是留给别人花的。结论：生活简单明了，享受人生，守住30%就好。”

说得大家深有同感。但说着说着就邪门了，说泰国物产，就说到了盛产橡胶，从盛产橡胶，就说到了安全套，从泰民间传说，说到了中国段子：“同样是干活，领导叫带头，富人叫创业，百姓叫打工；同样是出国，领导叫考察，富人叫旅游，百姓叫偷渡；同样是说话，领导叫指示，富人叫名言，百姓叫废话；同样是要求，领导叫意见，富人叫提案，百姓叫牢骚；同样是泡妞，领导叫失足，富人叫包养，百姓叫嫖娼。”他好像对中国的事特别了解，还知道这些年中国股市很糟糕，股民被“套牢”，所以得“补仓”。

我们不敢笑，我和我妻子。那一年夏天泰港游，严格说，我们也是为了补偿的。就因为我们没有孩子。跑遍了大小医院，都说什么问题也没有，可就是生不出孩子来。后来遇个游医，游医说，是心管塞了。心血管？不是心血管，是心管，游医说，心路不通了。胡——扯，简直！可那以后总是有什么东西搁在我们心坎上，冷冰冰的，像不消化的冷食搁在胃里。

不管怎么说，中国人能出国旅游，毕竟是生活好起来了，虽然是一上车就睡觉（假如没有导游屁陈一路说笑），一下车就撒尿，一到一个景点就忙拍照。到了大王宫，讲解员还没开始介绍，大家就呱啦呱啦拍照了起来。闪光灯这里抓那里抓。唯恐拍迟了就拍不成，一个紧挨一个，有的还抢到人家前景去了。一同来的互相拍，单人、双人、三人，你跟我我跟他他跟你。独个来的这时就显得特别孤立无助。没有人顾得上他，没有人帮他拍，他焦灼得像热锅上的蚂蚁。我们旅行团就有这么一位，把照相机从脖子上取下来，拿着，走来走去，不知叫谁帮忙好。忽然瞧见人家像要闲下手来了，赶忙奔过去。甚至都张开嘴巴了，可人家忽然又自己拍了起来。他只得装作根本没那意思的样子，从人家边上擦过去，舔着嘴唇。好像他张口只是为了舔嘴唇似的。看样子是个老实人。最后还是导游屁陈接过他手里的相机。他欣喜奔向早已瞄好的景点，抻衣服，摆姿势。可他忽然又不放心起来，回奔过来，忽而前忽而后地框定取景，然后才重新把照相机交给了屁陈。

塔尖拍得到吗？忽然他又在那边叫，蹲下，蹲下！蹲下去就拍得到了。于是拍。再拍一张！于是又拍一张。又一张。然后他满意了，不住地道谢。就怕拍坏了。好容易出来一趟，拍坏了就白来了。他说。这个拍坏了又有什么可惜的？又不是拍木瓜。屁陈说。

木瓜？

对呀，木瓜，要不要去？沙滩上，遍地都是，这里一对，那里一双。

木瓜还成对成双？他有些犹疑起来。

当然喽！屁陈说，不成双有什么好看的，那是乳腺癌了。

那个说“有心没胆有胆没钱”的家伙就在一旁笑了起来。屁吴,他叫，对方姓吴，就叫屁吴，他称自己是屁唐。赶快去，他叫，好看，很好看咧！屁吴脸噌地红了起来。这有什么好看的！那什么才好看？屁陈追问，我都可以带你去！

去哪里？屁唐问。

反正跟你没关系了，你套牢了。屁陈扫了屁唐老婆一眼。

我们这才明白为什么当初在机场，导游屁陈一见我们旅行团阵容，就满脸沮丧。我们团连同领队十三人，三对夫妇（我的一对，屁唐的一对，还有另外一对），一个亲家姨舅一家子，再除去领队，就只剩下屁吴一个单身男人了。怎么不将家属带上？我问他。我谨慎地没有说是妻子，谁知道人家是不是离了呢。

她没空。他应。分明是指妻子，他有妻子。

什么没空呀，一起来多好。我惋惜地说。屁陈就朝我拱手作揖起来：求您行行好啦，别再把他老婆弄来了！要不我可真要去跳湄南河了！

导游们都企图通过介绍男游客去那种地方赚取外快。我们选错地方了。我们怎么补偿都不应该选择来泰国。一路都是那样的话，妻子把餐巾纸揉成一团塞进耳朵，真无聊！我也连忙把眼睛转向窗外，看风景。导游屁陈很关心屁吴。起床，他特地去敲屁吴的房间；吃饭，他叫屁吴可得吃饱了；上车前放行李，他给帮着腾位子；一路上只要屁吴有问题，他一定先给回答。一到闲下来，我们就瞧见他兜着屁吴的肩膀，跟他咬耳朵讲什么。然后就见屁吴的脸色红了。那个屁唐就好像被搔了痒痒似的大喊：屁吴，快去快去！屁吴就慌忙从屁陈手下逃出来。谁要去了？屁唐仍说，不要这样嘛，好容易出来一趟。谁好容易出来了？他应。大家就笑了。这是这个屁吴一直挂在嘴边的话，他说好容易出来一趟，要好好玩，把这机会像榨蔗糖一样榨得一点也不浪费，现在，一点不浪费是什么意思？玩又是什么意思？

旅行车在这景点那景点穿走。高速公路、高架桥、摩天高楼、钢化玻璃墙，阳光，阳光，阳光，还有阳光背面的阴晦的青灰色，那楼与楼之间的幽深大道。大家贴着车窗贪婪地看，把鼻子都压扁了，鼻孔里呼出的热气模糊了窗玻璃。无穷无尽的车流……哇，全日本车！真的，全是日本车，丰田的，三菱的，马自达，还有那个尼桑！全是日本车！泰国人真他妈的有钱哪！所以一金融危机，就完了！一个说。完了就完了，人家还有日本车开！大家说。

车堵了，也不觉得烦，因为有更多的车纷至沓来了，像眼前开了名车展览会。瞧那车什么牌的？见都没见过！大家纷纷从座位上爬起来，涌向这边窗口。是一辆非常奇特的车，豪华，红色，巴洛克风格的。那不是日本车，那是法国车！一个说，我在外国杂志上看到的。

芭堤雅真是整个被染红了。所以才叫红灯区的吧？大家说。每扇门，每个窗户后面好像都藏着不可告人的秘密。战战兢兢跟着导游在芭堤雅街上走，大家猜这个，猜那个，拿出自己所有的看家知识和想象力，一会儿一副童真的样子，一会儿又像是见多识广的地痞流氓。忽然瞧见一个女人站在街边，抹着玫瑰色口红。屁唐说，这就是鸡了！屁唐总是好像什么都知道。大家说，你怎么就知道？屁唐应，我当然知道喽！飞过一只蚊子，我都知道它是正经蚊子还是不正经蚊子。你知道？大家就抬杠。屁唐说，要不要打赌？大家说，怎么赌？我过去，她肯定会来拉我，你们跟我过去。大家叫道，我们干吗要过去！那还怎么赌？屁唐说。大家就不应他。他急了，你们又要赌，又不肯去，又不信我！他又瞥瞥那女的，你瞧她，瞧过来啦！那眼神！大家瞧过去，那女人果然瞧过来一下，那眼神好像真有什么特别。屁唐好像被那眼神烫了似的不安了起来。他开始烦躁地嘟嘟囔囔起来，骂跟你们这些人一起真他妈的没劲！他瞟了瞟他老婆。我知道他是在顾忌他老婆。他老婆好像也很明白他的居心，哼的一声去边上一个地摊挑挑拣拣了。他开始转过来转过去，好像一只困兽。有一刻，他好像要豁出去冲过去，可他没走两步又兜了回来，忽然，他站住了，他盯上了屁吴。咱们去！他说。

屁吴好像被吓一下。我不去。

你怎么也不去！

怎么就该我去？屁吴应。

又不是去搞她！屁唐大声说。

大家全都乐了起来。就是搞她，你也不怕！屁唐又说。

你才去搞她呢！屁吴反击。

我能行吗？屁唐说，晚上都有人站岗呢！

大家知道是在指屁吴一个人一个房间的事。本来他是跟那一家子亲戚中的舅舅住一间的，因为那舅舅爱亲热，跑到亲戚那里挤了。大家笑了，瞅着屁唐老婆的背影，对屁唐，你这人也真是的，有站岗，不就有了？

那怎么一样？屁唐说。

你怎么不记得当初千方百计要人家站岗了？

当初是当初。

现在就不怕被别人站了？

老子还巴不得呢！屁唐居然说。

大家哗啦大笑了起来，都瞥着屁吴。屁吴慌忙溜进边上一间皮革店，好半天才出来，还心有余悸地远远地躲着。不得了，什么话都敢说！当他瞧见我们，他说。

2

我和妻子总是落在后面，跟大家保持着距离。他于是跟我们有了交谈。他说他怎么可能去干对不起老婆的事？他的女儿都到了出嫁的年龄了。他说正是他老婆把这机会让给他的。他是中奖才获得泰港游的，本来他要加一个自费名额，让他老婆一起来，可他老婆说：你去就去。她就说这一句，然后继续干她的活儿。她老婆不会说话，就知道埋头干活儿。她总是有事没事拿一块抹布这里擦擦，那里擦擦，请了小工她也这样，永远没个闲。他们开了个颇有规模的饮食店。我们不缺钱，可她就是不肯去。她要看店。这时该是最忙的时候了。他说。

当时正在吃晚饭。我的脑海里浮现出一个灯火通明的店堂，客人一股一股地涌了进去，像潮水一样。一个女人忽里忽外地忙碌着，她忙得几乎顾不着自己模样了，她的头发有点乱，她的身上满是火烟和油腻味，她的眼睛因劳碌而失神，间或她会想起自己的丈夫现在在哪里了，玩得开心不开心？我自觉得能理解他。屁唐对这样一对夫妻、一个家庭做那样猜测，简直有点残忍。

我可是从街头摊子干起来的，他又说，拼死拼活，拼死拼活，不敢放松！我这才发现，他的脸很黑，结实得像块铁砧，憋着。他总是憋着劲活着，所以他才富起来了，像我们现在千千万万富起来的中国人。一丝一毫也不敢放松！他又重复了一句，身体耸了一下，好像突然在重压之下虚脱了。好容易有了如今。他说，就是我不喜欢我老婆，我还喜欢钱，是不是？他突然这么说。我一惊。我不知道他为什么要这么说。也许是我反应慢了，他以为我不信？也许他以为只有说得这样鄙俗，才能让人信服。我们这时代就相信鄙俗。我觉得他很可怜。他说得那么大声。我蓦然发觉他其实是在借跟我说话，说给大家听的。这又有什么关系？可是大家却应道，可以"外面彩旗飘飘，家里红旗不倒"嘛。

你可以把钱抓在自己手里嘛！一个说。

怕是都被你老婆掌握了吧？

那也好办！屁唐说，你可以将那些钱提出来投资，投进去，然后称血本无归了。股市低迷嘛！地球人全知道的。

大家笑了。你的钱就全这样投资到股市的吧？然后总有一天会血本无归。大家说，又对他老婆：你可得担心哟！

他敢！屁唐老婆说，我就跟他离！

离了，不正中下怀了吗？大家嚷。

那我就不离，坚决不离！拖死他！她说。大家又大笑。这一对宝贝，动不动就叫离，他们倒不在乎。他们两个就又一个逃一个追地表演了起来。大家就跟着起哄。屁唐的妻子一边追还一边骂：你自己黑心还不够，还要教坏屁吴，让屁吴也跟你一样没心没肺！

我可不一样！屁吴说。

什么不一样？你还不是没心没肺？

你凭什么骂我！屁吴叫。

我骂你了？爱钱不爱老婆，是不是你自己说的？

我不是这个意思！他跳了起来，叫道。

那是哪个意思了？还会有什么意思！你以为你有多老实？我还不知道？险恶用心泄露出来了！

大家又哈哈大笑了起来。

他确实无法证明他自己。他开始躲起大家来了。人家到这边，他就躲那边。上了车，他就躲到最后一排座位上。大家说，大家笑，他好像全然没听见。实在大家笑得太大声了，他才不得不做出被惊醒的样子，莫名其妙地睁开眼，惺忪地寻找声源，可他又恰恰要把方向寻错了，然后做出什么也没发现的样子，揉着眼，几分疑惑地，又睡下了。好像他就是来泰国睡觉的。他好像对什么都不感兴趣（他原来可是对什么都感兴趣的，就连谁也吃不来的香菜，他也要夹了放在嘴里嚼一嚼，见识见识）。就因为他是一个人出来。他是不是后悔一个人出来了？

就连既定的旅程安排他好像也不知道。看人妖。什么人妖？屁陈宣布晚上就要看人妖表演，他忽然问道。他的反应反而让大家大笑了起来。人妖，就是男人变的女人！屁唐就应。男人变的女人哇！他居然说，好像才刚刚知道似的。

看演出的整个过程，他的话非常多。一会儿嘟囔泰国真是什么怪事都会有，男人还可以变成女人，一会儿又把门口那些女工作人员当做人妖了，一会儿又说男人变的女人再变也是男人。可是舞台上人妖袒胸露乳，那肉，那身段，那妖态，完全就是直脱脱的女人。他就又叫了起来：说不定嘴上还有胡碴！信不信？这是在骗我们坐得远！演出结束走出剧场，门口广场站着几个人妖给人拍照，白得扎你的眼，完全没有胡碴，连粗一点的毛孔都没有。大家抢着和人妖合影，就连我妻子也拉着我跟人妖照了个三人照。我瞧见屁唐在和边上的一个人妖照，他们夫妻互拍。轮到屁唐时，他又要花招企图将手虚放在人妖胸前，装出摸在乳房上的样子。他老婆就不肯照了，就要撂下照相机。他慌忙老实地放下手来。他出来时奋力舞着胳膊，一副壮志未酬的样子。他瞧见了屁吴。怎么不去照？

我不照。屁吴说。他脖子上的照相机都不见了。

这也不照！屁唐大声叫。

没什么好照的。屁吴说。

他突然夺路逃了起来，其实屁唐并没有动他的意思。这下倒刺激了屁唐，他拔腿就追。他们就隔着一棵不大的树你抓我躲起来。屁唐冲这边，屁吴就闪向那边，屁唐冲那边，屁吴就又躲到这边，那样子好像猫捉老鼠。屁唐一边捉，一边叫：什么没什么好照的？这么个大美人，不照多可惜！机不可失，失不再来，来，我帮你照！猛向屁吴抓去，屁吴一个躲闪，撒脚就跑进了后面的草坪。屁唐就也追进了草坪，草坪好像一个更大的舞台，大家全都跑上去看。就连别团队的也跑了过来，跟着笑。一个管理员模样的人哇啦哇啦喊着什么，屁吴一愣，就被屁唐抓住了。屁唐抱住他，连胳膊都被控制了进去。他拼命挣扎。我不照！他喊。他的样子可笑极了，大家又哈哈大笑了起来。好容易出来一次嘛！大家也起哄。那个一家子里的舅舅还把自己的照相机举了起来。屁吴的脸淤得发紫。他忽然不挣扎了，你放开我！他喊道，我急啦！可是屁唐根本不理睬他。他又开始反抗，踢蹬着腿。他把腿蹬得像车闸，可毫无用处，他就像一辆刹车失灵的车。屁唐不由分说就把他推向最近的一个人妖。我知道他要做什么。他简直疯狂了，好像那是他自己的事。我瞧见屁吴眼睛里闪着极度恐惧的光。他的动作变得机械起来。终于，他笨拙地压在那人妖身上，一只手抓在对方的胸脯。闪光灯一闪。那人妖把他一搡，骂了句什么，却是男中音。大家哄的一下跑开了。只有他怔怔立在那里，一动不动了。他好像死了，只微微悬着那只抓到人妖胸部的手，好像不知如何搁置才好。屁唐又回到屁吴身边，故作神秘地凑他耳朵问了一句：喂，手感怎么样？

没回答。

不知道？屁唐又说，你摸了怎么不知道？难道是我们摸了？

他猛地跳了起来。我们瞧见屁唐那么大块头不知怎么的就被他死死擒住了，顿时动弹不得。他那只悬着的手就朝屁唐的头猛砸下来，好像获得了生命。它砸得那么狠，那么准，一下一下，绝不饶恕。我从没有瞧见他这么凶过。大家全慌了，跑过去把他拽住，这个抓胳膊，那个抱腰，这个拽住他的腿。可他们发现他的腿根本没有发生作用的意思。他动的只是手，那只手。而且它似乎也不是非要冲屁唐头部不可，大家把它控制在高处，它就在空气中挣动着，一下一下，仍然是那么有节奏，近乎麻木，屁唐老婆尖叫着去掐他脖子他都没感觉。好像他早已被掐死了。只有那只手机械地动着，让人吃惊。那个端着他的腰的人后来说，他感觉到对方简直都要瘫下去了。忽然，他停住了，猛地蹲在了地上。我们听到了他啜泣声。这样一个大男人居然哭了起来，当着这么多人的面，大家更慌了。慌忙又来拉他起来，这边又七嘴八舌劝，何必动气呢？出来旅游，和和气气，大家出来能在一起，也是一个缘分！屁唐这人，就是爱开玩笑！你还不知道吗？没关系的，只是玩笑而已。可他仍然哭，也不起来。那个照了相的舅舅慌忙主动说他一定会把那张照片交还给他，这卷胶卷一完就冲洗，在泰国就冲洗，一冲洗了就交还。可对方没应。

他又说连同底片。对方还是没有应，仍然蹲在地上，背部不停地抽搐着。你总不至于怀疑我多洗一张另外留起来吧？那舅舅又说。我不知道他怎么冒出这个念头了，我，我，我总不至于这点信誉也没有吧？我拿它干什么用？我在国内又不认识你！我干吗要做你的笔录？我总不至于变态吧？

一听变态，大家禁不住又笑了起来。

3

我也觉得这个屁吴有点傻。要是我，就索性大大方方承认了，对，我摸了，可那不过是硅胶材料！他为什么不这么说？他怕什么？何况那还是男的。他不是说人妖不过是男人变的？可他现在好像又不这么认为了，他坚信那是一个女的，他碰的确实是女人的乳房。他越是这样，大家就怀疑他是不是真有问题了。

关于他的猜测传闻多了起来。比如每一次回旅馆上电梯，他总是缩在最后才进来，他是不是希望电梯发出超员警报，他好趁机退出，溜到外头去？有时候发现他眼睛熬得红红的。有一次，他还跟导游屁陈在算钱，这是另外那对夫妇共同揭发的（他们两口子总一副温馨相伴的样说话轻声细语，他们也是用这种语调说的）。屁唐说，有一天凌晨他居然瞧见屁吴从旅馆外面回来，鬼鬼祟祟，闪进房间，到大家都起床时才装作刚起床的样子出来，伸着懒腰。就是去那种地方了！屁唐说。尽管谁都知道屁唐的话不可信，可是大家还是将信将疑。

紧接着又发现这个屁吴跑厕所的次数多了起来，人家还没一次，他已经跑了两三次了。这就是肾虚的证明！为什么肾虚？当然是搞多了。

很快地又怀疑他染上了病，什么病？艾滋病？天！太可怕啦！大家就开始躲他了。吃饭谁也不愿意跟他一个桌子，都往别桌挤，没办法挤到别桌的就快快抢着夹几口菜，他的筷子一碰，大家就都不吃了。惊惊乍乍。那可是那种病，艾滋病哪！想想看它是怎么染上的？造成传染的那种事，那种地方，那是一个完全不能想象的世界。听说有金鱼缸的，女人像美人鱼一样装在里面，中方的领队说，他是常带这条旅游线路的。最刺激，可是最危险，他说。不刺激就不会染病，刺激就染病！屁陈说，这叫做矛盾，你们的伟大领袖毛主席不是专门写过《矛盾论》吗？一个矛，一个盾！他拿手比划着，古今中外不能解决的难题！我给你们讲个故事吧！他说。有一对夫妻，妻子出门办事，走前怕丈夫风流，就在他那东西上画一只猴子，一风流，就消掉了。丈夫就在完事后重新画上一只猴子，可是却把猴子画高了。妻子说：猴子怎么上树了？大家大笑了。这丈夫也太笨了，他不会干小心一点？一个说。笑。

又一个说，怎么小心？又是笑。怎么不会量一下位置？又一个说。怎么量？那东西是活的。又是笑。就有人提议，索性用一片粘粘纸粘上，保护起来，比如用创可贴。就哗啦大笑起来。没有人不笑，妻子笑了，丈夫也笑，亲家和亲家一块笑。还抢着说呢。男人说，女的也说。谁会说，谁就有本事，谁说得最露骨，就最有本事。就连我的妻子也憋不住掩着嘴笑。现在哪里没有这样的玩笑？就连领导开大会也会冷不丁来一段荤面素底的段子。你正经，就是装正经，就是不合群，让人讨厌，煞风景，就是有问题！我们也想开了，这只是旅游呀，只是玩玩，只是说说而已。车在路上飞，人在景区飘。那个一家子中的亲家母还反驳：你以为创可贴贴着舒服呀？贴在手指上都不利索！大家笑得前仰后倒，妻子倒在丈夫怀里，晚辈倒在长辈怀里，乱成了一锅粥。屁陈忽然不笑了。今晚就带你们看利索的！他说。

今晚？

对，就在今天晚上，看气功秀！

气功秀有什么好看的！大家说，中国人还要大老远跑来泰国看？中国才是气功之乡呢，你那东西，能跟咱们比？

这不能这样比。你们那是硬气功，我们这是软气功。屁陈说，很好看咧，你们绝对没有看过的，还能放鞭炮、开易拉罐，还会削苹果给你们吃……

大家似乎发觉到什么，猛不作声了。好像被捏住了裤裆下面。只有屁唐还笑了一声，也因为没人接应，马上缩住。气氛顿时紧张了起来。大家全都灰着脸，可是又全都感觉着身边的眼尾余光。妻子审视着丈夫，丈夫也审视着妻子，亲戚间互相审视着，长辈晚辈互相审视着。最亲近的人就是最大的嫌疑犯。那个刚刚还在说创可贴的亲家母居然很孩子气地对着车窗呵气起来。谁都装作不明白。这样的事，虽说原先并非没有估计到，但真到来时还是显得那么突然。说来就来了。叫你招架不住。我也不敢吭声，唯恐会招来妻子更大的猜疑。即使小小的疏忽也是原则性的。车在向前飞奔，不由分说就把我们载向那样的地方。那对温馨夫妇，妻子绞着背包带，绞上，散掉，再绞，再散掉，丈夫企图伸手帮她理顺背包带，不料却被她一把打掉。她从没有这么不合作。丈夫顿时愣在那里。终于，他叫了起来：什么地方？旅游行程上根本没这安排！

是自费项目。屁陈说。

什么自费？大家也叫了起来，什么自费项目。

你们是知道有自费项目的。屁陈说，瞅着中方的领队。领队证实中方旅行社曾经跟大家说过了的。

可又没说这种地方！那丈夫说。

对，对！为什么就要去这种地方！

这种地方才很好看哟，屁陈说，你们不看绝对会后悔的，看了才会知道人生的欠缺！

我们不欠缺！那个丈夫说，瞧了瞧他妻子。他妻子癫怪地捶了一下他的肩。要看，我何必还要将老婆带来呢！又一个说，早就自己一个偷偷摸摸溜出来喽！

大家猛地大笑了起来，纷纷掉眼瞧屁吴。屁吴一直闷在最后一排一声不响，自从照相事件后他一直这样，大家怎么说，怎么含沙射影，怎么指桑骂槐，他都不搭理。不料这下他唬地跳了起来。瞧我干什么？大家都怔住了。我才不看呢！他叫道，又冲屁吴，不去！不去！

嚷什么！屁陈道。

我就是不去！不去！他更叫，简直像示威。

你不去？我们也没法送你回旅馆！车已经走到一半了！我们汽油费可是计成本的，你们原来旅行费用可没有这项开支！你自己走回去！屁陈道。

走回去就走回去！不料屁吴应。

我可告诉你，这方圆几百里可是连出租车都没有！他简直在威胁。

大家瞧车外，天不知什么时候已经黑了，只有两串路灯在远远的地方游动着。突然有几辆摩托充满暴力地从车右侧一擦而过，撂下一溜喇叭尾音。大家不约而同缩了缩头，向自己的亲人靠紧。我也牵住了妻子的手。我回头瞧那个屁吴，不料他却反而冲出座位。我吃惊地瞧见他走向车门。领队慌了，赶忙也冲出去，拦他，没拦住。他很快冲到车门前。他竟然捶打起车门来。开门！他嚷。

领队慌忙又扑上去捂他的嘴。不要这样子嘛，团里要是出一点差错，我可要负责任的啊。你就支持支持我，就算是支持我好不好？他不理，仍然捶。大家也纷纷围上去劝，何必呢？你看看，天都黑了，怎么走回去？他仍不理，只是捶门，喊着要开门。屁陈可真的火了。也许他根本没想到，这个屁吴本来还是自己赚外快的最大希望，可偏偏就是他！车停了，司机真的开了门。屁吴也不示弱，就要迈下去。领队又抢在他前面跳下车去，一只脚拦在车门口。我知道，我知道，领队忽然想起什么，说，这些日子来大家一直在开你的玩笑，其实只是玩笑，谁也不会真认为你就是会去干那种事，就有那种心！大家也慌忙表示是是是，只是开个玩笑，其实会做的人就会做，不会做的人就不会去做；不会去做的人给他条件也不会去做，会去做的人不给他条件他也要创造条件去做！你们怎么知道我就不会去做？他却反问道。大家都愣住了。你们怎么知道我就不是创造条件跑出来的？我就是偷偷摸摸逃出来的！我把老婆丢在中国跑出来寻花问柳来了！我花心！我老婆老了！没趣了！我还可以告诉你们，我老婆不仅老，还很丑！

他居然这样说。我很吃惊。他为什么要这样说？他有什么必要这样说？即使是真的也没有必要。没有人逼他。也许是太受刺激了。大家赶忙说，不会不会，怎么可能呢！怎么不可能？他却说，你们想想，我当年那样一个摆小摊的能娶什么样的老婆？只得将就。瞧我老婆那模样，又丑，又脏，整天拿着抹布，她整个人简直就是块大抹布！永远也洗不干净！跟这样的老婆待在一起，绑在一起，活着还有什么劲？他忽然像获得发泄似的灿烂一笑。我更加震惊。也许他真的在发泄什么？那是一种有意的泄露。据说人总有一种竭力泄露自己秘密的欲望。越是隐秘的越要想泄露。罪犯总是竭力要把自己的犯罪行为向人透露（还真像屁唐老婆所说的那样）。没什么好隐瞒的！老实人说老实话！实话实说！现在都时兴实话实说！他说。也许是真的，要不然那些实话实说节目的嘉宾们为什么要当众吐露隐私？我简直恐怖地瞧着他，瞧着这个我完全不认识的人。谁不喜欢漂亮的女人？可我就是不喜欢，我喜欢丑女人！可他转而又说，我为什么要去？我偏不去！偏不去！

他猛地搡倒领队，就冲了下去。领队慌忙叫大家把他拖住。大家全跑下车去，拽住他。这边领队连忙从地上爬起来，一边叫，不要这样嘛，有话好好说嘛，可以商量嘛！这边叫屁陈。屁陈也有点慌了，也跑下车来。我接了这么多中国的团，从没看到你这样子的！屁陈冤枉地说。

领队就跟屁陈嘀咕起来。他们在谈判。领队很快就过来了，对屁吴，你一个人实在不去就算了，可以在送完大家之后再送你回旅馆。这算是我们对你一个人的照顾！屁陈在那边补充道。可是其他人都得去！领队就对大家：也算是你们对屁吴的补偿！说到“补偿”，大家就笑了。

你们都得去！屁陈又强调，上车上车，时间要来不及了！车一边走，一边收门票钱。大家都没话了。只有在收到屁唐时，他简直快活地叫了一声：我破产啦！

都是你给闹的！领队笑着骂他一句。

大家又笑了。大家都不再抗议了，全交了钱。我也交了钱。我甚至没有多想该不该交。旅行大巴停在了一扇被照得红彤彤的大门前。下车。屁吴一人留在车上。他一动不动，我从车窗瞧得见他。他没有瞧我们。旅行车在缓缓地倒车，笨拙地。轰的一声，它一蹶屁股开走。那一刻，我忽然一阵心慌。我有些后悔自己了。

我不知道台上都演些什么。我被死死钉在座位上。我不停地喝着面前茶几上的茶。这是我的固定动作，空气凝固了。我不敢多喝了，生怕很快喝光或喝多了要上厕所，把凝固空气激活了。我抿着茶。妻子好像也在抿茶。我不敢看她。她就坐在我身旁。我不知道她在想什么。天哪！在妻子面前看着别的女人的裸体（还有在丈夫面前看别的男人的裸体）！你对异性身体和性器的认识仅限于我的形态吗？你瞧见过不是妻子的女人（或不是丈夫的男人）的样子吗？你听过那样无所顾忌的叫声吗？你的温柔、你的风骚是曾在别人身上用过的吗？那是不能审问的，那是我们的芥蒂。

出来时大家都没有说话。回到旅馆，进电梯，上楼，开门。屁唐在他老婆开房门时，突然冲屁吴的房间叫了一声。没有应。

去干真刀真枪了吧？他说。

大家哈哈大笑了。然后进了各自的房间。我们也进了房间，关门，开空调。仍然没有说话，妻子在卫生间用洗面奶洗脸。她洗得很慢，从来没有的慢。我盲目地乱按着电视遥控，电视上节目我一个也看不懂。好像很迟了。妻子出来了，她仍然没说话，慢慢梳着头发。

这个屁吴！我嘟哝了一句。

你们男人呀，全不是好东西！妻子忽然说。

我一愣，猝然感觉到极度的危险，背上凉飕飕的。

我看屁吴不会做那样的事！我连忙改口。

你怎么知道？妻子说。

我语塞。会做的人就会做，不会做的人就是不会做。我硬说。

你知道？

你怎么就不相信人！我急了，我刚才明明瞧见他房间还亮着灯的。我撒了谎。

说不定是空城计。妻子说。

不信？去敲他的门！

我们真的出来了。房间果然亮着灯。我敲了敲门。没有回应。又敲了敲门，还是没人应。走廊里凉飕飕的。没有人。妻子一声冷笑，就要走。我简直野蛮地拽住她。她站住了。她冷冷地瞧着我，抱着肩膀，等我把他敲出来。我忽然真想砸了那扇门！可是我不敢。灯光分明从那扇门上端的缝隙透出来，格外炽亮。他好歹也要等转移了财产……我说。我不知道自己怎么冒出这话。

最后我们拿一张手巾纸粘在那门与门框上。

那灯光照了我们一整夜。

4

那张纸，第二天还完好地粘在那里。他出来了。他果然一直在房间里。我回头瞧妻子，妻子笑了。

想想我们的信用要靠这么张薄薄的纸来维持，真有点心寒。总算离开该死的泰国了。全是一些无聊的事，这类老套的故事早已有无数的版本，我完全可以不说它。到了香港。大家的注意力马上转移到了购物上了。最后两天自由活动，大家一大早就全跑上街去了。我们到服务台寄房间钥匙，发现屁吴一个人站在那里。他朝我们笑。

没上街？我问。

我不认得路。他说。

这样难得的机会就搁在旅馆里？我瞅了瞅妻子。妻子也瞅着我，也许她也感到对他有愧，我们也曾怀疑过他，冤屈过他。那我们一块去吧！我们几乎不约而同地说。

一路上他显得很高兴。他又高兴了。一直说着话，弄得街上人都掉过头来瞧我们。我朝他示意，他赶紧缩住，可是不到一会儿又大声了起来。我们说要去买东西，他也说也要买。他又恢复了最原先的模样，什么都感兴趣。他说他马上就要当岳父大人了，已经有人给他女儿提亲，也就是说很快就要被孙子所累。孙子？我们问。外孙也是孙，他应道，现在男女都一样，都二十一世纪了！

二十一世纪，这时髦的词从他嘴里说出，感觉怪怪的。我们都笑了。妻子说，跟那帮人一个旅行团，倒了大霉了！

本来嘛，那种事会做的就会做，不会做的就是不会做。我趁机说。可是到吃午饭，他要请客，妻子又不肯了。她提出各自吃套餐。我知道她仍在提防他。艾滋病？

香港真是个购物天堂。我们逛了旺角又逛了油麻地，逛了佐敦又逛尖沙咀。我决定多给妻子买，只要她喜欢，甚至她不喜欢而我喜欢的，也买！就是把我们八年来的积蓄全花光了也值啊！谢瑞麟的营业员好像不知道我们是内地来的，跟我们哇哇讲起了香港话。我们就跟她讲英语。

那小姐就也连忙讲起了英语。她说，你们两个在筹备婚事吧！

我们相视一笑了。这小姐可真会说话！

我们买下一条金项链时，屁吴过来了，说也要给女儿买一条做嫁妆。24K的。他连看都不看货就掏钱，我们只得替他把质量关。

又进了新世界中心。我们买，他也买，我们买什么他也买什么，我们不买的，他也买。女的，男的（给未来女婿），小孩的（给未来外孙），中国内地没有的买，有的也买。我们开始怀疑他的盲目，他是不是钱多得不知道怎么花了。

天黑时我们已经大包小包了。我们大包小包，他也是大包小包。我们两人轮流提，他一个人提。我们都累得不行，可是回旅馆是绝对不想的，夜晚的香港才更有魅力。我们就拖着这些笨重的包袱在街上走，一家家商店继续逛，直到商店一间间关门。第二天我们仍然在一块。仍然是买。虽然我们曾想过要少买一些，至少不要弄得像头天那样拖着大包小包，可是仍然控制不了。他也是。这是在香港的最后一天，也是我们旅游的最后一天。像末日一样疯狂。我们又是逛到天黑。

他忽然说，他要给他老婆买。

不是买那么多了吗？我们问。

还没有我老婆的。他说。

我们瞧时间，八点半，时间不早了。我们为难了。买什么？

一种衣服。

我猛地想起在泰国他说他老婆丑。那样一个丑婆子有什么好打扮的？当然也许他老婆未必真的就丑。也许根本就是在说反语。哪种衣服？我问。

是那种有胸口袋的，上面有两颗黑纽扣。他手在两胸点着。我几乎要笑出来。胸口袋？纽扣？你还真是那个。但也许他并没那意思。可是我们实在没有干劲了，我们想回去。我们说，要不然我们先回去了，你自己去买。他怔怔地盯着我们。他说，他还想求我妻子给试穿一下。不可能！简直不可能！我简直要叫起来，我妻子穿？那样的衣服？亏你想得出！

他说他老婆的身材跟我妻子差不多。

不行！我想，什么意思！

明天就要离开香港了，不买就没机会了！他说，简直是哀求。

我妻子就起了同情心。那我们就帮帮他吧！她说。他连声道谢。一路上他直想帮我们提东西，我们不肯，他还是抢了一包紧紧抓在他手里。倒好像是质押着我们的东西，让我们好笑。还一边走一边回头瞧我们，好像怕我们溜走似的。瞧见我们在后面，他就大声说笑。他的笑话其实一点也不可笑。他又说他就喜欢女的穿那种带胸口袋口袋上有黑纽扣的衣服（他的手又在自己胸脯比划着，也许他并没那个意思）。看来他还真对老婆有所设计。一个男人要是对自己妻子穿戴没有感觉，也许他对妻子的感情就差不多了。看来他确是爱着她的。所以他就是不会去干那样的事。

你怎么知道就不是补偿？妻子说。补偿，这词现在终于也能如此轻松地从妻子嘴里说出来了。我们都笑了。

可是我们一连走了好几家店，都没有见到那种有胸口袋上面有两颗黑纽扣的女装。有胸口袋的衣服有的是，可没有纽扣，有纽扣的也不是黑纽扣。我们泄气地站在街上。天很燥热，我们已经被汗水泡得疲沓不堪，样子一定像乞丐。可他的眼睛仍然不甘心地四处搜寻着。没有。我说，看来是没有了！

可是我明明看到过的。他说。

在哪里看到？我问。

我一下机场就看到了。

机场？妻子问。

我也叫，在机场你为什么不早说！

不是，是在机场广告牌里。他说。

我们笑了。在广告牌里呀。

要是没货，登广告做什么？他说。倒也是。登广告可要花钱的。

可是那衣服在哪里呢？香港这么大，这么多店。街上的人真多。我感到害怕起来。我想我是逃不了，我被他套住了。我禁不住有些急躁起来。

算了，就回去跟你妻子说，她交代的的确实找不到。我说。

她没有交代。他说。

那不是自讨苦吃！我叫起来。

妻子杵了我一胳膊。谁像你那么虚伪！她倒大为热情了，走，我们再去找！

我们就又找。突然，他惊叫了起来：瞧，在那里！那里！

顺着他手指的方向，果然有一件带胸口袋的衣服，在大街那一头的大楼上面，三层。那是一件粉色的女装，穿在一个模型模特身上，那模特没有头。口袋舌翘翘的，好像还向我们一招一招的。黑纽扣格外分明。我们噌地全来了精神，就要奔过去。可是正亮着红灯。绿灯亮了，两股人流迎面汇合，相交而过。

那是一家百货，我们撞了进去。可是我们转了半天就是找不到上楼的路。原来百货只是一层楼。我们只好退了出来。我们再仰头看那件衣服，那衣服变得不清晰了，也许是橱窗玻璃反光的缘故。我们终于在边上找到上楼的楼梯。可是越往上走越静。妻子有些怕，她把我拽得紧紧的。我们终于走到了死路，黑洞洞的。我们又转下来。街上已经有店铺在关门了，唰唰拉着铁拉门。人们被从店里赶了出来，街上的人更多了。人们拥挤着，潮水一般涌过来，涌过去。我们躲闪着，一边还抬头盯着那件粉色的带胸口袋黑纽扣的女装，担心它脱离了我们的视野。咫尺天涯。咫尺天涯……我们明明瞧得见它就是不能接近它。我们开始问人，逮住人就问。可是没人知道。也许是他们顾不得我们。屁吴不停地嘟囔着：会找得到的！一定会找得到的！没有楼梯他们自己怎么上楼？不知道是在替自己打气，还是在替我们打气。他忽然一溜烟跑走了。他连跟我们打个招呼也没有。我们慌忙跟上去。只见他身影在人流中穿梭，人流像梳子一样梳理着他，他穿梭得那么畅快，我甚至觉得他只是为了梳理得畅快才跑得那么快的。他的衣服完全湿透了，绽出发达肌体轮廓，让我想起那些苦命的四川民工。那背影一闪不见了。

我和妻子都慌了。慌忙寻找。可是我们大包小包提着，妻子好几次险些被人撞倒。没有找到他。妻子说：你一个人去吧！我就把妻子安顿在一棵树下，让她守着东西，自己扑进了人海。人海翻滚，刹那间我什么也看不见了。好像边上又有几家店关灭了灯。我想一切就要这样结束了，不幸就要这样发生了！我心里发毛。我不顾一切攀上了一根电线杆。

仍然什么也看不见，黑压压的一片。蓦地，我瞧见他在街的那一头。我只瞧见他的头，头发也湿漉漉的了，贴在头皮上，好像刚从水上捞出来一般。那眼珠子也被泡得发白，只有中间一点黑点，显得特别晶亮，让人恐惧。他为什么要这样折磨自己？就为了这么一件衣服，也并不是什么漂亮款式，他老婆也并没要他买。他就死死盯住它。好像他整个生命就维系在这么一件小小的衣服上。他简直在苛刻自己！也许不苛刻不足以证明其真情，不足以抵御人家对他的诬蔑。他死死被捆住了。那黑眼珠滴溜溜转，拼命地转。它突然一亮。发现了什么？他向前扑。可是忽然被前头的人群堵住了。红灯。也许他已经找到上去的通路了。他摇摇晃晃起来，好像就要站不住了。可是你也得等一等呀！不在乎那么几秒时间！你等一等呀！车流，车流。难道你疯了吗？车流如织！难道你疯了！他突然一挣。我瞧见他整个身子坍塌了下去，可他又蓦地升了起来。

刹车！

我大叫一声，扑了过去。我听不到自己的声音。我只瞧见人潮也缓缓升了起来。一个司机愤怒地从车窗探出头。我搂住他，好像搂着自己失而复得的生命。我听见了他的声音：找到啦，找到啦！上楼的楼梯就在那地方！我看得清清楚楚！

是在那座大楼左侧。我回头找到妻子，我们疯了似的冲上楼梯。果然有一间成衣店。我们一眼就瞧见那件衣服，那件带胸口袋的女装。它背对着我们，神态有些暧昧。

你替我穿！你替我穿！他叫，简直是命令。我马上替妻子拿背包。

妻子的身影倏然在更衣间的门后消失了，那面全身镜空洞洞的。我扭头瞧了瞧那模特，模特没有头。

妻子又出现了。我简直惊呆了：这是一个有头的模特，因为有了头，有了脸，那整个身体好像通了血脉一样活了起来。那身休，那个腰，那个胸……

那天晚上我们在床上酣畅淋漓，我和我妻子。我们疲惫得一塌糊涂，可越是疲乏，却越有激情。我们从来没有这么酣畅。我们房间的墙壁上也挂着一件带胸口袋的女装。

我们也买了一件。

5

回国后，妻子被检查出怀孕了。我们都非常惊讶。八年了，我们几乎已经绝望。医生说，这也不奇怪，世上的事常常欲速则不达，放松了，反而成了。

只有我们自己知道是因为什么。

我们精心保护着这个胎儿。三个月后，医生说应该适当多活动活动，有一天我们去了鼓楼。这是我们所住的城市最繁华的地方。我们碰到了他，屁吴，他在街上卖煎饼。他怎么又摆起地摊来了？大家见了面，都非常高兴，就聊了起来。他说，他跟他老婆离婚了。

怎么会？

是我提出来的，他说。

到底出了什么事了？我们问。

也没什么事，他说，就是那件有胸口袋的衣服。

有胸口袋的女装？我们叫了起来。

你们还记得？

记得记得，当然记得！我们叫。

那次从香港回国，晚上，关店后，他开始分礼物。他老婆仍然拿着抹布这里擦擦，那里擦擦。他就先把礼物分给女儿。女儿高兴得什么似的，直说爸爸就是好就是好。然后分给未来女婿的，交女儿保管。女儿拿着礼物直捣父亲的背，爸爸你真坏你真坏！谁说我要出嫁了？我就偏不嫁偏不嫁！家里笼罩着欢乐的气氛。那是他们家少有的。他们家从来都只是做生意，数钱，吃饭，睡觉。

后来他拿出了那件有胸口袋的女装。女儿叫了起来，以为还是为她买的。你拿了那么多还想要？他骂道，不懂事的孩子！都没看看你妈可是一件都没有。

他老婆正在一旁点钱，折出了抬头纹。

他展开了那件衣裳。

他老婆的目光变得惊异起来。你想什么了？这样衣服，我穿？

这衣服怎么啦？他说。

我怎么能穿得出去？

怎么不能穿出去？他说，很好看的！穿上吧，穿上看看怎么样……他一边说着一边把衣服披在老婆身上。不料老婆尖声号叫了起来。她从来都没有这么叫：你简直，流氓！

他吃惊地瞧着老婆。我有什么对不起你？他感到从来没有过的委屈。他从没发现她如此可憎。他从没发现自己的生活如此可憎。那一刻，他决定：跟她离！

我打了个寒颤。我想起了泰国，芭堤雅，香港，尖沙咀，人潮，车流如织车流如织……刹车！

那毋宁是个阴谋！

我把财产全给了她。他说，嘴巴努了努边上的一辆三轮车。只留下它。

到底什么魔力让他做出这种选择？我搂了搂妻子，妻子的手臂很凉。

也许并不因为那件有胸口袋的衣服？好一会儿，我试探着问。

不，就因为那件有胸口袋的衣服！他肯定地说。

【罪恶】

她们篇

1

在新桥，我遇到了欧阳。我没想到会遇到她。在国内时，我们曾一起在北京一个商业城开店，我卖服装，她卖食杂。后来她出国去了，听说是去了东京。后来我也来到东京，一直没遇到她。听说她进了那种店了，スナッグ酒吧，先是陪酒，后来自己当了妈咪。她的服饰证实了这一点。

看见她时，她正在向路边募捐箱投进厚厚一叠万元纸钞。我没有捐，也不想捐。我想避开，不料她抬起了头，看到了我。我被逮住了。本来我也可以做个样子，可是我身上没有钱，没那么多钱。来日本后一直不如意。当初在国内，一样做小本生意的，现在她却能出手如此阔绰。人家有钱嘛，有钱才能行善。但她的钱是怎么挣来的？给日本人陪酒。以这样的钱来行善，以丢中国人的脸挣来的钱爱国，这世界真有意思。

两个女人相见，必然要寒暄一番。她邀我找个地方聊聊，我不愿意，但还是去了。也许是忍不住好奇，如能刺探出她的劣处，我心里多少会平衡一些。女人跟女人就是对手。也许她早就看到了我，不然我想不出她为什么要捐这么多。而且是捐给四川人，当初在国内，她曾被一个四川人坑惨了。人家喝她卖的“五粮液”死了，原来进的是假酒，甲醇兑的。之前只听说有假冒名牌的，或者酒里掺水，没料到他们居然用甲醇。他们真是什么都敢干，出了事怎么办，他们才不管，没人忌惮。世界上大概再没有这么天不怕地不怕的了。还好对方死了，要是活着，残了，她连出国的钱都要赔出去。去找那批发商，早逃了。外地人，没尾巴的跳蚤，再找不着他了。

你还捐？我问。

她笑：一个四川人，怎么能代表全部？难道要像日本人看咱们那样？中国人！她用日语说。

确实，日本人就这样。不加区别，不论好坏，把中国人一锅端了，冤死了！

冤吧，她说。老是说中国人怎么怎么的，动不动就说“中国人”，一粒老鼠屎坏了一锅汤。

可是，这锅汤还真是没法救了，你能分得清哪是被破坏了的，哪是没被破坏的？我说，所以我就不捐。我为自己的不捐找到了理由。我讨厌捐款，在商业城时，工商动不动就让捐款。列队，电视台来拍，拿大票的排前头。我就拿十元打发了。所捐的款，天知道能否到达灾民手里。当然我也从不会向摆在我面前的乞丐丢钱，这时我想的是：他们是不是真乞丐？这世界坏得很，什么坏事都可能发生。总之我都会找到不给的理由。

管不了那么多了。她说，反正我是尽心了，他要作孽，老天惩罚他。

老天？在哪？我故意抬头望天。

也许真的有。她却说。她的淡然让我惊讶。我叫：别傻了！

也许傻点好，她说，中国人太聪明了。

这我承认。我们来到一家吃茶店。我点了橘子水，她点了咖啡。请不要加糖，她叮嘱服务生。

喜欢苦味？我打趣道，想不聪明一下？还是为了节哀？

她摇头：这之前就喝了。喜欢喝，那种苦的味道，能直接把握的本味。我在“杨贵妃”都喝苦咖啡。

杨贵妃？我猜就是她开的店了。

就在那里，她指了指玻璃墙外。外面人影幢幢，正是下班时间。天色渐晚，玻璃墙上还叠印着店内的场景，但仍可辨认外面广场尽头一节蒸汽机车车头模型。那边，她的手指又向左摆了摆。我看到了车头后面的路，车水马龙。就那口子进去，就是乌森巷了，“杨贵妃”就在里面。

这么近，她为什么不带我去她店？

每天傍晚，这个时间，我都要从车站出来，穿过这广场。她继续说，这 SL 广场，就是因为那蒸汽机车命名的。日本第一列蒸汽机车就是从这里出发的。至今还是个好地方，东面就是银座，西面是赤坂、麻布，往北穿过霞关，就是皇居了。我和日本人一起从车站鱼贯而出，走向自己的店。作为一个中国人，能够拥有一家自己的店，特别是在当初经济不景气的时候，营业额还逐月上升，怎能不踌躇满志呢？也许你不认可，你会觉得……

我连忙摇头。我知道她指的是什么。

这只是职业，有了职业就可以有事业，无论什么事业，只要做好了，都是好的。把事情做好了，就是为中国人争脸。她辩解。

我表示赞同，也许只是为了让她继续说下去。

反正我是这么想的，欧阳说。我要开一家具有独特风格的スナッグ，咱们是中国人，自然是中国风格的，“中华风スナッグ”。全体从业人员一律中国旗袍，就像一盏盏中国灯笼似的耀眼，果然，一开张就吸引了日本人，你知道，日本人是很喜爱异域情调的。那时候，整个新桥地区就我这一家“中国风スナッグ”，一家周刊志还来采访过，他们搞了个中国人对日本各行业影响的专题，总标题抢眼极了，叫《中国人在日本的崛起》。

我哑然失笑。荒唐！你能代表中国人？你搞这种行业代表中国崛起？岂不是让人家觉得中国就是这样乱搞？

她继续说下去：但到了年底，又有两间“中国风スナッグ”开张了。就在短短的两个月内，在那小小的乌森巷，就挤进来了。一家是上海人的，一家是福建人。他们也穿旗袍。那上海人穿的，号称海派旗袍，贴在身体上，索性不穿不更好？那福建人，旗袍是你们穿的吗？有一次冲污水吵起来，我就挖苦他们，他们居然说，要论起来，旗袍也不是你们的，是旗人的，我们长乐现在还有旗人村，怎么成你的了？

没法跟他们纠缠，我就从下酒菜上搞特色吧。你知道在国外，中国菜是很受人家欢迎的。这里满街的中华料理店，即便是青椒肉丝、麻婆豆腐，价格也贵得很。中华料理四大菜系，哪个第一？北京料理。咱是北京人，你没话说了吧？但是烹调方法烦琐极了，和厨师小魏探讨了半天，确实对我们这样的スナッグ不适合。再想想，分明是你们挤进来的，我为什么要让你们？天晓得谁败在谁手里呢。这样，我们彼此不来往，更不可能像日本人那样，开张时向邻店送去和果子什么的礼物，说些“请多关照”的话。恨都恨不过来呢。他们的素质太差了，洗刷垃圾桶，污水总是流到我店前。我就叫手下小魏将污水反扫过去。可一不留神，他们又扫了过来。我也想过把自己店前的地面铺高一些，水就不会流过来了。但又一想，这样一来不是显示我输了吗？于是就仍然他来我往，他流过来，我扫过去。有时实在太气恼了，就给它个半空飞泼。对方就骂，就又吵。乌森巷总是满地污水，那些西装革履的白领从我们门前经过，总要小心翼翼踮起脚尖，费尽周折从污水边绕过去。有时我也想到，哪天会大家一起完蛋了。

那两间スナッグ，连店名我都不屑的。我店叫“杨贵妃”，在日本，杨贵妃是妇孺皆知的中国历史名人。虽然我们说祸水红颜，但日本人并不这么看，他们很包容。上海人的店叫什么？“夜来香”。这歌在日本也很有名，但是“亡国之音”。咱们虽然想挣钱，国格人格还是要的不是吗？我店里日本人经常爱唱《麦和兵队》、《同期的樱》，他们唱罢，我总是假装在忙别的事，避免去鼓掌。至于那福建人的店名，就更没谱了，叫什么“特别区”，还弄了玫瑰色特大灯箱，大有要压过我们的气势。这个福建，在全国历来没名气，就以前的“前线”有名，跟台湾炮弹飞来飞去，房子都不敢建。不料到八十年代，国家放宽了政策，他们就活跃起来了，走私，制造假药，伪装越南难民偷渡到国外，非法滞留，暴力团，不知丢了多少中国人的脸。所谓中国人怎样怎样，其实就是他们。不瞒你说，我还曾给警察署打过匿名电话。

我一惊。

我的神情被她捕捉到了，她懊悔地低下了头。她说：当时我没想到我这么做，会有什么后果，我只是想着把他们赶走。她停了一下。我慢慢对你说吧。

我点头。

那“特别区”门后好像系着一个铜铃。她继续说，每次这铜铃响起来，我都会竖起耳朵。那铃声响得很勤，接着一个矫揉造作的声音就响起来了。我承认自己在笼络客人的手腕上不如那个福建女人妈妈（妈咪）。那女人我从未谋面，只几次瞥见她的背影，乱蓬蓬的鸡窝头，我不知多少次把她想象成一只鸡。

2

那天晚上，将近十一点的时候，那个铜铃又叮叮当当响了起来，欧阳说。但这次没有听到那个矫揉造作的声音。进屋人的脚步很乱，还夹着报话机的声音。我忍不住奇痒般的好奇，跑到门口，从玻璃墙向外望。那玻璃是磨砂的，还雕刻着花，外面看不到我，我可以窥视他们。我简直不敢相信自己的眼睛了：有人被抬出来了。是一个男人。我这才记起几分钟前曾听到救护车的声音，这声音平时常会听到，你知道，日本人喜欢小题大做，醉了一个人，也嘟嘟嘟来救护车，所以我没留意。接着，那个福建人妈妈和他们的厨师，还有一个女从业员，被警察押出来了。在他们后面还跟着一个小个子的女孩。我仍然没瞧清那妈妈的脸，只听她哆哆嗦嗦向警察发出不连贯的日语。警察突然打断她：

先去警察署。难道还不明白吗？有杀人嫌疑哟！

恐怖闪过我的心头。发生了什么事？那个妈妈像被搡了回来，愣在那里。忽然她记起什么，慌慌忙忙去拉自己店的铁拉门。她仍然背对着我。她蹲下去时，旗袍后摆都没顾得上兜住，任它浸到污水里。那是我昨晚让小魏倒的污水。我忽然觉得这事跟我有什么关系。

她的钥匙拔出来时，掉在了水里。

警察走过来，催她快走。警察侧身对着我，他转身时，好像还瞅了我这边一下。我连忙退后一步。我想到了我的告发。难道连那妈妈也是黑户？不可能吧？那她怎么注册这店？我在为自己寻找开脱。

他们被带走了，只留下那个小个子女孩。她好像还没清醒过来，不知所措站在那里。我开门招呼她进来，也不知自己为什么要这么做。

女孩没拒绝，浑浑噩噩进来了。坐在吧台一角，她浑身缩成一团。她本来个头就出奇的矮小，我不知道南方居然会长出这么矮小的人，旗袍穿着很不合身，再一缩，整个活像被揉皱了的布团。我叫厨师小魏倒来水。那是一个周末的晚上，店里从九点起就没再来客人了。总是这样，周五晚上最忙，接着就是空闲。有时甚至整个晚上没来一个客人，我就索性将星期天定为店休日，也好省点开支。星期六晚上没客人时，就支使大家做卫生，洗杯垫呀，擦洗手间玻璃镜呀。大家很稀奇店里来了“特别区”的人，都草草做完手头上的活儿，朝吧台聚拢，问七问八，只有小魏还兢兢业业点数着酒橱里顾客的存酒，他是干活最认真的。不过我也没有制止大家，我也想听听。我竭力做出漠不关心的样子，摁着计算器，竖起耳朵听她们叽叽喳喳。可那女孩一言不发，只喝着水。大家就诱导她，是这么回事吗？那么回事吗？水喝光了，她居然问，能给杯酒吗？我同意了。女孩喝着酒，仍然一声不吭。她突然将酒喝个精光，把杯底对着眼睛转动着，脸上表情渐渐不在乎了起来。

反正跟我かんけいない（没关系）！ぜぜんん（全然）かんけいない！她说话了。要不，警察怎么单单不把我逮去？毕竟老天有眼呢！我

们店那个三八婆，茉莉，你们都晓得吧？没有跟她说过话，也见过她那样子吧？同是福州人，她口口声声自己是鼓楼区的，跟妈妈同是城里的，就霸道了。我又怎样了？咱仓山区又不是乡下，还是文化区呢，跟你们北京人说也不懂！

大家都笑了。我知道大家笑什么。女孩没觉出，又说：她茉莉那种德行呀，怕是丢了全体城里人的脸呢！就说今天晚上吧，我们店只来两个客人，星期六，从来这样，你们也这样吧？晚上来的就两个小姐……

她居然直接称"小姐"，不遮遮掩掩称"社交员"。大家你看我，我看你，脸都红了。她继续道：……她陪一个，我陪一个。我这个中村さん（日语中对人的称呼）是我长期的客人了，我自己争取到的，可她呢？都是妈妈赐给她的，谁不知道呢？我们都笑她。我的中村さん啊，今晚兴致特别高，歌唱了一首又一首，我就趁机一杯又一杯灌他酒。后来索性把酒杯端到唱台上了，一边喝，一边唱。他醉了。我头脑可是清醒的，我估摸一下，今晚可以让他把剩下的那瓶 V.S.O 喝光，我就可以让他再买一瓶了。我们店不搞指名制，哪个小姐让客人续买了酒，存在店里，下次这客人来，就优先是她的客人，营业额按十分之一抽成。中村さん是我的老顾客了，对付他易如反掌。酒终于给我处理光了，他还不觉得，还一个劲地唱呀，说呀，向我唠唠叨叨，真爱你哟，叶子！我在店里叫叶子。我就说：叶子好可怜哟，连酒都没得喝了。他看了看酒瓶，说，好吧，叶子，再给我买一瓶来。这日本人，小气是小气，但在女人面前一点也不小气，只要你あだまいい（脑瓜好使）。她戳了戳自己脑门。咱可不是菲律宾、泰国女人，那些又黑又丑的女人，就知道卖肉。咱可不这么贱。咱凭"阿达马"（日语:脑袋）挣钱，哄得他们服服帖帖，心甘情愿为你掏钱。

我从他腰包里抠出了一万五千元跑到吧台前，我心里别说有多得意了。我叫厨间的王さん，王さん是我们厨师，就像他一样，她指了指小魏。可不像他这么ハンサム（帅气），满脸长着青春痘。我刚叫了一声，觉得身后蹭过来一个人，就是她，那三八婆茉莉！她从来都是这样蛮横。她也叫要一瓶 V.S.O.。你们店推荐什么酒我不知道，我们店是 V.S.O.，所以客人几乎都喝 V.S.O.。不料王さん出来说，V.S.O. 只剩下一瓶了，而且还是‘抽血货’。‘抽血货’你们懂不懂？以前妈妈不让我们说，现在我敢说了。我们那个妈妈呀，总是将客人的情况都做了记录了，谁谁谁走前已经醉不拉叽，谁谁谁特别糊涂没记性，全记了下来，待客人撂下酒离开店，她就伙同厨师王さん偷客人存在店里的酒，剩下半瓶的，就成了三分一，剩下三分一的，就成了五分一。那些客人记着在“特别区”还存着没喝完的酒，第二天晚上又来了，来了才发现酒剩不多了，很快就喝完了，只得再掏钱买。这样我们生意就永远做下去啦。那些从各瓶里偷出的酒，又可以汇合在一个酒瓶里，瞧着哪个客人喝得稀里糊涂了，就拿给他。拧瓶盖时，妈妈还故意做着使劲的样子，抢在客人察觉之前先把瓶盖拧开了。你们说她的心黑到什么程度！

我暗暗吃惊，我也是这么做的。其实就连日本人也是这么做的，我曾在他们店干过，我很知道。可见这女孩太幼稚。

我的中村さん是拿钱买的，她又说下去，为什么要拿给你宰？可是就只剩下这“抽血货”了，而且只有一瓶。都是王さん没去进酒。他近来越来越不像话了，原先还挺卖力的，还不是因为他跟妈妈那不明不白的关系？后来我们闭起眼睛也知道他被妈妈给甩了。他辩说以为今天是星期六，不会有客人来。就是有客人来，也不见得就会买新酒。就是要买，也有一瓶“抽血货”可以应急。好吧，没办法，“抽血货”就“抽血货”吧。也是我先叫的，但那三八婆茉莉居然要抢。酒刚拿出来，她就手一伸长，从王さん手里夺走了。这不是欺负人吗？我怎能吞下这口气。当然要扑上去跟她夺。她紧抓着不放。我叫：给我放手！要不摔碎了一齐没有！她忽然一侧身顶撞过来。我毫无准备，没料到她会来这一招，一下被撞翻地上了，后脑部这里还磕在吧台转角上，那一刻，我都不知道自己在哪里了。等我有意识，疼得掉眼泪。我要爬起来想反击，但我发觉脖子到胳膊、肩膀好几个地方疼，身子根本支不起来。好像被剁去了复仇的手脚，我简直要发疯了。正在这时候，我发觉自己身体在渐渐升起，一双有力的手在一左一右兜着我的腋下，扶我起来。接着又听到一个声音在问：没事吧？痛不痛？这是一个男人的声音。当时我也不知道自己怎么了，忽然很想哭，号啕大哭一场。我想撒娇。我赖下身去，踢蹬着两腿，舞着手，要重新躺到地上去。我骂：八格牙路！八格牙路！贼！贼！杀人哪！这时我身后的那个声音又响了起来，他说：喂，喂，你怎么这样！骇人听闻的话不要乱说哟！我感觉重重挨了一棍，我简直不相信自己的耳朵了。有一刻我还怀疑是不是自己理解错了，我日语不行。我迷惑地回头瞧那人，这才看到，那个搀我的人原来是那三八婆的客人，那个叫阿部的男人。才想谁会对我这孤立无援的弱女子路见不平拔刀相助呢，原来是他。他终于现出原形了。甚至，他是和三八婆合伙耍我。我推开这畜牲的手。他的手从我腋下被推脱后，又来抓我肩膀。我一扭头狠狠咬了下去。他这才号叫一声松开了。同时，我也不知怎么回事，居然利索地跳了起来。我扑向那三八婆，抓她的脸。

整个过程，妈妈都不在场，她到外头不知搞什么去了。这时她回来了。妈妈又哪里是好东西？我早将她看透了。她不判那三八婆把酒还给我，赔我的伤，还向那阿部赔不是，说好话，反而要我跟我的中村去商量，能不能换成别的酒。我不干，她就自己贱兮兮地去央求，蹭着人家边上坐下，又是点头，又是哈腰，又是贱笑。人家中村哪里肯依？人家也是客人，花钱来喝酒，喝什么样的酒是人家的自由，又不是白天在会社，日本人分得可清楚呢。哪里是她妖精唬弄得的？我一旁瞧着她尴尬相，心里直笑。最后她说，好，就去拿V.S.O.，稍待片刻。她哪里能变出一瓶V.S.O.来？除非她痛改前非将三八婆那瓶“抽血货”判回来给我。她钻进了厨间，让王さん到街上现买一瓶来。王さん很不情愿地一甩白围兜出门去了。也是，外面这么冷，人家为什么要出去为你卖命？唉，说起来也是她待人家不公平，背叛了人家。所以人家就久久不见转回来。中村さん哪里肯对着空瓶子干等？就要回去。我也慌了，他这一走，再不来怎么办？我就也失去客人了。我拉他，他不听。那妈妈也过来拉，人家气的正是她，一甩手，索性真说往后再不来了。这可是我的常客啊，我保住一个常客人容易吗？硬是给你气走了。你妈妈身为妈妈是何居心？老实说，我早就把她看透了！你听她平日说话，动不动就是“完全采用日本人那套竞争机制”，什么竞争机制呀？说穿了全是骗人的把戏。想当初我入店时，她不知许了多少愿，可到后来一样也没兑现。就说工资吧，说好了月薪三十五万，星期天休，祭日也休，每晚六点到十二时，迟到以十分钟为一个单位扣钱。但到发工资一对，哪里有这个数？问她，她还狡辩说不错月薪三十五万，但包括回扣，就连交通费也包含里面，说什么这样才有利于刺激积极性。当时我就应该看清她了，可我还想着自己各方面条件哪里比人家差？论口才，论脑子，酒量也不差，日语歌也会唱不少，凭我这条件，还怕兜不住客人挣不来钱？现在想来实在太幼稚了。到了妈妈一再送给那个三八婆茉莉客人，我还没看透。中国人圈里哪里会有公平竞争？会给人公平竞争机会吗？我自己争来的，她还要让客人甩手再不来了。想想这中村可真是个好客人呢，从来出手大方，还送了我不少礼物。瞧，我现在用的这个背包就是他送的，意大利真皮，松坂屋买的，还有两个荷包形的同样花纹的小包，成一套的，至少也要四万元呀！我留他留不住，就只得跟着他。他出店，我也跟出去。那妈妈也哈巴狗似的跟了出来，朝客人背影不停地哈腰，叫：实在对不起哟，中村さん，请再来玩呀，一定再来呀！可中村连头也不回。望着他怒气冲冲远去的背影，我感觉所有希望都没有了，不单是中村さん的事，所有的事，我一下子看清了。我冷冷道：再来干什么？再来坐冷板凳？再发火走掉？妈妈盯着我，凶神恶煞地，那架式，好像要把我连骨头都吞进去。她叫：是我没留住客人还是你没留住？知道自己职责吗？几十万雇你，就是叫你来做有嘴无声的花瓶？这样的花瓶子，对不起，我店养不起，去新大久保公园好了！你们听明白这话了吗？只要对东京稍有了解，都知道“去新大久保公园”是什么意思。你们说说看这妖精婊子，她才去新大久保公园站街呢！怪不得王さん要受不了。我勤勤恳恳为她卖命，日本人是好对付好伺候的吗？我含着眼泪为她挣钱，她却这样赶我！一想起她这话，我就认定今晚发生的事是老天爷开眼惩罚她妖精婊子，老天在护着我，躲过了危险。当时我决定再也不干了。我冲进店，抱起自己外套冲进洗手间换，然后走掉。洗手间的门虚掩着……

她停住了。大家问：怎么了？快说呀！

说实在，我是看到了，但我跟警察说，我没看到，我什么也不知道。她说，我瞧见一个男人，他躬着身，跪在洗手台前。他哼着。他面前吐了一大摊。他好像发觉我推门进来，转过脸，那脸色跟死人一样白。他不是别人，正是阿部。他向我伸过手来，一瞧见这手，我就顿时感觉腋下被这手强迫搀扶着，那恶心。我一扭头走掉了。或许我是狠心了点，但这能怪我吗？人家是怎样地将你往死里处置的呢？我不踢你一脚，算是仁慈了，算是宽宏大量有良心了。你跟我有什么关系？我出来了。这时我想起应该当场结算工钱。我去找妈妈さん，她正在洗槽边洗杯子。她也有狼狈的今天，王さん一直没有回来，看她支使得了谁？她得自己去抹洗洁精洗杯子了。洗洁精咬手，她戴着橡胶手套，洗得磕磕碰碰的。我提出要结算工钱，她说手头没有现钱，叫我下星期来。我看透了这女人了，当初她是怎样花言巧语把我骗进“特别区”的？我可不能再上她的当了。我坚持现在就要。她就是不给。她耍赖了十多分钟，可能有二十分钟吧，至少有，我也顾不着时间，忽然听见那个三八婆茉莉尖叫声，像见了鬼似的。那声音是从洗手间出来的。妈妈撒下杯子，手套都没来得及脱，就奔洗手间，才发现那个阿部已经趴在地上了。那茉莉哭哭啼啼，说半小时前阿部喝了几口酒，就说肚子难受，上了洗手间。见他久久没出来，进去看时，不料已经叫他不应了。那阿部说不准已经死了呢，你们听见警察走前说的话没？有杀人嫌疑哟！杀人！这帮人也有今天。老天毕竟有眼啊，多行不义必自毙。惩罚了她们，救了我，这事完全跟我

没关系，かんけいない！完全是她们自己一手造成。警察问我，我不知道，我什么也不知道。不错，我没有去救，我为什么要去救？凭什么？

3

这新桥站总像巨大的吸水海绵。欧阳比划着。到深夜更是了，你知道。车进站的间隔越来越长，回家的人却越来越多。每当一班电车进站，人们就急切涌向车门。其中很多已经醉醺醺的了，白天，即便是上下班最高峰时期，也没有这么拥挤。车厢被挤得关不上车门，戴着大盖帽的工作人员跑过来，跑过去，拦人掰人。到我的店关门，留给我的只能是最后一班车了。每次我都要急煞煞往车站赶。但是那晚我没有赶我的车。我先把那位叫叶子的“特别区”女孩送上开往她家方向的电车，到把她送上车，发现自己赶不上车了，只得打TAXI，花了五千元。

欧阳伸出一个巴掌。我一跳，五千！她可真阔绰。

所以要那样对待那个女孩，欧阳继续说，也许是因为嫉恶如仇。女孩的遭遇激起了我对“特别区”的忌恨。我甚至认可了她对阿部这么个活生生的生命的冷漠。现在想来，所以善待那女孩，可能还因为她的描述使我得到了赦免：“特别区”出了事，跟我告发并没关系，是她们自己的原因。

但是，在接着的日子里，我却变得神思恍惚。店里的女孩们乘机偷懒了起来。只有厨师小魏仍然兢兢业业，有时候他还出面喝斥那些女孩。那些女孩就挖苦他：你又不是妈妈さん她丈夫！或是：你在争取当妈妈さん的丈夫？

这些女孩子，嘴巴毒得很，把小魏急得。当然我相信小魏是绝没有这种心理的，他只是为店着想。有一次，他向我告发，一个女孩向客人虚报了酒价，把多的钱私吞了。就塞在长筒丝袜里，他指着那女孩旗袍开衩口说。

我淡淡笑笑。大概前阵子要加薪没成，来个“堤外损失堤内补”吧。我说。

小魏愣愣瞪着我，嘟囔一句：也不能这么补吧？没有规矩，哪成方圆？

他说得对，可是我不想管。店里更涣散了。你看，现在这时候我还没去店里。她说。

我明白了，她所以不邀我去她的店里，是因为她自己不想去店里。她懒洋洋摇着咖啡，继续说下去：一天，小魏忍无可忍了，干脆指责我：妈妈さん，这生意到底还想做不想做了？这些日子，你都想些什么了？

我总在想着“特别区”的事情。妈妈さん，别想了，那圈子里的事，一言难尽呢！他说。

我问：你跟他们有来往？

他点头。

那厨师？我猜想，他们同为厨师，零碎物品采购时会碰在一起。不料他立刻敏感了：

妈妈さん你这是什么意思？

不不，没什么意思……我连忙解释。

是茉莉。他说。

我愣。我没想到他居然跟那个女孩有交往，从这点上也可以看出他不会对我有想法的。

他又说：就是那位陪阿部的女孩，估计现在还关在警察署吧。

她恐怕要首先被追究责任了。我说。

这没道理。小魏说，她完全不知道会发生这种事呀。按那叫叶子的女孩描述，事件发生时，茉莉根本不在现场。阿部是一个人在卫生间的。虽然是她的客人，可她也不可能跟他去卫生间，那成什么话了？阿部他自己有脚，他要去卫生间，你拦不住他，再说，也是合情合理的。那么她的职责范围只能在卫生间之外，到卫生间门口为止。当然，那女孩叶子也可以说没有责任，又不是她的客人，何况还恨着。责任应该由那妈妈さん负责。

我一惊。确实，发生了这种事，归根结底承担责任的是妈妈さん，可那并不是说她真就有责任。

不，就是有责任。他肯定地说，妈妈さん，那个妈妈さん跟你完全不一样。所以我说没有规矩，哪成方圆，

我脸红了。

无序，太无序了！小魏仍然说。其实，茉莉挺冤的。

你们很熟？

也谈不上。我跟她是在上班路上认识起来的。她家也住中目黑，我们在电车上常见面。起初她大概也知道我是“杨贵妃”的人，我们没有说话。后来有一次，我见她给一个日本老太太让座位。妈妈さん你也知道，在日本不给老弱病残让座，也没人会跳出来强迫要你学雷锋，但她的行为仍让我觉得如芒在背。我站起来叫她坐我的位子，她不坐，只是一手抓着吊环站着。我就也坐不住了，就也站着。

那以后我们开始打招呼，然后开始讲话。她跟我讲她店里的事。她一次又一次发誓说，要重新去找工，再不在中国人老板手下干活了。她说中国人压中国人，压得死死的，还不让你呻吟。她说她那个妈妈さん很会拉拢客人，客人大多是冲着她来的，但她把客人拉来了，就想方设法下放给手下的女孩们。说实话妈妈さん，你就不如她来得灵活大胆。那女人在店里跳来跳去，应酬了这边，那边客人叫了，她就在这边客人耳边小声说：我去应付一下那家伙，真讨厌！我去去马上就回，实在抱歉！还会啵客人一下。然后她就将手下女孩推荐给了客人。她经常推的就是茉莉，说：茉莉跟我是一个模子出来的哟，不信你们检验看看哪里不同了。下流的客人就来检验。茉莉说，有几次她都被搞哭了。

在那些客人中，就有那晚出事的阿部。茉莉常常跟我说起这个名字，说这个人特别会缠人。据说他还是白领，白天人模狗样的，可到了晚上

就完全不一样了。他总是先到别的店喝，也许那时候还规矩，喝着喝着，就开始松领带,动作也大了,就不像话了。他于是就转到‘特别区’胡闹。敢情因为这是中国人开的，是中国女孩，就可以胡作非为了。

茉莉说，这阿部有个讨厌的习惯，一进店，总要张大嘴巴对茉莉鼻孔呵气，要人家猜他已经吃什么喝什么了，不猜就不掏钱。但要说茉莉完全讨厌阿部，咱也不敢说，女人有时很怪的。就说我的观察吧，我和茉莉不但上班路上经常遇到，下班也常遇到，你知道，都是赶最后一班车。一个晚上,我们在一个车厢,你知道那车上都挤得跟沙丁鱼罐头似的，酒气在一个个酒鬼胃里发酵，再从嘴里喷出来，臭死了。我虽然天天闻酒味道，可喝到胃里再反呕出来的味道毕竟不一样。我竭力躲闪，躲开了这边，那边也是这味，就连茉莉她也是喝了一晚上的酒。也不知是醉了，还是麻木了，她还跟我探讨这味道来了。她说她前边那人今晚一定是喝了啤酒了，边上这个是喝威士忌白兰地。我问她怎么知道，她说喝了啤酒，呵出来的气是浊的，喝了威士忌白兰地，气味是清的。我倒没留意。她又说，不过得有一定距离才闻得出来，要是吻上了，就闻不出来了。因为从嗅觉转到味觉了，她说。我承认，味觉跟嗅觉不一样，比方日本人吃的纳豆，闻的时候比大便还臭，吃进去，还会叫人吃上瘾呢。咱们中国的臭豆腐不也是？再比方说唾液，吐出来闻，谁都说臭，但在嘴里却甘甜甘甜的。她就拿食指戳着我呵呵笑：你经验好丰富呀！你跟那阿部一样会调教我们女孩子。我不明白,这怎么说明我会调教女孩子？我有点生气，她就说：好好好，对不起，你不是，我知道你是正人君子。

她经常谈起阿部。虽然好像总是在说这个阿部怎么讨厌，但我感觉，其中有骂是爱的成分。我还发现她骂她的妈妈さん，不是骂别的，最多是她的骚。其实她应该是喜欢接受阿部的，人家送给你客人，求之不得。所以在最初，她也是感激妈妈さん的。至于妈妈さん为什么要特别推荐给她？还不因为她长得最漂亮？如果推荐丑的，像那个叶子，客人下次可能就不再来了。但因为漂亮，客人多，茉莉也遭其他人忌恨。她们拆她的台。咱们中国人没别的本事，就会拆台。这样茉莉就搞不定，常常还得妈妈さん出面救火。这样，她就更难受了。一方面得不到妈妈さん的信任，另一方面那些女孩们照样攻击她。更主要的是，她喜欢上了阿部。所以茉莉老跟我发牢骚，说妈妈さん不知是何居心，既然把客人下放给了她，却还跟客人拉拉扯扯，勾勾搭搭。那个阿部，也不是东西，他老把她跟妈妈さん比，从调酒的浓淡度，到调时的姿势，到腿的粗细，叫声的甜涩，什么都比。茉莉说，为了留住客人，她什么都愿意配合，她可以做得跟妈妈さん一样，可是客人就是不认她。有一次，阿部喝得烂醉了，还把她叫妈妈さん。她生气斥道：这么喜欢妈妈さん，叫妈妈さん陪你好了！那阿部果然大吵大闹要妈妈さん。那妈妈さん去了，给他调酒，阿部却不喝，一边手臂绕过妈妈さん的背，摁住她的后脑勺，一手抓着杯子就往她嘴里灌。那妈妈さん只得喝，还仍要谦卑地道谢。茉莉对我说，那妖精被灌的样子，活像一头挨宰的母猪，酒从她的嘴角直淌下来，脸憋成猪肝色，她还要唔唔点着头。她几次想脱出来，却脱不出来……

我一跳。我也常被这样的。这碗饭不是好吃的。要挣人家的钱哪有那么容易？你不知道，有时候真的很屈辱。

她终于顾不了礼貌，推开酒杯，挣脱出来，向洗手间跑去。小魏继续道，那阿部稍稍一愣，也跟了进去。他们关在洗手间里，茉莉说只听见妈妈さん在叫嚷，她知道里面发生什么事了，日本人还不是那种德行？让你叫吧，让你死！她心中升起一股满足。突然，厨间那扇小门打开了，厨师王さん从里面冲出来。他扑向洗手间，对着紧闭的门又踢又打。门没踢开，他折回厨间，操出一把菜刀，向洗手间的门狠劈。茉莉告诉我，这王さん跟妈妈さん有着不明不白的关系，所以他才那么疯狂。

小魏的声音停住了。我瞅他，他直愣愣盯着我。我们目光相遇，他才闪开。

我是说……我是说，他说，如果是这样，出事那个晚上，这个王さん把仅有一瓶的"抽血货"V.S.O.给茉莉而不给叶子，就奇怪了。因为给了茉莉就等于给了阿部，就留住了阿部，而把中村气走了。茉莉也说，当时她料定王さん不会给她的，只能眼疾手快先抢过来。可是王さん一个男人，怎么可能让茉莉这么个女孩子把东西抢到手呢？即便抢到了，他还可以再夺回来呀。再说，他也是很恨茉莉的，阿部对妈妈さん那样后，他曾跟茉莉大吵一场，怪茉莉没有伺候好客人，自己的客人还要妈妈さん去搞定。那以后他总是整茉莉。这么个整茉莉恨茉莉的人，那天怎么可能让了茉莉呢？他没有去把酒夺回来，于是就出事了，阿部恰恰就是喝了这瓶酒出事的。他不是曾经要提刀杀阿部吗？八成是他使了坏……

我打了个寒颤。店里很暗，因为没有客人，灯光几乎都灭掉了，只有酒橱前留一盏照明。天很冷，我牵了牵披肩。所以警察说有杀人嫌疑。就这么发生了。那个王さん，我跟他打过几次照面，每次吵架，都是他出来。那张脸确实不善，有一次甚至还要打我。但是要说杀人，而且是蓄意谋杀，似乎还没到这地步，他也没有那城府吧。

4

店门被推开了，一道冷风长驱直入。门口有个人影。我几乎惊叫起来。小魏迅速从吧台跃出来，叫：已经打烊了，实在对不起……

他做得对，我不想再接待客人，我想关门。

那人影站在门口甬道里，摇摇晃晃。他仍然往前走。他的脸清晰起来了，居然就是那个"特别区"的厨师。现在我知道他姓王了。小魏厉声喝道：你不要进来，这店跟你没关系！

我竟脱口说出一句愚蠢的话：我们没说你什么……可以问警察……

好在对方没听明白，道：你们开口一个警察，闭口一个警察，清官难断家务案，你们以为警察是万能的？告诉你们，老子早从警察署出来了。

他明显喝了酒，已经醉得站不稳，却仍然强硬地要往前走。他摸着身后的墙壁。为什么你们都认定跟我有关系？对，跟老子有关系，因为老子是真正的受害者。那八格阿部，死一回算是给他一个教训。还有她……那婊子，那个鸡！

鸡！我一跳。他怎么也这么说？

就是鸡！他又说了一句，全是她一手造成的！老子是被她杀死了，死了好几回了，老子是真正的受害者啊！

他扑通一声跪了下去。他挣扎着要起来，但没能站起来。他撒野地扑在地毯上号啕大哭起来。这么个大男人，平日里凶神恶煞的，居然哭了，我慌了，连忙示意小魏把他扶起来。但我仍不想让他进来，只让他坐在离甬道口最近的位子上。

小魏给他泡杯茶，他大口大口喝下，喉咙咕咕作响。突然他呛了，大咳起来，脸色涨得发黑。我连忙让小魏捶他的背。他脸色渐渐缓和了过来，嘴里的酒气也淡了许多。他开始嘟囔：今天晚上，来日本这么久了，今天晚上，老子才尝到了做客人的滋味！你说日本这鸟国家，这他妈的不好，那他妈的不好，说到底是你自己不好。老子做顾客就非常好，他妈的在中国，你能得到这样的伺候？想死呢！今晚上老子像日本人那样一间店一间店串门似的喝，让那些妈妈さん朝老子笑，让那些小姐服服帖帖的，叫那些厨师做什么菜他就要做什么菜，还要他们下跪。老子终于明白了，做人不能做低做贱了。做低做贱了，就什么都完了！就连你为人家卖命也没用，在人家眼里，你也没功劳。为什么？因为你太低太贱，不值钱。就跟在中国，工人建房子，干死了都没有功劳，领导只要来奠基，动了动小小的铁铲，就上电视。为什么？人家官大嘛！妈妈さん你也是老板，好歹也是个官，老板，我刚才一进门就听你说什么已经闭店了……

他压根儿没弄清刚才是谁说话。小魏连忙摆手：我不是老板，可不能乱说！

反正就那么回事！他说，狡黠地笑了起来。他的话让我不舒服，我想走开。他却叫：别走妈妈さん，待会儿我会付给你钱的。

我敷衍道：那不必，都是中国人……

操什么“都是中国人”！不料他啐道，全是骗局！我有钱。本来有更多钱，都被那“鸡”骗掉了。已经一年多了。他望着酒橱上的灯。难道在他身上发生了什么？我甚至坐了下来。

那时“特别区”刚开张，她找到我。我们同在品川高轮日语学校，是同班同学，只不过她比我大三岁。女大三，抱金砖？他说，又贼溜溜地笑了。

其实我本来比她高一年级的，因为升学，学校要我们交几千元买新课本，中国国内有巧立名目乱收费，没想到日本人也这样，老子就不升了，就读旧课本。我就对学校说，我还什么都没学会，学校没办法，只得让我留级。这样我们就同班了。知道她叫美玲，很漂亮，我们就来往了。当时她对我说，她要接手一家日本人转让的スナッグ，要我当厨师，月给三十万。当时我在银座天国料理店干得好好的，老板待我不坏，工钱也有二十八九万，还可能加，操，完完全全是被她的花言巧语给诱骗去的。她说咱们跟那些没文化的乡巴佬不一样，应该在日本干一番事业，打出一片天地来。我们福建人，本来就有着漂洋过海打拼天下的素质，把我说得心里热烘烘的。从筹备到开张，我为她卖了多少力啊！凭她一个人，她能干什么？想起来，当初我们完完全全是跌着跤，摸着石头过河的，但再苦再累，我毫无怨言，也因为那时她待我非常好……

让我给你们说件事吧，他又说，我可是谁也没有说过的。过去我爱她，我觉得应该珍藏它，不能说；后来我恨她，这事也变了味，提它就恶心。现在我既不爱她，也不恨她，就把它公开出去吧！那是在今年年初，咱们中国的除夕夜，我们照例是没有休息，你们“杨贵妃”那天也营业是不是？我记得关门前我倒垃圾，发现你们垃圾桶盖丢在了我们店门口，说起来抱歉，当时我还一脚将桶盖踢回你们那边去呢！

我瞧小魏，小魏也瞧我。当时就奇怪那盖子怎么说破就破了？还猜是上海人搞的，因为前一天，他们还照我们灯箱里的电话打过来，说你们把声音放得太大声了，我们吵了一架。

也是中国人的臭德行，没治！王さん自顾说。所以我知道那天晚上你们也营业。我转回店里，小姐们已经走光了，发现她并没像往常那样，披好大衣等我走后锁门。她坐在吧台边，一点也没有要走的意思。她对我说，今晚是除夕夜，我们在日本也不能光为了钱卖命。她让我坐到吧台前。那以前从来是客人坐的地方。我们那吧台，跟你们这不一样，是半圆形的，所以我虽然跟她并排坐着，还能瞧见她大半张脸。她亲手为我斟了一杯酒，也为自己斟了一杯，我要给她加冰兑水，她不要。我们碰了酒杯，她说为全东京最孤独的一个男人和一个女人干杯！我从小死了爹妈，没有任何亲人，若不是朋友为我贷钱，我哪有钱跑到日本来？我真的是孤独的人，在这里，在这异国他乡，在这样的晚上，听着她这话，我好像被点中穴位，又酸楚，又酥麻。但她怎么也把自己列到这队伍中？虽然我非常愿意跟她一块沉浸在孤独中，互怜互爱，可她有丈夫呀，只不过是在中国国内。我就说，你别说笑了，妈妈さん，你也来凑热闹。她纠正：不是热闹，是孤独。我笑了，我也不知道该怎么说。她又说：别叫我妈妈さん，叫我美玲。好吧，我也觉得叫她妈妈さん别扭。她说：你是躯壳上孤独，我是灵魂上孤独，你哪里知道灵魂上孤独咬人呢。说得像诗。接着她就跟我讲起了她的丈夫，她说她跟他根本谈不上感情，他父亲是劳动局的，当初只因为能给个好工作，以这为交换条件，才结了婚的，她丈夫是个地地道道的纨绔子弟，结婚不到一个月就打了她。她是通过娘家人四处借债才来日本的，她早决心趁还没孩子就跟他一刀两断。她说她不想再回去了，要拼死拼活在国外扎下根来，不管是在日本，还是去美国、加拿大、澳洲。她说我知道这路太漫长了，路漫长我一点也不怕，但我怕孤独，女人是软弱的，你别看我平日在店里挺自信的样子，其实也许你已经看出来了，我是多么的渴望有一个宽阔坚实的肩膀让我靠一靠呀！这是你们男人所不能理解的，你们男人哪，没有一个好东西，没有一个靠得住的，我对你们男人早不抱希望啦！

那晚上她喝得大醉。她开机子唱歌，唱罢就哭。到出店的时候，她已经站都站不稳了。我扶着她走，拦上一辆 TAXI。我们一同上了车，新桥站不用说早已关上了，我也只能坐 TAXI 了。好在我们还算一路，她住在青物横町，以前她讲过她都是坐京滨急行线在青物横町下车的，我住在大井，同在第一京滨国道线沿路。到了青物横町，司机问具体地址，她说东品川 3 丁目 11 番 7 号。司机把车开到那里，她居然睡下去了。我推她就是不肯醒来，嘴里用日语骂着‘うるさい’（讨厌）！我推了她好一阵，那司机也催，咱又不是傻子，都是人，听话听音声，咱也听得出他小日本语气里不耐烦，咱也是有脸有皮的人。操他日本人男男女女半夜三更醉醺醺满街都是，咱中国人就不行了？我瞅计程器打着三千四百九十元，对，是三千四百九十，我就从钱包里抽给他四张一千元纸钞，不要找了！咱也给他小日本一回小费。然后我把她，美玲死拖硬拽下车了。我这才发现了问题：她怎么走上去？我只能背她上去。我问她哪一间，她嘟嘟囔囔说了。总算找到了。我从她的包里找出了钥匙，果然开得进去。就只一个房间，用布帘隔成两部分，外间饭厅，内间睡觉。我用头撞开布帘，进了内间，将她卸在床上。正要立起身来，她的身体像沉重的包袱一样挂着我，跟着我起来。我支撑不住，又倒下去。她的手吊在我脖子上不肯放松。我正正倒在她的身上，她的嘴就在我的嘴前。她的身体连同她的床上都有一种刺激的香味，我被熏得头脑昏昏的。我吻了她。那是我第一次吻女人，吻得透不过气来了。突然，她挣脱开我的嘴开腔说话了。原来她并没醉，女人真是狡猾的东西。她在我耳边说话，从来没有女人这么对我说话，那感觉痒丝丝的，我全身都瘫了。她说：我闷得快要死了。我没明白。她推了我一下，眼神指领口。我心一烫。我承认之前我曾经有无数次撕开女人衣服的念头，也真的偷窥过，但现在一个女人送给我，我却不知怎么办了。我对自己说：管他呢，她一个女人都不怕,我怕什么?我就动手了。我慌手慌脚,终于解开领口的扣子。我停住了,又不知怎么办。她又用眼神让我继续。我又继续。可我完全不熟悉那东西,手忙脚乱解不开。最后变成了扯,她也不制止我,任我扯。终于扯下了,两个直挺挺的黑豆子像一对贼溜溜的眼睛一样盯着我。我又害羞,不敢看,又想去看。我不知看还是不看,最后索性扑上去亲它。她说你让我涨洪水了。我不明白。她又用眼神指使:不信,你看看……我的心又被烫了一下,索性把她的裙子裤衩全扯了下来……

他居然不顾忌我在跟前。我坐不住,又要起来。好在他语气缓和了下来。

那一夜她好像熬了很久饥渴,一直折腾到了窗户现出了光,我们终于精疲力竭睡着了。一觉醒来,她不见了。隔间布帘拉了一半,阳光从那一面洒进来。我发现她在布帘外,她的身影好像要被光化掉了。我还听到杯子汤匙的磕碰声,我浑身酥软。想想吧,一套曼选(日语:套房),一屋子阳光,柔软的床,正月初一,一个女人在为你做早餐,我要不死心塌地爱她才是王八蛋呢!那以后我们就住在一起了。反正在这里,又不是在福州,没人认识你,没人管得了你。其实所有中国人在外面都是这么想的,又不是自己国家,可以肆无忌惮乱搞,待不下去了,拍拍屁股再挪个地方,反正不是自己的国家。所以有那么多外国人犯罪,当然不只是中国人,但是得承认,中国人占比例很高,当然也因为中国人总数多吧。那天我看报纸上骂我们,说是"亡国之民",管他呢。当然咱也是有头脑的人,我也知道不能太肆无忌惮了,毕竟我们在这里有事业,她开着スナック。我也清楚不能在营业时间跟她亲热,那样谁还来我们店?咱该理解她工作的特殊性,不能太苛求了是不是?只要她真心爱我就行。虽然她每晚都要跟客人应酬、周旋,卖脸卖笑,有的客人还非常讨厌,要动你一下,但只要回头她转进厨间,或者探进头来,对我无可奈何摇摇头,或做个耍了猴子后的得意的鬼脸,或小声骂一句日本人,我受伤的心就会得到治疗,我又会干劲百倍起来。我很卖力,把这店当做自己的店。也不要她加工资，其实她给工资也是象征性的，很多生活费用都是我出，她没什么钱，转让费她还没还清，反正我的钱就是她的钱，她的钱也就是我的钱。看着店里营业额在上升，我也很高兴。她不仅从日本人客人那里抠出了很多钱，他们还动不动送她东西，咱照单全收。一瓶化妆水，一对小耳坠，一张购物券，甚至一套高级衣服，一盒洋果子、一包巧克力，就要给扔到大街去了。日本人真是傻呢，真不知道这些傻瓜怎么把这国家建得这么好。有时候，她竟然能把客人的厚厚的钱包整个拿到手，转到厨间朝我激动地晃动着，我也会得意地叫：让他们出血！让他们出血！操他妈小日本，不出点血还行！

王さん嘿嘿笑了起来。他忽然又神情急躁起来。虽是这么说，可是，咱也是有自尊心的人哪！没有民族自尊心，还有个人的自尊心是不是？咱还是男人。时间一久，就有些受不了了。咱们中国人毕竟不是他们日本人，畜牲似的，他们日本女人可以卖，没事一样。我原来在一个餐馆干过，男人摸一下女人，捏一下，女的也不会变脸，还会很高兴，至于说说下流话，是家常便饭了。我曾经也试着说，她们居然也没生气，只是说：不行哟，王さん，你可别学坏哟！听说他们国家曾经还拿女人到海外积累资本，他们男人居然受得了！咱们受不了。所以我们也发生了几次摩擦，但最后我仍会控制自己，毕竟还要开这个店。我只能在家里，跟她单独在一块的时候变本加厉向她索要。那些堆满房间的日本人送的东西，让我非常反感起来，在家里，我绝不允许她涂日本人送的口红。我干她，将她往死里折磨，让她发出惨叫，越是叫得惨，就越说明她还是我的，我并没有贬值，她并没有被日本人劫走。但是那天晚上，阿部来了。阿部，是我最讨厌的客人，太荒唐，太下作，宁可不稀罕他的臭钱。他每次来，就要往人家脸上呵气，让人家闻他嘴里味道，猜喝了什么酒了。他特别会缠她，我的美玲，缠得人家腾不出空来应付别的客人了。我就出主意，索性将他下放给下面的小姐。我们店小姐，那茉莉说实话姿色是不错，咱们实话实说，就介绍给她。茉莉也是天降宝给她，客人嘛，多多益善，我们店实行跟收益挂钩。当然那阿部的钱也不是那么好赚的，那畜牲就转而折磨她。她有时候被搞得哭了，我也可怜她。但是你小姐是做什么的？就是做这个的，该忍受就得忍受，你的工作嘛！しごとしごと（工作）哟！

他突然说了句日语。这么说时，他活像日本人。日本人管理者总是这么对手下吆喝，可见他当惯了。

5

但那个晚上，王さん继续说下去，那叫阿部的畜牲才来不到半个钟头，就吵吵嚷嚷跟茉莉发了脾气。他一定要找妈妈さん给他调酒，没办法，人家是お客さん（客人），日本这什么鸟社会，花了钱就什么权利都有了，你要挣钱，就什么权利都得放弃。没办法，她就转进厨间，跟我做了个讨厌而又无可奈何的表情，就去了。那时我正在撕烤鱿鱼，我恨不得把这阿部给撕了。外头一个客人在卡拉OK，突然，那声音中杂进了一串脚步声。是她的！我听得出。我正要探出头去，那高跟鞋戳着地毯急促跑过去了。跟着另一个脚步声，那脚步声笨笨的，还有些缠来缠去的。很快听到洗手间的门嘎嘎响，好像一个在推，一个在抗拒。我们店的洗手间不像你们这样，是在那一边，跟厨房并排，我看不见。门呼地推开了，又关上了。怎么回事？我的心七上八下了，想跑出去，但锅里又煮着东西。正犹豫着，我听到她的叫声，是从洗手间传出来的。那声音简直把我揪起来。我不顾一切冲了出去。洗手间门反拴着，我捶，我叫，但没有用。我更清晰地听到了她的叫声，我知道里面发生了什么。我简直要疯了。我踢门，没有踢开。里面在继续。我感觉自己被剥夺得一无所有，是个窝囊废，我是戴绿帽的王八！我扭身进厨间操起菜刀，对着洗手间门就劈。门被劈开了，我瞧见里面，果然是我的美玲，还有就是那个阿部。那畜牲阿部紧着领带结，不慌不忙，毫不害臊，还问：怎么回事？这真是笑话嘛！难道不明白日本洗手间很多是这种结构吗？女人进来了，男人也可以进来嘛，不是单独小间有门的吗？真是怪事！一副理直气壮的样子。

我回头出来，瞧见那个茉莉，阿部是她的客人，冷冷地叉着手，站得远远的，袖手旁观。你说这都是因为她，她的客人，却摆不平，所以才嫁祸到妈妈さん身上的。已经几次了。我说她，她却说，是妈妈さん自找的，妈妈さん自己喜欢。这是什么话？我真想甩她一记耳光。我们吵了起来。她居然说：我说你被人卖了，还给人数钱呢！她这是什么话？她说，妈妈さん爱上了阿部。

我愣住了。怎么会这样？在这样的行业里，男女之爱的话题虽然避免不了，特别和客人的，但只不过作为敷衍和玩笑，真正的爱是不可能的。而且根据我的经验，爱上客人是要被禁止的，那会毁了生意的。她作为妈妈，难道不懂得这一点？不但手下人爱上了客人，她自己也这样？也许只是传闻，也许只是出于那茉莉的嫉妒。

当时她就在边上，王さん说。

对呀，可以来个对质。我想。

阿部也在场。他又说。

这可不好，我想。

我就当场问她。他说，她不回答。她说，不要当着客人吵。她的态度出乎我意料，我想她本来应该愤怒出来撇清的，可是她却是这态度。即使是客人在场，阿部他又听不懂中国话。莫不是……不行，一定要当面弄清楚！大概她被我逼得没办法了，她喝道：你是来干活的还是干什么的？

我醒了。是的，归根结底我是干活的。我只是她的雇员。我是她什么人？人家给你一点甜头了，你就自作多情了，也不撒泡尿自己照照。这么长时间，自己都傻乎乎想什么了！我有什么权利要求她？人家本来就是妈妈さん，就是“鸡”，最重要的是客人，是营业额，是钱！我猛然记起，前几天她跟我说过阿部在追求她。当时她用的是不屑的嘲弄的语气，我还狠狠取笑了那个阿部一番。不料她是装的。我还嘲笑阿部，现在想来，当时她肯定在心里嘲笑我呢！我羞得无地自容。

那晚，打烊后，我故意慢慢收拾，磨蹭，磨到最后一班车过了，然后自己招了一辆TAXI。她也要上车，我关了车门，把她挡在外面。可我前脚回到家，她后脚也到了。她一进门就流着眼泪向我辩解，说她是讨厌阿部的。我冷笑道：你讨厌还是喜欢他，跟我什么关系？我只不过是小小打工的，你怎么能说出讨厌顾客的荒唐话来呀妈妈さん？没有顾客，你的店不是要倒掉吗？她不知怎么回答我了。

那一夜我睡在地上。我想搬出去住，我开始找住的地方。我还要重新找工作，只是工作太难找。而且说实在的，一想到要永远离开“特别区”，心就一阵痛，这里也有我付出的心血呀。去“特别区”上班已经成了我的习惯。这几天傍晚，一到上班时间，我就在家里待不住，就要往外面走。也许也是因为店里能够见到她吧。其实我还是爱着她的。我的月票还没到期，一样是刷卡，所以完全没有跟平时不同的感觉。直到我下了车，到这乌森巷口，才记起来“特别区”关了。那晚警车就停在那巷口，我是在那里被推上车的。我不知去哪里了。我不想回住处，我没地方去，我只能去别的店喝酒。有一次还去了那上海人开的店。喝完，凄凉回去。今天可能是喝多了，迷迷糊糊又想着“特别区”，就又过来了。来了才看到门关得紧紧的，所以到你们这来了。谢谢你们。

我连忙摆手，说没什么没什么。

说说也舒服了。他说，刚才说到哪里了？

你没有辞职。小魏说。

对了，所以我一直没有辞职。其实我还爱着她。她也向我赔礼道歉，我们又和好了。

又和好了？我没明白。

她说，你这个人就是多心！我承认。但其实她没有说真话。也许她不知道该怎样说。也许很长一段时间了,她都想对我说,但不知道怎么说。终于有一天,她说了:王さん,有件事,我想跟你商量。她说。

她好久没有叫我"王さん"了,我们都叫对方的名字。我一时还反应不过来。她又说了:

你不要骂我,行吗?

我以为还是那件事,我说,其实也不是你的错。她又说了:我想了很久了,一直不敢对你说。

我没明白。你知道我们店现在的情况……她又说。

我不知她指的是哪方面。

她说:那天警察来了,你也知道。

我大吃一惊。是我打电话叫警察来的。

王さん说:这我当然也知道,警察一来,就喊着要看《外国人登录证》。好在我还有一个月期限。她还有一年。她又说:警察还会再来的,这你也应该会估计得到吧?

是的,下次再来,也许我的签证就过期了。

她又说:他们会不停地来的,他们已经瞄上我们了。

我们曾经多次说过这事,但主要是关于我,我的签证快到期了。没有我,这个店怎么办?她怎么办?我们是绑在一起的。当时我还觉得对不住她,早知道我继续把学费交下去,保留个学籍,也有个签证。我说:大不了我被抓,大不了我走!

我这么说,其实带着赌气的成分。我以为我这么一说,会像之前我们争吵我要出走那样,她会抱住我,央求我。何况我还刚被她伤害呢。可是没有。她只是自己哭。我失望,但瞧瞧她又可怜。她哭,也说明舍不得我。但我也不能把话收回来,说我不走了,就说:你哭什么?哭有什么用?该怎么做就做呗?

她止住哭,瞅着我。她说:不要说你,明年我的签证也要到期了。我都已经半年没去学校了,明摆着签证签不下来了。本来以为只要不犯案件，不做坏事，就能待下来。可现在被警察盯上了，他们三天两头来，怎么可能躲下去？

我说：那怎么办？大不了都回去，这鸟日本也没什么好待了！

这是我一贯的态度，特别是那个“阿部事件”之后，我真觉得这样的生活没什么好维持的了，回国去，自己的国家也不是不能待，再说，中国也崛起了呢。可她却说：可是，钱怎么办？都投在这店里了。

这我倒没想到。没有钱，回去是万万不能的。何况她一回去，就要回到她丈夫身边，我也受不了。我不能离开她。我还想着这，不料她突然说了一句：

我们分手吧！

我简直不相信。我一时没有反应过来。想想也是意料之中的，我早就应该想到了。我是什么？什么都不是，还是一个黑户，只会拖累她，她跟我有什么前途？泥菩萨过河，自身难保。那么她怎样才能保住待在日本？就学签证已不可能，工作签证也不可能。婚姻？我猛然想起，我脑里闪过一张脸，一张我异常厌恶的脸。该不会是他？这世界太荒谬了。我问她，我也不相信，只不过是出于嫉妒，嫉妒下的妄言。我想她会发火，她会跳起来撇清。可是她却说：对不起……她说的居然是“对不起”！也就是说，她承认了！居然是真的，就是这个人，阿部！原来那一切全是真的，茉莉的话，她的反应，她的辩解全是假的！我又被她骗了。我真是愚蠢哪！我把她头发拽住，摇晃，拽她，打她，踢她。我为了她，跟这个男人都要动起刀子来了。可是她却跟他了，就因为他是日本人，嫌贫爱富！你给日本人操！你这个贱女人！你真是贱啊！那种烂男人你也要？我这么说，好像让我受不了的并不是因为她抛弃我，而是因为她选择了阿部这样的男人，好像如果她选择了别人，别的日本男人，任何别的日本男人，我就不会有意见似的。我也不知道，我不知道。反正不会是我，反正轮不到我……

他猛地停住了，像被施了魔法一般定在那里。小魏连忙呼他喝茶。

许久，他又继续说下去：

我搬了出去。我要永远离开她。但我工作还没找到。但我也不可能给她卖命了。我就跟她懒，我一边干活，一边喝酒。我很舒服。我一懒，店里就乱套了。我也不管，酒卖光了，也懒懒的不去进货，所以才会出现那晚全店只剩下一瓶 V.S.O. 了，让两个小姐争起来。我也不管，你们谁拿都一样，都跟我没关系，我就知道恨那婊子！

小魏瞧了瞧我，有些失望，又有些兴奋。然后呢？他问。

过去我天天清扫厨间、酒柜、杯橱，连灶台上的铁板都擦得能照见眉毛，现在不管了，一天比一天脏。然后，没多久就发了鼠灾。看你这位妈妈さん人挺好的，这位厨师你们厨房没生老鼠吧？起初只在厨间造反，她看到了，好像要说我。我就是要她开口，我几次在她投在墙壁的身影上划刀，就是没法找到突破口。她一开口就有了。可是她不说。你们别以为她是吃素的，她用别的行动来刺激我。她故意跟客人唱歌，虽然她以前也有跟客人合唱，但跟现在不一样，她为什么要唱那首‘我们两个人接下来想去哪里呀？我们两个人接下来要做什么呀？不知羞耻！有一个晚上，一首歌没唱完，一个客人惊叫起来：什么东西？老鼠？

说实话我一时也有些心虚。你们知道，日本人是极爱清洁的，我想到这店要毁在我手里了。第二天，她买来老鼠药，仍然不叫我，当晚打烊后，她就自己放老鼠药。警察说，就是老鼠药中毒的。

中毒！我一跳。我想起那瓶把我害惨了的“五粮液”。

怎么中毒的？我问。

水。他说。

我没明白。

老鼠吃了药，见水就喝。本来用过药，过后应该清洗一下的，可谁有那闲心？结果就出事了。也是老天有眼，偏偏出在阿部身上！那么多杯子，老鼠就啃那杯子，就他用了那杯子，别人没用到，谁也没用到。是谁的责任？反正不是我的责任，我当时都不在店里，跟我没关系。他说。

对，是谁的责任？小魏也说，就是跟你没关系，都是那妖婆，那“鸡”！我就说了，她是罪魁祸首！有什么样的领导，就有什么样的人民！

我不知道为什么小魏这么激动。也许他喜欢上了那个茉莉？他叫：这下可不是非法滞留遣送回国那么简单，现在是案件，杀人案件！她自作自受。天谴她！妈妈さん，你说，是不是？……

我不知道。我真的不知道。

6

那天晚上，我就做了噩梦。欧阳说。我梦见“特别区”妈妈さん，那个“鸡”来找我。她面目狰狞，问：你为什么要打电话给警察署？

我辩：我没有……

我断定她不会知道那电话是我打的，即便警察告诉她，警察也不知道打电话的人是我。我用的是公用电话。可是她却能复述我的原话。我自己都记不清原话了。

那你怎么知道那是你的原话？我心里想。

我仍然说没有，欧阳说。我承认，我是在狡辩。我还想发誓，可是我迟疑了，我不敢。对方哈哈大笑起来，她说：你发誓吧，告诉你，我已经是鬼了！我吓醒了。

我坐在床上，问自己，我害怕什么？我一直什么也不信的，既不信上帝，也不信佛，即便我店里供着财神爷，其实也只是利用罢了。我的店对面有个神社，乌森神社，但那更是日本人的，跟我中国人什么关系？那么我害怕什么？

两天后的一个傍晚，我像平时一样上班。经过“特别区”前，我习惯性地瞥了一眼。我猛然瞥见一个女人的身影。她在锁着铁拉门，门后铃声还在隐约作响。她用一边手吃力地操作，一边手抓着两个硕大的纸袋，装得鼓鼓的。她怎么又出现了？而且是一个人。难道案件已经了结了?

像以往一样，我仍只是瞥见她鸡窝一样凌乱的头发，还有一片窄窄的脸颊。我想象这是一张狰狞的脸，像我梦中所见的那样。但这窄窄的脸颊在阔大，终于展示出一张完整的脸。这脸对准了我。我惊异地发现，这是一张非常柔顺的脸。我感觉心底什么东西在崩溃。

假如她青面獠牙，我还能因为把她贬为异类而让自己得到赦免。我慌忙避开眼去，不料她礼貌地向我点了一个头，微微鞠躬。我慌忙回礼，也鞠躬。我瞥见她所站的地面，她是站在污水里。我店前的污水已经逼到她的店门口了。她走了，她抬起高跟鞋，又踩进污水里。我脱口叫一声:小心！她一愣。我连忙掩饰道:真是的，我们店的小魏是怎么干的活，冲得到处是水……

她笑了笑：也不能怪他。

她的鞋坦然踩进了污水里，让我难受。她走了两步，又停住了，回头,那脸仍是温顺的。我们才第一次见面吧？她说,也许也是最后一次了。听说我们店厨师王さん前几天去过你们店，能拜托一件事吗?

我点头。她说：再见到他时，告诉他，就说……店里还有一些扫尾的事要他帮忙，叫他一定要来找我。行吗?

我的心一个酸楚。我一定，一定！我说。

她又道个谢，鞠个躬。她走了。她的背影渐渐远去，消失了。这时我店的门打开了，小魏抱着一箱空酒瓶子出来。他叫：妈妈さん，发啥愣呢?

把我吓一跳。他又说：这该死的“特别区”，终于倒闭了！妈妈さん你再不用在玻璃墙内观察他们了……

你不觉得太多嘴了吗？我叫，把门口脏水给我扫干净！

我气急败坏进店。我感觉后面小魏愣在那里。好一刻，才听到他将空酒瓶子重重摔在地上，喊:操，见鬼啦！老子哪一点对不起你了？啊？啊？啊?

也许我对他粗暴了，但你知道，我是有原因的。我已经够难受的了。他也不该对“特别区”的倒闭这么幸灾乐祸。但他开始跟我较劲了，干活偷懒，我觉得他越来越像那个王さん了。他也经常把“王さん”挂在嘴上，还有“老鼠”。老鼠生来打地洞！不，挖墙脚！再高的楼也会被打塌！他恶狠狠说。

与他同住的人也说，他晚上不肯睡，坐在棉被上，一遍遍说：王侯将相，宁有种乎？

他没什么文化，居然懂得这句话。同住的人笑他：你是陈胜啊？他仍然说，很认真的，就像他以前工作那样认真。他还唱，唱起了“文革”时那首“造反有理”的歌。他这年龄，并没有经历过那时代，他怎么也会唱？接来，他还唱起了《国歌》：“起来，不愿做奴隶的人们……”

简直莫名其妙。他一向兢兢业业，是个好雇员，对店里的事很热心。他很认真，也许也因此太脆弱？

我让他回家，多付他半年工资。他不干。他一定要来上班，上班就捣乱。好像他就是存心来捣乱，毁我的店的。

一天，警察也到我店里来了。好在我的签证还有效，其他人也都没过期。警察说：毕竟首都来的。那些福建来的，真是让人搞不懂哪！

我趁机探听“特别区”那事件的结果。警察说，那个阿部没有死，被抢救过来了。可是，让我们诧异的是，他们居然都说：わからない（不知道）！好像习惯于这么说了。再审，就是どして（为什么）。就这两个日语单词学得不错嘛！那个负责接待受害者的社交员，茉莉吧？她说：わからない，我是从厨师手里接过杯子的，至于杯子有毒，我又不是洗杯子的，どして我要去检查？那个厨师说：わからない，药又不是我放的，至于清洗，我之前已经洗过了，どして要再洗？

警察忘了说了，还有一个叫叶子的没有被带走的女孩，她说：我不知道，他又不是我的客人，为什么我要去救？

……最后只能处理妈妈さん了，警察颓唐地抓抓脑壳，是她放的老鼠药。

小魏钻出来叫：不是我放的！

警察愣，询问地盯着他。老鼠药！他又说。

我连忙说：他是说……日本不应该有老鼠的……

是啊，那妈妈さん也有苦衷呢。要是尽职尽责，把卫生搞好了，哪里会有老鼠？你们这里会有老鼠吗？

小魏道：有！

他居然引警察去厨房。找到了老鼠屎，我简直不相信，不知什么时候，我的店里居然也有老鼠了。我不寒而栗。警察皱着眉头走出来。到门口，他忽然想起什么，回头又说：好像你们中国人互相都仇恨着。那个店里的人，互相之间都有仇恨。因为有仇恨，所以都觉得是别人的错，毫无自责之心。

小魏冲出来，叫道：你们日本人就没有？你们杀了多少我们中国人？就不让我们仇恨？

他的日语不足以表达这么复杂的意思，警察没听清楚，问：什么？

我又赶紧打圆场。警察又嘟囔：谁都觉得自己没有责任，可是谁都是罪恶一环，于是就造成了大罪恶。怎么就没人想到罪恶到我为止呢？

警察的目光从我脸上掠过，我一惊，难道他知道我是告发者？这里也是罪恶一环。欧阳说，她很坦诚。她为什么要对我说？也许是内疚？也许是说明自己已经悔过了？或者标榜自己已大彻大悟？

其实那种情况，我们已司空见惯。她又说。即使我们想着自己有责任，但是当别人也有责任，我们就觉得自己可以不必负责了，我们就会赦免自己，最后觉得罪恶都在别人了。比如在外面，中国人干坏事，往往会说，当初日本人侵略中国，犯了多少罪。甚至说，我这只不过是讨还补偿。

难道不是吗？我跳起来，反问。难道不是吗？日本人坏透了！

我为什么这么激动？因为我的处境。明白地说，所以我在日本混得不好，是因为日本人。我来日本是企图做石材生意的，也就是把中国的石材经过加工销售给日本。但是日本人百般压价，在他们眼里，中国的物产就应该廉价，中国人的劳动力就是不值钱，他们仍然歧视我们。

也许不全是歧视的问题。她居然说，我们自己也有问题。

什么问题？哦，他们欺负我们，我们还得乖乖让他们欺负？我当然以次充好了！我应。

她睁大了眼睛。结果呢？她问。

结果……还能怎样？他们取消了订单。我说了，反正也无所谓了，都到这样了。

似乎在她意料之中，她摇着头。怪不得人家那样看我们，她说。我们习惯于把一切归咎于歧视，上升到民族的高度，即使是道德，不要谈道德吧，也许只是最基本的做人准则——比如诚信，比如职业道德，比如公共行为准则，这是无论什么国家什么民族什么样的人都应该遵守的基本的东西……

那他们就做到了吗？我反问。

不要要求别人是完人。她说，问题就出在，我们都只觉得别人有问题，我们自己很无辜，是别人对我们不好——经商的必须行贿，于是就制售假冒伪劣减低成本。但是客户也觉得自己无辜，也要讨还本。客户如果是老师，就对学生乱收费。如果是医生，就开昂贵的药。如果是金融证券行业的，就巧立名目诓套客户。有权就捞，没权就偷，什么权力也没有的就偷。没有胆量偷的，就使恶，泄愤报复。职能部门来惩罚了，可是猫捉老鼠,老鼠捉猫,猫急了,就下狠手。谁没有孩子？谁不会生病？谁没有财物？谁不需要别人服务？谁不需要尊重？但谁都认为是别人的问题，就没想到自己也有问题。如果换个立场，也可以看到别人也有他自己的理由——职能部门为什么要下狠手？普通人为什么要去泄愤？小偷为什么要去偷？医生为什么要乱开药？教师为什么要乱收费？商人为什么要制假贩假？当官的为什么要贪污？其实他们也感觉朝不保夕，在位时不贪，下去了就什么也没了，这还没什么，还会比普通人更糟，因为他们在位时结下了怨恨……这是一个怨恨之圈，每个环节都产生罪恶。就连行善，都要怀疑是否被欺骗，救人怕被冤枉，所以不做，见死不救。中国人太聪明了，谁都不想吃亏，于是罪恶得到了延续。其实我们每个人都是罪恶一环。难道就不能斩断自己这个环节？罪恶到我为止！

你可真像圣徒。我说。所以你才捐那么多，你有钱！我简直忌恨。但我不能说出来，我说：那你信基督了？还是佛？还是什么神？

无神可信。她说，信自己的心吧。

自己的心？就在自己身上的？那还不是信自己了？那么到头来你说放弃，还不就放弃了？我忽然想到什么。比如对小魏，今天你觉得对不起小魏了，觉得对他有责任了，就负一点责任，明天你觉得没责任了，就可以不管了。

我点到了小魏，她明显很惊慌。她猛地站起来，尖叫:跟我什么关系？

她为什么反应这么强烈？她的慌张向我证实了什么。她可以坦白她告发警察的事，为什么就忌讳小魏的事了？我明白了，这是她实实在在的疮疤。“特别区”的事，无论如何还是他们自己内斗造成的，即使她告发过，但也可以说是出于正义，对法律的维护。可是小魏的却不是。

我就那么讲他一句……她又说。

我笑。那你为什么不跟他沟通呢？

没有用。他其实是因为茉莉……

他喜欢茉莉？

当然。

那他为什么要告诉你茉莉喜欢阿部？

她怔住了。这有什么奇怪？也许是茉莉不喜欢他。她说。

茉莉不喜欢他，那么他为什么要为茉莉辩解？

欧阳的脸颊一跳。我哪知道？

她说得很冷漠，甚至是冷酷，好像竭力要把小魏往外推。即使小魏是喜欢茉莉，跟她没关系，她也没必要这么将他推开呀。突然，我又想到了什么：小魏并不只是跟她捣乱，而是他已经精神失常了。我说：小魏疯了吧？

没有根据，我是猜的。这种猜测还怀着极大的恶意。你不想去店里，你不让我去你的店，是因为不想让我看到那个小魏，他疯了！

没有啊……她摇头。

是被你逼疯的！我又说，被你的忏悔逼疯的！

她拼命否认，说绝对不是。这让我兴奋。当然你可以抵赖，我说。我这么说，也许太残忍。但我仍然说。至少他是在给你打工期间疯了的，你推不掉，你用半年工资都打发不掉。

不是的！她辩。

我笑了。欧阳啊欧阳，你其实还是失策了。你没必要跟我说这些，你没必要忏悔，把自己的罪恶抖出来；更没必要高蹈，把自己放在高高的祭坛上。你一定没有想到，你对面的这个人被伤得多么重。我们是一起的，而你却想高高在上，扇了我们的耳光。而你真的忏悔了吗？我说：你可以向遥远的灾区捐款，却不能对现实作出赔偿；你可以向空泛施舍，却不能对具体你所犯下的罪恶作出承担。那种施舍的场面多么好啊，轰轰烈烈让人忘记了个体的罪恶，信誓旦旦然而谁都不需要去承担，做个姿态就让负有罪责的人成了善人，然后船过水无痕。

她俨然是一只被我逼到墙脚的老鼠。她终于绝望了，她又坐了下去，企图去摸她的咖啡杯，她的苦咖啡，可是摸不到。我把杯子送到她的手里。她迫不及待地喝起来。我站了起来，笑瞅着她，俨然自己是局外人。

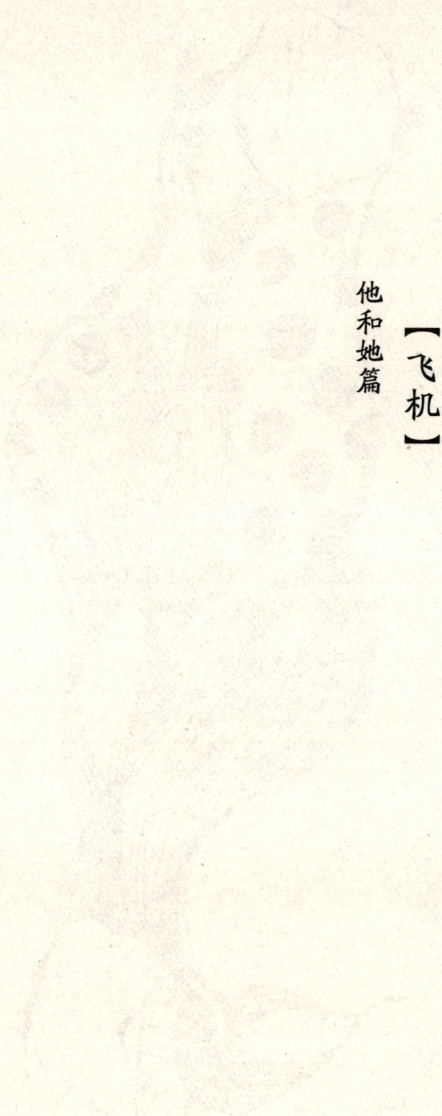

【飞机】

他和她篇

1

你听说了没有？一个新娘，在拍婚纱照时被摄影师非礼了。“非礼”这词现在听起来有点逗，早就什么都可能发生的年代。“公仆”去腐败，“主人”去耍赖，妓女收了假币敢报案，窃贼分赃不均敢申诉，照相的，当然也就不好好照相喽，就把别人的新娘当做自己的新娘。据说当时新郎被赶到了摄影棚外，只留新娘在里面照单人照。忽然听到里面新娘一声尖叫，急冲进去，新娘已经被剥光了。活像一只剥了壳的蛏，过后新郎对公安局说。

靠！竟然还像一只剥了壳的蛏。难道新娘是林志玲一样的尤物？可却是一个民航宾馆的清洁工。单瞧这工作，就知道漂亮不到哪里去。有姿有色的就当空姐了，才不会混到清洁工那地方。我打工的酒吧就有一个清洁工，被围兜裹得一点身材也没有。更可悲的是人家根本不把她当女人。清扫卫生间，她在里面洗，客人照样进去拉，全没注意还有一个她。这世界最可悲的就是不被人注意了。宁可被人骂，也不能不被注意。所以有了芙蓉姐姐，有了凤姐，有了干露露。那首老歌怎么唱的？“对面的女孩看过来，看过来，看过来……”不，应该是男孩，男人看过来。一看过来，就被注意了，一注意，就发现，她居然还是女的！但我怎么也想象不出这种女人身上居然还兜着两个大奶，怎么想象，都像是我用面团硬粘上去似的。可惜我不是公安，要不我一定要审审那摄影师：这样的女人你也要？公安有这权力：老实交代！所以我常想，那种工作，不给工资我都干。可是那工作哪里是你有资格干的？人家什么人？你又是什么人？天上地下，差远去了。我只是个酒吧打工仔。您好先生，欢迎光临，您需要点什么？向客人一鞠躬。总共一百块钱，伸手。客人交钱。可这不是我的钱，是老板的。我只拿少得可怜的工资。这样的工作唯一的乐趣就是看美女客人。来了一个了，我就跑去吧台戳给哥们看：哎，来了个美女！

大家目光探照灯似的齐唰唰射了过去。

看什么看？干活干活！领班看见了，就会骂道。跟你们什么关系？又不是你们的老婆。

确实，不是我们的老婆。我们全是光棍，老婆也不知在哪个丈母娘的肚子里。我还是个外来工，虽然在我的老乡中已算混得很好的了。即使在网上勾搭了几个美眉吧，也只是胡吹乱侃，调戏调戏而已。谁跟你玩真的？但我还是嘴硬：谁知道呢……

谁知道？领班说，打飞机去吧！

大家就笑了。

我知道这是指什么。我们的住处贴满了挂历上撕下来的明星照，全是美女，墙壁上，天花板上。她们整夜跟我们相伴，好像就是我们自己家里人了。我们都喜欢对她们评头论足，动不动就“啪死”（我们也知道这是英语，意思是，“休了”吧？）一个，再找一个。好像她们已经是我们的老婆了。天底下的女人都是我们的老婆，她们什么事我们都关心。那么这个事呢？这个女人虽然不是美女，但是被非礼了。当时情形是怎样的？一方说被骚扰，另一方却不承认。

2

可是除了报上所说，我什么也不知道。去网吧。网上也说得很简单。

没有当事人的住址，也没具体点明发生在哪个婚纱影楼。我给报道此事件的报社挂了个电话，可他们说，是要为当事人保密。我说，对罪犯你们也保密啊？他们说，还不能说人家就是罪犯，最多也只是个犯罪嫌疑人。

靠！还只是嫌疑？可是我也没法确定。我既不是公安，也不是记者，也不是医生（可以做医学鉴定）。好在那类婚纱影楼我们不难看到。到处都是，大同小异。它们总是装修得很豪华，梦幻一样。我平时经过，都要往里面溜一眼。那里面往往有一两个新娘，画中人似的，在照镜子或在化妆。总是化妆得很久，新娘仰着头，一动不动，你简直感觉不到她有呼吸了。她也不觉得累？化妆师一会儿用笔画，一会儿用手指抹，一会儿又用小刷子。其实只是在她的脸上小拾小缀，我看不出有什么作用，照相时根本照不出来的。但是还得做。这就叫奢侈。听说照这样婚纱照价格奇贵，还不只是一张，要照全套，简直是批量宰杀。可是客人也愿意。有人要宰，有人愿意挨宰。所以这类影楼就能生存了，开了一家又一家。其实也不难理解，你看那些高档餐馆，不是也照样开得好好的？宾客如云。就说我这里的酒吧吧，酒水卖得比外面贵十倍，可照样有人来。用五十元喝一杯啤酒跟用五元喝一杯的感觉是不一样的。消费的就是奢侈。幽暗的灯光下，美女从身后绕过，来到你的面前，为你添酒，举杯，陪你玩色子，萨克斯的音乐像漩涡，旋啊旋啊，把你旋到最底，再升起来。想想看吧，想想看吧……我这么想着，居然一连打翻了三盎司白兰地。领班火了，冲我喊：你在干什么？到底想不想干？要不想干，给我滚蛋！

领班总是冲我们喊“滚蛋”。女人才是宝，男人像根草。女人是宝能招财，我们男的对男的只能针尖对麦芒——硬对硬。我发誓来世做个女人，也让男人把我当做宝。当然也并不是所有女的都是宝，比如那个事件中的新娘。那天她是不是也被她的领班或者老板喊过“滚蛋”？比如她向领班请假，说要去照婚纱照，她要提早走（要等下班人家影楼也关门了）。可是领班说：滚蛋！

领班甚至会说：你还照什么婚纱照呀？要照，索性脱了这围兜，永远照去！好像人家只配围他的围兜似的。

可是她没办法，要不干，靠什么吃饭？她就只好利用午间吃饭时去了。跟新郎约好，赶到影楼，马上，化妆。可是半途出岔了：化妆师把粉抹到她的脸上，她的汗忽然下来了。其实并不是她原来没流汗，是因为她原来没有化妆。美女是化妆的，所以有这个问题。现在她一化妆，这问题也显现出来了。汗水会把粉妆冲个稀巴烂。化妆师慌忙给她补救。可是没有用。补救了这边，那边下来了，这边还没补好，又垮了，像江堤决口。她更加焦急了起来。时间一秒一秒过去，眼看就要迟到了！她知道迟到对她意味着什么。滚蛋！

她突然跳起来要给单位挂电话，请假。可是领班仍然说：不按时回来，就滚蛋！

她放下电话，望着影楼落地玻璃外无声流动的车影人影，好像一个阴间的鬼瞧着人间。她一定后悔起自己为什么要来了，照什么婚纱照？可我也不一定要照的呀！她自己辩解，只是大家结婚都要照。我们甚至可以相信像她这样的女孩平时连普通照相都不喜欢，她们总是对着自己的照片沮丧，生气，照相在她们，简直就是照丑。我怎么这么丑！怎么这么丑！可也怪，现在她一觉得自己丑，汗水倒止住了。妆就可以继续化下去了。

妆化好了，她想：好了，我来得及上班了！

她被套上了一件婚纱。也许是白的，也许是红的，也许还是黑的，她不知道。人家新娘欢天喜地，欣喜若狂，蹦着跳着，这样设计，那样折腾。比如我现在看到的这位新娘，简直把影楼闹腾翻了。新人出来了，登上一辆彩车。是大红色的老爷车，样式古怪，非常豪华。原来是去外景拍摄。新郎新娘坐在上面，边上是一帮为他们服务的人。我也跟了上去，反正我还没有上班。

车开到一个公园停了下来。进公园。新郎捧着花，搀着新娘。新娘的婚纱下摆在地上拖，一个伙计赶忙托住裙摆。伙计个头很小，像个小孩，托着新娘的裙摆，就像婚礼上的金童一样。于是这一路就像在举行婚礼仪式，引无数路人驻足看。新郎新娘简直就是明星了，走在星光大道的红地毯上。单是为了这，就值得去拍婚纱照。

阳光灿烂。这是个好天气。公园整个就是他们的后花园了。新郎新娘窝在草地上，相拥相抱，好像窝在自家的被窝里。一个伙计拿着什么东西在新郎新娘脸上测着什么。摄影师在咔咔摆弄着三脚架上的照相机，他可真像摄影师。他在指挥着新郎新娘，这么做，那么做。对方害羞了，也许是边上围了太多的人，就是骚包的新娘，也挥洒不起来了。摄影师勉强拍了几张，一脸不满意。他让新娘一个人留了下来，这就是拍单人照的程序吧？只是这不像报纸上报道的那样，是在摄影棚。

摄影师卸下了三脚架上的相机。突然，他向新娘扑了过来，抓拍了一张。新娘慌忙躲闪。摄影师就又追着拍了一张。新娘就开始逃了起来。新娘在公园里跑，起初脸色慌张，磕磕碰碰，像被恶狼追赶似的。很快她明白过来了，就跑得顺畅了。她跑得更快了，步子也欢快了起来，还撒野地尖叫。毋宁是在刺激摄影师。她时而回头瞧摄影师，长长的婚纱下摆飘了起来，拉成一条风。新娘的脚步轻盈了，公园里的绿影被摇动了，模糊了，乱了，让人心动。当新娘真是好哇！这是一个女人最美丽的时刻。摄影师真像恶狼了，他端着照相机，紧追不舍，后脑勺上的小辫子一翘一翘的。新娘戛然停住，转身，迎着他。他不失时机，又是一张。然后新娘又像泥鳅一样从镜头前滑走了，继续逃。摄影师就也继续追。他突然顿着脚向左一冲。新娘明知不可能被他抓住，可她仍然鬼叫了起来。向右边躲。摄影师就又向右边拦截。又没成功。突然，她跌倒了。大家愣了，新郎叫了一声，要奔过去救她，可是她却很快翻过身来，仰天，眯眼。摄影师紧抢上去，跨在她身上，端起相机，射击似的对她猛拍，一张，两张，三张……

好！摄影师叫。

原来摄影师就是这么骚扰新娘的！要是放在密封的摄影棚，那种事就发生了。看哪，那新娘又一个跃身，起来了。她又开始跑起来了。她居然攀上了一个高高的不锈钢雕塑。所有的人都惊呆了，不明白她要做什么。她爬到了一个斜杈的末梢，一只脚支着斜杈和主干交叉的焊接点上，一支手臂远远牵着那斜杈，欠出身来。婚纱的裙摆被风撩了起来，整个大腿都露出来了。她叫：我飞起来啦！

我承认，她真像飞起来似的。背景是蓝天。那造型非常美。她笑着，摇晃着，我飞起来了！我飞起来了！她简直是疯了。她挥动的手把阳光扯得七零八落。摄影师兴奋地端机，在她的裙下寻找角度，团团转。突然，她脚下一滑。她惊叫一声，慌忙抱紧斜杈。可是那斜杈被她一坠，更倾斜了，迅速倒了下去。下面的人全慌了，不知道怎么才好。我瞧见新郎疯了似的向她跑去。可是倒下来的斜杈却把她推到很远的地方。我灵机一动，向斜杈倒下的方向跑去。我接住了她。

3

我被团团围住。说不尽的感激话。为了答谢我，影楼老板邀我吃午饭。那摄影师亲自给我斟酒。他有一双精巧的细手，非常纤细，简直是女人的手，令我心动。也许是因为我的世界只有男人，我的生活是那么粗陋，女人和精致是我的梦想吧。就好像一个贫寒家庭的装饰，首选的颜色一定是金色和红色。什么都没有，就需要这种金玉满堂的感觉，豪华的，修饰的。穷人没本钱简洁，穷人一简洁，就更成了穷光蛋。

喝酒。师傅和徒弟们谈起摄影艺术。美感，用光，角度，黄金分割……很多话我听不懂。好像在谈着另一个世界的事。他们是外星人，不食人间烟火。师傅总是把手抬得高高的，转着晃着，好像要飞起来似的。太迷人了。那是一双掌握着魔术的手，创造出好照片。他拿出一张照片，就是早上那新娘的。他比划着，拿手指在新娘脸上、身上弹着。他有这特权,因为他创造了她。他又拿食指蹭着她的鼻梁,说这里不该是最亮点。他把它放在桌上时，我拿了过来。我让她离我非常近，简直要触到她了。我想起自己刚才把她抱在怀里。这是我第一次触碰女人。我追忆着，恍惚如梦。

人生贵有梦。没有梦，生活就像豆腐渣，一点意思也没有了。他们就是制造梦幻的人。我提出看看摄影棚。我从来没有进过摄影棚，我只在做暂住证时照过大头照。更不要说进婚纱影楼了。

摄影棚有那么多奇奇怪怪的灯光和装置。有几个不知干什么用的大白伞。有个稍微突起的地方，像舞台，上面摆着一张桌子和一张椅子。白色，全是镂花的那种，像电视里贵族家庭里的摆设。背景唰的一响，是一座富丽堂皇的花园,跟前面的桌椅连成了一体。忽然间,背景又变了，变成了欧洲古堡。背景唰啦啦地变幻，那些景物如此真实，好像就在我的面前，我伸手可得。这摄影棚简直就是变幻多端的魔窟。当初那新娘就是在这样的魔窟里的吧？她也许是被推着进去的，当然，她必须进去，要拍照，而且她不能耽搁，要迟到了。她战战兢兢，好像被推进屠宰场。起初，摄影棚里很暗，暗得令她死心塌地。灯光亮了点，一些形状暧昧的影子从黑暗底色泛出来。一架摄影机机关枪一样对着她。她抓了抓婚纱侧摆。她突然感到这婚纱好像是偷来的。她有些害怕。这时摄影师的声音响了起来：

站到台上去。

那声音好像从天上飘下来。她禁不住望了望天花板。她犹豫着。摄影师就又说，站到台上去。

台？她从来没有想到自己站上台。她一直处在旮旯角。她发怵。这时，摄影师就又说了一句：站上去，试试镜头。

她好像猛地被推了一下。她撑着站住。但她又怕人家不耐烦了，生气了。她终于踌躇着向台上走去了，好像被押上刑场，去死。

她真的觉得是去死。小时候，她要是被老师推上讲台板演，她就觉得要死了。现在我试着站到了台上。我也感到有点怵。这时，灯光全开了。这下是晕眩。我感觉要被熔化了。当初那新娘处在这样的环境中，即使摄影师对她做了什么，她也一定无能为力了。即使她不愿意，但也无可自拔。那种魔力太强大了，难以自持，像被催眠了。明明知道自己是身陷魔窟。

人家对新娘做了什么呀？可是当我把这问题说给他们，他们却说。他们好像对那事件很熟悉。当然，同行业嘛。

人家只是启发启发她。他们说。

启发？

是启发。他们说，有的客人天生上相，不需要启发，有的却不行，不启发就照不出好照片，不引导引导她，能行吗？

什么引导，勾引吧！我笑了。我承认女人的美很多时候是男人勾引出来的，就好像葱花味道是油炸出来的一样。比如那天在公园里那个新娘。说骚也罢，美也罢，总之是一个东西。女为悦己者容。不操不美。我承认，人在正常的情况下是难以进入美的状态的，我们害臊，而漂亮就是不知害臊。让她不觉得羞耻，脱离常态。这摄影棚里的所有一切，都是为了制造非常态气氛的吧？让人忘记了现实的身处，沉浸在另一个世界里，就是美的境界里，这就是那些明星的境界。他们可以放开了疯，他们生活在梦幻里，比如那些演员，所以他们要炫，他们要奇装异服。他们是被特许的人。

所以还要把人家的丈夫赶到外头去喽。我说。

我们都没有赶。他们说，哦，他们也笑了，意识到不该用“我们”。我们不会赶，我想他们也不会赶的，只是建议。

为什么要“建议”呢？

为了让新娘更放得开呀！他们说。

放得开？

哎呀呀,他们也笑了。放得开,不是那种意思。他们说,是为了拍照。这已经是约定俗成的做法了。你不是公安吧?

我一惊。连忙摇头。

听你这口气就像是公安,他们说,那你是干什么的?

我这才意识到自己的身份。我只是个下贱的打工仔。假如知道了我只是下贱的民工,他们也许会很快把我打发走。我没说。

保密啊?他们说。

玩保密倒是上策。我笑了,故意装暧昧。

保密局的?

我笑而不答。

该不是记者吧?他们又问。

我一愣。我点了头。

我也吃惊自己居然这么大胆,竟冒充记者了。但想想,记者也没有写在脸上的,最多就脖子上吊了个相机。要是他们不出示记者证,凭他们那风吹雨晒的,很多长得也就跟民工差不多。如果扛着摄像机,就更像搬运工了。

你们记者呀,他们说。他们果然不怀疑。不是我说你们,他们戳着我说,就知道那些大道理,什么非礼呀,骚扰呀,勾引呀,道德呀,法制呀,侵犯权益呀,可是你们有没有想到,人家何必去非礼她?要非礼,也为什么要去非礼她?人家镜头前又不缺美女。

他们说"镜头",戳了戳自己的眼睛。真有趣,我又笑了。他们说的也对,这样的婚纱影楼,哪里缺乏美女来呢?我承认。

看她那种消费的,有漂亮的吗?他们又说,据报上说,他们拍的是六张一套的,这是最低档次的,一般人也好歹拍上十二张的。那已经很少人拍了。可见他们没有钱。很可能他们的还住棚屋区里,新房都不像样,说不定,还是用旧挂历裱糊的呢!

真的!我想。

4

那种地方，路窄窄，曲曲弯弯。上面横七竖八架满了洗晒的衣服，遮天蔽日。说起这城市，人家总是看到它的高楼大厦，装修得富丽堂皇的商店酒楼，宽阔的马路，井然有序的车流，众多的私家车。可是这种地方，一辆小车也不会开进来。只有结婚，才有彩车进来。这时候路就被堵死了，孩子们围着彩车转。这是这里最大的盛典。

那种地方我太熟悉了，因为我就住在那里。平时，路边只坐着一些老人。他们没有表情，让人想到度日如年。他们的身后是破败的房子，黑洞洞的门，像他们一样苦熬着，不知谁熬得过谁。也许那新娘就是住在这样的门洞里，天天从这样的门洞里进进出出。也许那新娘的酒席，就是挤在这样门洞旁的路边上办的。没有钱去酒店办。就在街边一溜摆开，贴着墙根。客人坐在板凳上，过路人只能从吃客的背上挤过去，一边瞥了瞥桌上。桌上摆满了食物，可几乎都是垃圾食物。塑料酒杯，劣质啤酒，也搞得热热闹闹。新郎被簇拥着。人们说着很多根本不能实现的祝福的话，画着最美好的饼。这是新娘最幸福的时刻吧？可是过后呢，人走了，席散了，就什么也没有了。也许还要负债，开始偿还。新娘从天堂被谪下来了。换下婚纱，成了主妇。坐在一张小凳子上，趴着一个大洗衣桶，洗衣服。那背部上衣被拉上去了，腰背上露出一块三角肉和一截内裤裤腰。她埋头搓洗着，蓬头垢面。

她们每天还要倒马桶，在门前唰啦唰啦地刷马桶。她们的眼睛偶尔会在电视呀挂历等等上面停留一下，羡慕那些女人的美丽，什么时候我也能这么美呢？已经没有了，婚结过了，永远没有了。

所以她们才要照婚纱照的吧？站在花园和洋楼的布景前，坐在雕花桌椅的道具上，倚着高级彩车，穿着华丽衣裳，好像一辈子的梦都圆了。她们甚至化妆得都不是她们自己了，照出照片来，人家也不认为就是她们，以为是某个明星，可她们却视若珍宝，把它挂在最显眼的地方。她自己会端详着那照片中的人，想：多美啊！我可以想象这新娘也是这样。我们可以想象，当她化妆好了，看到镜子里的自己，她竟忍不住多看了几眼。然后，穿婚纱。那婚纱穿在身上，很不贴，感觉完全不是她的衣服，是她偷来的。她被推进了摄影棚，像被推进了刑场，是的。她害怕，惊慌。她按说没有理由惊慌的，只是她心理产生了变化。她把这一切看得很严重。那摄影机，幽幽对着她。

灯光亮了。周围的一切都朦胧了。月朦胧，鸟朦胧。只有一些五颜六色的一圈圈的光影。她晕眩了，融化了。

摄影师说：好。

她一愣。她还从来没有被谁夸过呢。我们可以想象她这样的女人，一定从来没被人肯定过。她从小就是丑小鸭。她总是自己不停地贱视自己。这"好"，在她听来，如雷贯耳。她羞了。说不定，我还真能照几张好照片呢！她忽然想。

她这才发现，自己对照婚纱照也并不是一点没有奢望。我照出了好看照片，我要拿到单位去，给人看。她想。

我要给老板看！她对自己说。

她不由得抓抓婚纱。现在，她害怕这婚纱被人缴走了。

她忽然想看看摄影师，这个能照出好看照片的人。她终于看到了，呀，这摄影师怎么扎个小辫子。她吓了一跳，她没想到摄影师是这种模样。她产生了一丝不安，好像晚上夜班回家，路上遇到一个给人危险感觉的男人。

这个男人，在专心调着镜头（好吧，我承认，她对他没有魅力）。他叫她站到台上去，试镜头。她站了上去。她忽然想瞥一眼那镜头里的自己，我在里面是什么样的？

她忽然自己挤眉弄眼起来，摆弄起自己的表情。噘噘嘴，觉得不对。又咧咧。可还是不对。她挑剔着，这挑剔毋宁更像是自得。好像她完全可以显得更好看些似的。

这时，新郎进来了。

新郎一身白，系着蝴蝶结，礼服的袖口绣着一道绮丽的花边。她从来没见过他这样，这么好看。她甚至有些感动，感动上天给了她这么好的男人。她感觉温暖。这温暖反而让她全身起了鸡皮疙瘩。她迎上去勾住新郎的胳膊，像所有贤惠而又满足的女人那样，把爱人肩膀上的灰尘掸了掸。她感到圆满了。摄影师还在嗤嗤转着光圈。镜头就像考官的眼睛一样盯着他们，他们辉煌的人生，就在此一拍。

她也弄不明白自己怎么如此在乎了，把几张好照片看做整个辉煌人生？

摄影师又退到摄影机后面去，猫着腰，窥着镜头，现着半张脸。冗长的等待。摄影师突然泄气地立起身来。她不知自己哪里让他不满意了。她像个不知干错了什么的学生，手脚乱动起来。可是摄影师瞧的是她丈夫。原来是她丈夫直梗着脖子，模样呆板。的确，他那脑袋好像是从蝴蝶结里直愣愣长出来的。她伸手为他调了调，可丈夫那脑袋却还是硬梆梆的。你把它往左拨，它就在左边硬梆梆支着；拨向右边，它又在右边支着，傻傻的。一身白礼服就更衬出他的傻。她觉得身体里什么东西在冷却。

她索性把蝴蝶结打松一些，可是一股酸味直扑而来。

我们完全可以想象她的丈夫也是个干粗活的家伙，鸡对鸡，鸭对鸭，乌龟对王八，她只能嫁这样的丈夫。或是搬运工，或是三轮车夫，最多像我这样的侍应生吧，身上总是渍着臭汗。这汗味泄露了他的真实身份。那领口的开缝撕破了她的梦。啊，这是我该死要承受的味道！我以后就要永远闻着这味道了。以后，这个人每天下班回来，就把满是这味道的衣服丢给她。她将趴在一个大洗衣桶上不停地搓呀、洗呀。她不会有洗衣机的。他们没有钱。他们家什么也没有，墙壁还是用旧挂历裱糊的。就是发狠心买来几件像样的家具，放在那样的房子里也让人扫兴，没人要瞧。也没有人要瞧她。原来穿着婚纱的新娘变成了皱巴巴蔫叽叽的婆娘。啊，这就是我的未来！她的心翻了。

我们常听说某某女的，结婚临近，亲戚朋友们都在忙忙碌碌为她操办婚事，她却突然心翻了，活像到了更年期。我们不是也常会这样？某个夜深人静的晚上，会突然心里一阵心焦，发现自己的生活原来多么没意义。别人全都走到前头去了，我却没有起色。我的人生好像凝固了，好像一切就这样定了下来，我只配这样活着！我是什么人？我为什么活？好像总有什么鬼在唤着我，催着我——谁谁股票发财了你发了没有？谁谁中了头奖了你中了没有？人家都要买私家车了你买了没有？某某大片你看了没有？今天你喝了没有？今天你嗨了没有？叫你发慌。我都干什么了？我怎么这么差？我们可以想象当时那新娘有多么的心焦。我怎么这么差？我怎么就永远这么差！喂，喂，你怎么了？谁在叫？原来是他们。他们在叫我。我不知什么时候在台上发呆了。大记者。他们叫。

我一愣。谁？记者？大记者怎么来了？来干什么？我扭头寻找。

他们笑了：叫你呢！大记者，你怎么了嘛！

我猛地警醒过来。险些露馅了。他们向我走来。我慌张了起来：我的身上是不是也有臭味？我躲开他们，溜了出去。也许这样他们会怀疑，但是总比露馅了强，那样，他们会把你赶出去的。虽然你对他们有功，但是他们也可以蔑视你，再说，即使不把你赶出去，你的面子也没有了。

我找个理由告辞，逃了出去。

5

我真恨自己为什么不真是记者。如果我真是记者，就可以不用逃了。也不用这么费周折。我可以直接对当事人亮出记者证，要求他回答我的疑问。甚至，我可以亮出自己的臭汗，这是记者的臭汗。

可是我不是。我只是个打工仔，严格上说我只是个民工，比那个新郎更差。即使我结婚了，也仍然下贱。我可以想象得出那新娘那时的心情了。婚纱礼服改变不了他们的下贱身。她竭力调整他的头势，就是调不好。

她惊慌地发现摄影师向他们走来。她马上意识到那味道就要被他闻到了。这味道，就是他们下贱的铁证。

他一步步走近了。她简直要跪了下去：求求你，求求你！饶了我吧！给我一点尊严！她做出更努力调理的样子，希望让摄影师相信她能够调理好，不再走过来。

摄影师终于不走了，停下，两手叉胸，等着她。

她忽然发觉摄影师在微微地笑。那笑很宽容，因而也让她很屈辱。他用一只手指头一拨一拨地指示着她。这动作带有轻蔑的味道，让她不舒服。她对他很生气。你又有什么了不起！她在心里说，我一定要让自己的丈夫拿得出来！

可是她还是失败了。她忽然很想跟摄影师一起笑，笑她丈夫，笑他们，笑他们自己。她狠狠把丈夫的蝴蝶结一揪。她觉得自己简直在助纣为虐。

丈夫居然也像被牵动了神经，嘻地笑了起来。摄影师赶忙叫：好！就这样，就这样！兴奋得活像打喷嚏的狗。她没有瞧自己的丈夫。她不想看。那样子哪里好得了？她知道摄影师只是要鼓励他们，也许干脆是，摄影师为了快快完成拍摄任务。所以他才那么迅速回跑，回到摄影机前。拍啦！他叫，笑——拍。一张。

她抽空禁不住瞥了瞥丈夫。丈夫的笑很傻，更让他显出了本相。她感觉那笑像一团鼻涕，粘在她的身上，她抖不掉，逃不脱。最后她只能希望赶快拍完……拍完了。

啊，终于拍完了！我们可以设想新娘嘟囔了这一句，也许是对着新郎说的，也许是自言自语。甚至还说，终于来得及上班了！这话里有多少真实成分？当然，毕竟她可以不再丢人现眼了，也可以去上班了。但是她难道就愿意如此轻易结束？

何况她原来就知道的，她必须拍单人照。并没有完。所以这话，更多的只是故作姿态，一种遮掩。

这时，摄影师说，新郎请出去。

她忽然又有些慌张起来。她古怪地觉得自己是被扣留的压寨夫人。她可怜巴巴地瞧着新郎走了出去。当摄影棚的门就要把新郎的背影关上，她突然叫了一声，追了过去。可她并没有什么要说。

最后她说：在外面等我呀！

好像原来她丈夫不会在外面等似的。新郎还真就在外面等。他不敢坐到厅上那些舒适的靠背椅上。他坐的是一张用来踮脚的板凳。也许还因为那些舒适的椅子离摄影棚太远了。他就坐在与摄影棚一墙之隔的地方。忠心耿耿，等他的老婆。一个典型的傻 B！

一个下贱人，娶上了老婆也是白搭。那么他为什么要去娶呢？娶就娶了，为什么要给她去拍婚纱照呢？让她漂亮起来。漂亮的女人，敢娶吗？我扪心自问：敢！假如我房间墙上的那些美女能够让我娶，我就娶，再不安全也娶！要是娶个丑女，再丑妻家中宝，又有什么意思呢？

我跑网吧查，网上说，那以后新郎只见新娘出来一次。换服装，脸红扑扑的。我记起来了，她的眼神还很幽怨。后来新郎说，那眼神好像在说：你老婆都被人调戏了，还不知道！

现在我知道了，过后新郎说。可你又知道什么呢？你怎么不想想，人家被调戏了，为什么还要再进去？还换了一套大红的婚纱，火烈鸟似的，飞了进去。其实那只是掩饰。其实人家心里快活着呢！就像我们常常见到女孩子穿戴惹眼，被大家起哄、调戏，她逃回来，可她第二次还会美美地穿着上街去让人调戏。

其实，关于调戏这说法很可疑。我曾经在网上看到脱衣舞，不是做生意的那种，人家并没有要求她脱，她却自己脱了。在众目睽睽之下，动作柔曼，充满了炫耀，有时视频挂进了她半张脸，那嘴角还很得意地笑着。她在得意自己，得意自己被这么多人调戏着，被调戏的感觉真好哇。甚至她还觉得你们这些男人都是被她钓着的鱼。她有好身材。好东西就应该显示出来。就应该露。

你是不是奇怪，美怎么总是跟露连在一起的？现在女人一年比一年穿得少了。去年时髦的还是背心外穿，今年已是戴着胸罩满街走了，引得满街的目光照相机一样呱啦呱啦地拍。你看这网上，到处都在报道谁谁透明啦，脱啦。一脱，就火了。你看你看，有人还在大街上搞起了天体行为艺术，挤得都踩踏了。再看这报道：南京新新娘婚纱摄影楼总经理顾云彬昨天向记者说起这样的事：7月上旬，有两位女性先后来影楼要求拍半裸或全裸艺术照……该影楼年轻摄影师刘深对当时的情景记忆犹新。他向记者介绍：第一次来的是位约四十岁的女性，穿黑色连衣裙，披一袭波浪式的长发，略施粉黛的脸上洋溢着成熟女性特有的丰韵。在摄影室，她明确要求拍一幅裸露上身的艺术照，还即兴演练了几个艺术造型。后来的是位二十岁左右的姑娘，身材高挑，穿白色的超短裙，还留个马尾巴。进了摄影室，她说想拍几幅全身裸照，自称拍照的目的是要留下美好的青春作纪念！并解释说：我很欣赏自己的身体……

我记起还曾经有报道：一个婚纱影楼居然推出了一丝不挂婚纱礼服，整套礼服只有一个头纱！啊啊，当新娘是女人一生中最美的时刻呀，所以婚纱也就越露肉越好喽！这也许就是她们一生中穿的最露的服装了。空领、无袖、蕾丝、雕花、镂空、透明半透明，制造着种种眩惑。人们围着新娘笑呀，闹呀，其实都包藏着祸心，好像闹新房，竭尽虐待之能事，充分享受着折磨不可能是自己的女人的快乐。而新娘呢？也一面羞臊地承受着这种调戏，一面陶醉着自己的魅力。她们愿意着呢，渴望着呢。就跟她们的婚纱一样，若露若掩，假掩实露。所有的女人都期待着被撕开。你瞧满街卖着的T型裤衩，又是镂花，又是镶边，穿在内里没人瞧见，还又细又窄又透不能保暖，为什么要穿？还不因为她们觉着人家都在窥视？她们时刻感觉着男人们窥视的眼睛，美着呢！她们美着，并时刻为被脱做准备。假如你像揭锅盖一样揭开一家家屋顶，你也许就会瞧见女人们对着镜子抹着丰乳宝，装着硅胶假胸，恨不得把自己包装成H罩杯。

然后她们又一本正经地披上外套。那满街一本正经的衣服后面其实都蹦跳着不甘寂寞的肉体呢！

据说，事件发生时，那新娘就穿着一件非常暴露的婚纱。没有袖子，肩膀前胸也全没有了。新郎说不知什么时候换上的，他不知道里面还有个更衣室。

为什么里面还要设个更衣室？公安问。

为了方便。影楼答。

方便什么？

可以不必跑外面去换呀！影楼答，理直气壮。当然你要跑外面更衣室去换，也可以呀。

影楼说得意味深长，看新娘。

新娘无话。

为什么无话？

网上说，新郎转而又责问影楼，为什么这不挑那不挑，偏要挑一件这么露的婚纱给新娘？

这是全影楼最美的婚纱。化妆师说。你可以不穿呀！

是啊，你可以不穿嘛。你为什么要穿？即使威胁你不穿就不能拍出好照片，新娘你也可以宁可不拍好照片，也不穿啊。可人家本来就是来拍好照片的呀。

当然我们仍可想象，她穿上那样的婚纱，战战兢兢。也许还一边嗔怪着化妆师，怎么让她穿这？因为嗔怪着别人，她就心安理得了许多。她对着镜子审视着自己。突然，她瞧见自己的文胸罩吊带从裸露的肩膀露了出来。我们可以想象她穿的还是老土的文胸，吊着两根吊带，这吊带还不是透明的那种。她赶忙把它扳到臂上的褶圈里。可是她一动，它又溜出来了。她有些气恼，把它更狠地塞了进去。可是它马上又弹出来了。

外面摄影师催了她一声。她瞥了瞥通往更衣室的门，好像摄影师在擂那扇门似的。那门就要被擂破，她就要暴露了。危在旦夕！她突然伸手把那文胸抽了出来。做这一切很自然，她甚至都没感觉，她觉得自己只是完全在救急。她的动作流畅如水。她流畅地打开了门，走了出来。

她瞧见摄影师在瞧着她。那眼睛像聚光灯。她有点后悔。她感觉到了那目光的热量。她感觉到了那目光的穿透力。她蓦地感觉到乳头被婚纱布敏感地摩挲着。她觉得自己很罪恶。她这才明白自己为什么要在里面的更衣室换婚纱。那是不敢。她怕阴暗的心在丈夫的眼里曝光。

于是我们可以想象当时摄影棚里的情景。摄影师说，开拍。

也许摄影师并没有那么关注从更衣室走出来的她。人家真的见多了。哪个新娘不是从那里，穿着这样的婚纱走出来的？

我也可以承认，摄影师只是在指导她：这样，那样，笑，头抬高……往左一点……往右一点……对，再笑一点……好！

摄影师又说“好”。是鼓励？是敷衍？还是揶揄？

哪里会好？她嘟囔。

摄影师仰起头，愣了一下。他没想到她会当真。他笑了。

不会好的。她又说。这毋宁是在追问：我真的好？

真的是好！他只得又说。

不可能的！她仍说，这否认，毋宁是在要求确认。

真的。摄影师仍说。也许也是为了给对方打气。你很上镜头。他说，那一笑，很有特点。他有意说得细节些。

说你有特点，其实很可能就是你没有优点可说了，就说有特点。可是在她听来，也是一种肯定。她羞了。她承受不住了。缩着脖子，好像人家要把她拉出来示众似的。她甚至想从台上逃下来。于是，摄影师再叫她做某个动作时，她就不肯做了。一再催，一再催，她咬咬牙，像豁出去地做了一下，但马上又扭捏地收回来，不肯再做。她一再扭捏着，拖延了时间。她已经忘了时间，忘了自己还要赶去上班。水桶拖把，领班的臭脸，全离她很远了。她陶醉在这种扭捏拖延中。

真的，像刚才那样做，很好！摄影师又说。

呀！他还说！她想。

现在，她觉得自己被骚扰了。甚至在遭受着——强奸！对，强奸。所以她要抗议了。她生气了，把手垂了下来，别着头，脸色淤红。

摄影师一再叫，她仍这样。摄影师急了，当然。摄影师就大喝一声。

她愣了。不敢再犟了。赶紧顺从。但她很快就觉得仅顺从不够了。必须讨好，笑，要赎罪，弥补自己刚才的过失。她笑了，嬉笑。很快的她又觉得不够了，她要重新让摄影师对她有信心。她要向对方表示她刚才只是故意的，是逗着他玩的。她搔搔头，拧拧耳垂，开始卖弄了。她这样的女人，一卖弄起来就显得怪怪的。摄影师也从来没有瞧见过。他见过不少美女的骚，那很正常。但这是个老老实实的普通的女人，你根本不会对她有骚的预期。于是，当她也突然向你暴露出骚来，简直惊心动魄了。好像一只手蓦地撩开一层面纱，让你看到你从没看到的世界。摄影师愣住了。他张着嘴，都忘了指挥了。

他甚至险些撞翻了摄影机的三角架。他尴尬地笑了。

她也笑了，做出笑得很开心的样子。

摄影师冷静下来了。咦！他想。她怎么会这样呢？她到底是怎样的？

摄影师的本性出来了。他想玩玩她。

于是他说：小姐，你真漂亮，漂亮得把我都绊倒了。

别挖苦我了！她应。

我知道自己有多丑！她又说，口气酸溜溜。

这酸，更吊起了他的胃口。

不，你很美，你有模特身材。他说。

她可从没感觉到自己是模特身材。其实模特又有什么美的？就是瘦。穷人什么本钱也没有，只有一个瘦，居然印合上了模特。也许她也真觉得自己美得像模特了，陶醉了。乱——说！她说。

她说的是：乱说。也就是说，她希望跟你纠缠这个问题。她觉得对方在勾引她。因为你欣赏我，所以勾引我。有人要勾引，有人渴望被勾引，就像投资引资一样。她还从没尝过被人勾引的感觉呢。妈呀，有人要勾引我啦！哪个女人不渴望被勾引？想想吧，从来没尝过被勾引滋味的人是怎样的悲哀啊，好像只活着半条命。即使对方不是真心的，你哄哄我也好哇，你骗骗我也好哇！你骗我吧，你骗我吧！所以一个不懂得骗女人的男人是不会招女人喜欢的，太诚实的眼睛就是太干巴的眼睛。要会骗，会哄，会撒谎，会使用伎俩，女人就是喜欢被骗的动物，她相信你的谎言，然后陶醉，然后甜滋滋地被征服了。

摄影师当然是很懂得的。真的！他说，你看，你很有骨感。比如说，这里。摄影师比划着，走了过去。你看，你看，他说，那眼睛如狼似虎。他戳着她身体，也许是锁骨？她的肩膀光溜溜。她感觉到了灼热。

我们于是可以设想下面的对话：

她：看什么嘛！

他：我看骨感美人。

她：干吗看人家嘛！

他：我是摄影师，我的镜头当然要盯着美。

他眨了眨自己的眼睛，表示那是摄影机镜头。

她笑了。

她：我不让你看！

他：我就偏要看！

她：不让你看嘛！

他：美的东西是属于大家的！

她：我不让，我不让！

他：小姐，是美就该将它亮出来！

她：呀，你说什么呀！

他又说了一遍。

你还说！你还说！她叫，你真坏！

他：艺术上没有好和坏，只知道美与丑。

是的，什么是好与坏？美就是好，不美就是坏。跟道德啦，社会秩序啦，通通没有关系。是纯粹的美。就好像这酒吧里的小姐，妖里妖气，但是就是美，招蜂惹蝶。我们可以想象，她于是真的觉得自己美了。她就更大声说了：我不要！

他：女人说不要，就是要。

她：我不要！我不要！

他：我要！我要！

她：不要……

我们可以想象，她一边说着“不要”，一边拿手指缠着婚纱，裙边角什么的，把人家婚纱都给揉烂了。缠着，分开，再缠，再分开。她发现了上面有个污迹。也许是职业形成了习惯，她要把那污迹去掉，但是她又擦不掉，就用指甲刮，一直刮，一直刮。这刮变成了玩。她动着，像个小姑娘，没长大，还不懂事。不设防。这更勾起他的兴致。我们男人对女人有过各种各样的预想，正常层面上的，比如妓女啦，比如良家妇女啦，比如职业女性啦，女强人啦，这些女人都有着可预想的基本形骸，也因此显得无趣味。所以A片里要幻想一个主妇成了荡妇，护士成了性奴隶。摄影师从没想到过面前这女人会是这样。他想撕开她。他靠近了她。他说：你看，这里，这里也充满了骨感……他去戳她，去碰她。她缩着，很不习惯。还从没一个陌生男人离她这么近呢。她感到这个男人的手很流氓。这里，这里……他仍说着，越指越下去。这种场面真撩人哪，想象一下，想象一下……他去扯她的婚纱啦！她又叫着“不要”，那声音很轻，很细。他就抱住了她。

可她突然又大反抗了起来。她不能不反抗。世上竟还有这样的流氓！

他坚持。

她坚守。但也只是守，没有逃走，没有骂他，没有回过头啐他一脸口水，没有撕破脸。她觉得自己是忍受着，跟他势均力敌。但其实她是在犹豫。她不知道自己该怎样？直到他的手去扯她的衣服，她才又挣扎起来。可是她已经迟了。他的动作很熟练！他好野蛮！他的手如鹰爪。她无能为力。她非常害怕，觉得自己就要死了。她拼命挣扎。她甚至凶狠地抓了摄影师一下。摄影师撒手了。他猛地感到懊丧，自己怎么会到这种田地？这种女人？这种时候？好像魔鬼附体了。他就退回摄影机旁。他忽然随手唰唰乱按起快门来。他要把余下胶卷敷衍了事照完了事，让她走！一张，两张，三张……

6

我上班迟到了。

我毕竟不是记者。我只是个酒吧打杂的。大家都在忙。本来我可以趁乱溜进去，混进大家中间，抓个什么事做着，这样领班就闹不清我是不是刚来的了。我以前都是这样的。可是今天我没有这么做。我不想。迟到就迟到，你扣我的工钱好了。滚蛋就滚蛋，这种工作，有什么好留恋的？

我不知道自己怎么会这样了。我终于被领班看到了。领班正指挥着几个人抬酒箱。也许因为忙，他没有骂我，只招呼我过去抬。我却故意不过去，慢吞吞地挽着袖管，把袖管折得整整齐齐。领班又叫：快！

为什么要快？我想。

听见没！他又喊。

我仍然磨蹭。

直到我把袖口折得清清爽爽了，再没什么可做了，才过去。他们已经搬得差不多了。

那边客人在叫我。他们在叫我拿柠檬片。好吧，柠檬片。真烦。

我拿了。我也要。另一个也说。

又拿。

我也要一片。又一个说。

你们是玩弄人呀？我火了。不理睬他们，走开了。我站在远远的，他们叫我，我只瞅着他们，就是不动。他们中的一个冲了过来：喂，叫你呢听见没有？柠檬片！

你们能不能一起讲啊！我说。

你这是什么态度？

管我什么态度！

你还嘴硬？他叫，听你这口音，外地民工啊？

我的心被猛地扎了一刀。也许这刀早已经悬着了，只不过我没有感觉到，只不过它没有扎进来。民工！我还真是民工！无法改变。就是，怎么了？我索性叫。

哈哈，他们叫。

是民工又怎样？我叫。

滚回去吧！

回去？

滚回你的老家去！他又叫。

老家？是的，这不是我的家！我的老家在穷乡僻壤。我天生只能跟穷困为伍！我的宿命。可是我偏不滚回去！就是不滚！就是不滚！我就是要在这里恶心你们，让你们的日子也过不滋润！

我要……我抓过一个瓶子，砸。啤酒喷得四处都是，喷到我的脸，我感觉非常过瘾，解气。

他们一伙哄地围了过来。你们要怎样？我叫。

领班也过来了。你干什么你！

他是领班，当然也是站在他们一边，压迫我。他们是一伙的！我又拿起一个瓶子。你怎么了嘛！领班却忽然软了下来，小声说，你今天怎么了嘛！

今天？是的。平时我太温顺太窝囊了，让他觉得我好支使，好作践。这世界就是需要一些人被踩在最底层，被作践，无声无息地。但谁天生就该死呢？我不！我不！我又把瓶子砸了。

领班扑上来，拽我。我哪里肯让他拽。我挣扎。我要反拽他。我还要揍他！我已经受够了。更多的人围了上来，他们都来拽我。我就打他们。打！打！打！我忽然觉得眼前不对了，多了大盖帽。不知什么时候警察来了。他们要抓我。我就也打他们。我听到领班的声音：你滚蛋！滚蛋！你被开除了！

7

我被送进了派出所。

他们说我行凶。

其实我没必要去砸酒瓶。但是什么是必要的呢？没必要的东西多了，比如追星、爱美、跟客人顶牛、去争气、要是非曲直，都是没必要的，比如打飞机，只有伤身体，我可以活得像只心满意足的阉猪。但那是活吗？

当然我也没必要这么认真去探究这个非礼案。我可以跟大家一样，把它作为闲时的谈资，谈完笑完就算。我怎么到了这地步呢？

这是拘留室。那个非礼案的摄影师也曾被关在这里吧？他是不是后悔了？是的，他本来没有必要去动这么一个女人的。而且当时经过对方的反抗，他已经厌倦了，已经退了回来。假如他草草把照片拍完，让她走，一切也就不会发生了。他已经开拍。闪光灯啪啪打着那新娘的脸。那新娘感觉到好像抽来一记又一记耳光。完了！她想，一切都完了！闪光灯像在熔化着她的生命，熔化了，熔化了……我的生命一钱不值！

我们的生命全他妈的一钱不值。我们只是芸芸众生中的一个。普通再普通，下贱再下贱。我们没有权，只能任人摆布；我们没有钱，只能捡人家的口剩；我们没有名，扎进人堆就找不着了。纵使你懂得比别人多，只能更让我看清了贵贱落差。轰轰烈烈更跟你无缘，即使想索性豁出命去惊世骇俗一番，也没人看你表演。我们也没有貌，我们花光了钱也找不到消除痘痘的药，拉脱了膝关节也不能增高，饿得奄奄一息了也不能减肥，磨破一层脸皮也不能祛雀斑。我们只配传人家的风流韵事，帅哥，美女。到处都是美女帅哥，可却没有一个能分给我们。比如我，特喜欢看那些男女婚配节目，瞧着人家配呀、对呀，就好像那些女的他妈是被我调戏了似的，乐得我直跺脚。我讨厌人家给我说媒，我讨厌人家说某某女的跟我很配。跟我这样的人很配意味着什么？就是跟我一样差。鸡配鸡，鸭配鸭，你只配这么差！你不愿意吗？可你只配这样！只能滚回你该待的地方去。悲哀吗？你悲哀就悲哀去吧。愤怒吗？愤怒也没有用。对啦，我们的新娘一定愤怒了！也许她那天根本就是怀着愤怒去照婚纱照的。我就是要拍出好照片！我就是要奢侈一下！要让人家欣赏我，重视我。而且她就要成功了。现在，她不能容许摄影师这么随便打发她。她要……要什么呢？争消费者权益吗？难道人家不是在给你拍了吗？至于拍得好不好，你原来的样子也就那样。难道你希望他动你？人家现在已经不动你了。

她突然向他冲了过去。她也不知道自己为什么要向他冲过去，是要去讨伐，还是去送死？直到她冲到他的面前，她才发现自己更像是去卖。她要去当他的鱼肉。哪一个明星下面不是对大人物开着衩子？哪个大人物不是搞七搞八才成为大人物的？我们可以想象，她盯着他，目光咄咄逼紧，提醒着他：你刚才对我做过什么了？那紧盯，更像是街头小贩的强买强卖。她又觉得难为情了。她觉得自己好难。她要把自己贱卖！她觉得自己好贱！她忽然哧哧笑了起来。

你疯了！她说，你们搞艺术的可真——疯！

我们可以想象，摄影师倒愣住了。好像见到了女鬼。

他慌忙修理起照相机来。好像经她这么一说，照相机就出了故障。

我们可以想象，她吃吃笑着，瞧着他。她瞧见他把几颗螺丝旋出来，又一一旋进去。她拿过一颗螺丝，递给他。他浑浑噩噩接着。递到最后一颗，她忽然不递了，只盈盈笑着对他。他要，她不给。他就夺。她突然一闪身，躲到另一边去了。又笑盈盈对着他。这笑让他心发慌。他就更慌地去追她。她一边逃，一边笑。他一边追，一边心里发毛。以往抓拍新娘，都是他追，新娘逃的，这回却倒过来了。我们可以想象他们绕着摄影机跑了起来。抢不回来那只螺丝，他不知道会发生什么事。他拼命追，她灵活地逃，一边逃，一边笑。当然她不可能大声笑，要不还不被门外的丈夫听到了？她捏着音量，这样，两个人就好像在玩捉特务游戏了。女人真是大阴谋家，她惹你，刺激你，挑逗你，甚至还可以去拧你的脸蛋，去甩你的嘴巴子，然后，让你反击，让你追，让你恨，让你发疯，把你跟她紧紧缠在一起，然后，投降，滚在你怀里，或者还会大哭一场。我们可以想象，她跑，她的婚纱跑乱了，她的腰带散下来了，她觉得背上的拉链也在滑脱，只要她一跺脚，它就会马上一个骨碌，整件婚纱落了下来。

她忽然有点担心。可是她担心，不是因为担心自己露出了身体，而是担心自己露出来的身体是不是会被认为不够漂亮了？胸部是不是会被认为太平了？皮肤是不是会被认为不够白，不够细？腰肚上是不是皱出了褶皱？我曾不解于那些裸体照片什么都脱光了为什么还要在肚子上遮一块布或用手臂挡着，原来是怕现出皱肚腩。你要是遇到那些小姐不肯让动她的哪里，一定是她那里拿不出手。这世界没有羞于拿出来的，只有羞于拿不出来的。

但是不管怎样，总要拿出来。想到自己就要被败露，她感觉这世界很残酷。

可是摄影师很快冷静下来了。他肯定会识破女人的小伎俩的。他停了下来。他开始奇怪自己刚才怎么那么死心眼了，非得要那颗小螺丝？他不再追了。她瞧见他停了下来。怎么办？我怎么办？天哪，我该怎么办！让他杀了我吧，让他把我的皮扒了吧！我们完全可以想象，她会这么想。

我们可以想象，她忽然更凶地跺起脚来。我靠！她要干什么？她要干什么？

她疯狂抖着身体，疯狂扭着腰。她要干什么？

她要，自己扒！靠——！

原来她是自己脱！

我怎么想到这一步？

她为什么就不能自己脱？

我他妈的怎么这么深刻！

靠！我简直不相信我这么深刻！喂，喂，你在想什么？我忽然听见有人在叫我。是警察。原来已经到了审讯室，他们要给我做笔录。问你话呢？

我正要告诉你们呢。我说。

说吧！

那是真的！

什么真的？

那个案件！

哪个案件？

非礼案！

我可告诉你，这是什么地方！你要看清了！他们威胁我。只许你老老实实，不许你胡说八道！

我没有胡说八道，我说，对你们破案有用！

哈，警察笑了。那倒可以听听。揶揄地。

看他们这种态度，我真想不告诉他们。但是这也是我的事，我们底层人的事。我就不跟他们计较了，我说了。

别胡说八道了！我还没说完，他们就打断我，喝道：你这是拿法律开玩笑，知道不知道？是要自食其果的！

我说的是真的！我叫。

你给我住口！

你们听我说……

住口！

你们为什么不听我说？为什么不听？我们难道就没有说话的地方？我们底层人的权益就不要保护吗？

这是两回事！

不是两回事！

你别胡搅蛮缠！

我就胡搅蛮缠！

莫非这家伙疯了？他们交头接耳。我没有疯！我坚信我是正确的。我要把我的发现公布出去。你们不听，有人会听的！记者？对！我虽然不是记者，但是我可以找记者……

附：记者手记

这是一次失败的采访。

作为一个社会新闻记者，我采访过各种各样的事件，接触过各式各样的人，但是从没有见过这样的人。他不是当事人，也不是知情人。他只是推理。但是他的推理让你无可辩驳。只要你设身处地站在弱者的地位，你就会相信他的逻辑。就因为我们没有倾听他们的诉说，他们没有地方申诉，才有人拿不到工钱就去跳楼，才有人去报复社会，去强奸女学生，以暴抗暴……

但是，弱者的逻辑可靠吗？

我当时就拨了处理骚扰案派出所的电话。他们告诉我，那件事，摄影师坚持说没有骚扰，至今查无对证。令我吃惊的是，警方透露，那摄影师还真的说是新娘自己脱的。我暗暗吃惊。同样作为女性，我感到不可思议。

我要了当事人的电话。打给那新娘。对方先是把电话掐了。再打，大姐，再打！他恳求道。

电话不通。你再打，他说，我能等。

他要等着听对方的回答。他就坐在我办公室里等。你不要工作啊？我问。

丢了。他答。

没工作？那怎么办？

没事。他说。倒显得很兴奋，敢情丢了工作没关系，这件事倒跟他很有关系，令他兴奋。

电话终于通了，他紧紧凑近话筒，那神情，随时准备插入谈话。也许我该让他离开。但我太兴奋了。我们三个，一个要寻求真相，一个要证实想象，一个呢？在躲避……

对方电话终于接通了。我说了我的采访意图。

对方不说话。

您为什么不说话呢？

仍不说话。

您不说话，是因为对方抵赖，您没有证据，无话可说吗？

不说话。

或者是另有原因呢？

什么原因？对方终于开腔了。

比如您的声誉受影响，比如……

比如什么？

比如他们说你是自己脱。我终于忍不住，脱口而出。我自己也马上觉得不妥。也许是当了太长时间记者，职业使然，要刺激对方，甚至不惜残忍扎对方。

死寂。

我猜想对方在委屈，或者在愤怒。她也许会愤怒地斥责我。我做好了准备。我曾经受到了被采访者最激烈的反抗，把我的脸抓伤了。但是现在没这危险，我们隔着电话线。我瞧见他满意地向我点着头。又竖起大拇指，显得有点夸张，让我感觉我是被他诱惑了。我有点后悔。但是想到自己毕竟是要为对方申诉权益的，还有点心安理得。

你为什么这么说我？她终于说了一句，语气却是很淡的。

我没有料到。难道那是真的？

我瞧了瞧他。他凑着话筒，明显听到了。他显得很激动。他突然抢过话筒：不是他说你，是我说的！

你为什么要诽谤我！对方突然号叫起来，以至于远离话筒的我都听得清清楚楚。那声音，令人发瘆。

她接着就哭了起来。不是一般的哭，是号啕。好像心中有无穷的委屈，要发泄出来。

他也有点慌了。我不是这个意思，他说，我是为你说话的，并不是说是你的错。我也是跟你一样的底层人，难道我们就没有权益了吗？

对方哭得更凶了。

我赶忙抓过电话。闯祸了，我懊悔自己怎么竟相信了他呢？这个疯子！（也许真是疯子。）我瞪了他一眼，戳着门外，让他出去。他不情愿地出去了。我在电话里向对方道歉，百般劝慰。听我说，我并不相信那家伙的说法，我们的责任就是维护你们的权益，鞭挞社会丑恶现象，批判腐朽的思想观念。长得不好看怎么了？长得不好看难道就不需要保护权益了吗？所有的人都是平等的……天！难道我跟他，那个疯子讲的，不是同一个道理吗？

难道还有别的道理吗？

你怎么知道我长得丑？她反驳道。

我愣了。我怎么就没想到呢？我所说的，其实都基于“她是丑的”这么个大前提。男人说到女人，往往首先关注她的美丑。这是一个男性的社会。太可怕，这个话语系统太可怕！我们不知不觉都在使用。我不也是吗？每年在养颜美容上都要花掉近一万元，而且明知其中相当部分花得冤枉，还仍然花下去。简直疯了。只是因为现在我面对的不是自己，而是别人，别的女人，我才能如此冷静、客观。可是，我客观吗？

我们并没有说你丑，我辩道，我们只是想关注这个事件，挖掘从这个事件中反映出来的社会问题。现在性骚扰案这么多。我也是个女人。我们想做深度报道，绝不是猎奇……您能接受我们的采访吗？

无声。

为了您，也为了所有和你有共同遭遇的人们。我又说。

嗯。对方说。终于。

我们想向您当面采访。我说。

不行。她说。

因为我们还需要给您拍个照。我解释说。

不要！

她马上敏感起来。我明白了我这要求实在太愚蠢。也许是因为刚才那个疯子的话，这长相会对她不利。不，不是，我们没有别的意思……我解释道，我们只是想让报道更具真实性。

不要……

那么，我们把您的面部做个技术处理，可以了吧？

不说话。似乎在犹豫着。也许她是在怀疑我们会不会这么做。为了打消她的顾虑，我又说，您放心，我们是正规媒体，我们会遵守法律的，如果我们违反了法律，您可以告我们。

仍在犹豫。

怎么样？

不说话。

怎么样？您应该支持我们，您有维护自己权益的权利，也应该有这个义务，我又说起了“权益”和“义务”。我的语言实在太贫乏。

对方终于答应了。

问了她家地址，定了采访的时间，三天后。

三天后我去了。她却死了。

是自杀死的。我没有想到。也许是她放下电话后又犹豫了，想来想去，无计可施。但难道我的拍照就有那么大的威慑力吗？难道她就不争权益了吗？我感到痛心。

也许吧，从美的角度看，美是唯一的原则。那么，为了这唯一的原则，什么事是不能干的呢？

我穿过又长又黑的楼道。有一股腐朽木材的味道，这是旧木屋特有的味道。她住在楼道的尽头。仅一间，点着灯。这是大白天。白炽灯在微弱的日光中晃着似亮非亮的光，让人感觉更加压抑了。好在墙上贴满了旧挂历图，东方航空公司的挂历（我猛然记起她是民航宾馆的清洁工）。世界名胜风景，漂亮的城市，奢侈的沙滩，成排的别墅……贴得满满的。我可以想象当初主人在贴这些图时的疯狂。在这压抑的空间里，它们硬是开辟了一片广阔的新天地。穷人哪！

那些图中间是一个空白，从钉子位置看，明显是一个相框被脱下来了。他们的婚纱照？

她的遗相是她的婚纱单人照。难道她就没有适合的照片吗？

她丈夫说，她死前把其他的照片连同别的婚纱照全烧了。本来她照片就少得可怜，她从不跟人照集体照。那照片的边上，放着一个飞机模型，机头高高翘起，要飞起来似的。我认出来，那是东方航空公司给乘客的赠品。她丈夫说，那事件后的一天，她在单位垃圾堆里捡回了这个飞机模型，说：我要乘飞机去了！

飞机！

我仿佛看到飞翔在空中。她得意地笑了：从此人们只能从这张照片上看到她了。人们将指着这张照片，说她的名字。

那照片上的她，俨然就是美女。

【风吕】

她和他们篇

1

七年前，她通过就读语言学校来到东京。当时有几条途径可以去日本，一是自费就读，二是假结婚，三是偷渡。你没有让她去偷渡。你听说偷渡船上，女人往往要成为男人的发泄对象。你也不同意老婆和日本人假结婚，难说不会弄假成真。于是就只剩就学了。这不仅成功率低，还要花很多钱。好在当初日本入管局管得不严，随便一份日方经济担保人材料就可以搞定。

到她办你时，就不行了。担保人要提供印鉴证明书。这印鉴哪里是能开玩笑的？它关系到日本人的身家性命。日本人大多不愿意。

其实你也并非定要出去。并非在国内没法过。虽说是农民，但你不种田，只是玩。出去了，反而要受苦。当然在中国你所以可以不干活，也是因为她往家里寄了钱。有了钱，什么怕没有？都会被女人拉破衣摆。你从没让自己的鸟委屈过。只是鸡毕竟是鸡，情妇毕竟也只是情妇，要把情妇变成老婆，那经济来源也就没了。所以她要你出国，你也不敢反对，只是希望她办不成。她办得很努力。她说你出来了，我们就活了。她已经上了大学，然后就可以工作签证，长期待下来。你于是又希望她能办成了，何况，一个男人还是应该自己有钱。当然也可以一家团圆。你还是看重家的，一个男人虽然在外面彩旗飘飘，但家里还是要红旗不倒的。

她居然把事情办成了。担保人是她打工店的社长丰田。这名字让你想起那个制造“丰田皇冠”的日本人，那么有钱有势。他怎么就肯把印鉴证明给她呢？但不管怎么说自己是可以出去了。她来东京成田机场接你。两口子见面，很高兴，但也不是原来预想的那么高兴。她白了许多，不像你老婆，只是一个贵妇人。说是日本的水是能生喝的，很养人，所以也把人养得白白净净吧。她叫你华仔，你感觉隔隔的。

她把你引到了家。四榻榻米半房间。这就是我的家，什么电器都有，你想。可是你很陌生。

你闻到一种怪怪的味道。东洋味？后来才知道，那是卫生间放了卫生球。

不是新式套房，但是也有单独卫生间，可以洗澡。风吕，她说，中文就是洗澡。她说旧式公寓有风吕是很难得的。是房东改装过的。她说她现在很重视风吕也就是洗澡了，她已经每天都要洗澡，像日本人。她说洗澡是人类文明的一大标志。你想，操，这么小小的地方，紧紧的水，蚬子壳里游泳，洗得干净吗？在家里你从来都是在大河里洗的。

她让你洗澡，你不洗。你说出来前已经洗了，她就自己去洗了。她脱了衣服，只剩下内衣，从你面前走过去。你没有去动她。在国内时，你总是瞅着机会侵犯她一下的。

你闻到沐浴露也有一种怪怪的味道。

晚上，也没有去碰她。你不知道自己为什么不去碰她。你将之解释为太久没有碰她了，一时还涎不下脸来。

第二天她就带你去见工。去一个叫“小野小町”的小酒吧。她说是她大学毕业了的一个前辈校友介绍的，叫河合。日本人信任熟人介绍。河合常去“小野小町”喝酒，跟妈妈桑很熟。她报河合的名字，说自己是河合的朋友，然后又说你是自己的丈夫，也是河合的朋友。这关系转来转去，你觉得很荒谬。

当天就开始干。全店没一个中国人，你觉得有点虚。但是她告诫你，没中国人才好呢，你以为中国人能帮你什么忙？不拆你台就不错了，在外面，千万别跟中国人搅一块。这话顺耳。在中国待久了，中国人挺腻味中国人。

你的工作是洗碗碟，刷杯子。店经理示范你如何把杯子洗干净：在海绵块里注入洗洁精，用糙的那面刷杯子。直刷，一下，两下，三下……你觉得日本人太呆板。

刷完，冲洗，把杯子倒立起来，看玻璃面上的水流淌得是否顺畅。顺畅了，说明杯子洗干净了；要是水流拐弯了，则说明还有污渍。你起初还能认真做，但是杯子成批进来，很快就堆成了山，你就没耐性了。唉！什么干净不干净！反正转眼又要用了，哪里还看得出？日本人根本不可能来检查的，店里生意那么好，那么忙。你就开始敷衍了。但店经理居然来检查了。简直就是抠出时间来查的。拿起一只杯子，倒立。不行哟！他叫。你听不懂他的话，但是你瞧见他在摇头。你知道不妙了。

他把杯子一个个拿来查，你简直怀疑他是故意整你。他把杯子退回洗槽。几乎全部都被退回了。重洗。操！你骂了一句。他看着你，好在不明白你在说什么。你发现这虽然是个口头禅，倒很对。你真想操他妈！

回到家，老婆还没回来。她怎么这么迟还没回来呢？你大声叫她名字，不满地。其实你知道老婆是去打工了。也许只因心中有气，你在生日本人的气。

她回来了。她问你干得怎样？你不说，生闷气。她明白了，就劝：刚开始总会不习惯的，慢慢就好了。你说永远不会好的。她笑了：你怎么就能知道那么永远的事？你说：日本鬼子那种鸟人，怎么可能让你好起来？

你大骂日本人，似乎并不只因为工作上的事。她说，也不是日本人，美国人，法国人，英国人，都一样。拿人家的钱，听人家使唤，天经地义。中国老板也一样呢，你没去台湾人的店做做。她怎么为日本人辩护？你瞧着她。来日本以来，你第一次这样盯着她看。你好像不认识她。要是人家让你做什么，你都做吗？你说。当然喽。她说。那日本人要你给他操，你也做？你想说，但是话到嘴边吞下去了。你不敢说。这话太刻毒，太锋利。这锋利还是双刃的，也会伤你自己。

睡前，她想安慰你。她凑近你，你肉麻。你回避了，你说很累。你明确瞧见了自己在回避她。

2

我的邻居是个空壳。早上起来，快快洗漱，往嘴里塞点什么，然后就各自奔走了。直到半夜才回来。见了面，也没什么话，躺下，睡觉，无声无息，纸拉门都不会颤动一下。到第二天凌晨醒来，才又一阵忙乱，马上就又走了。

难以想象这是一个家，夫妻间的纽带只是一根细细的线，说扯断就扯断了。我的邻居让我想起五十年前的日本人。那时的日本人就是这样，面容焦枯，行色仓皇。现在东京已见不到这样的日本人了。我从房东那里得知，我的邻居是一对中国人，女的叫淑女，男的叫华仔。

哦，中国人。我来日本时，在东京成田机场就看见过好多中国人，驮着大包小包行李。中国开放了，中国人可以出国了。他们甚至还带着整袋大米，被查扣了。他们在争辩着什么，边检官显得很不耐烦。边检通道被堵住了。边检官把目光从他们头顶上跃过来，招呼我先去。检查完，边检官对我一个鞠躬，用英语道：欢迎您，劳伦斯先生！

他们显然不知道我懂日语。他们要知道我劳伦斯是来抄他们旧账的，他们一定不会说欢迎我。五十年前我曾来过日本，不过是作为占领军。部队从大森海岸登陆，我们惊异地发现，日本人在部队必经的京滨国道旁设立了个慰安所，迎接我们。那慰安所用他们古代美女小野小町的名字命名，叫小町园。慰安所是日本政府建立起来的，简直不可思议。许多年后我再回忆起来，还直怀疑是我的记忆出了问题。

我此次来，就是想确认，当年确实发生了那种事。我就住在当年小町园所在地大森。我专门找了个旧式公寓住下，于是成了这两个中国人的邻居。

如今小町园已不复存在了。大森成了东京最美的居住地之一。新的楼房，新的设施，洒水车每天定时开过，把街区冲洗得异常明净。JR京滨东北线大森站前，草地，公园，风和日丽，家庭主妇们带着孩子玩耍，或者去车站前的超市购物，精心选择着物品。你根本不会想到，你眼前的这些主妇，跟那些小町园的妓女会有什么传承关系。你只能从她们的小姑娘一样的一惊一乍的神情、尖而娇的嗓音，隐约感觉怪怪的。也许你在街上遇到哪个上了年纪的女人，她就是当年的慰安妇，而她现在已经是一个体面家庭的祖宗了:祖母、母亲、妻子。时间把一切洗得干干净净。

3

你们早出晚归，从家到打工地，再从打工地到学校。她说要在国外永远待下去，就必须有合法身份，不能像那些同胞那样，没了签证，黑了身份，不知什么时候就会被遣送回国去。两个人，一个留不下来，另一个也留不下来了。她说。而假如两个都能留下来,就是整个家留下来了。你觉得是这样。

所以要读书，要保持学籍。当然还要打工。我们来自穷国，家里没有钱供你，很现实的。她说。

于是你们付出了别人双倍的辛苦。小酒吧生意很好。生意好了，你就特别累，但是没办法。日本人白天衣冠楚楚，一副谨小慎微的样子。到了晚上简直就换了一个人了。他们都是冲着妈妈桑来的。妈妈桑有吸引力，会跟他们娇声嗲气，会在他们身上磨来蹭去，还会应答他们的下流话。操！日本男人全他妈的色鬼！酒吧就赚色鬼的钱。女人利用男人可真轻而易举啊，你想。男人也不傻，各取所需嘛，一个中国人说。他是对面一家酒吧的。他说自己是东洋通，什么不知道？女人赚大钱，客人开大荤，政府高税收，各得其好。他说。

你的心猛被扎了一下。你和东洋通每天都会在车站见面。同类型的店，打烊时间一样：晚上零点。乘最后一班电车。这最后一班车上几乎全是酒鬼、吧女。要不谁会在这么迟回家？他说。

你一愣。不一定吧，你说。你的老婆也是这么迟回家，她是在一个工厂干活。

我还不知道？他说，你看这满站台的醉鬼。站台上确实到处都是摇摇晃晃的醉鬼。你无言。你是谁办出来的？他问。怎么？你警惕。保密？他说。你不说，你想，中国人对中国人不能太亲。可是他仍说，哦，是保密局办来的，办给日本入管局的啊。可入管局对中国保密局很提防的哦。他又说。

他可真贫嘴！你想，为什么要保密？好像我有什么见不得人的事似的。好好，他又说，我也不问了。这是日本人的好品质，不打听人家的事。唉，日本人的好品质啊！日本人另一个好品质，就是对女人特别好。

你心一个咯噔。好像脱臼的关节被扣上了。血流顺畅了。你才发现自己一直被堵得慌，另一头又空虚找不到接应，那空虚的血管是个巨大的洞。现在通上了血，却又有点痒。……就喜欢女人，对方仍在说。你老婆呢？对方突然问。你一惊。他怎么问这？

你老婆办出来了吗？他又说。哦！你舒了一口气。没！你摇头。我也没办出来。对方又说，办不出来啊！为什么？你问。你本不该去问这问题。可是你问了，好像偏要去抓那痒似的。你好像一个坏孩子。你不知道自己为什么要这样。对方说:没有保证人哪！保证人，那么难弄吗？你问。当然！对方说，我要是女人就好喽！为什么？你问。简直存心把自己逼向绝境。

对方果然说了：女人就有办法了呀！掰掰腿，什么办不成？

你的心猛地受到撞击。那也不一定……你故意说。这还不清楚？对方叫，这不是和尚脑袋上的虱子，明摆着的吗？对方瞪大了眼睛，瞧着你。你又心虚了起来：你看我干什么？对方道，我看你是瞎子还是傻子啊！

哈，你笑了。你是说……你说，只要女人是女人，都行？你这也太绝对了吧？你笑得甩起了手。就是！对方却还说：只要有那个洞洞，都行！

那也要有个美丑嘛！你叫。你忽然庆幸自己的老婆长得不好看。她长相很一般。你一直为此而懊丧。唉唉，娶老婆可真难！娶不好看的吧，不喜欢，娶了也没劲；娶了漂亮的又怕被人盯上了。现在，你深切体会到什么叫“丑妻家中宝了”。可是对方却说：不美，有洞没有？

那又怎样？你应。对方说，要知道，日本人是美丑通吃的。美的叫美丽，不美的就说她可爱。也要！我店里有几十号酒吧女，中国人也不少，哪里都是好看的？不好看但可爱呀，裤腰带松松，社长，拜托您！担保材料就到手了！

你的侥幸被堵死了。你开始讨厌这个人了。胡说，简直！你叫，你语气忽然强硬了起来。也许是因为绝望，你就不顾一切强词夺理了。

我怎么是胡说？对方问。就是胡说！你叫。你愤怒了。你觉得这个家伙，简直就是下流坯，什么事情在他眼睛里都变得下流了。所以别跟中国人搅在一起……你甚至走到另一个候车口，不跟他一起上车。你回到家时还是愤怒。窗户黑洞洞的，像瞎子的眼。开门，你几乎要把钥匙拧断了。她仍然还没回来。淑女！你叫了一声。你明明知道她是打工还没回来。你去翻冰箱，想找饮料喝，口渴。那些东西都是她买的。你没有钱。她都是怎么弄来那些东西的？它们放得整整齐齐。你突然一撩手，把它们扫翻了。一只已经打开口的牛奶倒了出来。你不管，硬是把冰箱门压上。

你坐在榻榻米地上，等她。你也不知道为什么要等她。要责问她？责问她什么？家里顾得不够？钱挣不够多？比你迟回来？你到哪里去了？你到底在哪里上班？你怎么门路这么活，能把我办出来？你的心一裂。原来你一直想知道这！

她回来了，你又不敢问了。变成了探听。你问她工作累吗？她睨你一眼：什么时候你也学会关心人了？

她的睨眼倒真像酒吧女。一个妻子该怎样对丈夫温柔呢？太温柔了，就妓女差不多了，特别对一位已经冷峻的丈夫。

累，她回答。怎么累？你问。流水线。她说，这个没做完，那个又上来了，由不得你开小差。还有啊，那零部件，一点点不合格都不行，什么叫一个模子出来的？这就是。她说得这么细节，你笑了。你相信她确实是在工厂做。唉，我瞎想什么啊！

她去开冰箱。你慌了，那里有你破坏的痕迹。她看到了。可她没说什么，把它们一一扶起来，拿起布来擦倒出来的奶。她难道就不怀疑吗？她一定知道是我破坏的，可是她为什么不责问我？你又想。她没有责备你。她一边擦，一边喝苹果汁，一边问你：今天好吗？

不好。你说。你不能说好，要不，怎么还要去破坏？

你也累了吧？她说，去洗个澡。你温顺地去了。热水从头浇下来，直到脚，你觉得疲乏从脚上被驱赶了出去。你抹上沐浴露。那沐浴露虽然味道有点奇特，但是还是好的，很多泡泡。毕竟是日本产品。你不知道什么被洗出来了，你到底要洗什么，但是那么多的泡泡让你信赖。你其实洗得很乱，胡乱而细心，像个不会洗澡的小孩，用手指头搓擦。你笑了，这样子什么时候能洗好？哪里都能够这么细？你拿起毛巾，整片擦洗起来。

你出来时，她已经伏在被子上睡着了。她也挺苦的。你感觉很抱歉。你推她，她醒了。没关系，反正明天休息。她说。啊，休息！你记起来了，明天是星期天。沐浴露的香气飘满屋子，一种很温馨的味道。

4

第二天是休息日。学校休息，也不用打工。你们睡到很迟。从来都是早早把自己从床上硬拽起来，现在可以放任地躺着，要躺多久就躺多久，要躺一整天就躺一整天。这榻榻米，整个地面都是床。

又前进一周了！她说，满足地打着哈欠。你笑了。是啊，又前进一周了！她离大学毕业的日子更近了，在你，至少也离发工资的日子更近了。那日元纸钞硬挺挺的质地，那硬币瓷实瓷实的感觉，真好！日元坚挺。

很多同胞都是把钱存进存折里，这边啃过期的面包就白开水，不舍得花。她不。她说，我们去哪里玩吧？你来日本这么多天了，还没去玩过呢！她说要带他去迪斯尼乐园。那时全世界只有三座迪斯尼乐园，一座在美国，一座在法国，一座就在日本。

你们兴冲冲去了。门票真贵，四千日元。但是你们愿意花。

迪斯尼乐园真刺激，她每每被吓得尖叫起来，抱住你。你也搂住了她。这是你的女人。

回来时又是精疲力竭。不同的是，平时是为别人干活累，今天是自己玩累了，痛快！吃个饭，洗澡。你冲得很畅快，感觉有点虚脱，就像醉了酒。原来洗澡的感觉真爽啊，怪不得日本人喜欢洗澡。

躺到了床上，还微微有点发汗。她俯到你身上，活色生香。你的身体有了感觉。你又抱住了她。

也许是因为相隔时间太长了，这身体又变得富有魅力。你进入了她，这是七年来第一次进入她。她叫了一声，你微微惊讶，她以前是不叫的。但是你那念头很快就被搁置了。你感觉太好了。你又把她身体反过来，让她跪着。你喜欢这种姿势。你又听到了她的叫声，她叫痛。你却更来了激情。你进攻。你感觉她的手抄上来，找着你的手。你以为她要阻止你，她受不了了！你不加理睬。

蓦地，你发现那手在把你往前引。去哪？她要你做什么？那手牵着你，向腹下去了。她要你怎样？她把你的手按在了她腹下那个敏感的点上。你简直没有明白过来。其实是不信。你不相信她要你做的。这可是以前从没有过的。她怎么会有这要求了？你知道女人快感有两部分。她怎么学会的？而且是同时要。我没有给她这么做过啊？你猛一激灵，一种不愿看到的情形，摆在了你面前。你的动作停住了，姿势也僵住了。她的身体扭得像蛇。你的手本来是支在她臀上的，现在失去了支点，你摇摇欲倾。也许她感觉到了。停止了扭动。但是她很快又动了起来，克制不住似的。有一刻，她担心地扭过头来瞥他。但她又斜了一眼，回头去了，继续动。她无力自拔。肢体语言，掩也掩不住。你明白了。

5

一连几天，你眼前总浮现出那情景。她是在跟别的男人。她叫着，扭动着，像一只发情的猫。那男人嬉笑着玩她，简直变态（就跟国内看到的日本 A 片里的男人一样）。当他为她前后开弓，她颤抖地号了起来，那声音像是从胃里不可遏制地呕出来。

一样的人，一样的身体，一样的叫声，一样的神情，一样的痛和快……那情形你太熟悉了，却是对着别的男人！简直不可思议，好像看见了魔窟。你清楚女人的裤腰带并不是那么紧的，只是你没有想到自己的老婆。那个男人是谁呢？

巨大的黑洞！可你又不能问。你只能闷在肚子里。你不敢正视她了，更不愿去碰她。有时候你们的手偶尔碰在了一起，你会猛然闪开。老夫老妻了，都说左手握右手，可现在又异常敏感起来。

你不敢正视她，但又处处窥视她。她的每个动作都让你寻思半天。她沉默时，你想那是她自己无话可说了；她轻松愉快时，你怀疑那是在掩饰。有时候她会活泼得像个小姑娘，有这么老的小姑娘吗？

也许根本不像我想的那样，有时候你想。那是她 A 片里学来的。她在外面这么久，能不看 A 片吗？但是这么久，看了 A 片，能只满足于看 A 片吗？质疑是容易的。质疑不需拿出证据，而若要证明清白，你就必须拿出证据来。宁可信其有，不可信其无。

你感到你们的世界像绷紧的冰河。好像什么事也没有，一切正常，冰河上可以开汽车。但在寂静的时候，你会听到一声开裂的脆响。

休息日又到了。她说要请老乡来做客。她怎么请起老乡来了？她不是说千万别跟中国人搅在一块吗？

你来这么久了也没有请他们来，大家平时也没时间见面。她说。

你也觉得好。两人面对面，其实也很煎熬人。

大清早就忙开了。掀起褥子，藏到壁橱里去，在榻榻米上摆上矮几。大家来了，一个个眼睛熬得红红的。在外面，最缺少的就是睡。女人们互相拉着手，一声声尖叫；男人们就分烟，彼此开玩笑道：瞧又被日本鬼子剥削肥了！

你不明白：剥削肥了？怎讲？一个说，要是日本鬼子不肯剥削我们，我们哪有钱挣？我们只能硬磕磕待在国内。又一个说，感谢日本人剥削，感谢日本人压迫，感谢日本人不把我们当人看。说的人还行着中国式揖。另一个说，你看你看，变态！到了外面，一个个都变态了！

国内情况怎样？大家问你，好不好挣钱？你说不好挣。那就好！大家说，国内越不好挣钱，我们回去，钱就越显得大了，就越好花。

还什么回去啊！她就说，一边洗着菜。大家说，你可以不回去，你上了大学了，可以工作签证。又对你：你娶了个好老婆，命好！

难道我要吃老婆风水？你听了很不舒服。是不是他们知道了什么？你又想。这种事全世界都知道了，就是家里那个不知道。你观察大家神情，好像并没什么异样。要是真有什么事，他们也不会哪壶不开提哪壶吧？她也不会把他们请来了，岂非自掘坟墓？但还有一个词，叫饮鸩止渴，怎么说？那边大家又说起了一件事：一对上海人，妻子把丈夫办出来了，但立个协议，我让我情人做经济担保人，把你办出来，你出来了就别跟我，离婚。那丈夫也同意。你觉得这事很冷酷。

这也对，但是一个说，彼此有活路了！另一个说，离婚了更好，在这外面起早贪黑，这么辛苦，到时这“庆庆”翘不起来，老婆还不也是别人的？大家全笑了。你也猜得出“庆庆”指的是什么。到时候？一个说，这么说，你现在还可以翘起来喽？

好好睡一觉，就可以了。对方回答。你也随大家笑。可你马上又沉下脸来了。这话题又让你想到了那事，你就心裂了一般。性事让你很糟心。

不知怎的，其中一个人和他老婆吵起来了。起初只见他老婆杵他的胳膊肘，小声嘀咕着什么。他不应，直往边上缩。又去拿烟抽，老婆把烟给缴了。唉呀，你搞什么嘛！他终于叫起来。他老婆问：问你怎么不回答？他说，唉，老是这问题……你无聊不无聊啊！他老婆道，为什么无聊？她的嗓音不觉得大了起来，大家全听见了，笑了。她就索性放开嗓门：今天我也不怕大家听，你为什么不说？不是心中有鬼，为什么不肯说？

你听见自己老婆在那边剁肉，剁得非常急，像马蹄疾驰。

那人应：我不是说了吗？没有啦！那老婆追问：那那么多年，我不在你身边，你怎么过的？那人道：不是都不行了吗？他拿眼睛戳戳刚才说不行的人。那老婆反驳:睡一觉就行！大家又笑了。我还睡什么觉啊？那丈夫叫，你来前，我一天只睡三个小时，一起来就打工，打完工就睡觉，休日也上高田马场，还想什么？

那你总不至于一次都不想？不料那老婆不屈不挠。这么多年了，四年了，一次都不想？怎么可能？那丈夫急了：我就是有可能！那老婆叫：你耍赖！好啊，我知道啦！我知道啦！她哭了起来。大家慌忙来劝。别闹了，别闹了，本来好好的，好好的……什么好好的？那老婆道，都是鸡笼罩缎被面，下面全是屎！

那人也豁出去了：屎就屎！就要去打她。大家又去拉他。那人叫：早知道不把你办出来，把你办出来，千辛万苦，花了那么多钱，担保人印鉴证明还是从一个被日本老板包养了的婊子那里高价买来的，要不还弄不到，怎么能出来！

你感觉被尖锐地扎了一下。你觉得大家都在盯着自己，赶忙跑卫生间，装做要小便，不料在卫生间门口跟妻子撞上了。她也来卫生间要小便。只有一个坑位。你让她先上，她让你，两口子客套得像陌生人似的。谦让中，你又忽然意识到自己绝不能上，因为根本没有小便，发不出尿的声音，而对方就在跟前。就露馅了。你不敢露馅，又不敢让对方馅露。你忽然想到个办法，跑去洗手。你快快洗了手，就跑出去了。她就上坑位，嘱咐他关上门，一边抱怨着，忙死了，尿都没时间拉了！外面还在闹。大家还在劝那老婆：不要再说啦，在外面，什么都不容易，要做点事更不容易，要理解……我不理解！要理解你们理解去，你们理解你们的老婆去！那女人抢白道，但愿你们老婆也能理解你们在这外面花花世界……

6

你对这花花世界最了解了。你本身就是在小酒吧打工的。虽说没有酒吧女，但妈妈桑就是酒吧女。客人大多冲着妈妈桑来的。他们让妈妈桑陪他们喝酒，陪他们唱歌，唱到情歌时，还要搂着她的腰，扮演情侣。妈妈桑也乐意，还回过头去跟对方斗鸡似的顿着头对唱。

客人喝醉了，还去抱她，吻她。这时如果店经理在，看到了，也会陪着笑。令你吃惊的是，店经理居然就是妈妈桑的丈夫！

妈妈桑一般都是酒吧女出身的。东洋通说，老了，攒了点钱了，就当起了妈妈桑。

你问：可那个店经理就是妈妈桑的丈夫啊！东洋通说：那又怎么样？你问：他居然也能没事一样？东洋通道：这你就不懂了吧？什么叫日本人？当初美国人占领的时候，他们政府还号召女人去当慰安妇呢！

慰安妇？你在国内听说过。

不是那个事，东洋通说，是日本女人慰劳给美国人！操，你看现在日本人很多高鼻梁，高个头，全都是杂种！

不是说因为营养好？你问。你在国内报纸上看过，日本经济发展了，营养好了……

唉，还不一个样？东洋通说，经济要发展，就要开化，开化？哈哈，什么叫开化？现在国内哪个地方开化，哪个地方鸡多，就繁荣"娼"盛，是娼妓的"娼"。他说明道。

这你知道。东洋通又说了：我还听说，国内有的县，外出卖春的妓女回来了，他们还开欢迎会，说是为家乡创造了财富。你说，这样谁不去做鸡？如果我是女的，我也去做鸡。在国内做鸡，还不如在这里做鸡，赚得多，把钱寄回去，更是为家乡创造财富了，是大功臣，就像当年的日本女人去南洋，《望乡》，阿崎婆，海外鸡！

海外鸡！你的心猛地被撞碎了。你觉得整个世界被撕裂了。

7

中国的事，我懂得很少。就像我对那些非洲人、南美人所知甚少一样。美国的唐人街，简直就是不可知的世界。但是这东洋通倒说出了一段日本真实历史。我曾经看过一本翻译成英文的书，《村冈伊平治自传》，就记载了当初在南洋的日本妓女。“她们每月写信并送钱回家，父母放心，邻居有好评。村长听说，来要所得税。国家不知是为谁的国家。不仅夫家，娘家也富裕起来。不仅这样，在南洋的土地田舍，凡是建起女郎屋的，必随之建起杂货店。从日本叫来店员，店员独立开业，成立公司的驻外办事机构。女郎屋的丈夫不愿被叫做姘夫而经营商店，一年左右土地开发者就迅速增多。随之，日本的船只到来，那块地方繁荣起来了。”

这个叫村冈伊平治的人，就是当初带日本女人去南洋的人贩子。

我还记得他们的思想家福泽谕吉有句名言：“日本对付亚洲有两种武器，一是枪，二是娘子军”。这个福泽谕吉的头像，如今印在日元最大面值的一万元的纸币上。

我钻进日本图书馆细查。但我遇到了困难。我面临的是三重暧昧：一是作为我外语的日本语的暧昧不清，二是日本语本身的暧昧，三是这种事只能暧昧地记述，我只能在种种遮蔽和谎言中穿行、推测，掌握蛛丝马迹。一个民族有它的难以摆在台面的潜文化。

但我最后还是掌握了：

一个叫高桥谦的统计：明治十九年，日本邦人定居上海的有700人左右，除了邮船支店、三井物产支店、乐善堂药店和二三家杂货铺之外，过半数是娼妓馆。一个叫奥田乙治郎的在《香港日报》上记载：同时期滞在香港的日本人共有147名，她们的生活来源支柱就是卖淫，由此带动周边饮食、旅馆、杂货业的繁荣。

日俄战争之前的1903年，俄罗斯在其租借地旅顺作过调查，有日本娼妓201名。大江志乃夫统计，日俄战争结束后，关东的日本娼妓急增，人数达到1403名，占当时在留日本人2582名总数的54.3%，也就是说，关东州在留的日本人中，半数以上是娼妓。

人江寅次在《海外邦人发展史》中这样写道：明治三十三年在西伯利亚一带的海外邦人往日本送金约百万元，其中63万为海外妓女的送金。《福冈日日新闻》登出探访记事《女人国》："从岛原的小滨署管内四个村子渡航的女性，去年向家乡的父兄送金达1万2千多元。全岛原的30个村子，合计则突破30万元。"

一个民族要发展，就把女人和性放开？我还惊异地读到了大和民族的"创世纪"故事：天照大神关闭天窗，世界于是陷入黑暗。众神便在天窗前开舞会。一名女神跳起了艳舞，露出乳房和阴部，逗得全场大笑，笑声传至天顶，天照大神忍不住探出头来，天窗便重新开启了。

天窗开启了！

8

这世界最可怕的不是发生了什么，而是你看到了什么。

你不能面对自己的老婆，这个在你的背后干出了什么的女人。你竭力少跟她碰面。早上醒来，你避免立刻睁开眼睛，以免看到自己不愿意看到的情形。尽管你也知道不可能有什么情形发生，但是她裸露着的身体也是你所忌讳的。与其是忌讳看到她裸露的身体，毋宁是担心你把她的隐秘揭发出来了。你故意弄出一些响动，然后，为了更小心些，你一起来就直接跑卫生间，想着，等你出来，她应该早已收拾停当了。

晚上回来也这样。你总要在楼下先观察屋子里的灯光是否亮着，要没亮着，你就像老鼠一样迅速上楼，钻进被窝。但是有时也觉得这样还是冒险，假如你推门进去，她已经回来了呢？甚至她因为在干着什么事，不开灯，被你撞到了怎么办？于是你就在开门时也故意开得不利索些，提醒对方，我回来了，你快收拾好吧。你小心翼翼，战战兢兢。但是有一天还是出事了。

周末。你回家，望见自己家的窗户黑漆漆的，刚舒一口气，正要上楼，你看到了她。在门楼边的墙角，她和一个人在一起。

你起初不相信。但是确实是她。她在说着：不行！她的声音压得很低，很慌张。你恐怖地站住了。

对方是男人。真真实实实的一个男人。让你抓住了。虽然你已经对她百般猜疑，但是事实摆在你面前了，你却不愿相信。你本来可以扑过去，擒贼擒双，可是你却畏缩了。你甚至后悔自己怎么就这么刚好撞见了。

那男的在和她说着什么，她一直在摇头。对方是日本人，果然！

他不停地伸手抓她，她躲闪。她在拒绝对方。你心中又升起一丝侥幸：也许她只是被纠缠。也许她根本就是遇到了流氓，强奸犯。但她为什么不喊，不报警呢？

对方一次又一次地抓她。他在说着什么，你听不懂。那语气像恳求。如果是流氓，用得着恳求吗？对方好像相信恳求就能让她就范，只是一再说。至多就是划动着手臂，向她伸过来。她仍然没有接受，也许是对方的手根本就没使劲。

她把对方往墙的那一侧推，跟他嘀咕着什么。她在说什么呢？

她跟他嘀咕，说明他们原来关系密切。你的心在冷却。

忽然，她伸手把那男人的脸轻轻拍了两下。

你的心彻底冷了。你孤零零站着，觉得自己很可怜。你继续看，但也无所谓看，无所谓不看。他们继续站着，嘀咕。也不知过了多久，你听到她在说：再见了！

你猛然意识到自己应该在她之前赶到家里。虽然你不愿回家，和这女人一个家，躺在一起。她简直就是女鬼。但是你又不能不回家，不回家，事情就会被捅出来。你还没勇气让事情捅出来。你迅速蹿进屋，躲进被窝，假装睡着。

她推门进来了。她还轻声唤了你一声。你缩着，没有应。

一个捉奸成功的丈夫，是幸运，还是不幸？你终于无可逃避。

你想知道那日本人是谁。可那晚天很黑，你看不清那人的脸。即使看清了又怎样呢？你又知道他是谁？你所能知道的和她有联系的日本人，就是丰田。你要见见他。

可是你既不知道他的住址，也不知道他的电话，连他的全名都不知道，只知道他姓丰田。怎么能找到他？你忽然想到，他不是我的担保人吗？我出了事他要负责的吧？你问东洋通，他说是的。那么，我就出个事！你想。你跑到一家餐馆，决定吃了不给钱。没钱，你把我扭送警察好了，这样就会去传唤我的担保人了。你身上也确实没有钱，头个月工资还没发，身上只有几片硬币，一张月票。但你却点了最贵的东西。这是家中国料理，东西贵。你告诉自己，这是为了报复。你要吃穷那个丰田（你有意混淆这个“丰田”和那个“丰田皇冠”的“丰田”）！你大吃一顿,然后向店里掏翻衣袋:只有这几片钱。餐馆果然把你送到了警察局。

你不说自己的住处，怕说了警方直接找到她，她来付钱，就没戏了。你说了自己就读的学校。警方很快从学校查到了你的经济担保人。但是丰田先跟她联系了，她先跑了来。警方查了她外国人登录证，用话机核实了证件的真伪，签证期限。警方盘查得很认真，气氛森严。你有一种毁掉一切的快意。

很多外国人已黑了身份，有的还是偷渡来的，连身份也没有。他们平时上街都要躲着警察走，怕被查到抓起来，遣送回国。可惜她证件齐全。

她还企图由她交钱了事，可是警方不肯。他们要按程序，等担保人来。日本的警察就是死脑筋，你曾听人说过，果然。

她等丰田时的神色确实有点慌张。丰田来了，你竭力把他跟昨晚那个男人联系起来。你发现他跟她打照面时，她的脸红了。她为什么要脸红？难道只因为给对方添了麻烦？

他们在说话。你自然听不懂，但你嗅出了那味道，很特殊。她并没有因为给对方添了麻烦（假如她的脸红是因为这的话）语气诚惶诚恐。他呢，也似乎没有被麻烦的不满。也许是他人好？但是你敏锐感觉到了，他们的对话是涣散的，好像他们已经非常熟，自家人似的，他们是自家人跟自家人说话，有一茬没一茬的，说的并没有什么重要内容，只是感觉着对方。

你继而又发现，他看她的目光很油，像油推一样在她的身上推来推去。那眼神好像在说：你的什么，我都知道。你不就是那样的吗？

什么样呢？他进入她，同时给她前后开弓。（你的心又一个裂。）他看着她舒服得欲仙欲死像个荡妇。然后就是她自己要求了。也许他还故意不答应了，熬着她，让她要死要活。这个日本人看过去就是个会玩女人的，他模样下流，嘴唇润湿，好像总润着口水。你可以想象那嘴唇、那舌头是怎样伸向她。现在，他又好像拿到了失而复得的东西，放在手里确认着，抚摸着，检察着。

她赶忙装作若无其事的样子，好像她并不认识他。

他笑了，好像在说：你怎么了？

她匆匆向他告辞。

从警察局出来，你就自己走了，也不管她在后面追。她一定清楚我为什么会做出这么荒唐的事，你想，所以她不发火，只是跟着你。她心虚了。她的软弱让你失望，你决定激怒她。你走得更快了，把她甩得远远的。再一拐弯，躲起来了。你看着她在苦苦寻找，在来来往往的人流中，像个弃儿。你咧嘴笑了。她终于生气了，你跳了出来。

你去哪了！她问。管得着吗？你回答。她不作声了。可见她心中无鬼。

你为什么不说：我管不着，那你出事了就别来找我？你刺激她。她瞪了你一眼，仍然不开腔。

你索性直说了：你有本事，还不就靠日本人吗？她一愣。你又说：不就是有丰田吗？她神色张皇起来。说明确实有问题！你就又加了一句：他给你好处，各取所需，你给他做了什么？你胡说什么呀！她做出遭受了不白之冤的样子，愤怒地顿着脚，嚷。她这是在表演，你想。不是吗？你反问。怪不得你不愿意跟中国人来往，因为他们知道你干的事！

你胡说什么呀！她还是这话。我不是还请他们到家里来吗？

那是为了掩盖！你说。你觉得很爽，可以从正面论证，也可以从反面论证，反正主动权都掌握在你手上。她沉默了。沉默就是默许。你说呀！你叫。穷追猛打。你觉得自己够残忍。她呜呜哭了起来。这哭，更说明问题了。

她不哭了，抬头望你。你忽然心里一个虚弱。

你要知道吗？她说。你没回答。你不知道怎么说。你像一个闯祸了的孩子。其实你并不想知道，不想知道……

9

你要知道，我就告诉你。她说，你说对了。

他曾是我打工的拉面店的社长。这你知道。拉面店只有两个人，另一个是他雇来的店长。他经常来店里转。他还开着一家物流会社，日本老板往往这样，自己开饭馆，所谓肥水不流外人田吧。社长对店长远不如对我好，来店里，只对我问寒问暖，还夹带小礼物给我，从没给店长。对这点，店长很平气，他说：你是女人嘛！社长甚至还平白无故给我加了一回工资。反正他要加，我何乐不为？

拉面店后面有个休息室，是店长中午休息的地方。再后面有浴室。社长说,我可以去那洗澡。当时我住没有洗澡的旧公寓,要去公共浴室洗,每次要花上二百元不说，时间也不刚好，我下班，人家已打烊了。有这么个洗澡的地方，当然很高兴。我并没有想到别的什么，也一直没发生什么。社长一直给我和善的感觉，好说话，所以到办你找保证人时，我想到了他。他也满口答应。

那以后有一次，闭店了，店长走后，我又去洗澡。我从浴室出来时，发现社长坐在休息室的榻榻米上。他怎么进来的，我不知道。当然他是社长，这本来就是他的房子，他想进来就能进来。

我很不好意思。我的衣服还没穿得很整齐,头发乱乱的。但他说出的，仍然是那句平时见了员工常说的话：辛苦了！

他说他今天去区役所开印鉴证明了。我一阵高兴。他果然从上衣袋里掏出了印鉴证明书，给我看。然后他叫我坐他身边。别说他是社长，单凭他为我做了这事，我也不能不从。我坐他身边时，他说我像横滨中华街刚出屉的中华肉包。

他说出这种轻浮的话，还是第一次。我不习惯。可我也知道，日本人总是喜欢开荤玩笑。他也是吧,我想。就也没在意。他问我洗得舒服吗？我点头。他就说自己很劳累，身上酸死了，别看是个社长，工作压力大，迟早也是过劳死。然后他问我能不能给他按摩。

我当然不敢说不行。何况日本人工作劳累了，同事间互相揉捏几下，也是正常的，就给他按了。揉了肩膀，他又说要按身。我没办法，也只得答应。他就脱光了自己的衣服。我很难堪。按了几下,他就说辛苦了！你每天为我工作，真是辛苦了！他说他要给我按。我连忙摆手说不要，可他坚持要。我更坚决说不要，可是他不管三七二十一爬了起来，过来拧我胳膊。我又不敢反抗,一反抗,就冒犯了他,不仅印鉴证明书泡汤了，他也许还会炒我鱿鱼的。这工作的时间跟我上课不冲突，工资也高。我不知道怎么办才好了，只得硬顶着，不让他把我按倒。这边脸上还得笑笑的，好像在跟他开着玩笑。在推搡过程中，他开始摸我的身子，我感到很恶心。我决定翻脸，那印鉴证明书也不要了！但我又犹豫了，不要了，你怎么出来？你要出不来，我在外面也待不长，到时候只得回去。到了外面的人，再回中国去，简直难以想象。我想他也就是摸摸捏捏，耍耍流氓吧，一阵就过去了。我这么一犹豫，就被他扳倒在地上。

我承认我错了，不该抱着侥幸。我被扳倒后就再也起不来了。他把我的腿提了起来。我整个人悬空了。我唯一能做的就是把身体拧过来，那样我看得见对手，就感觉有希望了。但是很快我发现，这姿势更有利于他。由于我正对着他，他的行动更方便了。我只得又把身体翻了过去。不料他已经压了上来。他说他爱我。他开始扒我的衣服，他进入了……

我后悔已经迟了。再怎么悔恨也没有用了。他牢牢串着我。但我还是挣扎。我叫。他说：你别叫，马上就好了！我喜欢中国女人，干净，我会给你赔偿金的，你要多少？我不考虑，我不要。三万元？五万元？十万元？他又说，给你十万元怎样？我愣了一下。要知道，别说对我们中国人，就是日本人，十万也是不小的数目。我不再挣扎了。挣扎也没用了。我只在等着结束，快快结束！这下，我感觉到痛了，许是很长时间没有动过那地方了，相信不相信随你吧。她说。顿了一下，看着你。

你不知道。在外面忙得跟陀螺似的，哪里还有心思想那种事？她又说。所以我很痛，痛极了，好像被撕裂了。我咬着牙，对自己说：很快的，很快就完了！也为了让自己转移注意力吧，我去抓他丢在地上的衣服，从里面抓出那张印鉴证明书，又摸出他的钱包。我知道，在日本随便去摸别人的钱包，是要以偷窃论处的，可是他这么做，难道不能以强奸论处吗？我感觉世界迷乱了。我掏出钱来，数，一张张数，一万，两万，三万……

终于结束了。我冲进浴室，拼命洗了起来。我把水龙头拧到最大，劈头盖脸地洗。我觉得从头到脚都很脏。我一边洗，一边哭，眼泪和水混在一起流。我拼命冲洗着下面，把喷头对准里面冲，要冲得干干净净。

可是老冲不干净，脏粘在我身上，怎么也洗不掉。真的是的。里面很痛，非常痛，可能被挫破了，再加上沐浴露和水的刺激。但是我坚持洗，让它痛，痛得我不能再想别的什么了，这样就好。我洗了非常久，把皮肤都洗皱了。

10

为什么要告诉我？你说。像水浇灭了木炭，滋的一声，白烟升起了。你这才发现自己其实一直在躲避真相。你真希望她告诉你，她讲的是故事，是虚构的故事。但是不是。

或者你并没有听到。你并没有去问她，再往前推，丰田并没来警署，你并没有去餐馆闹事。或者闹事了，被扭送警察署了，你并没有合法滞留身份，你没有担保人，你于是被遣送回去。或者你根本没有来。这多好啊，一切就不会发生了。你可以在老家睡大觉，出什么国？你什么事情也不知道。

可惜你已经知道了。她说得那么明白。你为什么要告诉我！你简直怨恨地叫。

是你要知道的。她回答。

我不想知道！你为什么要告诉我？

你想知道的！她说，也凶了起来。我知道你一直想知道的，你一直在怀疑。其实好几次，我也想干脆说了，但是我不敢说。你让我说出来了，我要感谢你。现在好了，我也轻松了。你看着办吧，你要离开我，也随你了。你选择吧，我没意见了。

她这么说，像把自己献出去似的，又让你心痛。你不知道该心疼她，还是鄙视她，甚至是感激她，毕竟是她用自己换来了担保人印鉴证明。你该继续下去，还是要离开她？你还真不能离开她，离开她了，你连住的地方都没有。

你真的想离开我吗？你问她。

是你要离开我的。她说，眼泪扑簌簌掉了下来。

我没有要离开你，你说。

她扑在你怀里，号啕大哭了起来。你不知道该怎么办才好。你抖抖索索，终于还是抱住她，替她擦眼泪。你也想哭，真的哭了起来。

哭罢，两个人擤着鼻子，空气腥腥的，好像换了一个世界一样。你问她：还难受吗？她说不了，你肯原谅我，我就不难过了。

那里呢？你问。你企图问的是她的身体。

早好了。她说，那以后几天，就好了。起初还有锉伤的痛，小便都会刺痛，发辣。我就试着多动，掰掰腿，蹲下，站起，歪歪身子，收缩收缩，再蹲。多蹲几下，也就觉得好点了。一段时间后，不适感就消失了。

女人真是能适应，你想，生孩子，那么大，过后也能够恢复。你冷冷地想。

不然还能怎么办？她又说。她没看你，好像只是在说服自己。事情已经发生了，她说，对了，我还专门跑了一趟医院，查有没有被染上病，艾滋病什么的。好在没有。

你倒没想到这。对你来说，出了这种事，还不如染上艾滋病死掉算了。

我是干净的。她在你耳边说。居然！

你点头。但你知道自己只是敷衍。你并不觉得她是干净的，那并不是因为有病毒细菌。你从来不在乎细菌，在老家，你可以捡起地上的果子就塞嘴里。你忌讳的是别人吃过的，人家的口水。

11

我从皇宫前走过。这个沙石的广场，地面微微倾斜。作为东亚建筑，日本皇宫的风格没有中国宫殿那样对称性，也不是正面对着广场。它偏在广场一侧，仿佛是一个诡异的阁楼。

据说当年 PAA（特殊慰安设施协会）成立大会，就是在这皇宫广场举行的。简直不可思议。这是一个不可思议的国度，它会发生令你意想不到的事情，比如珍珠港事件、神风突击队，还有 PAA。

收集 PAA 资料很难。几乎没有历史记载。当我问图书馆资料员，我明显感觉到他们的警惕和敌意。偶然机会，我撞见了一个老人，他自称当年是警察署长，我怀疑他是个疯子，要不他怎么就肯把资料提供给我呢？也许这又是日本人不可思议的一个例子。

面前这个他和一个警察署长的形象相差太大了。他的房屋里堆满了旧报纸旧资料，发了黄的，高高摞起来，摇摇欲倾，让我担心坐在榻榻米地上的他。他爬上橱子去找资料时，我蓦然瞧见他后脑上凸出的两块反骨。

几份资料扑簌簌掉了下来。我首先看到的是一份文件：《关于进驻军特殊慰安设施等警备要点》。1945 年，在日本宣布无条件投降的第三天，8 月 18 日，日本内务省警保局长向日本政府各厅和地方府县长官发出的指令，要求：

1. 在进驻军的区域内设立特殊慰安设施；
2. 这些设施的设立由当地警察署长负责；
3. 地方警察署长要对性营业进行积极指导，并要迅速充实设施内部的设备。

居然是政府行为！8 月 27 日，为迎接首批美国占领部队登陆，政府在美军登陆必经之路京浜国道旁的大森，开设了第一家慰安设施，以日本传统的秋田美女小野小町的名字命名，叫“小町园”。

随着占领军大批到来，PAA 在东京都内的银座、赤羽、小岩和立川、调布、福生、青梅等处陆续开张了三十三家特殊慰安设施，还通过报纸广告召募战前的妓女重操旧业，“为国家作贡献”，前后募集到两万到五万人的慰安妇。

一张图片摄下了当年 PAA 在银座树立的一块大广告牌：

告新日本女性

作为战后处理国家紧急设施的一部分，恳请新日本女性率先协助参加慰安驻军的伟大事业。

征女事务员：年龄 18 到 25 岁，提供宿舍、被褥、服装、粮食等。

我走在银座街头，这块广告牌当然已经不在。如今的银座已经跟当年有了很大的区别。我望着那些来来往往的日本人，他们西装革履，相貌堂堂，举止彬彬有礼，难道他们真不知道这里曾经竖立过这样一个广告牌？看板。他把广告牌说成看板。看板？当我问他们时，他们几乎无一例外地说不知道，侧侧脖子，那是他们表示不理解的肢体语言。但是他们能面具一样的表情里，又透露着一种捉摸不透的信息。难道他们真不知道吗？他们忘了吗？他们对工作那么一丝不苟，对产品质量那么苛求，对生活品位那么讲究，可他们的感觉却这么粗糙。真的吗？

也许真是感觉粗糙。让感觉粗糙起来，就不会感觉到体内血液像蚂蚁一样爬、神经像闪电一样放射了。我们体内有阿片样麻痹物质。

据说战后很多妇女成了遗孀，她们就用卖身来抚养子女，这些女人并没有受到日本社会的歧视。她们照样生活，与人往来，儿女照样进学校，读书成材。好像谁也不知道她们干了什么。面对的一方和被面对的一方，难道真能相安无事吗？明明知道的东西，却当做不知道，真难以想象。

12

你在拼命干活。你把全橱子里的杯子搬出来洗，把装冰的罐子刷了又刷。ママさん高兴极了，为了奖励你，她把饼掰一半给你吃。日本婆对你好时的样子，让你想强奸她。

当然那是不可能付诸行动的。你只能说：我要吃整块饼。

妈妈桑欣然应允了。吃完了后得更努力干活。你骂日本人抠门，为什么不给你早发工资？你拿这么点小好处就把我们中国人搞定了？可是她即使连饼也不给你吃，你也会拼命干。你要把自己累昏，累死。死去的人多么幸福啊，就没有感觉了，就不会想了。

回到家，你倒头便睡，睡得像没头没脑的猪。可是你总有醒过来的时候。就又会想了。你想起那个叫丰田的日本人，心猛被刮了一下，血流出来了。

你恨丰田。可是人家还担保着你呢。你可以不要他担保，回去！你想把他杀了！可是又怎样呢？事情已经发生了，你能用他的血把她洗干净吗？

你的血在幽暗中流了，汩汩地。你又睡着了。这是个休息日。又醒来时，天昏地暗，看窗外，以为是第二天凌晨。要起床，一看闹钟，原来才当天的傍晚时分。

你听见她在洗澡。休息日，她总是一起床就要洗澡的。哗哗响，用了很多水。你还能听到她搓得哔叽哔叽响的声音。这身体，再洗，能洗得干净吗？

她出来了。你赶忙装做还在睡。她在做饭。你赖在被窝里，看着她忙活。她背对着你，你看到她的臀有点丰腴。那个丰田就是把这身体按在自己身下的。你忽然刻毒地想：当时的情形是怎样的？她舒服吗？她叫吗？她没有说。

当然她是不可能告诉你的。别想了！你感到揪心。但丰田身材那么短小，手臂怎么够得着伸到前面去呢？你忽然又想。

这个女人，简直像一摊被摔在地上水豆腐，再难收拾。可是你却要靠她做饭。严格说，你还吃她的，睡她的，住她的，你第一个月工钱还没有领到。要是搬出去了，我连这被窝都没有了。你想。你真恨自己！你觉得自己被屈辱地押着，头被按下去，压得很低，再低下去，低到最低处，再不能低了，下巴和脖颈都顶在一起了，气管都折断了，你要死了，一片黑暗。你忽然扑哧一下又活了过来。哈，管什么呢？反正她在供养我，在伺候我。她是我的佣人！她是供养我的工具！我躺在被窝里享受呢！你笑了，我还赚了呢！哈哈，哈哈！

你想象自己把手袖在袖筒里，袖筒里的手握着钱。让老婆去卖，自己享福。我就是妈妈桑丈夫。你这么想着就快乐起来了。一种黑心的快乐。

你开始跟她相安无事地过下去了。起床，干活，上课，吃饭，睡觉……时间一天天过去了。你领到了第一个月的工资，其实也是你一生中头份工资。日语开始听得清晰了，你掌握了骂人的话：八格牙路、真讨厌、变态！你时而会莫名所以地冒出一句：八格牙路！

你开始敢跟日本人吵架。你会把跟日本人的小摩擦上升到民族歧视的高度，甚至很多时候是你不对。你不觉得自己有什么不对。日本人是回避认错，你是知错不认错：你日本鬼子做了多少伤害我们的事？

有时候你会把老婆揍一顿。你在揍时，会叫：在这里这么累，有什么好？我宁可不出来！日本有什么好？

她没顶你。她顺从地让你揍，是不是将之视为对她错误的惩罚？你打打就原谅我了。可是她是那么顺从的女人吗？莫不是她仍然心中有鬼？你又开始乱想了！唉，怎么了嘛！你这个变态！胡思乱想，还会有什么事呢？你骂自己。

你骂自己，为的是让自己心稳下来。总感觉在国外，这生存的座盘太虚，太不可思议，像没有编好的藤床，不踏实。什么时候就散了，垮了，出了什么事了。

但是你真的出事了。又给你撞到了。说是撞到的，毋宁是留心到的，我为什么要去看对面的站台呢？

那是横滨方向驶来的京滨东北线的站台。你从相反方向回来，才到品川站，离大森还有两站呢。你从窗户看到了她。电车开走，像舞台的幕布一样拉开，她出现了。她和一个男人在一起。

关闭车门的铃响了，你猛地跳出电车。

那男人的个头，让你似曾相识。你想起来了，是在你家前面跟她纠缠的那个男人。稍高个头。这么多日子来，你潜意识里一直在寻找这个身影。那不是丰田。

那个男的在纠缠她。动作跟你在你家前面看到的一个样，抓，抓。果然是他！你本来以为事情结束了，好像快要下班时，妈妈桑又拿个什么让你做。你猛地烦了起来。

也许是在众目睽睽下吧，这回她用甩的办法来躲避对方。可是对方的手像是装了弹簧似的，马上又反弹过来。她紧张地瞥着四周，四周都是人。她忽然干脆把它抓住，拽着往站台下面走。你从你这边站台也下去，跟踪。

你赶到检票口，他们已经不见了。他拼命寻找，就是找不到他们。他们一定躲在哪里，现在正在干什么事呢。你的心紧了。紧得发痛。

你加紧寻找，像个疯子，在车站前跑来跑去。你甚至不担心你这样大张旗鼓地找，会被她发现了。假如你能找到她，你一定要制止她；或者你被她发现了，她吓得中止了正要实行的犯罪，那么也好了，那种难以挽回的事就不至于发生了。这时你好像又相信，她跟那个日本男人原来并没什么事，这只是第一次。

有很多人在排队等出租车，他们挡住了你的路。你急，从队伍中间破了过去。你忽然想，他们不可能在人这么多的地方，他们在的地方，一定又黑又暗，又安静。你往最黑的地方冲去。你终于听到了可疑的声音。那是他的，他在呻吟。你的心裂了。一团黑暗。你看不见。你什么也看不见。你只听到他的呻吟声。他们在干什么？

你的目光竭力深入进去。也许是眼睛适应了黑暗，你看到了。可是你只看见他，没有看见她。你终于看见她了，她在他的腰以下位置，躬着。他高高架在上面，好像一个帝王骑着马。

他在对她做什么？你简直不相信！其实你何曾没有预料过？只是你一时难以接受。

一辆车突然开了过来。车灯在这边扫了一下。你看清了，她是蹲在他跟前，对着他。不像是在做。那么她在做什么？口交？可是看那位置，似乎也不对。那么，难道是手？

又一个车灯扫过去。你看到了，果然是！她在用手给他做，在中国叫“打飞机”。你脑子一片空白，好像白日里做了一场噩梦。她怎么会那样呢？

你的眼睛又适应了光线，你又看到了他们。有一刻，她好像肩上的背包带滑落了下去，她用另一只手把它撩上去，可是它又丢了下来。她就索性一手扶着包带，一边做，卖力地。

她还有什么事我还不知道呢？你觉得自己脑力应付不过来了。

他们结束了。他们分手了。她重新进了车站，上车。你一直跟在她后面。到了家。这个家，你也觉得陌生而恐怖。你从窗户望见她进了房间，匆匆撂下包，钻进卫生间。你知道她去做什么。你仿佛能听到水龙头的流水声。她出来了，甩着手，一副清爽的样子，脸上的神色也清爽了。那个给别的男人手淫过的她，那个握过男人东西的手，这么一洗，就洗得干净了吗？

13

她居然用这手给你削苹果！

你不吃。吃吧，她说，怎么了？

你能说吗？手是很脏的。你只好说。

脏？洗过了，她说。

洗？洗洗干净了吗？你说。要不怎么办？她反问。你不知道。手哪有不脏的？她说，什么不是用手做出来的？她说，淘米呀，洗菜呀，做饭呀……

是啊，全是用她那只手！还有洗衣服，洗内裤，买东西，这家里什么东西都是她买回来的，都被这手沾过。想到这，你猛打一个寒颤。吃吧，那边她仍然叫着你，吃吧。你不吃。我不爱吃苹果。你说。那我洗草莓。

她真的去洗草莓了。她买了很多水果，苹果，草莓，还有猕猴桃，堆在一个有机玻璃水果盆里，让这个家看起来很温馨。这温馨像一床棉被向你捂来，让你起鸡皮疙瘩。她很快洗好了，用小碗装着，送到你面前。你不吃。她就捡起一只（用她的手），要往你嘴里送。你简直受不了。你这手！你，你，你，你……你抓了什么？你以为洗一洗就干净了？你叫。打飞机，也洗得掉吗？你一把打掉了。

草莓被打在地上。她一个趔趄，手里装草莓的碗也倾斜了，草莓噼里啪啦全倒了出来。她愣了。

14

其实那晚她就怀疑了。你比她迟回来，从来没有过。你摸着黑，小偷似的摸进门来，上床，她似乎意识到了什么。她故意跟打工地的一个中国人闲聊，探听什么叫“打飞机”。她明白了。

丈夫的感觉是准的。那个男人是河合，就是那个介绍工作的河合。她当初所以没有让河合带着去见工，就是不能同时面对两个男人。其实她一段时间来，一直很凄皇。她也想坦白的。但上次坦白后，她发现是错误的。坦白了，就成了事实了，彼此都受不了。如果不坦白，怀疑还只是怀疑。

但是被发现了，怀疑被证实了。而且在她看来，更糟糕的是河合不是强奸她的丰田。丰田占有了她的身体，她还可以说是被强迫，她的心还在丈夫这里。但是现在，她被证实，她的心也背叛了。

河合不是她的前辈校友。她也撒了谎。编织谎言，总是竭力回避真实，哪怕是无关紧要的真实。他们是在车站认识的，他们都要川崎站转车。那一个晚上，她下班回来，看见河合在站台上打转。他已经喝醉了。

他看到了她，叫她，她以为他让她帮什么忙，过去了。原来并没有什么忙可帮。他只跟她搭讪。

她听得懂，她日语好。她的日语还不是生硬地用单词拼凑起来的那种。他又问她叫什么名字，她说了，他诧异地问：你不是日本人？她点头。河合说，跟日本人一模一样咧！

她喜欢人家认不出她是中国人。好像河合把她接纳了似的，她感觉很温暖。

我叫河合。他自我介绍，拼读着他的姓。然后，他又指着她说：可爱。日语中，“可爱”和“河合”发音相同。他说她可爱。她笑了。

她长得很一般，如果对方说她美丽，她会觉得是在讽刺她。这“可爱”恰好适合了她。他们之后经常在川崎站碰到。他醉得不厉害时蛮幽默的，她总是掩着嘴笑，他就说她笑的样子也像日本女孩。她就又笑。她觉得半夜里有个男人陪着，很开心。他还把电话告诉了她。他说他是小松竹式会社社员。她知道小松，她工厂里就有好几台小松的叉车，孔武有力的，她看他的下巴也孔武有力，饱满的，不像自己的同胞那样尖嘴猴腮，再加上刮得青青的，她几乎为之心动。她问你造汽车，会开车吗？他说，能，当然能！日本人，不造汽车的也会开车，傻！她吐了吐舌头。在她看来，车还是很遥远的梦想。那你为什么不开车上班，要乘电车呢？她问。开车会堵车呀，他应，只有电车能准时到达。就是我们的部长，也是乘电车上班的。有道理！她说，那你什么时候把车开出来我看看？

他真的跟她约说哪天去看他的车。他把车开到川崎车站前了。他要带她去酒吧，唱卡拉 OK。她忙了一天，很累，不想去。他一定要她去。她有点后悔不该去见他。但心里还是蛮高兴的，哪个人不喜欢被邀请呢？哪个女人不喜欢被爱呢？特别在这儿孤独一人。她还是去了。之后他还经常送她东西，小手绢、钥匙挂、礼盒饼干……情人节，他买了“心”字形的巧克力送她，她感觉浪漫极了。他说两个人一起吃，我从这边，你从那边，向中间齐发并进。她觉得好玩。他们很快就吃到了交界，他把她吻了。她稍加扭捏，迎接了。

她喜欢日本男人那清清楚楚的外貌，一丝不乱的头发，不像自己的同胞，头发乱得像鸡窝，脑后总有一撮翘起来。她还喜欢他们天天换衬衫。即使他们喝了酒，那加冰兑水的威士忌的味道，也是清香的，好闻。有一个周日，他又拉她去玩，开着他的车去兜风。他们上了高速，他告诉她这是首都高速一号线。车在奔，她好像要飞起来了。他们向银座进发。他把她带进了银座一个高级俱乐部。她第一次真正认识了银座，以往都只是匆忙路过，一个过路的人，一个要奔去做事的人。现在她可以消遣银座了，她拥有银座。她陶醉了。那晚她喝得特别多。

出来时，他叫：完了！喝酒了，开车是违法的。那怎么办？她问。只得等酒退了再开喽！他摊摊手。我们找个地方休息吧。

仿佛是水到渠成。他们去了附近的情人旅馆。他把她抱上床，慢慢地，吻她，全身。舔她的耳轮，咬她的耳垂，温柔而细腻。她醉了。他做得那么轻柔，得心应手。他真流氓。做爱上的流氓就是体贴。他知道她哪里敏感。这是她第一次跟丈夫以外的男人做爱。她第一次知道还有这样的男人。

她的丈夫总是直奔主题。猛地来了兴子，她还没反应，他就要进入，到她终于开始有了反应，他已经完了。她还不能表示不满。渐渐的，她对那事不抱希望了，她只是在为他服务。

现在她可以做个荡妇。做个荡妇多么好啊！可以什么都不要了，就只享受。可以提出要求，可以把需要的部位顶上去，让他做。她倒显得急不可耐了。他进展得太慢，好像小鸡啄食。她痒得难受。他的细腻甚至让她生恨。她的身体在剧烈摇摆，摇摆得像空瓶子，里面空空做响。她发现了自己的空虚，自己已经孤独很久了。她需要别人来填。

她问他：我可以摸你吗？可以。他说，给了她。她第一次摸到了丈夫以外的。一种实实在在的感觉。简直让她感激涕零。我也用我的身体来饲养你！她叫：你进来吧！他进去了。她尖叫一声。好啊，你进来吧！她叫。他出来一下，又进去了。她又尖叫一声。把他抱紧，把腿盘到他的腰上。她觉得自己没有脚了，自己要羽化登仙了，圆满了，什么也不知道了。可是他又要把她反过来，把她当马。他把她像母马一样骑着，她顺着姿势，像个奴隶。一个受尽恩宠然后又饱受蹂躏的奴隶，那感觉非常到位。她承受着，享受着。突然，他从后面抄过手来，触摸她腹下那敏感点。她猛地一跳。一种很理性的快感。他真流氓！做爱就做爱，怎么还这样？好像在特别提醒她，他们这是在玩，很下流。她受不了，但是她又迷恋，难以自拔。她为自己感到羞耻。她豁出去了。死吧！你搞死我吧！她甚至叫出来了。她在羞耻和渴望中情绪达到巅峰了。

半夜里她醒来，摸着河合，觉得是摸着自己的丈夫。但是这不是她的丈夫，她很清楚，黯然神伤也没有用。自己的丈夫呢？

这只是在苟且，暂时的放纵。她很清楚。每一次欢娱之后，她都心焦不已。最后她决定把自己的丈夫办出来。

她不跟河合来往了。河合的年收入也不够做经济担保人，她找了丰田。然后就发生了那件事。

15

她对你说：我和那人没做什么。

谁？你问。你没料到她会自己主动提那事，那种事，居然！

就是那人。她说。

哦，你说。你不知道说什么。

我跟他没做什么。她又说。她说到这份上，你再佯装不知，就显得假装了。是啊，你确实也不能算做什么，只是“打飞机”。哈，你想。你有一种无力的感觉。但是那是没做吗？你忽然愤怒起来。你没做什么，你说，你没做什么了？你问她。

我没有答应他。她说。

那还不算答应他？你说。

我只是用手，她又说，把手拿上来，翻了翻。这手，我可以抓工厂里的产品，可以抓电车扶手，可以拿鸡腿，抓猪尾巴，可以握这锅柄。你就当是握锅柄好了！她说，我把它当锅柄。

你吃惊。她居然这么想。真的可能吗？对方毕竟是个人，是个活着的人！你会无动于衷吗？即使会,对方也还是把你当女人,他感觉操着你呢！

管他呢，她嘟囔，反正我把他当动物，过后不认识他。

她这么说,让你有些许宽慰。但是,能当做不认识吗？你们再见面了，他看你，你装做不认识他，好像没事一样，一切已经洗去，你是别的一个女人了。可是你只不过是换了一件新衣服，他的目光仍然会直抵你的身体，那目光会说：你不就是那样子吗？而且，你捂着衣服的身子就不会发痒吗？真的过去了吗？你问：那好，我问你，你把他当动物，那你为什么要为他做？

她一愣。打发打发他嘛。她答，想轻松笑一下。但是你追问：为什么要打发他？你可以不理他，如果你们原来没有关系的话，你可以走，他要是再纠缠，你还可以叫警察。不是看人家可怜嘛！她回答，想安慰安慰他。

安慰？你想起那晚上，她温情地拍对方的脸的情景。你有什么必要安慰他？你为什么会可怜他？你想问。可是你没有问。

16

她确实是怜悯河合了。她本来决心不理睬河合了，但她没有料到，又在川崎站遇到了他。他缠她，一直跟她乘车到大森。头一次，他跟她到了她家门口。她很惊慌。这次她不敢下车,只得再乘下去,到大井町站。还不行，就又到了品川站。

他提出要带她去情人旅馆，她回绝了。这是绝对不可能的。她说：不行，我丈夫已经来了！

自己的丈夫已经来日本了，又已知道了丰田的事，已经心怀芥蒂，她必须处处小心。但是他的样子又让她很难撒手，他喝醉了，他从来没有喝得这么醉。他说离开她后他一直是喝得这么醉的。她心疼他，觉得感动，她已经很久没有感动了。但是站台人太多，眼太杂，他又一再要去抓她，抱她。她于是先把他拽出车站。转到一个幽暗的角落，他又提出去旅馆，她说不行，我丈夫已经来了，我不能！

他说，我爱你！她说，我知道你爱我。我心里很温暖，可我不能爱你了。他说，你不能爱我，我也爱你！他又去搂她。最后一次她不躲了，让他搂着。对方又得寸进尺，开始摸她，抄她下面。她又挣扎了起来。她感觉对方击中她的敏感部位，她几乎要尖叫起来。她拼死挣扎，搡他。对方措手不及，一个踉跄。她从他手臂中挣脱出来了。对方愣愣地站着，像受伤了似的。她瞅着他，感觉自己下手太重了。他没有再动她，只是转过身，懊丧地伏在身后的墙上。她抱歉地凑近他，想说句安慰的话，但是说什么是有用的呢？她忽然翻开自己的上衣，对着他。他转过脸，喘息了。又扑上去。他的头埋进了她的胸口。她也禁不住抓住他的头。

他像个吃奶的孩子。他无休止地在她胸前拱着。一会儿，她问：好了吗？他不把头退出来。她就又再给他一会儿。她终于把他的头扳出来了，合上自己的衣服。可是他仍然要。她把对方的头拉上来，用身体顶着他的身体，不让他再弯下来。他的手又抄到她的背后，又要扯她的裤头。她摇头：不行！对不起，不行了……

可是我也不行了。他说。她感觉他硬梆梆顶着她。她禁不住伸手去摸了一下，她感受到了他的爱。他趁机把它掏了出来。它不屈不挠，挺着，冲着她。可是她不能。绝对不能！她甚至确实没有欲望了，只有焦灼。他叫：好胀！

那怎么办？她不知道。

他显得有点自怨。他怨恨地把它按下去，可是它又反弹了上来。他叫：痛！

她叫：你别这样嘛！可她又能怎么办？她是不能再给他了，不能让他进她的身体，那样就是真正的背叛了，自己的丈夫已经来日本了。她会无法回去面对他的。她会不能原谅自己的。

他提出要用嘴代替。那也不行！她说。他就又叫着痛，胀。你帮帮我吧！他哀求道。她慌张，简直绝望。好像被对方用刀逼着。她意识到不做些妥协，是没办法过关的。好吧好吧，那我用手好不好？她最后说。

17

你知道，她没有坦白。你想：好，就按你说的，那个男人不是你的情人，你跟他只是一般的关系，那么你都可以替一般的男人手淫，这不是更可怕吗？你宁可她背叛了心，而没有付出身体。可是现在这身体已经脏了，挽回不了了。

好，你能洗得干净，你去洗，去洗啊！你对她叫。

你逼她去洗手，用肥皂洗，用洗手液洗，用洗洁精洗，用洗衣粉洗，用汽油洗，用刷子刷，用铁丝磨，用火烧，用开水泡，先泡在尿里变成别的气味后，再泡，再洗。恨不得把这手这身体的皮给扒了。

可是你还是觉得脏。我已经洗了啊！她说。你说，要我怎么洗？你说怎么洗我就怎么洗！

你以为就能洗得干净吗？你叫。

那怎么办啊？她绝望地叫，我已经做了啊！你要我怎么办啊！

你不知道。你不知道该怎么办。要不……你也去做一做，找个女人做一做？扯平……她突然说。

居然！这也许合情合理，但是说出来了，太可怕。特别是从她嘴里说出来。她怎么这么说？你这个婊子！你怎么会有这个念头！你怎么说出这种话！可见你真是个婊子！你揪过她，打。婊子！婊子！你一边打，一边骂。她仍然让你打。你打她打乏了，就撒下她，自己打自己。你要把自己打死。她又过来拉你。你别这样好不好？你要受不了，我们就离吧！

你一愣。她提出了离。这是第一次。你猛然觉得被推到一个空旷的荒野，黑暗，凄冷，你一无所有。

我看你永远不会忘记的，她又说，永远不可能过去，你在乎！我知道。换成我也会在乎的……

她说什么？

你以为女人就不一样？她又说，你以为女人就不是人？就该死？什么浪子回头金不换，你以为女人就不忌讳？你以为女人就不忌讳跟别人共用一支牙刷！

你愣了。

18

她没有告诉你，最后一次，她和河合开房出来，她问河合：你一夜未归，你妻子就不会怀疑？

她早知道了。河合说。她很吃惊。河合说，他和他的妻子早已经没有了夫妻生活。他每晚半夜三更回去，她早睡着了。一直没有吗？她问。是的，好几年了。河合答。她没有问你吗？她问。问什么？河合反问。是啊，问什么呢？

问我怎么解决的？河合自己说了。她一惊。他怎么知道她想的？她惊讶自己怎么会有这问题。原来自己心里一直为此不踏实。华仔，自己的丈夫，在遥远的中国的丈夫呢？

她问河合：你说，有没有可能不用解决的？不可能。河合说，很简单的一个问题：你精液流哪里去了？她一跳。这说法那样的直接。点到她的心了。也许所有的妻子都有这个疑问。不是可以自行解决吗？她又问。当然可以。河合说，但是有你这么个女的在，怎么可能呢？她笑了。她释然：毕竟并不是所有男人都有这条件的。她说，我不在。

河合说，你在。她说：你才认识我这么久，之前不是我不在吗？河合笑了：你不在，自然还有别人在。算你说得有道理，她想。可是就一定会有吗？她又问。

拿钱出来啊！河合道，那么多小姐干什么用的？她一愣。国内也遍地小姐，自己的丈夫也有钱。男人嘛！河合说。别说了！她叫。她不愿把自己的背叛看做是因为自己的丈夫背叛了她，那样也就确认她丈夫背叛了她了。至于自己的背叛嘛，她会偿还丈夫的。就在那一次，她决定了，花再多钱，也一定要把自己的丈夫办出来！

19

你没有料到她会这么说。你从来没有想到过牙刷问题。你和你身边的男人们，都以为女人在乎的只是自己的老公被人抢走了。假如老公浪子回头，照样欢迎。不像自己，老婆即使回来了，那也无论如何已经脏了。

有的女人甚至还对花心的老公说：你要搞女人，走远点搞。哈，不知道就好！所以你老婆一出国，你就海阔天空了。你让她跟别人共用了多少次牙刷了？你已经记不清了。最初还感觉不应该，不要再有下一次了。你还想到她在外面辛辛苦苦，钱还是她寄回来的。但是下一次，你又顾不了了，又照样。丝毫不能节制。相比之下，她能控制只用手，不知要比你好多少！

渐渐地你习以为常了。你忘记了自己进入过多少女人了。船过水无痕。你惊讶自己怎么搞了那么多女人了？在不知不觉中。过去听人说某某人是淫棍，搞了几十个女人，现在自己也有这个数了。也没觉得自己多么放纵，只是一滑脚，就这样了。你甚至把她们弄混了，弄串了。你不是也曾有过感动吗？你想起来了，你记得最初有一次，一个女人，你下作地把手伸进她的领口。她任你摸，任你捏，然后突然一侧身，抱住了你。你把她剥光时，觉得她像剥光了的小鸡。当你进入她时，她轻叫一声，瞪大眼睛，好像你把她锉伤了。但是很快她又眨了眨眼睛，鼓励你继续。她眯起眼睛了，像一个母亲纵容着任性的儿子。那一刻你发誓：我不会忘记她！

实际上，对好几个女人，你都生出同样的念头，可是你记住了吗？没有。男人只有激情，射出去了，激情就没有了。没心没肺的男人啊！

20

我没有！你辩。

你也不知道自己为什么要辩，她并没有明确说你有啊。

没有什么？她问。这下，要轮到她审问你了。她甚至被激恼了：心照不宣也就算了，你却还要来撇清。你撇清了，你就可以审判她了。是，我有，她说，你没有。那么我问你，那些年，你是怎么过的？

没，没怎么过……你敷衍，就这么过呗……

你的精液哪里去了？她问。

你愣了。这可是个具体的东西，不是虚的欲望，敷衍不了的。灰白色液体，有黏性，有一定的量，消了又涨上来，涨了又得消，生命不息，涨消不止，它实实在在存在，哪里去了？你蓦地觉得背上燥热起来。你答不上来。最后，你索性叫道：我自己弄了，打飞机了，还不行吗？全冲马桶下水道了，还不行吗？

那么你怎么知道什么叫“打飞机”？她追问。

你一惊。我，我听说的还不行吗？没吃过猪肉，还没见过猪跑？我又不是瞎子、聋子……

她笑了。她突然笑了起来，显得很可怕。你就是瞎子、聋子！她说。她居然骂我！你想。

她突然拿起柜子上镜子，摔在地上。她居然还摔起东西来了！她居然又笑了起来。你看到了吗？你听到了吗？没有，你什么也没看到听到，是不是？我也没看到，没听到。我也是个瞎子、聋子。

21

我听着隔壁的声音。有时是摔东西，有时是叫，但更多的时候是死寂。于是那偶然的响声就显得更惊心动魄了，之后的死寂就像冰面要开裂一样，空气在悸动。

如果让佛说，他会说：那是人心在悸动。

佛为什么这么说？我不知道。我对东方文化一点也不了解。那一次，我邻居把牙刷摔到了我们共用的墙壁上，我敲开了他们的门提意见。我第一次正面看到了我的女邻居，我呆住了，觉得她很美。也许这也是错位。后来我看到一篇文章里说：西方人总是把东方丑女当美女。

我提了意见，仍然恋恋不舍瞧着她。这时男主人起来了，把门从我面前砰地关上。操！我听见他骂了一声。

我不止一次听到他说这个词。我不知道它的意思，很像一个咒语。咒语是一个民族的密码，积淀着一个民族的历史。我不知道他们的历史。

我专门查了中文词典，“操”这词没有什么特别的解释。也许也是难以摆在台面上的那种？我猜，它一定是跟我看那女人的目光有关，跟女人有关。他们狭隘地理解我了。他们也正遭受着女人的问题。一个落后民族的问题，几乎都可以归结到女人的问题。女人牵动着他们的耻的神经。

那么日本人呢？这个可以把女人送到海外去卖春的民族，这个拿自己的女国民饲养占领军的民族，他们真的不觉羞耻吗？正如鲁思·本尼迪克特所说，这个有着“耻感文化”的民族以为，只要罪恶没有暴露在社会上，就不必懊丧，坦白忏悔只能是自寻烦恼。

可是我越来越读不懂日本人了。他们居然自曝了PAA历史。在“二战”胜利五十周年之际，NHK放送，黄金强档电视剧。慰安妇出现了。

那一切确实存在。我仿佛又回到了五十年前。但是并不完全是我熟悉的场景。一个美军士兵在街头拦住一个良家妇女，女人的尖叫引来了无数日本人，他们急得像热锅上的蚂蚁，眼看那女人就要被剥光了衣服。一个日本老者出现了，他伸出小指，又把拇指夹在食指和中指之间。这我熟悉，我明白那个意思。我笑了。

那老者把那美军士兵引到一家慰安所。一个慰安妇跑出来了，把硕大的乳房塞进美军士兵的嘴里。美军士兵像饿鬼撞到了肥肉似的，顺从了，不顾一切啃了起来。

在片末，打出一排字幕：慰安所撤销后，美军的强奸案件增加了无数倍。

我愣了。

片子放完了，几个评论家上场了。主持人强调说，PAA存在仅有半年。由于一位随军牧师拍摄下美军在慰安所前排队、喊着“快快快！”的照片，寄回美国国内，引起一片哗然，在联合国军司令部的干预下，1946年3月27日PAA解散了。

联合国军有什么资格对这事充当审判官？一个评论家反问道，一脸正气的迈克·阿瑟将军在指责我们的同时，他为什么不去指责他自己的军队？这不是胜者为王、败者为寇，是什么？

另一个说：所谓文明社会准则，是强者制定的，弱者保护自己、得到自己的一点点的权利都要被剥夺。规则是由强者制定的，那么弱者呢，也只能按自己的规则行事，你搞占领，我搞袭击、人质事件、人肉炸弹……因为他们是弱者，只能这样。你们听到了弱者的哭泣了吗？

主持人：但是有人说，当时慰安所造成了梅毒、淋病等性病在美军军营里蔓延……

但又怎么能断定性病就是慰安妇首先传染给占领军，而不是占领军首先传染给慰安妇呢？如果占领军是最初的传染源，那么没有了慰安所，他们去强奸日本的普通妇女，造成了性病在日本普通家庭的传播，这种责任又该谁负呢?

他们越说越快，我有限日语听力很快难以应付了。也许他们还在继续为自己辩护，我可以认定他们是在狡辩，但我无法反驳他们。因为我也是小町园里喊着“快快快”的、翘首急盼的占领军中的一个。她们是妓女，我是嫖客。不，我是占领军，我是强奸者。

Jesus said, “If anyone of you is without sin, let him be the first to throw a stone at her. ”(耶稣说：如果你们中谁没有罪，就可以拿石头砸她。)

外面一片喧哗。有人在游行。这是另一种慰安妇。韩国人、朝鲜人、中国人……这样的游行已经不止一次了。这下也许是这电视节目刺激了她们。这些慰安妇已经很老了。她们跟日本慰安妇一样老，只不过，她们不是自愿的，她们是被强迫当慰安妇女的(但那些 PAA 的日本慰安妇就愿意当妓女吗？)她们要求日本政府赔偿。五十年了，日本政府不予理睬，她们的积怨越来越深。一个横幅写着:难道要我们冤魂入地狱?

我看见一个男人举着一个牌子，上面赫然写着：日本人奸我们的女人，我们也奸日本人的女人!

呵，他们愤怒得发疯了！我怀疑他真的会这么做。

有一天，我发现我的男邻居冲进了一家色情店。怒气冲冲地。我很吃惊。性是很享受的事。享受的事，为什么要愤怒前往呢?

你出来时，容光焕发，亢奋得不正常。你得到满足了吗？你一边整着裤子，抖着，一边回头冲店门口送出来的小姐骂了声，还是那词:操!

那小姐明显也听不懂，仍然说：谢谢!

操！你嘟囔，还谢谢！你有点索然了。你只能用日语冲那小姐喊：八格牙路!

你懊丧地往回走。你回到了家。门开了，她的脸出现了。她微笑着:你回来啦！你愣了。这句日语常用语,译成中文放在这里,让你心惊肉跳。毋宁是在说：你搞完了？回来就好。

你感觉自己像只被蜂盯住的蟑螂。

22

现在轮到你害怕她的眼睛了。它总在审视你。你害怕休息日，平时还可以到外面躲避躲避，休息了，就不得不跟她面对面。四榻榻半的房间，除了卫生间，连厨房都不是独立的。你想出了睡觉的办法。但是你睡不着。你不敢睡着。你发现这是个愚蠢的办法。你躺着，闭上眼睛，就等于摆在那里老老实实让对方审视。你还不能对抗。你一对抗，睁眼去看对方，就暴露了你的心虚了。

你真后悔自己那天去那地方了。你其实并不想要女人，你已经对女人恶心了。你只是太恨了。要是没去的话……唉，没去又怎样呢？去了又怎样呢？她又不是不知道。她早知道了。

可她好像也未必知道。她从没有明确说你，她看你时的目光是花花的，还带着笑意。

也许她真没想要看你，她还想让你不要看她呢。彼此不看。扯平了。

现在，“扯平”这说法让你心安理得。只是这心是安在阴暗处的：你是烂货，我也是烂货。一种浑浑噩噩的感觉。

于是你就能和她好好过下去了。你们睡觉，起床，上课，打工，回家。休息日，她还煮饭。她会给你做很多很多好吃的。她好像原谅你了。她甚至根本把那事忘了，好像根本就不曾发生。你也可以厚着脸，不把自己去嫖的事看做什么大不了的。我是烂货，你也是烂货。

她做的菜很好吃，特别煲猪肚，在日本，动物的内脏很便宜，她从大森车站前的超市里买来，一包，塑料薄膜包着，冷冻的，然后化冻，用地瓜粉和醋轮番洗几遍，切块，放几片生姜下油锅，炒，加调味料，加料酒，再放进当归、枸杞，还有各种叫不出名字的佐料。煲。煲锅的盖子在不停地跳，汽在不停地冒，等着，怀着希望地，又庸懒地，生活好像都煲在里面了。

终于煲好了。很好吃，这时你会想：有这吃，还要什么呢？

或者是：我要把所有的钱都拿去买猪肚，做猪肚煲吃！你已经有钱了，你已经拿了几个月工资了。

就吃。没有说话。嘴巴顾着吃呢！你这么对自己解释。日常生活，不就是这样吗？

她睡觉时露出肩膀，你偶尔会为她压压被角。你明白了自己那时为什么不能离开她，并不只是你那时没有钱。更重要的是，你们早已是被拴在一起了，一日夫妻百日恩？你会望着她，感觉到她的可怜、可悲。

你抽了一口冷气，因为你自己也可悲哪！

但你并不因为想到自己脏，就觉得她干净了，这是两码事。只是悲悯。你依然还会去想她，她做过那种事。甚至你更会从你见识过的妓女中，想象出她做那种事时也会有的形骸。你会在她不留意时，她背对着你时，低头做事时，悄悄冷眼审视着她：这个女人原来是那样的。她还做过哪些事呢？什么时候开始的呢？来日本后？来日本前？嫁给我后？嫁给我前？她嫁给我前又和多少人有过呢？做，或者被摸，或者用手……只是“打飞机”，确实不算什么，只是肉接触肉而已，像握手。即使身体摩擦身体，只要没插进去。强奸未遂，罪也大大减轻了。可是难道不也已经被摸过抱过了吗？所以女人被奸污，一旦被进入，就死心了，放弃反抗了。甚至你接着可以轻而易举地一次又一次支配她了。

她这身体，被多少男人抱过呢？至少她小时候就被那些叔叔伯伯，还有她爸她哥抱过、亲过。难道不是这块肉吗？现在只不过这块肉变大了……一个无底的黑洞，空虚，像漩涡。简直不能接近。你一接近，就会被它旋进去。

她回过头来。你一惊，慌忙把眼睛闪开去。

哈，怎么能这么想呢？过后你也觉得荒谬。哪个女人小时候没有被男人抱过呢？哪个人小时候没有光过屁股呢？

人一生要经历过多少磕磕碰碰啊！但是过去了，也就过去了。磕破了的地方会重新愈合，我们的肌肤会越来越坚韧，就像妇女的阴道，也许是越来越不敏感，但是成熟了。它必须承载生育的重任，实用成为主要的。羞耻感只是枝叶小节，大惊小怪，就像你结婚了。即使是古板如你的父母的，也会跟你一本正经谈论该生孩子了。他们难道就不会想到生育意味着做什么事吗？他们会说：生育就是生育，繁衍子孙，传宗接代，这是在发展，一切有利于发展的事都是正当的，你的曾祖父还妻妾成群，照样好好做人，而且还因为子孙满堂很受尊敬。这就是成熟的大人的世界。人家都没觉得怎样，都过得好好的，怎么偏你想得那么多？

你们就又好好过下去了。做事，吃饭，也说话。只是有些词不能碰，首先是“手”和“洗”，“日本”可以说，但是“日本人”最好不要说，还有“保证人”、“品川”、“安慰”……

日子过得极为平静，彼此相安无事。可是真能相安无事吗？一个东西一直要跳出来，痒痒的。你不去想它，不觉得。但是明明有痒却当做没有，那不是很难受吗？就像一件袍子盖住了身上的破口，它在里面已溃烂、化脓，那感觉太残忍。

日本有点不妙了，泡沫经济破产，失业率高了起来。她有了新计划：要去美国。她说，去美国才能有长久发展。

你们又开始研究怎样才能去美国。生孩子，这是最捷径。怀了孕，找个机会去美国，把孩子生在美国，按美国移民法，出生在美国的人自动成为美国公民，其父母也能以监护人的身份留在美国了。

她明年就要大学毕业了，有个机会，就是毕业旅行，会去美国。我先出去。她说。

你一愣。她先出去？

当初她也是先出来日本的。那时她怎么过？没钱，没熟人，她居然能读到大学……你这才发现，其实还有个黑洞，你一直不敢再触及。

她说她可以躲下来生孩子。

那你不是黑了身份吗？你问，你一直要保住的，最后还是黑了。

这是没办法的，她答，保住身份还是黑了身份，都是为了能长期待下去，目的只有一个。我们没资本顾别的，那太奢侈。

是吧，你想。漩涡。

你们算了算时间，现在就要开始怀孕。你犹豫了。你不能跟她做，一做，那些事情就又乱七八糟蹿出来。但是你又不能不做，不做，就更暴露了你还记得那些事。你宁可不去什么劳什子美国。可是事已至此，你就只得硬着头皮做了。你只做，不跟她亲嘴。你明白了自己仍然很嫌弃她。于是你很快就不行了。马上就又要暴露。你于是让自己产生了肮脏的念头，觉得自己是趴在一只母鹿身上，这母鹿已经死亡，你是狮子，你在跟别的狮子一起分享这个食物。别的狮子噬咬一口，你也噬咬一口；别的狮子咬在最肥处，你也接着咬在那最肥处；别的狮子扯了一长块肉起来，没有扯断，你去扯，扯那后半部吃。像聚餐，多加一个筷子。你一筷子，我一筷子，筷子上满是口水……一种狂欢。

你会从她的呻吟中，恶毒地想到她被别的男人折磨，你和那男人、那些男人狼狈为奸。

隔墙板在震动。那边在发生战争。男的在杀，女的在叫。我感觉到了。有一刻，我居然听到她叫：FUCK！

这可真绝妙！语言变了，话语也变了，彼物不再是此物，彼时彼景，也不复存在。

战争结束了。经过了如此厮杀，撕破的脸如何愈合？彼此豁然笑笑？拉过一件衣服盖在身上？

23

盂兰盆节，连休。

也不能光睡觉呀！她说。她提议，去旅行。她带着很多东西，行李箱，旅行袋，手上提，手臂上还挂着，她把手臂微微弯举着，俨然是我在大街上看到的日本主妇的模样，忙碌，琐碎，干劲十足，叽叽喳喳。见到我，我问他们去哪里。去箱根。她说，落落大方。

箱根我去过，温泉很有名。这个岛国多火山，也多温泉。我曾经在箱根的过上缆车上看到下面的活火山口，还在冒着烟。周边有很多温泉眼。洗温泉有利于身体健康。我说。

是啊，留有青山在，不怕没柴烧。她说了一句中国格言。用日语向我解释了，我明白了。他们文化里其实也有务实、豁达的一面。毕竟吧，只要是物种，都有着生存和发展的本能。他们这格言，要比日本人的“就当死去而活着”，让人感觉舒服得多。

在日本，很多人把业余时间都花在洗澡上了。在一个澡池里，泡着各种各样的人：有你，有我；有老板，也有职员；有做生意的甲方，也有乙方；有日本人，也有外国人；混浴的还有男有女，全都赤身裸体。原来裸体容易建立起彼此的信赖。即使是冤家对头也可能在裸体中互相谅解了。洗澡，原来并不只是为了身体的清洁。在洗澡中，新陈代谢加快，细胞更新，所有的细胞都更新过了，这身体又变成新的身体了。一个有着很强再生力的民族，必定是个强调洗澡的民族。日本人把洗澡称为“风吕”，真是个很妙的说法。

我还记得当年小町园里，洗澡是必须程序。从后来性病发生的情况看，似乎也未必是出于卫生的考虑。只是为了洗。来一个，洗一下。完了，再洗一下，又是个全新的人，然后容颜焕发，浑身飘香，踏着碎步跑上前台，对下一个客人羞怯地一低头：欢迎光临！

我还记得那个叫绿的女子，她羞起来爱笑，笑起来露出没有修正过的牙齿，又用手来遮。好可爱呀！她是我，D·K·劳伦斯的第一个女人，我的处女。

你们从箱根回来了。但是你是被抬着回来的。大脑皮层缺氧，脑窒息，成了植物人。

她说当时她瞧见你闭着眼睛，渐渐沉下去。她以为你有意潜水。你会游泳的。半张脸不见了，整张脸不见了，额头不见了，头发不见了，水里那团黑影也散乱了，模糊了。你很久没上来。

我去看望你。你躺着，睁着眼睛，望着天花板。我们不知道你在想什么?

不久，她查出自己怀孕了。

1996 年 1 月，淑女带着身孕赶去美国。她生下了一个小男孩，取名为“世民”，“世界公民”的意思。

但是更多的中国人，把这名字跟中国唐代皇帝李世民联系在一起。那时候中国是世界上最强盛的国家，也是最开放的国家。那时代，出了美女杨贵妃，中国的小野小町。

1999 年，淑女成功地获得了美国永久居留签证，并把华仔接到了美国。那是在“9·11”之前。

2003 年，劳伦斯放弃探究 PAA 真相回国。同年，美国女兵杰西卡·林奇在伊拉克被伊拉克人俘虏。被救后，根据她的医疗记录，她曾遭强奸。但她声称自己已记不得那期间的任何事。她患了遗忘症。人类身体有遗忘的本能。

现在华仔还没醒过来。世民一天天长大了。

【欢乐英雄】

他们篇

1

李杜想，李白杜甫如果不写诗，会不会活得好一点？

李杜近来老是想这个问题。当初他把笔名叫“李杜”，就因为向往李白和杜甫。那时候他只看到他们荣耀的一面。后来发现，那些荣耀全是他们死后才得到的。他们生前其实活得像丧家狗。

现在，李杜就像那样的丧家狗，在街头流浪。他又想到这问题。他其实不在乎生前活得好不好，他是有文学史意识的诗人。何况他本来就爱写诗。只是他没想到自己一点名气也没有。从二十世纪八十年代开始，到了现在二十一世纪了，已经没人要看诗了，他还没有出名。还只是一家公司职员。在公司，他脾气乖张，不合群，上班也写诗，工作老出差错。老板已经几次警告他了：再这样，我让你回家永远写诗去！

只要不是傻子，这意思都能听得出来。可是李杜似乎听不出来。他照犯不误。大家说，他被写诗搞傻了。其实李杜是明白自己处境的，只是他改不了。他不能不写诗，每当构思的时候，他浑身会通了电似的畅快。他会像吸毒鬼一样，迫不及待地抓起笔纸，只要是笔纸都行，找个地方，刷刷刷写了起来。这时候他感觉自己身体轻飘飘的，飞了起来，凌驾在这世界之上，什么公司啊，老板啊，同事啊，甚至工资啊，一切的一切都不再制约着他了。他需要这样的飞翔，要不然，一天到晚，朝九晚五，一年到头，像推石头的西西弗，永无休止，还不把人憋死？

写完了，回落到地面上了，他仍然是那个全公司最窝囊的人，那个被老板威胁要炒他鱿鱼的人。诗呢，也没有地方发表。文学杂志几乎全都成了小说杂志了。他的一些诗友纷纷开始改写小说了，好歹小说字数多，能够多赚些稿费补贴家用。可是他不，他爱的是诗歌，又不是小说。李杜就是这么个固执的人。他说：如果为了谋生而改去写小说，那倒不如改去拉板车！

你拉板车？拉倒吧！妻子王妃说，就你这身子骨，板车拉你还差不多。

妻子王妃说这话时，她还能跟他说几句话。现在她连这话也懒得说了，彻底绝望了。只剩下一句话：我算是明白了，要让一个人没饭吃，就让他去写诗！

李杜心里痛。想当初王妃把他看得那么重，他多么有力量，因为诗歌有力量。他给她念诗，她听得热泪盈眶。现在她根本不听他念诗了。他也早死了让她听念诗的愿望。她根本都不让他碰她，还动不动彻夜不归，说是登山协会露营。李杜知道肯定没好事。他是搞写作的，文艺圈，他虽然没进去，但是住在餐馆边，也会知道人家吃什么。开头，王妃不回家，还打个电话告诉一声，后来就连电话都不打了。第二天她回来，他就责问她，她就跟他吵，一点也不觉得自己错。有一次他还瞧见一个男人用车把她送回来。是越野吉普，什么牌的，他当然不知道。可是她却明确告诉他，那是“三菱吉普”。并说这就是他们野营用的车，上面可以装很多生活用品，包括帐篷。妻子王妃越来越猖狂了，李杜知道是为什么，有人给她充底气。玩得舒服吗？李杜问。

舒服。王妃应。

有人让你这么舒服啊？李杜干脆说。

是，你嫉妒了？王妃答。

他没想到对方会这么说。他瞧妻子，妻子昂着头，还故意冲他邪恶地一笑。李杜说：我嫉妒？你有人，我也可以有人！李杜甩下一句话，跑了出去。

可是他没地方可去。混到他这份上，还有哪个女人愿意跟你？现在李杜奇怪自己刚才怎么就那么有底气跑出来？只因想到了她？但她只是个按摩小姐。在王妃没回来的其中一个晚上，他曾去找过她。他感觉是对妻子的报复。现在他掏掏衣袋，还好，带着点钱，百元一张。他向那家按摩店走去。

那小姐迎了出来，要抱他。这让李杜很开心。他就趁机紧紧搂住了她。他感觉到了她鼓囊囊的乳。那乳他曾看过，亵玩过，只是有点印象模糊了。于是就又吊着他的胃口。回头再想想自己的老婆，就惊讶自己的死心眼。想想，假如老婆不离开他，他其实也没多大兴趣的。他其实是只野狗。这么想着，他竟然有些被老婆释放了的感觉。这时，对方又把他一推：这么久！你死哪里去了？

倒好像是他抛弃了她了。李杜从来没有想到自己能抛弃一个女人，他开心地嘿嘿坏笑了起来。小姐追问：这么久了，你去哪了？很久了，他在人们眼里已经是可有可无的东西了，现在居然也有女人在乎自己，李杜很得意。他就是不招。不招不饶你！对方做出要打他的样子。李杜的身体迎了上去，渴望她真的打自己。打死也不说！他回答道。对方撒娇地呜呜发出哭声来：你欺负我！

李杜就去安慰她，说自己工作太忙，以后再也不敢了。他说不敢时，感觉到被对方真的揍了一下。他的骨头酥了。小姐把他推进里间，安顿在按摩床上。他闻到了烟的味道。他不抽烟，这不是他的房间，他是在跟别的男人共用一个房间。他猛地爬了起来。他说，要带她出去。小姐问：去哪里？他想：去哪里呢？是不可能带到自己的家，把这个女人替代了现在的妻子，他没这个胆。也不可能，这只是个妓女，我只能是借借她。到外面……他说得很含糊。外面？小姐道，你不怕抓啊？他一怔。怕什么？但是他嘴上还是回答。小姐就叫了起来：哇，你好拽！李杜又是一阵得意。不管怎样，被人家夸奖总是件得意的事。他对被夸奖的渴望，就像一个乞丐对美食。

小姐问：你是干什么的？

他说：保密。

还保密啊？小姐说，看来你还真的有点来头。

那当然。他说。

要我猜？

他点头。他忽然想：要是她猜自己是个诗人，那该是多么美妙啊！她应该知道诗人是了不起的、很拽的、很有来头的人。他甚至想跟她谈谈诗。可是小姐说：你是公安！

他一愣。猛地觉得倒胃口。她怎么会这么猜？哪怕你猜我是小职员也好啊！李杜历来讨厌那些权力机构。可是他马上明白了，公安对她们来说，确实是最了不得的。是不是？小姐问。

李杜不知道该怎样回答了。要是公安，你还敢跟我做啊？你说。你这话说得很含糊。

小姐道：你敢动我，我为什么不敢？

这倒是。李杜笑了。一定是了！小姐盯着他的笑，说，你承认了吧，我就跟你去。她居然自己说。

去哪里？李杜反而恍惚了。

随你。小姐说。

到你家。李杜说，试探地。没想到小姐说：你要是公安，就让你到我家。

你一个人住？

是呀！小姐说。

李杜立刻想象出一个单身女人的居室，里面飘着香水的味道，横七竖八挂满了女人的东西。这给他家的感觉。虽然他清楚这个女人只是妓女，他也知道对方只是因为你是公安，有权有势，才让你去的。但是他还是挡不住那诱惑。他点头了。

去小姐家的路上，小姐不停询问公安里的事。李杜就瞎编，说一些道听途说的故事。他尽量渲染得令人发指。他编得越可怕，小姐就越紧地依偎着他，好像她得到了保护似的。

小姐待他很好。那身体展现了，跟他的记忆和想象合叠了，他既稀奇又感宽慰。如果对方不是妓女，那么他想得到的就全得到了！可惜生活没有“如果”。还是享受吧！小姐被他进攻得嗷嗷叫。他真的觉得自己是强有力的公安了，端着枪。蛮不讲理。他就要向对方猛烈开火！正当这时，门被敲响了。

李杜起初还有点不相信，以为是自己弄出的声响。但是自己明明已经愣在那里了,这声音还响着。门在震动。门外有人叫:开门,查户口的!

小姐倏地从他身下脱出来，拉起一件衣服，钻到床下去。李杜这才一激灵，也钻床下。他明白发生了什么事了，好像千军万马向自己冲来，他挡驾不住，他就要身败名裂。他感觉自己已经死了。小姐看到了他，反而冷静了，说：你也进来干吗呀！

她自己反而出去了，说开门去。他也急着蹿出来，拉住她。

那你去，小姐说。愣着干吗？把你的公安证拿出来呀！

他摇头。

没带？小姐问。

他点头。

那也没关系，大不了给你同事打个电话。小姐说。看来她不止一次有这经历了。她反而安慰起他来了。自己穿好衣服，就去开门了。李杜慌忙又钻到了床下。他瞧见门开了，进来的人穿着公安制服。他被拉出来了。

小姐对来人说：等下，他有话要对你们说。

公安们看着他。他没什么可说的。小姐急了，叫：你说呀！

他不知道怎么说。

他是你们的同行！小姐索性替他说了。

他慌忙摇头。

小姐以为他是被吓傻了，她催：快给你同事打个电话呀！他仍然在摇头。这时候他多么希望自己真是公安啊！可是他不是，他只是一个诗人，手无缚鸡之力。小姐似乎明白了，冲他吐了一口口水。

李杜是被罚了五千元，由单位领回去的。家属不来领。所以一下子外面传开了：诗人嫖娼。身败名裂。诗人大家本来就看不起了，再去嫖娼，更被看低到骨子里。你说你是诗人吧，你又是龌龊的，你说你是嫖客吧，你又是傻乎乎的诗人。他也无法面对自己，你又不屑于公安，却又要去冒充公安，自己都瞧不起自己了。再想想那小姐幽怨的目光，他又觉得自己对不起她。那小姐，被带进去后，他再也没有见到她。

回到家里，他又是诗人加嫖客。两样都不能见容于妻子。王妃说：你还有什么脸活在这世上？如果我是你，就去上吊了！

他发现，自己倒真想一死了之。他应：好啊，麻烦你给我找个吊绳，我谢谢你！

不客气！对方应。她真的去找了。找不到麻绳什么的，她就拿来尼龙丝连裤袜，两条腿连一起，她就把它们缠起来，缠成麻花，还抻了抻。丢给他。他接了，就去找地方。他真的想死了。可是没有可以挂的地方。他猛然记起厅上有个建房时预埋的铁钩，挂大吊灯用的。只是现在被罩在吊灯里。他就在吊灯上找牢靠的部位。他终于找到了，一抛，把尼龙丝袜挂了上去，拉一拉，吊灯上的玻璃坠子摇摇晃晃，让他晕眩。但是很结实。他开始结套子。再搬椅子。他无意中瞥见妻子站在大厅的门边，倚着墙，袖着手，冷冷瞧着他。他无所谓了。他爬上了椅子，把自己的脖子伸进套里，闭上眼睛，想：全好了！可是突然，妻子捣乱地冲了过来，叫道：你死了，我还得给你收尸！

他道：我不要你收尸！

她道：我不收尸怎么办？你倒好，你死了，放着我来收尸。我让你给我收尸看看！

她说着，就来抢绳索。他不让。她说：这是我的袜子！

好吧，李杜就撤下她的袜子，自己去找。没有绳子，他不知道该找什么来替代。脑袋好像已经死了，不能用了。他再转回来时，发现妻子王妃已经吊在那里了。他慌忙扑过去把她托住。

2

李杜没料到妻子也会去死。把她救下来了，她还嚷着要去死。她说她几乎都已经过去了,可恶你却又拉了回来。她打他,然后又自己打自己，揪自己的头发，又要吊绳。那个尼龙丝袜已被李杜团在手里了，不给她。她就又去衣橱里拿新的。王妃把尼龙丝袜抓在手里，平静了一点。只是她怎么也缠不好麻花。越急越是缠不好。她就干脆不缠了，把它往吊灯上抛。抛不准。她终于坐在地上，哭了起来。

王妃历来会生活，一副活不够的样子。她跑外面，也是因为受不了枯燥。当初嫁给李杜，是把李杜看做绩优股。没想到却看走眼了。在她眼里，李杜并不是怀才不遇，而是根本没有才。她不懂诗，她只知道有才华的人一定就是成功的人。她觉得跟这么一个人待在一起无趣极了。他只会趴在那里写诗，把她丢在一边。一年到头，总是这样。其实还是因为他没有钱，没有权势，如果有，他就不是这么写诗了，他就会成为明星，被簇拥，被邀请，这时即使把她丢在一边，也是作为夫人被安排另外的活动，比如国家元首携夫人出行，元首谈工作，夫人被安排去逛百货。她不是元首夫人。她已经厌倦了这种生活。

她加入了登山协会。协会里有个男人对她好，那辆“三菱吉普”就是他的。因为那吉普所向披靡,他又长得孔武有力,大家都叫他“坦克”。“坦克”让她坐副座上。徒步时，经过枝丫多的地段，他会跟她开玩笑说：注意，小心，别让树枝划花了你美丽的脸！其实她脸上已经皱纹不少了，还用划花吗？但是他这么说。她很感激他，因为这话显示出，他并不觉得她脸上本来就有皱纹，即使他觉得有，只是不说吧，他也是个体贴人的人。

他是一个公司业务总管，年薪四十万。有一次过小溪时，她的手机掉进了水里。他第二天就送她一台手机，最新款，带三十万像素摄像头的。在她看来，这礼物简直是炸弹，她的心门被炸开了。她觉得他真是对自己好，就凭他送给自己这么贵重的东西。不是因为这东西值多少钱，而是因为它的价值体现了他的情有多重。女人就是这么奇怪，追求精神的，却其实被经济操纵着。一次露营，他跟别人交换了帐篷，把她拉了进去。她发现自己是那么渴望他。到天亮，她还不舍得出去。她明明清楚队里的人都会看得到了，她不可自拔。好在协会里，大家彼此都不知来历。

那以后她每天都要去找他。协会没有活动，他们就去宾馆开房。那些彻夜不归的晚上，她更多的是在宾馆中度过的。再回望自己原来的生活，她简直不可思议了。自己怎么会跟那么个窝囊废老公生活了那么多年？他身上的味道，她都闻不来了。那些邻居的女人们，她们穿着睡衣进进出出，做家务，守着家，那家恐怕都满是霉味了。当她身体不可遏制涌起热流时，她会奇怪自己周围那些女人们，她们难道都不会有这种感觉？每当她和“坦克”分别，身体潮润，无限依恋，这时再看身边那些平静做着事的女人，她奇怪她们怎么一点都不想？她们的阴道已经死了？感觉不到它的存在了？她总是像返回了青春期，整个身体像装得满当当的热水。这样她感觉那些女人身上的干涩，就会恐怖地痒起来。她每时每刻渴望着和“坦克”在一起，可是渐渐地，她难以见到他了。他要么说工作忙，要么说时间不刚好。登山活动也不参加了。她开始怀疑他在躲避她。她开始盯稍他，果然，她发现了他有了另外的女人。她的“坦克”不要她了！可是她不能没有他！男人都是背信弃义，男人是不是都这种德行？李杜听到她这么骂，明白了。

王妃彻底被击倒，是跟踪“坦克”和那女人到客房。她把他们从床上揪了起来。那女的赤条条的，她的年轻也清晰地显示出来了，那身段简直无可挑剔。她当场就撕打那女的。她想跟那女的拼命，要是不能打死她，就让她打死我！她像母兽一样号叫着，自己听着都觉得惨。“坦克”过来拉她，这让对方反击了她一下。她气急败坏地给了“坦克”一巴掌。“坦克”捂着脸，骂了起来：臭婊子，你以为你是谁？

她一愣。他一直都叫她心肝宝贝的。你以为你是谁？她也反击，一个老男人！

对，我就是老男人！“坦克”应，老男人还有这么年轻的女人爱。他说着过去搂住那女的。那女的胜利地一笑。她攀着他，舔他的脸颊，那个被王妃甩过的地方。那女人光溜溜的身子紧紧贴在他的身上，那么坦然，那么刺眼。

“坦克”又说：你再瞧瞧自己，又老，老了还没关系，又凶。胸都平了，倒是肚子鼓得蛮大的，该大的地方不大，不该大的大。那腰上，我记得还套着几个救生圈？要不要拿出来看看？

王妃猛地护住了自己的腰。她知道自己的腰难看。所以当初在“坦克”面前，她总是不愿意脱掉裙子，只是把裙子撩起来，让他分别从上面和下面进攻。直到后来他说这让她很性感，她才放松了。现在他居然这么说，王妃感觉被骗了。而且是在那个女人面前说。而且“坦克”还真的扑过来，叫着：看看，看看！那女的也欢快地叫“我来配合”！王妃慌了，逃了出来。客房的门在她身后砰地关上了，她听到里面疯狂的笑声……

王妃感觉沉到了黑暗的海底。原来是浮在海面上的，被一只船托着，这船就是他。假如她能抓住他，打他，骂他，她还觉得他存在。可是她再也见不到他了。她跑到他单位找，单位说，他已经调到公司分部。在哪里？他们不告诉她。他手机也换了。王妃只能回到家里哭闹，像垂死的人在水里扑腾。恋爱是她的空气，如果不恋爱，她就只是一具木乃伊。恋爱让她受苦，但也让她尝着活的滋味。李杜也没脸到公司上班了，也整天待在家里，这样就得整天看王妃欲死欲活地闹。王妃哭过后，用水蜜桃一样的眼睛望着李杜，柔弱地说：我想他！

这让李杜心里不知什么滋味。他想：你妈的，你想他，跟我什么关系？又不是想我！你跟外面野男人搞不清楚，还在我这里闹！他烦了。可回头一想，自己不也值得骂吗？自己也去搞野女人，她被野男人搞了，我们两个，一个嫖客，一个妓女。扯平了。就又去劝她。他为她端去一杯开水，不料她却一把打过来，开水烫在他手上。这下他火了，抡起胳膊，就是狠打。那只被烫伤的手因为打人，不觉得疼了，反生出快感来，颤抖着，他想叫停都停不住，它好像有了意志似的。李杜惊骇地看到自己身体里有种绝望的东西在滋长。她没有反抗，让他打。好像已经死了。他也打乏了，扑通坐到了地上，觉得自己也死了。

她缓缓苏醒过来，站起来，摇摇晃晃走进卧房。她又拿出了尼龙丝袜来，沙哑着说：不要劳驾你打，你帮我挂上去就行了。她指指顶上的吊灯。他没有惊异。他觉得她这样子，真的死是最好的解决了。他点头，说：那你也拿一条借我。

他惊讶地发现，自己早就想死了，自己早已默默地酝酿一部伟大作品一般，酝酿着死。

她同意了，给了他一条，像要好的小伙伴似的。她给自己那一条缠成麻花，也为他那条缠了。他领情了，替她抛上吊灯，挂了上去。这时，他发现自己没有地方挂了。好容易又找到了一个点，比那个高不少，够不着。她歉意地为他搬来椅子垫脚。他把绳索跨了上去，就站在椅子上打圈套。这边，她已经圈套打好了，打得比较小，她提醒他，尼龙丝袜没有想象的那么滑，它一旦束紧了，是会涩得滑不动的，那样就收不紧了。

他朝她嗯了一声，感谢她。可是他把握不来尺寸。她过来了，让他下来。她打量了一下他的脖子，帮他打。她的样子很温柔。她真细心！他心里说，好像又恢复到恋爱的时候，那时候什么都是虚的，没有厉害冲突。现在也没有了。他忽然想最后抱她一下。但是他又感觉很慵懒，无可无不可的。反正都要结束了。他又好像在匆匆赶路，没有闲暇顾路边的风景。今年死的，明年就不必等死了。他想起海明威的话。他有点羡慕海明威，他得了诺贝尔奖，当然可以死了。这样想着，他又微微有点不甘。

一切准备好了。他朝妻子望了一眼，发现妻子也望着他。两个目光撞在一起，好像互相支撑起来似的，他们几乎同时爬上了椅子。他们觉得自己已经被什么力量拉起来，升腾了。死亡有一股神奇的魔力。这时，电话铃响了。

他们愣住了。犹豫着要不要去接。他们互相看着，好像在互相征询意见。但是电话铃声已打破了原来的气氛，他们渐渐心烦意乱起来了。她后悔自己忘了挂断电话。她和“坦克”去开房间，总是把手机关掉的，为的是防丈夫电话来搅了气氛。这下不必防丈夫了，丈夫已是她的同谋，所以才没想到挂断电话的吧。没想到还有别人来捣乱。

他蓦地觉得好笑：自己和那女人做爱正兴奋时，有人来打岔；现在又是来打岔。他的笑显露在脸上，她瞧见了，很受打击。她泄气地反身跳下来，到电话前，看了来电显示。你妈。她没有接，丢下一句，进卧室去了。

确是李杜母亲的电话。从老家打来的。母亲一个人住在老家。母亲责备为什么这么久不接电话。李杜一时想不起是为什么了。母亲又问：你老婆呢？他支支吾吾。母亲厉声问：我问你她在不在家！李杜答：在。那就是你们又吵架了？母亲肯定地说。

李杜又被往现实方向拽了一下。母亲前一阵来到他所在的这个城市，住在他哥哥家里，来他家几次，总撞见他们吵架。确实他们几乎天天不是争吵，就是冷战。单凭这一点，就绝望得足以让人去死。可现在死不成了。母亲的话简直是讨厌的聒噪。你们哪！母亲说，你们这么闹，最终要怎样？你叫她！母亲道。

李杜不叫。

你把她叫来，我有话要跟她说！母亲严厉命令。他终于屈从了。他们用的是子母机，他把子机递给了王妃。王妃不接。母亲就说：把电话按到她耳朵里！他照做了。王妃抗拒地把电话搡开。但这时，母亲的话经过喇叭扩音器似的大声响了起来：你别忘了，你是个母亲！你得为小多着想！

他一愣。哦，他们还有儿子小多！王妃身体猛地抖了起来，好像跳神时鬼神附体似的。她抓起电话，冲话筒尖叫：我说我不要孩子，你们偏要！是你们要的！她尖声哭了起来。

3

王妃当初怀上小多才五个月，就已经后悔了。孩子在身上让她难受。她是个对生活质量有很高要求的人，更何况身体简直不成样子了。由于怀孕，她脸上长斑了，鼻子有了酒糟，五官也好像移了位，变得很丑。她想打退堂鼓，把孩子做掉。但是李杜不肯，李杜的母亲也不肯，说这么久了，做掉有很多坏处。医生也这么说。她只得作罢了。

胎儿一天天长大，让她坐也不是，躺也不是。她又要把孩子做掉，但这时做掉，对身体的危害更大了。她无可奈何，胎儿就又长大了。放在她身体里，像孽障一样。她觉得可怕。有时候她希望自己不小心把它屙出来。可是它一直不出来，像便秘。它终于出来了，她看到了她的儿子。她现在还记得，孩子出来后，一直对着她看。她一下子觉得这是她的儿子了！虽然后来她听说，婴儿那时候其实是没有视力的。从此孩子牵挂了她的心。现在对方一提孩子，她的心被猛烈地扯了一下，扯出了血。同时她更感怨恨，怨恨上帝给她孩子！

李杜能理解她的怨恨。当初要孩子，他更多是出于私心。男人一生，要的是儿子和情人。当年他觉得自己还有希望出人头地，不曾想到如今写作一点也没起色。这儿子倒成为拖累了。

对儿子，李杜想得最多的是一个字：孽。自己都活不好，又去生出一个孩子来，不是作孽是什么？李杜在大学时代就想过要自杀的，只是想到父母，怕他们伤心，作罢了。想着到父母死了后再死吧。但是渐渐地他成熟了，没那么想自杀了，即使有时候也还会冒出死的念头，但最后也会在他成熟了的思维开导下，化掉了。看到别人结婚，他也去结了婚；看到别人生子，他也去生子。到头来猛然发现，自己更不可能自杀了。虽然父亲死了，母亲呢，也可以在他之前死，可是儿子一定是在他后面死的，要拖累他一辈子。他恨自己意志薄弱，但是已经被套上了。

他们把孩子送到老师家里“养猪仔”，由老师带，一星期回来一次。这样连吃带住，带辅导学习，他们每月要交给老师一千元。尽管他们经济不富裕，但为了自己能自由，他们宁可节衣缩食。

把孩子交给老师，还有一个原因，就是他管不了孩子。李杜祖家有一棵大榕树。起初扶植它，它越长越大，有了自己的意志，就拱起地面，穿破围墙，掀翻屋顶，直到霸占了主人的房子。李杜觉得儿子就像这棵榕树。他极不听话，捣乱，几次要被学校开除。才二年级，就除体育外全亮了红灯。李杜告诫他：你这样成绩，以后怎么考大学？以后怎么有饭吃？可是孩子说：没饭吃，吃面。简直跟他讲不明白。孩子太小，等他长大了再抓吧，可那时候学业早塌了，来不及了。未来太可怕！别的孩子当然也有不肯读书的，可是他们的父母有权有钱，或者他们根本对子女不抱希望，或者是不去想。唉，根本的问题就是想得太多，还抱着希望。

老师收了三个学生在家里“养猪仔”，其他两个父母是做生意的。那两个孩子很有钱，口袋里都总揣着百元大钞。李杜孩子就也回来向父母要钱。李杜说，你爸没钱，等你自己读好书，长大了赚钱去。孩子说：爸爸不是读好书了吗？还是没钱！李杜就不知道怎么说了。

李杜有时也想，读书这东西也挺虚妄的。当年重视知识，大家都争着要上大学，没上大学的就没前途了。他有个乡亲，是个高干，当年还嫉妒他上了大学，因为他自己的子女没一个考得上。考不上大学，就意味着没希望被培养。那时候讲“年轻化”、“知识化”、“专业化”。但是没多少年，那高干的子女一个个又浮上来了，不是利用老子的关系做了生意，就是也成了大学毕业生。怎么可能？因为省长自己的儿子也没能考上大学，就提议办了一所省属大学，把考不上的领导干部子女容纳了进去，于是也进入了干部培养机制的轨道了。倒是他这个正儿八经的大学毕业生，葱都不是。原来所谓尊重知识只是假的。但是这些不能对孩子说，说了孩子更不念书了。不说又觉得自己在诓骗孩子。李杜有时候真恨自己想不开。倒是妻子王妃想得开。那一次，她就给了孩子钱。她说孩子身上要是没钱，会被人看不起。后来李杜知道，孩子确实被人看不起了。看不起孩子的不是别人，恰恰是老师。那个“养猪仔”的老师得到其他两个学生家长的好处多，李杜这边的少，李杜的孩子又最会捣蛋，就对孩子态度粗暴，有着要把小孩赶回家的意思。上一星期，老师终于提出来了。孩子回来，怎么办？王妃道：让她把小多杀了吧！

李杜现在想来，自己所以那么绝望，也因为这事吧！而王妃就那个态度。好像自己已经打好了行李，这里的一切已跟她没什么关系了。但是现在她被拽回来了，把儿子放在她面前给她看了，毕竟是自己肚子里生出来的，她放不下了。她哭了一场，又化妆了一下，打扮得漂漂亮亮，去接孩子回来了。她要把自己的孩子接回来。不要就不要，她说，不要人家，还会让人死吗？她说。她又恢复了原来要活的那个王妃了。

可是王妃很快电话打回来了：小多出事了！

李杜赶忙赶到医院。小多是去商店偷钱了。被营业员发现，他逃跑，从二楼摔了下来。王妃到学校接孩子，没接着，被告知在医院里。现在小多还昏迷着，不知是死是活。王妃扑在孩子身上，狠命捶打：小多，小多……

护士说：你别打了，乱拍乱打更危险，不是打就能把人打活的。

王妃道：谁要他活过来？我是要他死！打死他！都是因为有你！你这孽债！

李杜心里一痛。确实是孽债！盗窃都搞出来了，这孩子完了！简直一塌糊涂不可收拾。如果没有这孽债，他们两个人如今都已经过去了，都已经轻松走在通往天堂的路上了。

护士根本不相信一个母亲会不想让孩子活的，就把王妃连同李杜赶出了急救室。一会儿，医生把他们找去了，说孩子伤情很重，需要动手术。要他们去预交手术费一万元。他们傻了，到哪里找这么大笔钱呢？家里存折全部拿出来，还不到六千元。卖家电也来不及。王妃冲李杜喊：你去借啊！

李杜去哪里借呢？他没有什么朋友，一两个诗友，也是穷得响叮当。只有向哥哥借了。但是哥哥很小气，平时拿点钱给母亲生活，都嘀嘀咕咕的。李杜说：我没地方借。

王妃冷笑道：若是我，也不会借给你！看你家穷得响叮当。

王妃这话说得绝情，完全是站在别人的立场上。我家穷，你家富！李杜恨恨应，我家就是穷！

王妃道：为什么会穷？还不是你不会赚钱，还把钱拿去养妓女？

李杜没料到她还会这么说，他也应：你还把钱拿去养野男人呢！

王妃尖叫起来，这话把她最痛的伤口撕开了。她扑过来抓他，把指甲掐进他的脖子。他也不示弱，把她重重搡开，撞到墙上去。他快意地叫：人家还不要你！你还拽着人家，母要公，不放松！你去死吧！

是要去死！她回答，撞汽车，马上就能死，死得干脆！她说着就往医院外面走。边上的人赶忙把她拉住。王妃挣扎着。大家越是拉，越让王妃感觉到现实的存在。现实是如此不堪，她真的想一死了之。她叫：我不活啦！

大家道：既然死都不怕，还怕活吗？

大家考虑问题的基点跟她完全不同。她跟他们简直没法说。他们还要干扰她。她恨那些干扰她的人，那些手。她把其中一只手咬了一口。那手撤开了，其他人的手也撤开了，愤怒地骂她，说不管她了，你要死就去死吧，没人拦你！她倒获得了自由。她迅速往医院门外跑去。李杜看见她身轻似燕，她马上就要解脱了。她一走，这现实所有的一切都要由我来收拾了！李杜想。李杜识破了她的阴谋。他追上去，抓住她。你是妈，你要死，也得给孩子留下钱再走！李杜道。

4

王妃感觉自己是被扣押了。被要挟地活着。她没有钱。平时一味地享受，连私房钱也没攒，根本没去想会发生什么。现在却发生了。

她急躁，和丈夫吵。两口子在医院对吵，扭来打去，已没人来劝了，大家只看着他们打。王妃觉得丈夫实在可恶，这样一觉得，倒把死的念头给岔掉了。她有时会跟细末较真，比如在他们扭打时，他的手划到她的脸上了。她跑去卫生间镜子瞧，还好没有伤痕。但是她也要划他一下。他揪她的头发，她感觉到被欺负了，伤了尊严，她就用脚踢他的腹下。他的力气比她大得多，有时候他会死死拴住她的脖子，她觉得要死了。她会挣脱出来喊，说了一句常人会说的豪言壮语：打死我，也没钱！

边上人笑了：你应该说，打活我，也没钱！

她也觉得自己说得不对了。她只是在愤怒之下，顺口说出那句话。护士又来催了，说你们要打，回家打好不好？你们大人这时候还争什么呀？再不缴款，孩子就没治了！

他们都愣了。他们都跑到抢救室去，孩子还躺在那里，仍然昏迷着。他的头上、身上都是伤。李杜忽然问边上的医生：会留下后遗症吗？

医生没好气答：不仅会留下后遗症，还会死！

李杜愣了。想到后遗症，多么可怕！好端端的孩子都养得这么难，再有个后遗症，那不如死了好！

李杜猛地打了个寒颤。他为自己冒出的念头感到可怕。他瞥妻子，妻子王妃一把扑到孩子身上，叫：死鬼！你死了啊！你死了就解脱啦！

李杜一惊。难道妻子跟他一个心思？接着发生的情形证实了李杜的判断。王妃只知道哭、闹，不思如何筹钱，也不求医院先手术，再交钱。这是个阴谋！她是在拖延，在放弃，放任孩子死亡。要是孩子死了，就解脱了！李杜想。他也有意把孩子的伤情放大，后果非常严重，简直不可收拾了，简直绝望了。他甚至让自己想到，医院根本是没有希望救活他儿子的，医院要预交款，只是在骗他的钱。孩子是非死不可了！我的孩子，我可怜的孩子！他也叫。

蓦地，他们都停住了。几乎同时，他们都抬起头来，目光撞在了一起。迅速逃开。他们的脸都绿了，好像鬼撞见了鬼。

他们不敢再看对方。他们彼此帮助对方提吊绳时，他们的心还是坦然的。那是他们自己的事情，把自己摆平就行了。夫妻的情义一旦消失，只是两个不相关的个体，对方的帮助，也只是路人的帮助，帮就帮了，不忙也可以。帮了，道个谢也就行了。现在，是处置儿子的生命。他们竭力想抹掉自己身上的义务。他们甚至为自己不尽义务寻找理由：孩子活着也挺苦的，我们大人责备他，否定他，他一定也很觉挺委屈。读书，没完没了地读，叫我们大人都受不了。一读就是十二年，如果有幸考上了大学，研究生，还要再读下去。读了后怎么样？照样要竞争，无穷无尽地折腾。简直可怕！他是否想过：我为什么要这样？

小多确实曾问过父母，为什么要上学。李杜说：为了学知识。小多问：为什么要学知识？李杜说：为了知道得多。小多说：不上学也知道得多。李杜没词了。确实，不读书，走社会，也知道很多，所谓书本上的知识真的那么有用吗？李杜只得说：至少为了升学，上大学。不上大学，将来怎么活？小多说：不活就不活，这么苦，还不如不活。

不活，你去死吧！李杜火了。孩子不懂事，他并不懂得什么叫活，什么叫不活。但是李杜想到了。是啊，孩子为什么要活？但是他已经活着了，怎么去死啊？总不能让他去自杀吧？那对孩子来说，太残忍。由大人去杀他？也下不了手。现在好了，命运对他下手了，他已经走在死亡的路上了，他快要超脱了，就让他顺顺当当地去吧！好了，迷下去了，

迷下去了，好了……李杜记得自己的父亲去世时，人们就是这么说的。他父亲是患肝癌死的，死前非常痛苦，即使是他最亲近的人，也想到死是他唯一的解脱。现在李杜也在心里念着：好了，好了，孩子，爸爸妈妈为你送行……他禁不住瞅了妻子一眼，好像在征求她这个妈妈的意见。王妃也看了过来。这下他不惊慌了。王妃眼神淡定。她朝李杜摇了摇头，几乎是多余地说了一句：小多不行了！

说得很悲痛。李杜也受感染了，也无可奈何地摇头：不行了！

这时候，他们感觉彼此走得异常近。因为他们是同谋。

王妃又叫：小多，你别这样！

李杜也叫：你别这样！

小多眼敛忽然跳了一下，仿佛是被他们喊醒的。他们一愣，惊喜，但是紧接着就意识到危险，不敢吱声了。他们盯着孩子，竭力让他再沉迷下去。小多显出痛苦的表情，眉头紧皱，好像在遭受折磨。他要被折磨死了！他们想。他们看着小多渐渐地力不从心了。他们又有点失落，又想去叫他。这时候，小多突然凫出一口气，像从水底挣扎着凫出来似的，那声音简直是咆哮。完全靠自己的力量，他硬把自己给拉回来了。这让他们震撼。小多居然睁开了眼睛。他们惊慌得简直要逃走，好像对方是鬼，孩子被他们害死后，变鬼来找他们算账了。

但是小多的目光茫然，好像已经精疲力竭。李杜想起小多刚学走路时的情景。站不稳，摇摇晃晃，终于倒下来了。他又把他拉起来，再来！小多也竭力站住。又摔下来了，再爬起来，站，走，跌跌撞撞，走，又倒了，他精疲力竭地在喘气。起来！起来！李杜像拳击裁判似的对着他数：一，二，三……孩子终于又爬起来了。这让李杜时常想起出生不到几个小时的马仔，摇摇晃晃，还是站了起来。求生本能，是多么的神奇！自己当时还为此写过一首诗《马》，其中有几句：

它是否知道，

它这一站起来，
就永远不能再趴下？
它是否知道
等待它的是无尽的苦难？
它为什么偏要站起？

马它懂得生命的苦吗？它不懂。它只知道活着，吃草，干活，再吃草，再活着，再干活……如此简单。并没有你想那么多。它也不觉得自己有多么惨。也许就因为你想得太多了，还把问题放大了。李杜想，也许是。诗人的敏感，写作的夸大。自己所有的错误，就在于去写作。假如不写作，就会过得好的，就不会到了现在这地步。自己毕竟大学毕业，有工作，有收入。比上不足，比下有余。

王妃瞧着孩子的眼睛。那眼睛望着她，但视而不见。她想起小多刚出生时的眼睛：直定定瞧着她，她所有受的苦，都可以略而不计了。后来她才知道，婴儿其实是没有视力的。现在他有视力吗？但不管有没有，她都为自己刚才的念头感到悔恨。小多是她的孩子。原来小多没有睁开眼睛，一动不动，她感觉有点隔。现在，她真切感觉到了，他是活生生的自己的小多！

可是小多又昏迷下去了。王妃拼命叫他。护士又进来赶他们。他们不肯离去。王妃道：这是我的儿子，我为什么不能和他在一起？

护士道：你们又不去交钱，待这里有什么用！这么久了……

王妃道：我们没有钱！

护士道：没钱？去想办法呀，去借呀！

王妃道：你借我！

护士被激怒了。我借你？凭什么呀？好，那你就这么待着！你们再拖下去，就跟死尸待一起了！

护士的话把他们刺激起来了。李杜腾地跳了起来，揪住护士领口，叫道：你说什么？你再说一遍！

护士挣扎。外面的人涌了进来。其中有几个穿白大褂的过来解救护士。院长也来了，说：你们干什么嘛！

干什么？王妃道，她要我儿子死！

护士争辩。李杜拽过护士的脸,问:你是不是说我儿子是尸体？好啊，你要我们死啊！李杜唱歌似的叫起来。你们要我死，我们偏不死！小妃子，我们偏不死！

王妃愣了一下。李杜很久没有这么叫她了。他们恋爱时，他这么叫她的。我的小妃子！他这么叫，把她往胸口一揽。王妃觉得他像皇帝，很有力，很震撼。现在王妃又被震撼了。她说：就是！我们不死！偏要活着，活得好好的，给他们看，让他们难受！

对！李杜又说。

院长说：什么嘛！我们医院治病救人，你们好了，我们也高兴，我们的利益是一致的嘛！

王妃道：治病救人？说得好听。那么你为什么不救？

院长说：你们去预交手术费，我们马上手术。

王妃说：不可能！你们是要我儿子死的！

倒好像问题不是交不交手术费，而是医院的可信度了。我们要求转院！王妃说，对你们，我们信不过！

于是转院。到了新医院，他们也同意预交手术款了。

5

李杜去借钱。他能找的只能是自己的哥哥。

李杜是揣着大志向去的。他是在争尊严，要儿子活，让那个医院险恶用心破产。所以他能够暂时承受低头的屈辱了。哥哥是开小食杂铺的，正一边做生意，一边看电视。他在看央视的《欢乐英雄》节目，看得入神。李杜从来不看电视节目，觉得无聊，有什么那么好玩的？李杜不知道大家怎么都过得那么没心没肺，乐陶陶。当然哥哥也有苦恼，开个店，那么多爷爷要打点。就老老实实地打点吧！社会就这样，鸡蛋哪里能撞石头？最多背后骂上几句，想：算是给打劫了！气有什么用？为他们气吐血了，照样还不是你自己吐血？李杜的哥哥是个明智的人。

李杜说要借钱，哥哥的魂猛地从电视上被拉了出来。平时客人来买东西，他也只是把半个魂抽出来的，拿货，算钱。这下是来借钱的。他没有想到弟弟会这样，弟弟这么个又臭又硬的粪坑石会来借钱。

李杜说了小多的事。哥哥烦躁了起来。侄儿出事了，他急，但是假如弟弟有本事，他自己有钱也没什么了。现在，他感觉一锅祸水泼在了他头上。

跟你说啊，平时说你就是不听！哥哥开始抱怨。你看，这不出事了？

李杜静静地听着，没有辩。要以前，他听不得哥哥那庸俗哲学的。哥俩一开腔，就要吵嘴。过日子是你们这么过的吗？哥哥又说，在他面前走来走去，好像在扇着身上的火。李杜低着头。哥哥忽然停住了，狠狠戳着他的太阳穴：你们有什么资格把孩子寄在老师家里？你们有这经济实力？就为了你们自己自由，舒服，享受……你们有什么资格享受？没本事，不会挣钱，又乱花钱，还玩女人！

李杜一惊。他本以为哥哥不知道这事，哥哥游离于他活动圈之外。他怎么知道的？他有一种糟得不可收拾的感觉。但是他很快就无所谓了：再没有更糟的了！糟到底，糟到绝境，反而踏实了。他现在就是在绝境，他在跟人家战斗！好像只要这战斗胜利了，他再稀里哗啦倒掉，也没关系了。

哥哥仍然说：你有什么本事玩女人？你有本事，你玩十个八个，随你玩去。你要是真公安，还可以去参股。你有钱，也可以拿钱去嫖。可你有钱吗？

又是钱！李杜想。他又要反驳了。可是他忍住了。自己是来借钱的，问题不就是钱吗？

都要到出事了才知道！哥哥继续说。可到了出事，已经晚——了！哥哥说“晚——了”时，声音抬高了八度，几乎是绝望地。他勾着中指，手直直从上甩下来。然后他转过身去。李杜瞅着他的背，像波澜起伏的海。渐渐平息了，好像在苟延残喘。李杜估计他的话该完了。发泄完怒气，就该说借钱的事了。可是哥哥忽然不甘心地又回头，说道：跟你做兄弟，算倒霉透了！

李杜不能接受这个话。他觉得是根本上否定了他。但他还是忍下了。他甚至嘻地一笑。你还笑！哥哥叫，你倒轻松啊！

我哪里轻松啊！李杜应，竭力显示出是在说明，而不是在辩。我不是也在努力吗？我也活得辛苦……

你辛苦？有没有我辛苦？哥哥说，手在店铺的屋顶上划了一大圈。我开这么个小店，房租、电费、税收，卫生、治安，压得你喘不过气来！他又大讲开了，又找到了新话题。还要养家糊口！他说，钱流进来，马上又流出去了。这不，刚付了货款，只剩下这点钱了。哥哥把装钱的抽屉拉开，胡乱拨弄着里面的钱。大多是零钱，只有两张百元钞票。你要，全给你吧！我们家，你嫂子，你侄儿从今天开始节衣缩食。

李杜一愣。这不是在责问他的良知吗？这一招太绝了。他知道从哥哥这里拿不到钱了，于是开始后悔自己刚才忍气吞声。但是不忍气吞声又能怎么样？自己还是需要钱。也许还有希望，大不了自己不要良知了。他说：我会还你的钱的。

怎么还？哥哥说，卖自己啊？你以为自己很值钱啊？

李杜终于忍不住了，叫道：是，我一个快死的人了，还值什么钱？他这么说着，猛地悲怆起来。自己就要死了，自己的儿子也要死了。没有人同情。他绝望了。我没钱就没钱，我穷我自己穷！你活得好，你活去吧！咱们井水河水两不犯。我还为有你这么个哥哥可耻呢！你这样活着有什么意思？如果我是你，早就把脸泡到尿缸里面去！你有什么权利教训我？我怎么样？我，我……他忽然发觉自己确实没什么可说的，乏善可陈，只空有一腔气。他觉得自己站在一片空旷的荒原上，孤独，像烈士。烈士是没有亲人的，谁也不愿意跟你为伍，只看着你去死。我不怕死！他最后说，一跺脚。一个已经死过一回的人，还怕什么呢？大不了，再去死！

他说着冲出门去。

王妃把李杜臭骂了一顿：到这时候还要面子啊？都死到临头了……

李杜应：你没死到临头，你去借呀！

去借就去借！王妃应。

可是去哪里借呢？她打了几个电话，他们都推掉了。最后一个是登山协会的，那人说：你不会向“坦克”借？

王妃一愣。“坦克”！你最近见到他了吗？

前两天街上还见到，那人说。

王妃说：他换了单位了呀。

是啊，对方说，在天马大厦呀，你还不知道？

她哭了。

去找“坦克”借钱，对王妃来说是太难了。但已经叫天天不应，叫地地不灵了。为了给自己这次出行正名，王妃走前跟李杜大吵了一架。她说：你一个男子汉大丈夫，居然要靠老婆，把老婆卖出去！你还不快快去死！等我借到钱回来，你去死！

王妃果然在天马大厦把“坦克”截到了。“坦克”很吃惊，王妃一段时间不见，像女鬼了，好像是从地狱里走一遭回来的。王妃提出找个地方谈谈，“坦克”不敢不答应。“坦克”企图去远离公司的一家咖啡屋，就让王妃上了他的“坦克”。

坐在“坦克”上，王妃又想起了当初的好时光。“坦克”有时会撒开右手，搂住她的肩。他们有一次开到高速公路，他让她爬过变速杆，坐在他大腿上，脸朝着他。这只有在美国大片里才有的情景。她至今记忆犹新。

她说不想去咖啡屋，就在车上谈。他同意了。他把车停在了江滨大道旁，没有什么人，只有偶尔一辆车从边上刷地擦过去，彼此看不清车窗里。“坦克”把雨拨开动了，这是他一贯的伎俩，这样别人就难以从正面的玻璃里看清里面的人了。她想会心地笑，但是她知道不适合。

她盯着雨拨，没说话。她说不出来。直到“坦克”问了句：你好吗？她才说了：不好，孩子……她又说不出了。“坦克”一听她说孩子，心就放下了一半，就鼓励她说：说吧，孩子怎么了？王妃被鼓励，忽然觉得温暖，眼泪就扑簌簌掉了下来。

怎么了？“坦克”安慰她。他甚至说了句：有什么困难，说吧！这让她很感动。她以为“坦克”对她还有情。假如爱和帮助能够一起得到，那么她真是太幸福了！她幻想着。她的感动在车内小小空间里迅速升温。要不是原来吵过，她真想跨过去，投到他怀里痛哭。

她终于说了需要钱。

“坦克”一弹手指，说：明白啦！

她很感激他的理解力。

“坦克”问：差多少？

王妃说：四千。

我给你五千，“坦克”说，不要还了。

王妃没想到“坦克”会说不要还。她一直知道“坦克”是有点钱的，平时出手阔绰。起初她也确实看重他有钱，花他的钱，但是他们关系密切以后，她就开始替他心疼钱了。购物，一起吃饭，她都要跟店家斤斤计较。这是我们的钱！她说。现在，“坦克”这么说，也是将他的钱当做我的钱了吧！她觉得是的。她更感动了。但她还是说：我要还的。

“坦克”说：不要还，给你啦！

王妃说：不要嘛！

她甚至有点撒娇了。“坦克”不耐烦了：跟你说不要还，就不要还！

王妃怔住了。

当做补偿吧。“坦克”又说。

他怎么这么说？王妃脑子没有反应过来。她想，也许他不是那个意思吧。即使他是要补偿，也许因为觉得自己干了对不起我的事。她更摇头了。“坦克”更不耐烦了：你说够不够吧！要不够，你要多少，你说。只要你以后不再来找我，好吗？

梦彻底破灭了。王妃瞪着“坦克”，脑袋一片空白，好像短路了。好久才恢复过来。她忽然觉得可怕，梦醒之后看到的现实更加不堪。她猝然叫：我要五千万！

“坦克”也愣了。是她的尖叫让他愣住了。但他很快恍然大悟了，他笑了。我就知道你要很多,多捞多赚,不赚白不赚。但我可不是冤大头，价格也要合理！

这话刺痛了她自己。她想起她丈夫嫖的那个妓女。你把我当妓女啊？她冷笑一下。

也不是把你当妓女。“坦克”也不敢这么直说,他口气缓和下来,说：我只有这么多钱。这已经是不少的钱了,再说,原来我们也是你情我愿的，我舒服，你也舒服嘛！到了二十一世纪的今天，如果谁还把这当做单方面的，是一方吃了亏，可真得被开除出“世纪籍”了。

他发明出“世纪籍”这词。王妃蓦地想起他很会发明新词。这是原来自己喜欢他的地方，觉得他思维快，念头坏。男人不坏，女人不爱。现在，恰恰这坏报应了她。她不明白他怎么能这么看待他们的事？他很理性,恰恰说明他没有情。他怎么就不相信这世界上有真真痴心的人呢？她想辩：我什么时候不情愿了？可是她觉得很没趣，自己很失败。她觉得跟他没什么好说的了。她说：我不要你的钱！她推车门就要走。

他来拦她：好，好，我不这么说，算是支持你的。

我不需要！她应。她把他搡开。她感觉车里的空气令人窒息。她推开了门。她听到他在后面哈哈大笑了起来：

我就知道了！什么孩子要手术？就要死？他要是真要死了，你还会不要这钱？

王妃停住了。是啊，我为什么不要钱？孰轻孰重？我这一走，向谁再要钱？那么孩子怎么办？

谁不知道，女人最要紧的是孩子？“坦克”又说，他已经发动了车。借口罢了！我要不知道，在这世上还不白混了？可是讨赔偿也不是这么个讨法。你想敲诈？没门！

王妃感觉心被捅了一刀。她没料到他会说她敲诈。心被撕裂了，裂开了很大的缝，再难合拢。冰凉的风在裂缝里咝咝地吹，只觉得很凉，很凉，凉得发痛。渐渐地不痛了，血干了，裂面硬了。也再没有可能愈合了。她猛然号叫一声，蹬上车去，扑向“坦克”。她要跟“坦克”拼命。“坦克”一惊，他从来没看到她这么凶对待自己，她只是曾经这么撕打过另一个女人。他身子一歪，脚压在油门上，车蹿了起来。他慌忙挣扎。他把她甩开去，叫道：你想让我死？你去死吧！

她从地上爬起来，道：我会去死的！

那去死吧！怒不可遏的“坦克”嚷道。

我已经死过一回了。她又说。

“坦克”笑了，欠身把车门关上。王妃忽然很怪讶：他怎么就不相信我会去死呢？他纵使不相信我儿子快死了，也应该相信我失去他多么痛苦。当然他是不会感受到的，都到了这年龄了，谁还会为爱去死呢？她还想告诉他，这是真的，但极度的疲乏铺天盖地而来。

6

李杜左等右等不见王妃回来。他肯定，这女人跟那野男人跑了！他打电话给王妃：你还是孩子他妈吗？

王妃应：我不是他妈！我没钱，当什么妈？只能去死！

李杜道：你死了还是他妈！你死了，小多也死了，你还是他这死孩子的妈！

王妃愣了。

李杜接到了哥哥的电话，哥哥问他孩子住哪个医院。他不说。哥哥说，他要送钱来。李杜软了。王妃把孩子推给了他，他不得不接着。他已经走投无路。

哥哥很快找来了，给他五千元，说也是别地方挪的。李杜把自己家的钱凑上，终于可以手术了。王妃转回来时，已经手术成功了。孩子醒来了。这让他们很惊异，他居然有这么强的生命力。但是很快地他们就感觉不妙了。医生说，脑损伤可能留下智力障碍的后遗症。

他们简直晕倒。从今往后更要遭受折磨了，无尽的折磨！

小多话很多，老师总挖苦他：小多你不是“小多”，是“大多”还加一点，“太多”，话太多！现在，他又话多了。李杜烦，喝令他：你别呱啦呱啦了！你干了坏事，还没跟你算账呢！

小多应：我不是干坏事！

李杜道：你偷东西，还不算干坏事？

小多说：我是想给老师送礼。

这回答让他们吃惊。小多说，人家同学们都有给老师送礼，就我没有。我没钱。

王妃一个心酸。我不是给你钱了吗？她说。

小多说：只有一次。

王妃记起，是只有一次。这些日子来，自己心里只有“坦克”，把孩子给丢一边去了。她忽然想起“坦克”似乎说过一句话：女人最要紧的是孩子。是啊，我还是女人吗？我还是母亲吗？我居然把那种男人看得比自己的孩子还重要！

小多又说：他们是经常送礼。老师拿到礼物，就摸着他们的脑袋，说：

很乖，很乖！然后就骂我说：你在干什么？还不去做作业！老师总疼他们，老骂我！

老师骂你，是因为你表现不好！李杜说。这么说着，他自己也觉得好笑。老师嫌弃他，难道不是跟钱有关吗？那老师还在催着要赶走孩子呢！我们老师也是人，那老师说。有一次李杜还听一个老师说：我们老师也是人，也要活！是啊，说得有道理，放在大街上都可以理直气壮大声说的。现在人们非常认可这样的理。人要活，一旦活成了绝对真理，还有什么不能做的呢？站在活的底线说话，简直就是坚不可摧。

小多应：小球也表现不好！还有小盼，作业老是故意漏题不做！

坏孩子就是会揪别人的毛病为自己开脱。可是小多真的没道理吗？他们表现不好，是他们的事，你别管人家！李杜只能这么喝道。

小多道：为什么他们表现不好就不要管？

李杜真说不出来。这世界上那么多事，你管得了吗？只能睁一只眼，闭一只眼，那么这不是自我欺骗吗？能跟孩子说要自我欺骗吗？或者想方设法欺骗孩子？然后让孩子在社会上去碰壁？孩子不诚实，是不好，但是如果他诚实了，在这个社会吃不开，做父母亲的，愿意吗？

小多又说：他们表现不好，老师也不批评他们。我知道，就因为他们有钱！他们能送老师礼物！我也可以送,我有办法。爆米花里面有“游戏王”片，很值钱。小盼就老是把爆米花吃了，把片片拿去卖，还能卖一元，还挣回了爆米花的钱。我要是也把卡片拿去卖，我就也能挣钱了。一个片片一元钱，我卖五个，就有五元钱了，就能给老师买金链条了。

什么金链条？王妃问。

小多说：小纬他妈上次就是给老师金链条的。老师很高兴，马上让小纬戴上二杠杠。我知道她是哪里买的，街口那个摊里就有，一个五元钱！

天！孩子把假金链当成真金链了！王妃笑了。就是！小多以为母亲不信，又说：那个街口摊里，我问过的，阿姨说，五元钱！

看着小多认真的样子，王妃忽然一个悲怆，把孩子搂住。她觉得自己太对不住孩子了。现在她觉得孩子最亲了。李杜也心酸起来。他已经不能责备儿子了。他也想过去抱孩子，可是王妃忽然怒目圆瞪：滚远点！你当什么父亲？你还有脸认这儿子吗？你一个男人，一个父亲，让儿子这样，还不赶快去死！

李杜应：我本就要去死，是你，是你们，弄得我要死不能！好，你放我去死了，我这就去死！

说着就去跳病房的窗户。同病房的人慌忙扑上去拉住他。李杜挣扎着说：你们不要拉我，别让我再活着受罪了！

这话不堪你说！一个声音道。这里比你活得受罪的人多得是，堪说这话的人多了，可是谁说这话了？

说话的人站在门口，裆下鼓当当的。李杜之前听大家议论过，那是尿袋。所以大家叫他老尿泡。七十岁了，前列腺切除后尿失禁，就在裆下挂了个尿袋子。医院里满是不幸的人，在李杜眼里，老尿泡比大家更加不幸，主要原因就是他挂着尿袋到处走。有的病人躺着，也就躺着，不招人眼目、丢人现眼；有的索性死了，收拾一下，不让人记起他；只有他死不了，而且挂着尿袋到处给人看。他本来是应该躺着的，但是他就是要起来，说生命的秘密在于运动。有一次李杜上厕所，和他碰到了，李杜看他解开裤子，露出那个袋袋，李杜简直恶心得要晕过去。他却咧嘴笑了，把它抖了抖。李杜感觉他那笑充满了无赖劲。

老尿泡对李杜道：你一个大人，还不如孩子呢！孩子还知道没钱送老师，去偷了钱送，你却只知道去死！瞧你这出息！

也是个混混儿！李杜应：你有出息？戳着他的下身。李杜知道前列腺疾病对男人是很难堪的，他要镇镇他。我要活成这样，早就去死了！瞧你出息的！

我是没出息！不料老尿泡却答道，我还要告诉你，我三十多岁前列腺就有毛病了。他居然把自己的老底给揭出来了，这世上还有这么不要脸面的人！

……发起病来，受罪哪！老尿泡继续说。疼，尿憋，可是又撒不出来。站在尿槽前半小时，也撒不出来。最怕的是后面有人等。那时候在牛栏，哪里有你的自由？撒尿后面都有人站着。那就越撒不出来了。只得不撒了，可不撒出来就更疼，尿涨到背上，膀胱都要撑爆炸了。可还是撒不出来。这日子简直是一分一秒地熬的，每过一秒，尿都涨一分。我央求他们放我去看医生，他们说，我是资本家狗崽子，不让看。还说我这是资产阶级腐朽生活造成的病。他们说得也有道理哈，我成分不好，没有女人肯嫁给我，可是我又想，我只能憋着。谁叫我有这欲望呢？他们说，既然是资产阶级的病，就要用无产阶级的办法来治。于是他们让我去洗厕所。这倒是个好差事，上厕所方便了，趁他们不在，我就站在尿槽前慢慢等，等尿出来。有时候出来了，浑身一阵轻松，真是人生最快乐的事！你听说人生四大快乐吗？久旱逢甘雨，他乡遇故知，洞房花烛夜，金榜题名时。这不是久旱逢甘雨吗？你如果说不是，那还有四小快乐：拉急屎，喷急嚏，烫水泡屎，修耙掏耳屎。这总可以算了吧？

李杜曾听过这种说法。这四小快乐，毋宁是受罪之下产生的。这与其是快乐，毋宁是变态。变态！李杜应。

变态就变态。老尿泡不急，点头称是。他继续演讲：好景不长，很快的他们发现了我的……变态！老尿泡故意用了李杜的话，溜了他一眼。他们就不让我洗厕所了，改成批斗我。他们让我戴高帽，挂牌子，上面写着：流氓分子陈开举。鄙人叫陈开举。又拿了破锣，让我敲着自己喊：我是流氓分子陈开举，我在厕所里耍流氓，我有罪！起初，我不肯喊。我这怎么叫耍流氓呢？撒尿时间长，算耍流氓吗？但是他们说：你动不动就露阴，不叫耍流氓叫什么？那种情况下，有他们说，哪有我说的？还打我。我就只得叫了。开始叫得很小声，他们不满意，就逼我叫得大声。人围了很多，反正大家也都看到我了，看到我牌子里的字了，我已经没有脸了，我不如死了算了。但是他们哪里能让你死？我就也索性大声叫了：我是流氓陈开举！打倒流氓陈开举……我甚至还叫得恶狠狠的，倒好像是在糟践别人，流氓分子陈开举是哪个乌龟王八蛋！也奇怪，我这么叫着，想着，居然不觉得尿憋了。原来先前那么难熬，就是你太把尿当一回事了，其实并没有什么尿，只是有尿感。你去感觉它，才受不了。

李杜承认，他也这么想过。老尿泡又说：但是尿毕竟还是有的。他们批斗我，又是游街，又是开批斗会，根本不给我撒尿的机会。真的尿满了，他们也不让去。我憋不住，就撒在裤子里了。后来他们嫌我臭，就给我个塑料袋,挂在这里。他比划着裆下。我告诉你,早在三四十年前，我就挂过尿袋了，现在这要科学多了。他哈哈大笑了起来。

大家也笑了。小多看老尿泡做着戳鸡鸡的动作，也哈哈大笑了起来。老尿泡被鼓励了,就要去解裤子,亮尿袋给大家看。女人们尖叫着躲起来。王妃骂道：别不要脸！你还真是流氓！

流氓？不要脸？老尿泡说，我要脸，行吗？人家给我脸了吗？

李杜道：那是非常时期！

老尿泡道：对，非常时期。说得好！那么“四人帮”粉碎了。他抽了一下嘴角，一笑。可以了吧？他问李杜，我被平反了，我可以看病了。到医院泌尿科，医生说，要做肛门指检，取前列腺液。这是前列腺检查必经的步骤。医生说：把裤子脱下来！

大家又笑，说，这有什么？打个针都要扒裤子。女人都得扒呢！女人还生孩子呢！

老尿泡说：那算什么？生孩子被看做神圣的，你们到楼下产科去看一看，哪个产妇觉得难堪的？没有吧！但是你去门诊男科泌尿科去看一看，哪个男人不鼠头鼠脑的？不只是因为扒裤子。医生叫你上检查床，不是让你躺着，而是让你跪着，把屁股翘起来，像狗一样的。然后，医生把手指戳进你的屁眼。你知道这是什么感觉吗？他故意把手掩在嘴里，凑进李杜，说：鸡奸！

李杜浑身不自在了起来。刚才只想着死，感觉很单一，现在他感觉细微了起来。那是一种说不清道不明的感觉。他听见老尿泡在说：很痛呢！很羞耻呢！医生为了让你流出前列腺液，要狠狠地捅。你感觉很痛，你想挣起来，可是医生的手插在你的肛门里，你立起身，还是插着。再说，你立起来，想不做吗？不做，这病怎么治？你又只得趴下去，忍受着。你忍着忍着，忽然产生快感了，好像要射精，可是你射不出来，好像隔着一堵墙，就是射不出来。医生问你：出来了没有？他问的是前列腺液。没有出来。他就一次一次地狠捅。你简直羞耻极了。可是你越是羞耻，越是有心理障碍，越是射不出来。你只能让自己去感受快感。一边羞耻地抵制着，一边又迎合着。你有过欲生不能、欲死也不能的感觉吗？

李杜一愣，看王妃。王妃不服气叫：为什么死也不能，又没人拦你！是你自己不想死吧？

是，是我不想死！老尿泡承认，病被治好了啊！又要指检，复查。想不做，但是病已经好容易治好了呀，所以好歹也是欢喜做了。忍受，做了，真好了。然后高高兴兴地享受活着的滋味，于是又犯了，说是因为性生活没节制。治病期间要戒，治愈后要节制。结了一次婚，人家知道你这样，跟你离了。就再没有人要跟你结婚了。没有人，就自己做吧，但是那样并不会让你有满足的感觉，反而觉得失落，就又会去做，反而做得多了。做多了又病。我的前半辈子都是这么折腾过来的。你说绝望吗，它又会好；你说它好了吗，它又会再犯。好容易管住自己了，不去想那档子事了，再也不做了。只在做指检时还会被刺激起来，不瞒你们说，我已经纯粹只有舒服了。但是这念头要不得，我过后马上把它掐了。病总算好了，但年龄也大了。却又来了个列腺增生！还说，国外研究出来，青壮年时做得太少了，老了容易增生！哈哈！怎么办？还能怎么办？再治呗！导尿的痛就不用说了，有时想不如不撒这尿！电切、剜除手术，不能解决。最后是切除了算了，反正老了老了，也没什么用了。可是又外括约肌损伤，真性尿失禁！就成了这样了……

那你现在还可以去死呀！王妃仍然道。

老尿泡这下沉下了脸：我不死！我受了这么多罪，我为什么要死？我付出那么多苦，享受的那么少，我还没把本讨回来呢！

那你就不要在这诉苦了！李杜也说。

我不苦！老尿泡道，声调猛地抬高了。我尿有得排，我不苦！挂个尿袋怎么样？我照样吃，照样睡，照样玩，照样说笑，照样活，我活得蛮好！再苦也没有病苦。到你有病时就知道无病就是神仙了。倒是你，好端端的一个神仙不过，年纪轻轻，什么病没有，却要造病！

李杜叫：我神仙？你知道什么？

老尿泡道：我知道什么？我不知道！我就知道你四肢完好，你还能走，还能跑，还能跳窗，还能吃，还能睡，还有老婆，还有孩子，对了，孩子有后遗症，但这算什么？你看他，截肢；你再看他，胃癌；他，肾衰竭，要活就得透，透了才能活；你再到楼上去看看，中风半身不遂的比比皆是。你这算什么？对了，还有就是你没钱。我看你这样子，也不至于没钱到什么程度，一副纨绔子弟的样子！我看你是活得太滋润了！说白了，你是精神毛病！

李杜想：哈，这就是人们的逻辑。他们都把自杀者当做精神错乱，要不就应该赖活着。没有理由自己跟自己的生命为敌。所以有不少人赞成把强奸化成顺奸的，既可以免遭无谓的牺牲，又可以享受一下快感。那种被强奸后去自杀的人，恐怕也会被看做精神问题了。李杜觉得跟他们没法对话了。他索性嚷道：我就是精神病，你把我当精神病好了！

你还嘴犟！老尿泡突然大声喝道，唾沫挂在嘴角上。精神病就该打！我这么大年纪，当你爹还不止了，我可以管教你！他叫大家：把他绑起来，看他还去死不去死！

大家愣住了。老尿泡从来没有显示出这么大的魄力。大家平时只看见他赖皮狗一样地这里说笑、那里说笑的。他自己先过来要扳李杜的手臂，他的力气可真大，豁出全身力气殊死战斗似的。大家觉得老尿泡也过激了，李杜已经不再有什么危险举动，为什么要绑他？似乎他是在发泄，刚才那些回忆让他不平了。大家就劝老尿泡。老尿泡就是不松手。王妃尖叫着扑了过去，救丈夫。她叫：你这是干什么？你这个无赖，你这个老无赖！可是她也掰不开老尿泡。她于是反身出来，也攀上窗户，叫道：好，你拦！你拦得了吗？我也要去死！你拦得了吗？

大家全愣住了。

7

医院害怕他们出事，快快把小多处理一下，敦促他们出院。

因为护理孩子，他们不得不凑在一块。于是就又吵。小多就在吃饭时，夺过父亲的筷子给母亲夹菜，夺过母亲的汤匙给父亲舀汤。李杜对王妃口水沾过的汤匙没有感觉，王妃更是讨厌李杜筷子沾过的菜，两个人就齐声喝斥孩子。

过后也觉得过分了。而且这似乎说明小多并没有后遗症。孩子照样很机灵的。这让他们感到宽慰，倒珍惜起来了，居然也觉得挺满足。这叫置于死地而后生吧！李杜想。有一天，他忽然想去尝试一下老尿泡兜着尿袋的感觉。他也拿个塑料袋，装上水，扎了口子，挂在裆下。它居然不像想象的那么碍事。他做各种动作，它也并没有让他难受。他甚至有一次还装上了尿，仍然没太大感觉。他把它兜在裆下蹲了蹲，它柔韧地扁了扁，而自己的身体也像弹簧一样地收了收，把它含了进去。他站起，它又新生儿般地滚了出来。他惊奇自己身体的富有弹性，原来并没有什么是绝对受不了的。所以那么多人也都可以过下去，所以他们也会乐陶陶，结婚，生子……就像我当初那样。他猛地警惕了。于是就恶毒地拿老尿泡开涮，夸张地模仿老尿泡恶心的样子，竭力作践。王妃就啐他：你别笑人家了，你连他都打不过！

李杜应：我打不过他，我死得过他！

有一次带孩子去复检回来，李杜把孩子背上楼，背得气喘吁吁，回到家里靠在椅子上半天起不来。王妃就又骂：你有什么本事？背个孩子也这么勉强！王妃想起“坦克”背她过河的情形。她的心又裂了。

李杜问王妃：你真的这么讨厌我吗？

王妃答：是。

李杜又问：你就是忘不了他，是吗？

王妃心里一跳。李杜这么了解她！她答：不，我已经恨死他了！我要变成女鬼去抓他！王妃说得咬牙切齿。

李杜问：你真能变成女鬼吗？

王妃答：能！

李杜问：你怎么肯定？

王妃说：我就能肯定！我要让他后悔！

李杜笑了。你都死了，你怎么知道死后的事？再说，他再后悔，你都死了，对你又有什么意义？

王妃反问：那你为什么还写诗？

李杜一愣。是啊，现世不要你的诗，你为什么还要写诗？如果只相信现世，那么你就没必要去写诗；如果因为不能感知就否认得到，那么人就只是动物，还有什么高贵可言？如果世界没有比生命更重要的东西，那么这世界还有德行吗？他没想到王妃会那么问他。他惊讶地发现她是理解他的，而且是唯一理解他的人。也许是因为都到了这种境地的缘故。李杜说：所以我也要死！

小多在一旁玩出了声响。他们不约而同地扭头，又不约而同地回过头来，目光询问彼此：那孩子怎么办？

这个问题又被提出来了。但现在是冷静地提出来的。托付给谁？给李杜的哥哥？托付给谁孩子都受苦。孩子本来已经活得够苦的了！李杜数着：一个没有好的家庭背景的孩子，一个读书读得一塌糊涂的孩子，一个已经走上邪路的孩子，再加上没爹没妈……

想到孩子将来会更苦，王妃哭了。其实小多还是蛮乖的，王妃说，他盗窃，也是情有可原。只是这世道太坏，只是我们做父母的太没本事。这世界上，我们都只能自己顾自己，自己都顾不来，哪里有本事顾别人？小多，王妃把孩子叫到跟前，说，是妈妈不好，妈妈没资格做你的妈妈了。妈妈没法顾你了，妈妈要走了！

小多问：妈妈，你要去哪里？

王妃道：妈妈要去很远的地方。

小多问：去哪里？

王妃道：天堂。

小多问：爸爸也去吗？

李杜说：爸爸也去。

小多说：我也要去。我要跟你们一起去天堂！

李杜跟王妃一愣，对视。他们从对方眼里看出肯定的回答来了。

可是，孩子他知道去天堂是什么意思吗？他怎么会到了需要去死的地步呢？他本来是没必要活的，但我们父母把他生下来了。我们生他时，没有跟他商量。现在想起来，当初生小多，似乎只是因为想做爱。李杜觉得用安全套不爽，王妃也怕安全套摩擦了痛，就没有用。生出小多来，完全是他们的不负责任。小多是给我们还债才来到这世界的，现在又要把他弄死，我们有什么权利擅自决定让他死？

李杜摸着孩子的头，无限温柔地说：小多，跟爸爸说实话，你真的喜欢去天堂吗？

小多问：那里好玩吗？

你说呢？李杜反问。

我不知道嘛！小多说。

你不是已经去过了吗？李杜想这么说。但是他没有说。他怕引起孩子的恐惧，那毕竟是一次伤，有伤痛。他想起电视里曾经表演过死亡游戏。他就说：要不要试试好玩不好玩？

好！小多应。

李杜说：不用怕，很舒服的。就用手掐小多的脖子。起初小多觉得有点难受，挣扎。李杜说：很快就会舒服起来的，非常舒服非常舒服！小多被诱惑了，不再挣扎了，忍着，稀奇地期待着爸爸说的那种情形到来。他果然听到了耳朵里有种奇怪的声响，是很空的那种，没有别的声音。脑子里一片空白，好像进入个很幽深的洞，但是里面很亮。他感觉不到自己了……李杜手一松，他又感觉到了。他眨巴着眼睛回忆着梦里的情景，说：我去天堂了吗？

李杜点头。

小多说：我要去天堂！

李杜心中窃喜，但是他嘴上说：还是别去了吧……

小多嚷：不，我要去天堂！

李杜让自己感觉是无可奈何了，他摇摇头，好像平时小多不听话时那样。他瞅了王妃一眼，好像在说：你看，这孩子，没办法！

小多机灵地又跑去央求他妈。妈，我要跟你们一起去天堂！他说。

王妃眼里闪现着狂喜，让李杜不敢看。那不是正常的神情。李杜心中又没底了。他又把孩子拉过来，问：去天堂了，要是不好玩，那怎么办啊？

小多说：不会不好玩的！

李杜又说：万一呢？

那就再回来！小多回答。

李杜苦笑了。孩子什么也不懂。现在，他又后悔自己怎么去问这个问题了，简直是自找麻烦。王妃狠狠啐他：唉呀你这人真啰嗦！孩子已经说了嘛，还啰嗦什么呀！小多，要去天堂就要去死。王妃猛然说出“死”这个词来。

那就去死！小多答。

你想去死？

对呀！小多点头。但他忽然又问：去死，疼不疼呀？

王妃愣了。这倒是没有想到的问题。之前只知道去死，上吊也可以，撞汽车也可以，跳楼也可以，要到了被绳子窒息了、被车撞到了、摔在地上了那刹那，才会产生痛和后悔吧，但那时已经晚了，也就死过去了。但是现在先把这问题提出来了，倒不好办了。死当然是会疼的，想想，生命就像越吹越大的汽球，能量越来越大，要压破它，就越要用很大的残忍。所以身体健壮的死刑犯被处死时是会倍受折磨的。所以过去行刑前，都要给死囚喝酒，让他沉迷下去。小多也曾有过昏迷的时候，为什么当时要把他救出来呢？他们现在非常后悔。

现在，他们不得不想，怎样的死才能不痛。说是为了孩子，其实他们自己也怕疼。趋利避害是人的本能，痛就是给生命加的保险阀。因为怕痛，我们去保存自己，我们在死亡面前望而却步，我们的生命得以延续下去了。当然王妃和李杜当时未曾意识到这。他们想：最好是沉迷着死去。吃安眠药！对，而且能够保证同步死。别的办法是难以做到的。

他们于是去买安眠药了。但是药店不卖，说要医生处方单。王妃去找一个熟人开处方。熟人说：要自杀啊？王妃吓一跳，说：你说什么呀！我干吗要去自杀？

熟人笑了：我看你也不像会去自杀。

王妃想：是啊，现在谁还为爱自杀？早都活得世故了，感情早磨得粗糙了。

孩子又聪明，老公又没下岗。对方又说。

就是没本事。王妃笑道，为了让气氛显得正常些，她故意这么说。

什么没本事？对方说，老牌大学毕业生，不比现在，大学毕业是垃圾。

王妃想：也是。假如丈夫不写诗，也许是的。

你又年轻……那熟人又说。

我年轻？王妃应，你没看我这救生圈！

她恶毒地说，把自己肚皮一捏，简直自虐地。那人说：那是富态，生活安逸了，发点胖，值得。

也是一番道理。这是个深懂生活哲学的人。王妃想，跟他没什么好说。好在他不怀疑自己会去死，好歹给我开安眠药了。但是对方只给开两片。这两片当什么用？还不够填牙缝。对方说，不能多开，会违反规定的。磨破嘴皮也没用。你吃完了再给你开吧！他最后说。王妃无望了，甩下处方单走了，还啐了对方一句。这熟人关系不要也罢了，她不需要了。

我就不相信这么严格！李杜说，贪赃枉法，胡作非为，这个世界什么罪恶没有发生，就这安眠药就会管得这么严？他们分头去找了。果然有一家私人小药店，不要医生处方单，而且可以整瓶卖。他们欣喜若狂，好像濒临死亡的人找到了神药。他们买了三瓶。李杜居然感激地对药店说：你们真是我的救命恩人！

可是他们却是相反着要结束自己生命的。李杜觉得很荒谬。

8

现在，只剩下把这些药吃下去了。然后，躺下，死。

李杜忽然想到要做一件事：把母亲托付给哥哥。这段时间他太亢奋了，几次自杀，居然把母亲给忘了。母亲很老了，没几年的人了。李杜留一封信给哥哥，让他照顾母亲，对他的死，能瞒就瞒吧！当然他也对无法还哥哥的钱，表示歉意。

写完信，他忽然又想，应该给这个世界留个遗言。对死去的人，人们往往有着乱七八糟的猜疑，或者是不管三七二十一的一概说好话。那都不是他的愿望。他要说明，自己不是被逼着去死的，而是自己选择去死的，更不是那种死到临头了还苟且偷生，逃跑着，哀求着，哭号着，耍赖着的人，最后还是被笼子里的鸡一样被逮着去死。这些蝇营狗苟的灵魂，到最后不会后悔吗？既然总要死。李杜说起上个世纪中期古巴革命后，被判死刑者可以提出最后的愿望，许多人选择了由自己向行刑队发出命令：开枪！

我是为尊严而死的，活着是件屈辱的事，敢于结束自己的生命，是真正的勇者。李杜这么说，有点让自己青史留名的意味。

怎么把遗言发表出去？他不是名作家，没有人要发表他的东西。他想到了网络，听说那里是随便都可以贴文章的地方。他不懂得上网，向一个诗友问了几个热门网站，找了家网吧，在网吧里一个小年轻的帮助下，把自己的遗言贴了上去。他遮遮掩掩，但小年轻也没有觉得什么，在网上，这样的玩笑太多了。

他又在网上逛了好一会儿，他发现网络蛮好玩。

晚饭时分，他回家了。刚到家门口，就听到里面王妃在尖叫。她又在骂孩子：你这孽债，还不快死！你这死仔……原来她跟孩子说待会儿要吃药，孩子一看这么多，就死活不答应。李杜觉得不该在最后的时刻这么对待孩子。他让孩子提出条件来，什么条件都满足他。孩子说，要吃肯德基。李杜说可以。到了这时候，还吃不起肯德基了？孩子又试探着说，还要给老师买金链条，当做告别礼物。李杜说：可以。

我要两条！

可以。

三条……孩子得寸进尺，涎着脸。

李杜也答应。

我要让全班同学都眼红我！小多说。

李杜笑了，孩子什么也不懂。

孩子很高兴，父亲从来没有这么爽快的。这么多好事，全齐了，他觉得自己是全世界最幸福的人了。他的话更多了。在肯德基，他很积极地出主意：爸爸妈妈，我们吃鸡桶套餐，合算！那么一大桶才五十五元，要不然一个鸡腿就要七元了，三个鸡腿就是……

他精明地盘算着。李杜和王妃禁不住又想起他偷爆米花积卡片的事情来。李杜又想：如此对生有着设计的孩子，他真的愿意死吗？但遗言已经发出去了！他马上对自己说，已经不可能了！他用这个理由阻止住了自己。他感觉自己是身不由己，被推着滑向死亡。

王妃则谩骂起孩子来。不这样，就无以抵制自己的柔弱，抹掉她心中对孩子真爱。真感情总是在常态下静静驻立、默默流淌着的。她要在疯狂状态下把这它搅浑了。

两个人几乎同时对孩子说：好，全依你，我们吃完回家！

回到家，他们打开了药瓶，李杜给孩子拿药，王妃就去给孩子倒水。小多很满足，说到做到，就吃了。孩子吃一片，王妃就问：没事吧？孩子摇头。又吃了一片，王妃又问：没事吧？孩子要说话，把药片卡在嘴里没吞下，就叫苦。王妃赶忙再给他一口水。下一次，等孩子吞下水后，她又问：真的没事？孩子一动咽喉，水呛了，咳嗽起来。李杜说：不要打岔吧，孩子吃药，噎了。

王妃闭嘴了。孩子终于把药吃完了，她忽然扑上去，搂住孩子狂吻。孩子嗷嗷大叫了起来。挣脱出来，孩子的脸已经被她亲得青一块紫一块。

把孩子哄上床睡，夫妻两人一直不肯离开。看着孩子睡下去，他们感觉孩子像飘起的风筝，越飘越远了，无法控制，那绳要断了。他们要去推醒儿子，他们同时伸出了手。他们的手撞在了一起。她看他，他也看她，都冷静下来，把手收回去了。

现在，剩下他们自己解决自己了。万里长征走到了最后一步，无比的疲乏，但又微微有着兴奋。他为她拿好了药，也为自己准备了一份。她为自己倒了杯水，也为他倒了杯水。两个人相敬如宾，像国王和王后那样，那样亲近，又那样冷漠。

灯关了。夜很静，他们能听到彼此喉咙的声音……

9

……李杜望见天花板上有个蜘蛛网，上面有只蜘蛛。它会动。他感到奇怪，他怎么会动呢？这样一想，他发现自己是醒着的。他怪讶地看周围，看到了王妃。他霍地坐了起来。难道自己看到了鬼？

但是周围的一切都是熟悉的，桌子、椅子、桌上的钟和笔筒、挂衣架、王妃的怪怪的香水味道，还有被子的油腻味。可是这一切都已经跟他没关系了呀！他蓦地感到可怕。就好像灾难般的高考已经过去了，突然又被抓回来重考。

他听见有人在外面唱歌，是儿子！他唱得五音不全，但是很高亢。他几乎晕倒。他明白了，那安眠药出了问题了。这时他又听到了电话铃声。

他望着电话，躲避着。他不想去接，他不想接受这个现实。电话铃把王妃吵醒了。她看到他，猛地跳下了床，惊骇地望望他，又望望电话。她也明白发生了什么了。她猝然倒了下去，像被强奸后无话可说那样。

她记起自己刚才已经走到了天堂的门口了。她一路上还一直提心吊胆，会不会杀出个程咬金？会不会被拉回来？但是一切是那么顺利。她简直惊喜自己运气这么好，从没有这么好过。她甚至还回头望了望人间，生出几丝悲悯来。眼看着天门打开了，她却掉了下来。

一路上她还留心有没有痛。但是不痛。敢情没有痛，就是不真实的。不痛是不可能的，梦中才不会痛。她恨自己为什么要怕痛？因为怕痛才去选择安眠药的。

小多跑进来了，问父母为什么不接电话。他把电话接了，自己跟对方大讲了起来。他说：我刚去天堂了！

对方问：天堂？天堂好玩吗？

小多答：一点也不好玩！也有老师逮着要你做作业。爸爸骗我！

李杜猛地感觉烦躁。这样一感觉，人也全醒了。他喝令小多把电话给他。是一个诗友打来的。诗友早上看了网上的帖子，将信将疑，打来了电话。我就知道是假的！现在诗友说，哈哈笑了起来。

李杜说：不是，是真的！

对方说：得了吧！难道现在是鬼魂在跟我说话？这时代还有几个海

子？不过，还真有人在惊呼又出了个海子了！你上网去看看吧！你出名了，你还真出名了，真成功！比央视《欢乐英雄》上的“挑战极限真人秀”还成功！这是你最好的作品，它的影响力已经冲出了诗界文学界……对啦，我给你网址，你自己去看吧！

李杜记下网址，立刻跑到了最近的一家网吧，打开网站。他看到了那个帖子：

[蚂蚁]：又一个诗人自杀了！又出了个海子！

他心里一阵温暖。他蓦然想：假如我真的死去了，就感觉不到这温暖了！

他继续看下去：

[王蒙]：中国作家自杀的太少了，所以出不了伟大作品！

[宁波少帅]：鲁迅先生说过：她用她的死，使苟活者失去了重量！

[diandaozhongsheng]：这不是鲁迅说的，瞎掰！

[文学先疯]：中国作家自杀的太少，在太少的自杀者中，也几乎是诗人。小说家哪里去了？他们编故事去了。

[Worm]：请哪位朋友介绍介绍诗人李杜！我们视线低矮，对高处往往视而不见。

[耻]：我怀疑！因为我曾经试过。当然如果真有此事，我愿向死者谢罪！

李杜肩膀一缩，害怕说话的人看到了他。还有一个叫“小说家陈希我”的帖子：

要说试过，我讲我自己的经历吧！2005 年初，某个事件几乎把我击垮了。一天，我从我所在的福建师大图书馆最高层往下望，我蓦然觉到了吸力，死像漩涡一样要把我吸下去。也不知过了多久，我的脚登上了唯一可登的栅栏横杠，我的身体一半在栅栏上了。只消向外倾，我就可以翻下去。可是我的身体一向外倾到一定程度，就被扳了回来。又倾，又被扳了回来。好像身体里装着平衡的水，不，简直是古代的欹器，满了倾覆，倾覆了又满，满了又倾覆……我又进攻性地向外撞，嗯——呀又反弹了回来，像撞上了橡皮墙。我听到了一个声音在对我说：小子哎，回去吧，我现在不收你！可是我身边没有人。这楼层的借书室全已关门了，一个人也没有。我回到了家，浑身冷透了，湿透了，躺床上几天起不来。你可以战胜得了活，但你战胜不了死。我只能在写作中战胜死，让一个叫李杜的诗人和一个叫王妃的情种去死。

李杜一愣，恍惚了。我死了吗？掐自己的大腿。

【上邪】

他和她们篇

1

电话是情人节后第三天打来的。一夜狂欢，一天昏睡，今天该干活了。老枪正构思一个电视剧，凶杀题材，主人公东躲西逃，眼看要被逮住了，明晃晃的刀追着他，电话铃响了。话筒里是秀贞的声音，她说，叶赛宁自杀了……

恍若梦中。对老枪来说，编剧只是编剧，编完了，世界还是这个世界，半夜敲门心不惊。倒是小妖有时会疑神疑鬼跳起来，听门外动静。没事，大不了查户口，老枪说。告诉他们，手续正在办！

小妖是老枪的女朋友。老枪离婚了，不想再结，找个女孩同居，常换常新。只是有时会来查户口的，老枪也有办法，就说正在办结婚手续。这是从无证商贩那里学来的。

小妖哧哧笑了：你这编剧家可真会忽悠！

小妖没什么文化，不会说剧作家。剧作家！老枪纠正。哦，剧作家。小妖说。小妖说着照样要起来，老枪从背后扣住了她。小妖嚷：不行，人家要上洗手间！老枪才撒了手，死蛤蟆似的趴在了床沿。小妖回过头，啐了他一句：赖皮！

老枪是赖皮。也因此活得比较好。他给人家编电视剧，人家需要什么，他给编什么。这活儿很挣钱。他原来是写诗的，诗是过时的文体，他就与时俱进改去写小说了；然后又与时俱进成了编电视剧的。很多写作者都梦想走到老枪这一步，只有叶赛宁是异数。他一根筋当个诗人。诗人都有点走火入魔，但老枪没料到他会自杀。生命诚可贵，好死也不如赖活呢。老枪赶到医院，叶赛宁正在手术室抢救，他妻子秀贞在手术室外面哭。秀贞说，是因为手机被抢了。昨晚十点多，叶赛宁从朋友家回来，路上蹿出一个劫匪，把他的手机抢走了。第二天一早，就发现他倒在血泊里。

是用一把螺丝刀戳进自己心脏的。听着都让人生疼。这家伙为什么要选择这样死？纵使不想活了，也可以用绳子，用毒药，也不至于这么惨。护士从手术室出来，秀贞扑上去探问情况，对方没应，匆匆忙忙又跑进去，手术室的门呀地关上。看来凶多吉少。秀贞又哭了起来，喃喃说：为什么要这样？他为什么要这样？好像在问老枪。她忽然记起了什么，说：我可一点也没责备他啊！我只是说，这社会可真乱！这叫责备吗，老枪？

不算责备。老枪应。即使责备几句也很正常，老枪想。手机丢了，家庭经济又不是很富裕，叶赛宁他平时又是一副不食人间烟火的样子，也该说说。只是作为诗人的他，过于敏感，太较真吧！记得有一次聚会，有人讲起了黄段子，大家都笑着听着，叶赛宁却愤怒地站起来斥责，搞得大家很无趣。他喜欢叶赛宁的诗，动辄就谈叶赛宁，恰好他也姓叶，大家就开玩笑说，你干脆就叫叶赛宁得啦！不料他真的从此把笔名改成"叶赛宁"，以那个忧郁的、多愁善感的俄罗斯诗人自居。他终于也像叶赛宁那样自杀了。

手术室门终于开了。医生走出来，摘着蓝色口罩。大家都围过去，七嘴八舌地问。医生把手从口罩系带缩回来，做着下摁的姿势，没说话。他目光疲惫。他用疲惫的目光严厉地瞅着秀贞，好像在说：你丈夫可把我累得够呛！秀贞缩了缩，脸红了，那红里明显透着希望的光彩。果然，医生说，手术成功了。

居然活过来了！螺丝刀只划破心脏的边缘，也算他命大。秀贞激动得又哭了。叶赛宁被推出来了，秀贞扑上去，趴在他身上，手护着他的身体，怕他受震动了。好像这命是意外夺回来的，现在要分外珍惜。车轮快速滑行，她碎步紧跟，一步不肯落下。她把脸贴着丈夫的脸，做着倾听的姿势。要在平时，老枪一定会笑的，在日常场景中，“倾听”显得很矫情，听就是听，你有话就说，你说我听着呢。“倾听”这词只能在诗里用的，靠，生活又不是诗！老夫老妻之间，说些必要的生活用语，比如该吃饭了啊，东西放在哪里啊，交代个事情啊，还能怎样？有一次，叶赛宁喝醉了，告诉老枪，他已经两年没跟妻子做爱了。

老枪问：为什么？

没有爱！叶赛宁说。

靠，老枪想。做爱做爱，没有爱怎么做？道理上是这么说，但大家不是都这么做着吗？特别是男人，只要能得到感官的满足，没有爱，但做无妨。可是他却不行，所以有一阵，老枪开玩笑说他是个女人。

现在，老枪看着还在昏迷中的叶赛宁的脸，发现还真有点女性化。眉清目秀，鼻尖细小，嘴唇有唇线，好像是用唇笔描出来似的，因此也显得格外敏感，稍微一动，就好像跳跃似的。秀贞赶忙把耳朵凑过去，但是它没有发出声音，只是婴儿似的吮吸了一下，溢出口水来。秀贞连忙给他擦拭，又将他的头偏向一侧，怕呕吐物被吸入气管了。她问医生呕吐有没有关系，医生说，嘴唇没有青紫，呼吸心跳都正常，没有关系。她才放心了。

她不停地给他擦着。她也许在懊悔，自己过去没有这样对待丈夫。现在，她要弥补。那嘴唇又跳了一下，她赶忙又去倾听，可是对方仍然没有话。秀贞只听到了他的呼吸。有鼾声。她把他的头微微后仰，让他张口，托他下颌。她一直这么托着，大家要给她换个手，劝她去休息一下，可她一分钟也不肯离开。老枪想，她也许是要守着，让丈夫醒来第一眼就看到她。那一刻该是多么动人的，生离死别后的重逢，在剧本或者小说里，这时候一定不惜笔墨大大营造一番气氛，如泣如诉。

叶赛宁终于醒来了。可是期待的情形没有出现。他漠然望着妻子。秀贞朝他笑，他居然没有反应。也许还没有缓过神来，还可能有短暂的失忆。老枪跟他说话，竭力让他记起曾经发生的事，提到了手机。叶赛宁噌地要爬起来，叫着要去死。

老枪后悔了，自己真不该去提手机，这正是他的伤心处。现在，他又悲痛欲绝了，叫着不要活，要把输液管揪掉。大家慌忙把他的手控制住。他挣扎，完全不像是个刚做完重大手术的病人，那么有力，那么顽固。护工索性把他的手绑在床架上。

他动弹不得，只得绝望地又把脸别到墙那一头去。无论你怎么求他，就是不应答。老枪给他说他喜欢的东西，比如诗，可是他也没兴趣，动也不动，像一块顽石。第三天，他放了一声屁，大家故意借此哈哈大笑了起来，可是他也没一点笑意。

可以恢复饮食了。他不吃。大家劝他，吃吧，身体好快点恢复。不理睬。医生被动员来了，企图说服他，他把嘴巴闭得紧紧的。也难怪，把人家这么绑着，还叫人家怎么配合你？可是一给他松绑了，他又要拔针头，又要爬起来。医生说，那还是继续挂瓶吧。

秀贞问：都不吃，能行吗？

医生答：医学上的维持生命，可以。医生手插在白大褂的口袋里，在里面摆弄着什么。

可只是维持啊！秀贞急着说。

可是病人不配合，我们能有什么办法？医生道，我们已经创造奇迹了！

医生也并不完全在吹。确实，像那样的伤情，这命即使能捡回来，也可能只是半条了。在挽救生命面前，即使锯掉你的手脚，能让对方活下来，也是成功。可总不能一直靠输液维持吧？秀贞说，不管三七二十一，买了来再说。她买了上排，剔除了哪怕是一点点肥的，熬了汤，再撇去上面的油花，用汤匙舀了，用嘴吹凉，寻他的嘴巴喂他。不料他却一甩脑袋，撞翻了。汤汁洒在被单和秀贞的身上。

秀贞哭了。这家伙也太不像话了！是你自己把手机弄丢了，又不是人家秀贞的错。当然看他神情，也并不是在针对秀贞，似乎只是恨秀贞非要喂给他。他神情懊丧，目光低低垂在一边，倒像是在恨自己。恨什么？恨自己没钱？没钱又丢了东西？秀贞擦了被单，出去擦自己的衣服了，老枪望见她啜泣的背影抖抖索索，很寒碜。老枪跟出来，说：这小子，是不是在心疼手机？

那台手机老枪还有印象，海生牌，灰壳翻盖的，款式不新，也不好看。秀贞止住了哭，瞅着老枪。

老枪说：这倒好办，再给他买一台吧。我来买给他。他又补充了一句。

不行不行！秀贞摇头。

我能挣钱，老枪道，简直是炫耀地。秀贞还在客气。救命要紧！他训斥地冲秀贞嚷道，自己进病房去了。看到叶赛宁，又想这家伙爱面子，不会接受的，于是改口说：秀贞要给你重新买一台手机。

仍然不搭理。

老枪想了想，又说：秀贞说要买一台赔你。

说“赔”很荒唐。秀贞为什么要赔他？老枪都为自己感到好笑。但到了这份上，也无所谓了，把命救出来再说。可是对方还是没反应，像一捆点不着的湿草。

倒也是，赔手机有什么用？那里存有资料，号码，地址，短信，备忘录，也许里面还记着写作提纲什么的。单说那电话号码，一个人丢了手机，他就很可能丢了大多朋友熟人了，老枪记起辛格《皮包》里的故事。老枪于是又问：你是把号码存在机上，还是存在 SIM 卡上？如果存在 SIM 卡，可以补卡，号码也可以找回来的。

老枪也没把握是不是真能补，他只是听说的。他感觉自己这么说很冒险。假如叶赛宁信了呢？又不能补，怎么办？好在叶赛宁仍不理睬，脑袋桀傲不驯地仰着。老枪又发现自己糊涂了。手机能替换的吗？它跟你朝夕相伴，就像情人，你忙时它帮你忙，你闲时它给你解闷，你的手无数次地摸它，那里面有你的体温，你的汗液。换了一台，即使是同一品牌的，感觉能一样吗？只有我这种俗物才觉得一样，老枪自嘲地想。人家可是诗人呢！唉，没法子，只得希望找回原来手机了。可这是可能的吗？

2

老枪去报案的鼓楼派出所询问。派出所里乱糟糟的，原来抓了几个小偷。围观者在对他们指指点点，说是这几个家伙天天在鼓楼大街上对行人行窃，明目张胆。他们有团伙，你制止他们，就会遭到他们团伙的报复。所以边上看到的人，至多只能在小偷得手之后，过去提醒失主。报上曾经报道过一个人，故意发出一个响声，把小偷惊跑。他就已经被公认为“反扒斗士”了。也难怪，普通群众能做什么？即使制服了他们，把他们抓进公安局，过两天又出现在大街上了。现在，警察在对这些小偷问话，登记着，而小偷们呢，满不在乎地看着头顶上的电视节目。有的还坐到了边上的椅子上了。大家戳他们脑袋，其中一个还冲大家做了个恶狠狠的神情。大家一吓，然后羞怒了，叫警察看。那警察对那家伙喝斥一声，又低头继续登记。大盖帽几乎把他整个头都盖住了。老枪想，叶赛宁手机被抢后，那些警察也只顾着登记吧？作为失窃者，也许叶赛宁还幻想着 110 带他去抓劫匪，就像警匪剧里的情形，警察用报话机迅速联络各地警车，布成天罗地网，警车汪汪汪闪着警灯，向罪犯包围而来，来个瓮中捉鳖。不料，警车却带着他驶离了事发现场，去派出所登记。离现场远了，希望也渺茫了。

群众中有人道：这些家伙，为什么不拉去枪毙！

警察道：哪有那么简单？那还要法律了不要？

群众道：法律，是保护我们无辜人的，不是保护罪犯的！

警察道：你怎么知道他们是罪犯？你只能说他们是犯罪嫌疑人。在美国，刺杀了总统，对方要是声称自己是精神病，你找不到证据驳他，还得把他无罪释放了。

群众道：这什么美国？美国原来也不见得好！

警察道：这才叫法制社会。我们是法制社会，如果在没有弄清是不是罪犯的时候就随便判罪，那叫残害无辜，你自己也许有一天也会被残害的。要有证据，要取证。法律需要程序。警察用笔顶了顶大盖帽。

程序，程序……吵吵嚷嚷。老枪感觉好像在菜市场，前面满是黑压压的人头。老枪问警察案子的事，警察说，到楼上问。老枪跑到楼上，被告知，案子已移送到区刑警队了。老枪又跑到刑警队，在刑警队大楼陀螺似地转了半天，这个说在这间，那个说在那间，没人说得清楚。在走廊见一个穿着警裤的人走过来，老枪问他，他反问：什么事？

老枪眼睛一亮，他把事情说了。那人说：你回家等吧！

老枪还想磨。我们有消息了自然会通知你。对方打断他，好吗？好吗？对方好像很礼貌，一边向老枪逼来，硬是把老枪给逼下了楼梯。

出了刑警队，老枪才意识到自己傻。应该去找个熟人。没有熟人，谁理你？可是公安里他没有熟人。他想到了赵大人。赵大人是法制记者。你帮我问问吧，老枪对赵大人说，这案子到底什么时候能破？

赵大人说：那要问偷的人了。

老枪叫：问他？

问他？赵大人模仿着老枪的语气。老枪知道对方在嘲弄自己，自己这么叫时，神态一定很幼稚。果然，对方吔着他，好像在说：你是怎么在这个世界上混的啊？还编侦探电视剧！靠，好啦好啦，老枪索性道，我知道我傻啦！写侦探的比搞侦探的傻，同样写字的，我也比你傻，当然还有比我更傻的，就是叶赛宁。你就当是关怀弱势群体吧！大人！

老枪像古装戏里那样，拱手作揖。赵大人笑了，说，看你这揖的份上，帮帮你。

赵大人带老枪去刑警队，找熟人公安林。递上一支烟，点着，公安林就抖着烟灰带他们去见刘探长。原来就是刚才只穿警裤的人，现在把上装穿上了，样子就不一样了。公安林说，就叫刘探吧！赵大人就叫他刘探，又是递烟。刘探已抽着一支了，就把烟放在桌面上，用食指碾着，叹口气，说：手机啊！现在抢劫的太多了，光是情人节那晚，我们这就接到二十三桩报案。

能破吗？老枪急煞煞问。

这难说。刘探说，我们既然是熟人，就实话实说。

那就是说没希望了？老枪又问。

也不能这么说，对方回答。不久前还破了个手机抢劫案，没两天，就找到了，因为那贼又去作案，被抓到了，拔出萝卜带出泥。

靠，主动权还是在贼身上！老枪想。也就是说，要等到贼愿意去暴露自己。老枪又急了：这么说，你们不破案了？

对方愣了一下。怎么不破？破，当然要破！

对方马上变得一本正经起来。只是又明显有点不甘，又说：破案也得需要过程！情人节那晚，二十三桩报案，光是我们警车开进开出，都不够安排！

那是你们的事！老枪道。赵大人眼看老枪要跟对方吵起来，赶忙拉起老枪往外走。到楼下大厅，赵大人道：你这家伙怎么这样！

老枪道：我怎样了？

老枪的嗓门像夏天的蝉，越捏越响。赵大人不说了。等出了刑警队，又说：你理解点人家好不好？

怎么理解？老枪说，理解他们不破案？还有罪犯不抓，去抓受害者的！老枪又说，人家去报案，他不去抓歹徒，却把报案人抓进派出所做笔录做了半天，黄花菜都凉了。

这是他们的职责嘛！赵大人说。

职责？老枪道，既然知道职责，就要尽责！

赵大人像被咯了胳肢窝一样笑了起来，伸手要去摸老枪的额头。老枪躲开了。赵大人说：你是不是发烧了，萨斯了没？老枪更火了，凶狠地把赵大人的手一推：你别来帮闲！

赵大人忍耐不住了，放下脸道：你还来真的啊？那好，那就来真的。你说什么？尽责？你老枪居然也会说尽责？你老枪自己又多尽责呢？

老枪愣了。

你他妈的作为一个作家，人类灵魂工程师吧？不好好写东西，胡编乱造，就为了挣钱。好，撇开挣钱不说，谁都要挣钱，谁都要钱，也撇开让整个民族弱智化不说，单说你们误人时间，鲁迅说，耽误别人的时间等于谋财害命，你他妈的都谋财害命了，你还说别人？

老枪张了张嘴，但没说出话来。这问题他们曾经争论过，老枪赢了，可是现在老枪的那些理都反过来驳斥他自己。赵大人继续进攻：我说你是贩毒，你说，谁叫他们愿意吸毒呢？我是满足他们的需求。你还说，你这思维本身就是错的，谁说作家是人类灵魂工程师了？作家也是人，要生活。这才是对的。这么简单的道理都不懂！你是不是这么说？瞧你现在这一脸道德，你怎么又不那么想了？你还说，谁说谋财害命就不行？你要不吃亏，你可以提高自己的对伪劣商品的辨别能力嘛，这就好像买假冒伪劣产品，工商不是老在电视上说，消费者自己也要懂得辨别吗？谁说我要跟在你后面给你当警察？消费者要消费，首先要把自己培训成火眼金睛的辨别假冒伪劣商品的专家；你要走路，首先要自己眼睛睁大了，别丢到没有井盖的坑里去；又没人告诉我哪里缺了井盖，我哪里知道？谁说你走路我要跟在你后面。当老师也一样，学生打架，没人告诉我打架，即使告诉我了，我也已经下班了，我即使赶来了，也需要时间，110还需要时间呢，所以学生你要自己保护自己，别让别人打了，学会护身拳。这不都是你说的吗？

赵大人像开着机关枪，一梭子一梭子过来。老枪承认那些都是他说过的，说的时候还很得意。只因为倒霉没轮到自己。现在你倒霉了，你有事了，人家凭什么要对你负责？这就叫罪有应得吧。

3

其实老枪是个明白人。对这世界，他本来不抱希望的。他的哲学是：不抱希望，就没有失望，一旦得到好结果，反而是意外的收获了。老枪没料到，这意外的收获还真降临了。三天后刑警队通知：手机找到了。居然！

大家高兴极了，比没有丢手机时更高兴。老枪马上奔到刑警队去。办事的说，要报案的红单。老枪拿出红单。对方又说，要身份证。老枪说，没带身份证。对方立刻警惕地盯着他。老枪明白，对方怀疑他是冒领的了。本来嘛，所有人都有犯罪嫌疑。他跑回去拿。秀贞又拿出手机的发票，说，也带上吧！老枪刚走，秀贞又追出来，要跟他一道去。反正他睡着了。她瞥病房里的叶赛宁。

老枪和秀贞到了刑警队，对方还说：身份证。

这不？老枪道。

谁的身份证？对方反问。

老枪明白了，他们要的是报案人的身份证。她是报案人的妻子！老枪戳着秀贞道。

怎么证明？对方问。

无法证明。正急着，忽见那个刘探从楼上走下来。见到老枪，好像有点认得，但不能确定，就若有若无地动了个头。老枪也朝他点了头。确认是熟人了，他也正式地点了头。

老枪灵机一动，上去向他说了情况。对方的眼神显示出，他搞清楚老枪是谁了，老枪又意识到不妙。果然，刘探说：不带身份证是不行。

老枪道：不是我的事，是我朋友的，他还躺在医院里。

哦？刘探似乎有点被触动。老枪趁热打铁。这就是他的爱人！老枪把秀贞推上去。秀贞赶忙说：他是我丈夫的好友，给我们帮忙的。我丈夫还躺在医院里，不吃也不喝，好几天了，就等着看手机找回来。您能不能帮忙说说，变通一下……

那天我是为朋友才急的。老枪表示歉意，不好意思了！

刘探笑了，摆摆手：没什么没什么！也难怪，每个失窃的人都很急。没想到是为朋友。他对经办的说：他们是老林的朋友。

经办马上转变了态度。事情解决了，老枪简直感激刘探。唉，人对人真是不能太苛刻。你要那么不尽人情，就硬对硬撞去吧！谁鸟你？你什么事也办不成。老枪一个劲地道谢，又递烟，刘探又摆手，示意地上刚丢掉的烟头。

其实我们能做的，都会尽力做。刘探说。

话仍然有官样文章的意味，但老枪听起来并不逆耳。人家毕竟把案破了，把手机追回来了。那台手机被拿出来了。是那台海生牌灰壳翻盖的！经办的说拨一下手机号码。秀贞用自己的手机拨了，那手机响了，像认得亲人的孩子。秀贞扑过去，抓起了它。

更让人高兴的是，手机里的资料还在。秀贞说：这下好了，他有救了！

他们立刻回医院。路上，秀贞说要直接拐去农贸市场，买吃的给叶赛宁。

老枪回到病房，也不管叶赛宁是睡是醒，就叫：手机找到啦！没反应。老枪又说，里面资料全在呢！马上意识到不对，就又说：我可没看你的东西啊！

这么说着，觉得自己更可笑了。没看，怎么知道里面资料在呢？老枪感觉自己变得很愚蠢，本来是个多聪明的人，因为同情叶赛宁，变得这么愚蠢！人动了感情就愚蠢了。他不知该怎么说了，他想说明，可是怎么说明呢？简直煞费苦心。可是无论你多费苦心，对方却根本不理会你。叶赛宁仍然动也不动脸朝墙壁。难道他还在睡？老枪推了推他。他的身体被推动了，但是又稳住了，不动。即使是睡着了，也会被推醒的。老枪又去扳他的头，要把他的脸扳过来。但是扳了一点过来，手一松，又弹回去了。那脖子就像可恶的弹簧。老枪明白他是在对抗了。他就又将手机越过他的身体，放在他眼前，给他看。他仍然不动，也不知道那眼睛是睁开着还是闭着，老枪的手倒可怜地悬在半空中了。老枪顿时感觉很无趣了。人家根本不在乎你！你也太过分了点吧！老枪叫，你还有什么不满意的？手机找到了，歹徒抓到了，罪犯绳之以法了！多少人还找不回来呢！你以为就那么容易找？你以为就不要花力气？我也不要你感激我，没有功劳，也有苦劳吧？将心比心……警察都知道将心比心，你倒好！我是为你做事，却好像是为自己做似的。你以为我这脸就不是脸？

老枪狠狠地扯了一下自己的脸腮。

对方仍不反应。

老枪又说：真是太不近人情了！你这是做什么人嘛！你这种人怎么在这世界上混？

本来就不……对方嘟囔了一句。终于开金口了。什么？老枪问。

让我死！对方说。

靠，又是这！老枪叫：你别以为你会死，死是件容易的事呢！不容易的是活，活着，活得好……

我不活！对方应，让我死吧！

人一旦只想到死，就再没办法对他了。我不活，你还能拿我怎么样？简直是耍无赖！没法沟通了，老枪觉得疲惫透了。他叫：那好，算我自作多情，算我多余！

他把手机丢在床头，不理了。叶赛宁也不理那手机，好像那根本不是他的东西。老枪靠在病房门上点了支烟，想等秀贞回来，交代了她就走，再也不管了。但烟抽了几口，气也消了些。他奇怪他到底还有什么想不通？就又走到病床前，捡起手机，说：好，你不要，我退回刑警队去！

对方仍然不理不睬，好像在说，你要怎么处置就怎么处置。

这下老枪简直激怒了。我送给那劫匪去！他叫。他真拿起手机往外走，他要把它扔掉。刚到走廊，手机响了。是短信。忽然一股好奇心攫住了他。他掀开了手机盖。

挂你电话，关机。对不起，别逼我好吗？

发信人是如涸。老枪眼睛猛被一扎，慌忙将手机合上。

4

如涸是“汇泉阁”茶楼的老板娘，老枪也认识。他们一些写作的曾去她的茶馆玩。她也爱写诗，常拿些诗作给叶赛宁看，说:老师请指点！她老叫叶赛宁“老师”，叶赛宁不喜欢，总说:别叫我老师！如涸就笑应，好，好，不叫老师！但过后照样叫。有一次叶赛宁恼了，说:你叫我老师，要把我一屁股踢到神龛上去呀！

按理说，叶赛宁是很把自己当一回事的人，人家叫他老师，他应当很乐意。印象中别人这么叫他，甚至还叫他“大师”的，他都照单全收。可是如涸叫他，他却不愿意。老枪一直有点奇怪，现在明白了。

他们的关系，大家一直没看出来。也因为如涸的丈夫就在茶馆里吧。那个男人，总是憨厚地笑着，看来也是不知情。老枪没想到，叶赛宁居然掩盖得这么紧，真应了那句俗语：闷闷地却吃了三碗半。老枪觉得自己的智力受到了挑战。

老枪承认去找如涸，一半为了让她来说服叶赛宁，解铃还须系铃人么，但一半，也出于窥探之心。如涸听老枪提起叶赛宁，立刻警觉起来，沏茶的手僵住了。老枪又说叶赛宁自杀了。茶壶就倾斜了，壶盖咣地掉了下来，茶水连同茶叶倒一桌子。如涸慌忙拿抹布擦，但是擦了这里，那里又泛滥了，一副不可收拾的样子。她显得有点急躁，把夹带着茶叶的抹布抖着，像个不会做事的主妇。

她的动作越来越没头绪了，那水更加泛滥，都泻到地上去了。她终于嘤嘤哭了起来。她忽然丢下抹布，就往外走。老枪跟了出去，问去哪？她说看叶赛宁，然后，她好像才突然意识到自己根本不知道叶赛宁在哪里，央老枪：你带我去吧！

一路上，她走得很急。只顾走，好像她只是个躯壳，没有魂。到医院，去病房大楼，上楼梯，过走廊，她一直走在老枪的前面。她也没问病房号，都闯过叶赛宁病房了，老枪叫住她，她收住脚。这时，老枪发现秀贞在病房里。

老枪让如烟去走廊拐角等着，自己进去调虎离山。如烟意识到自己什么都在老枪的眼里了，飞红了脸，顺从地去了拐角。老枪想了想，跑去护理站问是否已经欠费，护士说，马上要欠了。你们真自觉，大家要都像你这么自觉就好了！老枪想：靠，我贱啊！开了单，终于把秀贞支去银行取钱。

老枪以为叶赛宁见到如烟时会激动，至少会慌张。但是并没有。倒把如烟弄得尴尬地站在那里，不知道怎么办了。想想也正常，他们间一定有什么纠葛，也许叶赛宁还怨恨着如烟。一会儿，如烟哭了起来。这下叶赛宁该心满意足了吧？不管怎样，人家女的对自己哭了。叶赛宁果然肩膀抽了一下，但是很快又停止了。终究还是没有把身子转过来。如烟像孤零零的草，支支地立在他床前哭，摇摇晃晃，好像要倒下去。她终于弯下身去了，她把嘴附在叶赛宁耳朵上，说了句什么。叶赛宁身子明显又一抖。但他仍然没有回应。她又伸手去抱他。这举动老枪没想到，可是对方仍然没反应。既不迎接，也不挣脱，任她抱着，好像一具僵尸。老枪真不明白了，你叶赛宁还要怎么样？人家已经这样对你了，一个女人，即使只对着你耳朵说话，只是呼气，就够让你烧起来了，可是你却死猪不怕开水烫！太过分，太过分了！

如洇是一路上哭着回去的。眼睛哭得红肿，老枪提议，找家咖啡屋坐一坐。如洇答应了。咖啡屋很静，如洇坐在老枪对面，唐装，很典雅端庄。老枪想象着叶赛宁曾和她一起坐在这样的地方，多么好。那是自己所没有的，自己和小妖，总是在乱糟糟臭烘烘的被窝里打闹。有时候小妖会抱怨地说：我们好好说话好吗？老枪嘴里应承着，心里却说：靠，有什么好说的？

其实老枪也是希望有个爱的女人的。他真羡慕叶赛宁有如洇这么个女人。刚才你在他耳边说什么了？老枪问如洇。

如洇愣了一下，说：没说什么。

让我猜？老枪说，让他原谅你？

如洇点头。

原谅什么呢？

如洇犹豫了一下，说：我不能爱他。

老枪问：为什么？他忽然意识到如洇是不是还在提防他，又说：这不是蛮好的吗？我都羡慕不过来呢！

你是你。如洇说。

老枪正色道：我也是人！

不是这意思，如洇赶忙说明道，你误会了。我是说，你可以，我不能再爱了！

我是有丈夫的女人，如洇说，叶老师爱我，我很感激他。但是我不能。假如是别人，我可以明确告诉他，可这是叶老师啊！

那一次，他在我请他改的诗后面，写上三个字:我爱你！当时我很慌。其实我原来有所感觉的，但我没想到他会这么直白。他是个诗人，他可以用诗的形式表达。但假如他那样，我也可以把它看做只是在写作，在虚构，故意不明白。诗人在诗里吟咏爱情的多了，爱甚至成了似是而非、指称不明的假托，成了象征。也正因此叶老师他不这么做吧！他这么直接，把我堵死了，没有了退路。我不知道该怎么办。我对他说：我们做最好的朋友，好不好？他说，不好！我说：是最好最好的朋友，最好最好最……好的朋友！他说：一百个一千个“最好的朋友”，也只是“朋友”。

我没辙了。可我不能背叛我的老公啊。叶老师他也有妻子。当然我不能拿道德的标准来衡量他，他是诗人。可我不是诗人，我是现实的人。也许你会在心里笑我，笑我俗。叶老师就是这么说我的。我告诉他我想的，他就骂我俗。我承认我很俗，我说，你何必爱一个俗不可耐的女人呢？他又说：你不俗！你要俗我就不爱你了！这话我当然喜欢听，谁愿意自甘做个俗物呢？可是我对他说：我真的很俗的，你看我是做什么的？开茶馆的，一个商人，唯利是图。他说，这茶馆不是你开的，是你丈夫开的，我要把你从他那里抢出来！他真的老是跑到我的茶馆来。好在我丈夫他糊涂，没觉出什么。只是有一次，他抓着我的手不放，说：你说你爱我！

我吓坏了。我悄悄对他说，我丈夫就在那边！他居然说：在更好，我要跟他决斗！

都什么年代了，还说决斗！真是又可气，又可笑。有时候我觉得他真像堂·吉诃德，我们这时代仅有的骑士，还没有被割掉的阑尾。你看他的样子，简直就是一个堂·吉诃德，瘦瘦的，头发还有点卷，那眼睛，那神情，好像随时要跟人战斗似的。但是不可否认，很可爱。特别对我这么个生意人，无趣的甚至恶心的人见多了，没见过像他这样的。他其实很单纯，单纯得令你不忍拒绝他。比如他总要求我说“我爱你”，我怎么能说呢？这等于确认我们的关系。我不肯说。他坚持：你说，我爱你！

你爱我。我故意开玩笑。

不是！他说，是“我爱你！”

你爱我。我又说。

他急了：你啊，就会化血为水！

看他那么痛苦，我想了个办法。那你看我口型好不好？我说，我张开嘴，说：我爱你。没有发出声音来。这样我也心安理得些。可是他说：听不见，不算数！你是不爱我！

他几乎委屈地要哭了。我只得再想办法。我写给你好不好？我说。

他说：写出来好！写出来更好！我就用食指在他手心写。刚写，他就把手缩回去了。要写，就要在纸上写。他说。

那怎么可能？那岂不是证据确凿了？我不肯。他就更要我写了。我后悔自己怎么去提醒他这根筋了。我说，那我发短信吧。他答应了。我们都掏出了手机。但我没有发“我爱你”，我发：

上邪！

他说：这个不行！

为什么不行？大诗人，你不知道这首诗？我说。躲在古诗里，我心安理得多了。

他无话可说了。

5

老枪躺在床上按手机。是叶赛宁那台手机。他想找找那则短信。果然有。叶赛宁这家伙果然有留旧短信的癖好。

小妖爬上来，跨过他身体时，习惯性地往后躲了一下身子。可是今天，老枪没有去侵犯她。她倒有些失落了。看见老枪在按手机，一屁股骑在老枪的腿上，把手机缴了，说：给哪个女人发短信？

老枪笑了：这根本不是我的手机。把那短信给小妖看：叶赛宁女朋友发给他的。小妖不懂。老枪把整首念给她，这是一首汉代乐府古代民歌，老枪说，就是古诗，古代情歌。翻译了。

小妖说：好浪漫哦！原来古人也这么浪漫！

从头到尾，没有一个“爱”字，老枪说，不着一字，尽得风流啊！老枪感觉自己又有点喜欢诗了。

老枪，你“上邪”吗？小妖问。

什么？老枪没有反应过来。

你爱我吗？小妖直截了当了。

老枪愣了。要在以往，他会不假思索地就说：爱。几乎成了条件反射。“我爱你”在他嘴里，只是一个口头禅。他几乎对每个他追过的女人都说过，但是他从来没有认真想过，到底爱不爱。也许也是有爱的，至少他爱对方的身体。他需要对方时，就说：我爱你。在交媾时，他会用“我爱你”来起到催情作用。即使在平时，他不想要对方的时候，他也会随口说：爱。为什么不呢？说一句爱，又不是难事，又不失去什么，为什么要吝啬？这一句爱，还可以当润滑剂。可是今天，他却说不出了。小妖见他不应，就逼近他的脸，盯着他。他逃不了，就反问她：你呢？

爱，小妖说。一边拿手指去撩刘海。老枪知道她也在胡诌。她凭什么爱他呢？论年龄，论相貌，都不可能。论兴趣吗？她根本不喜欢文学，看电视也只是看韩片。只有一个原因，她爱他的钱。可是小妖似乎说得很认真，或者她自己也没意识到吧？物质这东西是会转化成感情的。何况她这种年龄，春情泛滥，会有无限广泛的爱的，有时候连她自己也没弄清楚。可是在老枪这年龄的人，爱的汁液已经很少了，就像一个闭经了的女人的阴道。

老枪说：那我也爱。

什么叫那我也爱啊！小妖叫，嘟起了嘴。老枪也奇怪自己怎么说了真话？小妖突然把被子掀起来，把他晾出来。要在平时，他一定会趁机野兽一样扑过去，把小妖压在身下。可是今天，老枪却没有这么做。他懒洋洋地躺着，一点欲望也没有。小妖抓起一只枕头，丢过去，叫：你根本就不爱我！

老枪清醒过来，忙辩：爱的。

不爱！小妖说，瞥着他的下面。那地方平塌塌的。老枪知道自己没得辩了，事实胜于雄辩。他惊异自己怎么会这样了？这是从来没有过的。

不爱就是不爱了。他想起叶赛宁的话。爱，一认真探究，就出问题了。我是累了。他解释说。

小妖可怜巴巴地骑在那里。半晌，她说：你是不是也想跟谁发“上邪”？

老枪一愣，笑了。跟谁啊？

我怎么知道？

我能给谁啊？老枪说，别胡思乱想了！睡吧！我真的是累了。你也睡，别着凉了！他把被子拖回来，盖上了头。

老枪并没有睡。他想着小妖的可怜，觉得自己有点作孽。找女朋友就像履行契约，把人家弄过来了，就不能把人家晾在那里。可是他真的是不行。不行就是不行，这东西是做不来假的。还好小妖只是女朋友，大不了散伙，走就是了。可如果是妻子呢？他想到了秀贞。叶赛宁是什么义务也不给她履行。

凭心论，秀贞是蛮好的。典型的贤妻良母型。他们一直没有孩子，有一次大家在他家，谁冒冒失失说了一句：叶赛宁，你也该有孩子了。秀贞说：我还要什么孩子啊？这个孩子已经够我累的了！

她指的是自己的丈夫。确实，叶赛宁就像个孩子，只知道写诗，看书。在家里，什么事也不做。秀贞在工厂上班，早上早早起来，饭下锅，趁着空当奔去市场买了菜，赶回来。再把菜洗干净了，因为等下班回来再洗，就更迟了。有一次，老枪到他们家，已经晚上快七点了，秀贞还没回来，厨房还是黑漆漆的，锅还是冷的。叶赛宁也不管，把书房的灯点了，跟老枪海聊起来，等妻子回来做饭。好像这理所当然是她的任务。搞得老枪都不好意思了待下去，觉得是自己妨碍了叶赛宁去煮饭。要是老枪的老婆，早就咒个底朝天了。可是秀贞一回来，撂下包，就钻厨房。叶赛宁反而发了脾气，说你怎么到这么迟才回来！秀贞说：快下班了，又来了单子。叶赛宁说：你不会放明天做？秀贞说：我们那老板哪里会让你放明天做的？那么抠……秀贞就要诉说单位里的烦心事。又是这些事！

叶赛宁立刻啐道，就这些破事！

她就会说那些话！有一次叶赛宁对老枪说。

老枪笑道：那还要说什么话？还要她说“我爱你”？

叶赛宁挥挥手：罢，罢，早就不奢望她有那情调了！

一个女人，既要忙外，又要忙内，还要她有情调，老枪也觉得叶赛宁太苛刻了。当诗人的妻子真的挺受罪。生活已经如此不堪重负，哪有这闲情？倒是叶赛宁被秀贞养得精力过剩，到外头找别的女人去了。秀贞要知道，一定会气得吐血。

好在她不知道。秀贞仍然忠心耿耿守在医院。有一次老枪去医院，瞧见她趴在床头柜上睡着了。老枪刚一接近病床，她就一跳惊醒了。从胳膊弯抬起的脸上，耷拉着眼皮，努力撑起，额头上满是抬头纹，像个老太婆。跟如洇简直一个地下，一个天上。老枪更觉得秀贞完蛋了。

于是她的努力更具有了悲剧的意味。她老检点自己什么做得不让他满意了，她根本不知道，叶赛宁的不满跟她根本没有关系。有时候老枪觉得，秀贞倒真像叶赛宁的老妈子，糟蹋了自己，养大了儿子，然后再拱手送给另一个女人。她天天求叶赛宁吃点什么。有一天，叶赛宁忽然同意了，但提出条件：把我松开！那时瓶已挂完了，也不怕他拔针头，再想到他被绑了这么多天，也该松松骨头了。你肯吃，肯配合，我们为什么要绑你啊？秀贞说，就把绳子解了。秀贞给他东西吃，他说要吃苹果。秀贞急忙拿起床头柜上的水果刀，削苹果。吃了两片，叶赛宁又提出要吃柑。秀贞更高兴了，唯恐他变卦，就搁下苹果和水果刀，跑出去买柑。她回来时，丈夫已经又被送进了手术室。

他又把水果刀捅进了自己的心脏。

老枪赶到医院时，秀贞正被护士长恶狠狠训斥：没看见你老公这种人！要活腻了，回家去干这种事！

秀贞号啕大哭了起来。她这么哭，老枪还是第一次看到。她一直比较收敛的。见老枪来了，她扑上来，紧紧揪住老枪的手。老枪从那手感觉到，她是稀里哗啦垮了。老枪也不知道叶赛宁为什么要这样，抗拒治疗也就抗拒罢了，还要第二次自戮，而且是蓄谋，可见这自戮不是冲动。

秀贞不哭了，好像一下子就断了泪源似的。她盯着老枪，说：老枪，你可得跟我说实话！

老枪脊梁一阵凉。他知道秀贞指的是什么。叶赛宁曾跟她闹离婚，她就曾跑来找老枪，说：老枪，你可得跟我说实话，他外面是不是有人了？老枪说：没有！别人我不知道，他这个人，我还不知道？我敢拿脑袋担保！信誓旦旦。当时老枪确实没有骗秀贞，他只是将叶赛宁闹离，当成是他的任性之举。在叶赛宁身上从来没有过绯闻，这在作家中很少见的，也难怪，他这么个迂腐的人。没想到，现在，倒真成了欺骗秀贞了。

也许，秀贞并不是指这个。但是老枪无论如何心虚了。他耸耸肩。这有点撇清的意思：我可没骗你。又似乎又在说：我也是受害者。但他瞧见秀贞的脸色更加沉了下去，又马上笑了一笑。好在他的笑总是给人赖皮的感觉，于是又好像什么含义也没有了。

所以当如泅得知消息，又要跑来医院时，老枪制止她。他不愿意再去支出秀贞。但是如泅一定要去。她似乎已经疯了，自己往医院跑。老枪知道制止得了今天，也制止不了明天，总不能把她的脚剁了。老枪急了，索性发了句狠话：你去，又有什么用？只能让他再自杀一次！

真把如泅给压住了。

如泅原来就隐约这么想着的，她很害怕。叶赛宁确实就是在她去了后又去寻短见的。她哭了，叫道：那怎么办啊？

老枪恨恨想，怎么办？总不能再对他说"对不起"？他要你爱他。无非是一句话。大不了哄哄他。有时候女人放大方了，反而坚不可摧了。老枪常看到一些女的，人家骚扰她，叫她"老婆"。她就索性说：好啊，你把财产全给我！我要一百万，一千万，一亿……对方反而被顶了回去。可是你不肯说。老枪不应。如泅又绝望地叫：我该做的，我都做了啊！他要什么，我都已经给他了啊！

老枪一愣。他问：你说什么？

如洇猛地一个惊醒，不说了。一会儿，她说明似地说：我对他说了那句话。

什么话？

我爱你，如洇说。

什么时候？

就那天，在医院，我对他说的，就是这话。

噢！老枪说。她说了啊！之前她骗了自己。也可理解。他又记起那天她抱着叶赛宁的情形。那么叶赛宁还有什么不满意的呢？也许是他听出了她只是在嘴上说，她只是在敷衍他。没有爱，那话里是空洞的。诗人是很敏感的。老枪道：唉，说了也没用。你不爱他，他是个诗人，他感觉得出来的。

6

你怎么知道我不爱他呢？如洇说。

老枪愣了。

我也是爱他的。如洇坦白，跟他在一起，我其实也很快乐的。有一种灵魂高高飞翔的感觉。他跟我讲诗的时候，我感觉被他的手牵着，飞到天上去，到了云的上边，超凡脱俗了。我最喜欢他说的一句话：诗歌不是过时的文体，而是超凡脱俗的文体。如果说诗歌是过去的文体，也对，文学本来就是倒退向后的事业。所以吧，他跟这个世界就是不能协调。有一次跟他去办个事，寄自行车，人家要收两毛钱，他不肯给，说市政府规定只能收一毛钱，跟对方吵了起来。我劝他，算了，都是这样的，他坚决不依，说我宁可把他们多收的一毛钱捐献给希望工程。你也知道，他并不是个小气的人，那次捐助洪水灾区，人家掏十块，二十块，他一下子就掏了一百块，他并没什么钱的。他只是要跟这不合理的世界抗争，要认这个理，认死理。我们这个世界上，还有几个人爱认死理的人？我见到的大多是和稀泥，和气生财嘛，大家同流合污。即使吧，你是个好人，你做着正当的生意，像我开这茶楼，逢人就笑脸相迎，好话挂在嘴上，为了那么点利益，这么做人，有什么意思？倒觉得哪天敢发一顿脾气，该是多么的爽！那一次，他掏出了两毛硬币，在看车的面前亮了亮，但他只给对方一毛，捏着另一毛走到远处的一个乞丐面前，铿地丢到他面前的碗里，像干了件精彩的大事似的，甩着膀子，哼哼回来了。现在想来，就是那一刻，我爱上了他。

当然当时我并没明确感觉到我爱上他了。我只是感到兴奋，喜欢跟他在一起。直到那一天，他那么直白无遮无挡地写出了“我爱你”。我承认，我当时很激动，但是我又很害怕。我已经不能再爱了。我只愿意跟他在精神层面上交流。我也不愿意明确我们这是在爱，所以我死也不说“我爱你”。你想想，我这边跟他说“我爱你”，那边回到家里，又要去接受我的丈夫，我怎么做得出？当我把肉体给我老公时，我又如何把心端到另一个地方去？女人跟男人不一样，女人的身体是连着心的。很分裂。我向他说明，他却说：那你为什么不拒绝他？

我怎么拒绝他？我应，他是我老公啊！

他是你老公，你就该顺从他吗？他反问。

理论上说，他问得有道理。可我毕竟是他的妻子啊！而且他又没有过错。他人很好，你也是见过的，他整天都埋在茶楼里，为了茶楼，为了我们的家，他很辛苦，我不能拒绝他。

有一次，叶老师问我：你爱他吗？

我愣了。平时几乎没想过这问题，一起过日子，经营着店，过着具体的生活，哪里会去盘问这个？我倒还真的回答不出来。我不知道，我说。

不知道？就是不爱了！他说，有爱才确定得出来，没有爱，当然不知道了。

也许吧，我真不知道有没有爱。也许只是心疼，心疼他劳累，回到家里，让他歇着，给他做好吃的，给他开热水，给他捶背消乏，伺候他。这是爱吗？也许只是感激，感激他付出的，对具体的生活的点点滴滴的感激。那么，爱又是什么呢？老夫老妻了，难道还要山盟海誓？我也糊涂了。

既然没有爱，那你分裂什么呢？他又说。

我毕竟是他的妻子啊，我说。

妻子？这两个字，又代表什么？

代表什么？我没办法跟他说清，我说，反正我不能背叛，这是不道德的！

他叫：没有爱情的婚姻才是不道德的呢！这是恩格斯说的。

他把“不道德”的帽子反丢给了我。我也不知道恩格斯有没有说过这话，反正他书读得比我多，他说有，就是有。这是一个不会有结果的争论。我说，好，撇开这“道德”“不道德”问题，他毕竟是养我的人。

他养你，你就要给他做？他说，怪不得人家说，婚姻是契约卖淫呢！

我受不了。我这样和他，本来就觉得自己不光彩，而这都是你造成的。现在，你反过来说我是卖淫！我也反唇相讥了：对，我是卖淫，那你就是“买淫”了！

他愣了。他说：我“买淫”？我“买”了吗？我给你钱了吗？

没有，确实没有。我说，但是你买了别人了！

我买谁了？

你自己也有一个婚姻。我说。

他笑了。笑得很古怪。我早就不做了！他说，简直是骄傲地。

我很吃惊。这我没有想到。他居然会这样！他又说道：我不爱她，所以我就不跟她做，不爱了就不做，这是“清洁精神”！

他又发明了“清洁精神”这概念。我感觉他在寒碜我，好像我是个肮脏的烂货。是啊，你们男人不爱了，可以不做，主动权在你们手里。可是我们女人不一样。我们也要清洁，可能吗？但是你，又真的清洁吗？

你要那么清洁，为什么只是不做呢？你应该去告诉她，我不跟你做了，我不爱你，我说。既然不爱了，你们就不该在一个屋檐下生活，你还应该对她说：我要跟你离婚！

没想到他真的说：好，我这就去，跟她离！

我错了，他真是经不起刺激的人。他跟一般的男人不一样，一般的男人不爱妻子了，会“外面彩旗飘飘，家里红旗不倒”，他却有洁癖。他真的去闹离了，这你们都知道吧？倒把我吓得。要真离了，那么我就要承担后果了！我赶紧去劝他。他倒说了：你不让我离，就是不想跟我结婚，不爱我！我可真冤。

那以后，我就更被动了。不敢再刺激他。但他倒似乎被提醒了，对我和丈夫在一起这种事敏感起来了。他常问：你和他在一起吗？我们开的是夫妻店，哪里可能不在一起？我回答他在一起，他就显得很受伤。接着他会问：你们昨晚在一起吗？这也是不需要问的问题，同在一个屋檐下，还能怎么样？当然我知道，这也因为他在乎我，爱我。虽然对他的爱很惶恐，但毕竟是被爱的啊，一个女人，哪里会不喜欢被人爱呢？何况我也爱他。即使他过火一些，我也理解的。但是接下来他就更过份了，他会问：你们昨晚做了吗？

其实很多时候，这种东西，做过了也就做过了，特别是夫妻间的，但你这么一追究，就又把它拎出来了，盘问，审视，咀嚼，越审问越咀嚼，就越是那么回事了。遇到这样的问题，我就避而不答，或者回答：没有。他就又说：怎么可能呢？我说，我没答应。他就问：是不是因为心里有我，爱我？这让我怎么说呢？我只能不回答了。他问：你不爱我，是吗？我说：不是。他说：那你说，你爱我！唉，问题又绕回来了。我仍然不能说。你为什么不说？他问。为什么一定要说呢？我说，爱不爱，你不是清楚了吗？为什么要说出来？我要你说！他说。我只得说：不说出来，放在心里，不是很好吗？不，说出来，才能确认！他很固执。

某种意义上说，他也是对的。爱不爱，不说出来，放在心里，很容易成了糊涂账。可以把跟他的感情偷换成朋友间的感情，我说过，所谓最好最好最……好的朋友；另一方面，其实也可以让这种关系心安理得地保持下去，这是一种阴谋，自己在阴谋自己。可是他不懂。

接着他更不像话了。他会半夜三更发短信给我：你们在做吗？有一次我们真的在做，我感觉到自己被他从床上赤条条拽出来。

我没有回他。他居然打电话进来。我慌忙把电话掐了。他真的太过份了！过后他仍然还要问，你跟他做感觉好吗？快活吗？简直变态！我就跟他吵起来。他也吵。我想吵了也好，分手就分手吧！这种关系本来就够折磨人的。可是我一看到他那可怜的目光，就又不忍心了。

冷静下来的时候，他也会检讨自己：我一想起你跟他做，不知怎么的，就非常心焦起来，就会胡思乱想，我感觉这是我的爱人在跟别人做，我受着煎熬。这时候在做了吧？进展到什么程度了？一分一秒都在进行，我的心一分一秒都在被人蚕食……老枪，你说说，他怎么会想这么多？他怎么会这样？他是不是心理变态了？

没有变态。老枪想，这是所有男人的共有心态。其实他不要你跟别人，目的是要你跟他。男人对女人，要的是盖个印，把图章盖上去，才安心。他要你说"我爱你"，并不只是要你爱。爱是要附丽在性上的。性是爱的表达，爱的语言，爱的依托。当然，摊上如洇这种女人，是不可能的了。唉，你们两个，都太认真了！老枪叹道。一个认真，另一个再认真，你又不是不知道，他是九头牛都拉不回来的犟脾气。给他，不就得了？

如洇没有争辩。她明白，老枪说的"给他"是什么意思。

7

如洇当然不会告诉老枪，她其实给了叶赛宁。

叶赛宁老是往"汇泉阁"跑，如洇很担心被丈夫看出破绽来。即使丈夫迟钝，那些小女孩，一个个也眼睛尖得很。被她们背地里议论，如烟也是极不愿意的。她很爱惜自己的名声。他们就到外头约会。外头哪里呢？外头的茶馆？同行，他们会认出她来的。他们就去江滨大道走。可是天很快就冷了，外面待不住了。如烟想：自己怎么搞得这么可怜？躲躲闪闪，上无片瓦，下无寸土？有一次下雨，他们躲进路边的公交车站，靠上面的雨遮避雨。但脚还是被淋透了。深秋的风把她吹得牙齿直打颤，回去后就生病了。还不敢跟丈夫实说，编了谎言。因为这谎言，她又得编另一个谎言，再一个谎言。她的心分裂透了。这就是婚外情的下场！怨恨的时候，她觉得叶赛宁像粘在手上的屎，怎么也抖不掉。

最后她想到了去咖啡馆。他们去了上岛咖啡屋。即使被人撞见，跟朋友一起来坐坐，也可以解释得过去。只要频繁地换咖啡屋，好在这城市咖啡屋多得是。可是，又有了新问题。咖啡屋里有酒，叶赛宁就要喝酒。喝了酒，就容易乱性。第一次被他吻，就是在他喝了酒以后的。当时他缠得厉害，如烟想，与其吵得让人家都知道了，不如让他碰一下吧！咖啡屋的灯光又很晦暗。她就跟他隔着桌子，让他吻一下。不料他却把她的舌头死死吸住了。

凭心说，也是如烟自己没有逃出来。这个吻太有魅力了，她没有预料到。之前她所知道的吻，只是嘴唇跟嘴唇的相碰，舌头跟舌头的接触，至多纠缠几下吧，她甚至还微微有点忌讳口水。从小她就忌讳父母去亲她，他们是工人，上班劳累，下班嘴里总带着口气。她的邻里也都是劳动人民。他们亲她，她总把他们的手抓着立马擦掉，以其人之手擦其人之口水，自己的手也不愿意去沾一下。长大了，她一直不明白吻有什么好。她尽量避免跟丈夫接吻，只让做，不吻。

可是这个嘴的味道是香的。酒的清香。她奇怪怎么会觉得酒是香的？本来酒总是让她想到醉鬼的。他们喝醉了，吐得一地，那气味令人作呕。也许那是用鼻子嗅，现在是用嘴，她想，舌头是嗅不到味道的，它动用的是味觉。更也许，她还多少用了心。这是一个文人，一个诗人。当然主要因为他接吻的技巧好，出奇地好，跟他的生活能力恰恰相反。这吻有一种魔力。她第一次尝到，当时竟然产生朝被吻夕死可矣的想法。她豁出去了，她不知道那次吻了多久，有没有被人看到。

她离不开他了。她问自己，那么我为什么不让他去离婚呢？自己为什么不去跟他结婚？她很明白，那是愚蠢的。跟叶赛宁在一起，生活会很浪漫，但是也会一团糟的。这浪漫需要付出代价，她不愿意。她从小家穷，渴望过上好生活。她有一次对叶赛宁说：小小百姓，折腾不起。

或者是，我还是不够爱他？她想。她真正爱的是好生活。安稳，有家，被老公供养着，有孩子，然后写写诗。她爱诗，是因为诗很美。她要把自己的生活弄得富有诗意。所以她穿旗袍唐装，桌面上铺蜡染蓝布，墙上挂书法轴子。所以她喝茶不喝酒。所以那天，叶赛宁喝醉了，说不回家，她感觉巨大的麻烦压在自己身上了。那是情人节，整个人民广场简直就是爱的海洋。成双成对的情人，流连忘返，老天也仿佛忘了时辰。可是如洇却清醒地记着时间。她恨那些管街灯的部门不负责任，忘了熄灯了。她掏手机看时间的频率越来越高。她再一次掏手机时，叶赛宁说：别看了，反正是通宵。

她吓坏了。她可从来没有夜不归宿过，回家从没超过12点。她说：那不行。

可——以！叶赛宁说。听着口气，就知道醉了。她故意半开玩笑说：你不回去，睡大街啊？

话一出口，她就后悔了。她担心他会趁机说，上旅馆开房。可是他没有。他说：睡大街就睡大街！可见他还是个单纯的男人。他又说：跟你在一起，睡大街有什么？

她说：不行的，我店里还有事……

他看着她，有点扫兴。那我跟你一起去！他又说。

她没料到他会这么说，连忙说：不行不行！

为什么不行？他问。

他总是这么问。好像他永远不懂。这么简单的道理，他真不懂吗？她只能坚持说：不行就是不行。

那你就不要走！他说，就去搂她。她躲闪。如果是平时，他高兴起来，搂她一下，她也不会拒绝，甚至还有一种柔弱到骨子里的酥和痛，觉得挺温暖。可是今天，她不能接受他。接受他的抱，就可能给他传递了她接受了他的信息。她挣脱。可是他又抱了过来。她再挣扎，不行不行！一边说着，真的不行！她已经不会说别的了，只能重叠着说“不行”，两倍三倍地加重语气。但她也知道这是徒劳的，他根本不听她的。边上全是人，要是在人群中有双熟识的眼睛，怎么办？如洇紧张起来。你在明处，人家在暗处。假如是别人，她完全可以狠狠地推开他，把他当流氓，骚扰，甚至可以甩他一耳光。可这是叶赛宁啊！她只得躲，且推且走，向灯暗人稀的地方逃去。可是人民广场广阔无际，她怎么也逃不出去。她忽然发现一个小弄，拐了进去。进去了才知道，那并不是小弄，而是一个工地的过道，被围墙围着。但不管怎样，人群被隔在围墙外面了，她松了口气，叶赛宁又要抱，就让他抱一下，说：好了好了，可以了！把他推开。叶赛宁就歪歪倒倒靠在一根水泥柱上，然后身体向下滑，躺倒在地上。他说：啊，这蛮好，天当房，地当床，天穹是我的蚊帐，星星月亮是天使的眼睛……他居然来诗兴了。如洇笑了。这是如洇喜欢他的地方，出口就是诗。要是他不乱来，不动她，只跟她在诗上交流，该有多好！可是他躺在地上不起来了。如洇说：起来吧，我们回去吧！他不理。如洇又说：地上冷，着凉了怎么办！他说：有你在，死都不怕！要是平时他这么说，如洇会很受用的，但是今晚她没有闲心，她急着要回去。她说：我可不在，我要走了，起来吧！他不起来。如洇就躬身去拉他，不料反被他拽了下去，她脚一滑，整个人倒在他的身上。她连忙要起来，可是起不来了。他把她拴得那么紧。他又突然往上一翻，她懵懵懂懂就被压在他身下了。

她蓦然发觉他的欲望。她猛地害怕起来。她挣扎，可是他把她压得死死的，她动弹不得。她想，他不是别人，他是叶赛宁，不是那样的人。这么想，其实是无奈之下的自欺。很快就证明了，对方就是那样的人，他是个男人。这里是一男一女。那个男人开始吻她，她咬了他的舌头。可是他更加坚毅地把舌头又伸了进去。她打他，他由她打着，只顾继续他的步骤。她想叫，可是又不敢。外面人影幢幢，要是被他们听见了，涌进来，那更完了。好在现在还只有他们两个人，还是他们之间的事。你知我知。唉，反正他就这样。所有的男人都一样。从原来起，他无非就是要，给他一下，他就满足了，以后也不会再纠缠了。完了我也可以回去。她就随他了。可是当他进入时，她忽然又不甘心了，又要挣扎。可是她已经完全无能为力了。她又想，就当做被强奸了吧！这是没有办法的事。无非就是身体，没什么绝对不行的。这世界上没有绝对不行的事。她这么想着，就彻底躺倒了，安静了。

怀孕怎么办？她忽然又想。过后吃毓停吧！现代科学给人提供太多的方便。

她的发髻散了。她发现自己也有了快感。她毕竟是爱的。这快感又让她感到罪恶。她眼前浮现出丈夫的脸。终于这样了！她闭上了眼睛。外面鼎沸的人声又把她吵醒，让她清醒地感觉到自己在做什么事，而且好像是在他们跟前做似的。她看到自己下流的脸。她嫌恶自己。她恨自己。她更恨上面这个男人，强奸犯……

如洇没料到，第二天晚上，这个男人又来拉她出去。她不出去，推说有事。可是他已经来了。她慌忙把他拽到楼下一个暗角。

他说经过了昨晚一场，他更爱她了。她感觉恶心。她说，好了，我手上有事在等着。

他说：那你说一声“我爱你”。

他仍然要她说！如洇不耐烦了，说：你不是已经得到了吗？

叶赛宁说：我要你说！

如洇缠不过他，叹了口气，说：那不是已经说明了吗？

叶赛宁道：那说明不了什么，只是肉体。很多人都有肉体关系，跟妓女，也是有肉体关系，并不能说明他们有爱。

如洇承认，这世界上苟合的男女不少，他们只是玩玩，不认真。这么想着，又觉得叶赛宁是认真的，是好的。可是即使这样，她也不能说那三个字。更不能说了，因为已经有了肉体，再说，就完全确认了。可是叶赛宁哪里肯？你说，你说“我爱你”！我要听！

如洇不说。

已经做了，再不说爱，就是狗男女了！他居然说。

这简直是在要挟！如洇异常烦躁起来，号叫道：狗男女就狗男女好了，我不会说的，我不爱你！不爱！

黑暗中响起了他一串鼻孔呼吸声。一会儿，他带着这呼吸声走了。第二天，他就去自杀了。老枪，我知道就因为我不肯说爱他，还态度很恶劣，他才受刺激去自杀的。如洇这么对老枪说，我知道我太伤他的心了，他不肯原谅我。也怪那晚上实在太忙了。到了稍微能喘口气，已经十点了。我给他打了个电话，想安慰安慰他，他接了，他说：你忙去吧！就挂了。然后再打，一直是关机。

你等等，老枪猛一激灵，几点？几点挂的电话？

十点……最多多一点。如洇仔细回忆着。

不对呀！老枪叫道，他不是那时才离开你这儿，然后被抢了吗？

如洇说：不可能！他走的时候才八点多。对，八点十分左右。我能肯定！我上来时，我们店一个小女孩迟到了，在楼梯上碰到，我当时还担心她看到我们了呢！我于是故意批评了她一句：又迟到！看了看表，八点十分。

老枪的脸绿了。

你怎么知道是十点？如洇问。

秀贞说的，老枪说。想如洇可能不知道秀贞这名字，又解释说：叶赛宁的老婆。

哦。如洇说，她眼神里明显在想着别的东西。老枪忽然意识到了什么，赶紧不说了。

8

从八点十分到十点，这么长的时间，叶赛宁去哪里了？

再说，从他报案的派出所看，“汇泉阁”所在地不属于鼓楼派出所管辖。当然他也有可能去别的什么人的家。但是，凭老枪直觉，这里有猫腻！

叶赛宁这次不再那么幸运了。刀戳中了心脏。虽被抢救回来了，但是情况仍然危险。这身体真正开始受难了，不停地呻吟。有时候他会一改原来的固执，向医生投去求助的目光。但是医生也不是神仙。所有的人都不能救你了，难受在你身上。即使我们把自己也弄痛了，也不能让你赦免。但更多的时候，他仍然叫着要去死。当然他已经无力做什么了，只是翻来覆去地折腾，这无疑会加速他的死。秀贞似乎已不着急了，她只是木木地看着他，或者趴着打盹。瓶挂完了，叫了护士，她也会在外面兜一圈，上上厕所什么的。倒好像是雇来的钟点工。人是没有绝对欠谁的债的，即使是再好的夫妻。归根结底，只有自己救自己。自己不救自己，谁拿你也没办法。

但是老枪还是想救救这个人。他这么痛不欲生，究竟是为了什么？那晚上，到底发生了什么事？老枪想到了刘探。恰好上次刘探帮了忙，就以此为理由，请对方吃饭，让赵大人去请公安林，再拉刘探。

公安林和刘探来了。分烟，点烟，刘探拿出自己的打火机，说明自己有。斟酒，敬酒。添酒时，刘探用食指和中指在桌面上弯曲着做跪状。气氛不一样了。老枪夸刘探们破案神速，又为自己之前的言语道了一番歉。刘探把烟在烟缸里抖了抖，说：某种程度上说，你说得也没错。他说起了叶赛宁案的破案内幕：两个劫匪因为分赃不均，闹到大街上，被警察抓了，然后就牵连出了叶赛宁的手机案。

老枪说：这世界可真够乱的！都是贼了，还敢闹到大街上？真不可思议！

大家笑。刘探又说，还有一个不可思议的，叶赛宁并没有报案，是警车经过那里，看到他站在后港巷，盘问他，他才说被抢了，追到巷子里来的。

老枪很吃惊：这个书呆子！

赵大人道：是不可思议！中国人就是法制意识淡薄，很多不报案。

刘探道：也难怪。现在破案是越来越难了。反侦察手段在不断提高。那些家伙，他们是吃饱了就是琢磨这个的，那么多眼睛在瞄着法律空子，他们脑子尖得很，不尖也早被我们干掉。他们是天生吃这碗饭的，而我们呢？是因为工作才进公安队伍的；他们在暗处，我们在明处；他们可以不择手段，我们却不能，我们是人民警察，有法律法规约束，手段过了点，他们就会告我们，说你警察也怎样怎样。处理警察可是很严的。

老枪点头：确实，各家都有难念的经。

公安林也道:所以我们需要大家理解和支持。互相理解吧。化解矛盾，不要什么事都闹到公安法院，能和解的，就和解，和谐社会，就是这个意思。

老枪道：可是偏有人就不这样，想不开！他说了叶赛宁的事，说了他第二次自杀。公安林问：抢救过来了没？

老枪道：抢救是抢救了，但是思想问题没解决，还会再自杀的。

刘探道：这确实很难办。你就是盯着他，也不可能一分一秒盯着。身体是他自己的，手脚在他身上。那次那个女人不是？跟儿子生气的那个。他对公安林。

公安林想起来：那次可真把我们吓死了，她居然爬上了高压电塔！还手乱抓！

这种事真是让人头疼！刘探说，一个老有自杀的社会，很麻烦，但是反过来呢，一个都没有自杀的社会，又是很可悲的。

老枪没想到刘探会这么说，这么有哲理。他对刘探刮目相看了。赵大人瞥了瞥老枪，说：怎么样？遇到高人了吧？你这个作家。

我算什么作家！老枪说，并不完全是谦词。我不过是纸上谈兵罢了！

人家可是从实践中悟出的，实践是检验真理的唯一标准。赵大人又说，冲老枪使了个狡黠的眼色。老枪忽然觉得赵大人有点讨厌，自己是真的觉得刘探不错的。但是他也知道，确实已经到了可以切入正题的当口。他说：那是，所以来麻烦高人了！举杯。

刘探笑了，舒舒坦坦地喝了一口，说：什么高人不高人。

是贵人，老枪又说，贵人相助。这事还真只能您可以帮得上。

老枪说了想跟劫匪见个面，想了解当时的具体情况。刘探不说话了。赵大人猜到他的心理，说：他不会做不恰当的事的，不会去揍那家伙。

赵大人故意这么说，为了活跃气氛。公安林笑了，道：还别说，这种事还真发生过。

但是刘探没有笑，仍然说：这不行，你不是刑侦人员。

赵大人灵机一动：我是法制记者，作为采访，总可以吧？

公安林道：这倒是一个办法！

刘探犹豫着：可是你没有采访证。他指老枪。他伸手去摸上袋，老枪立刻意识到他是去摸烟，赶忙把自己的烟递过去，点上，刘探的手指轻轻点着老枪点烟的手。狠吸了一口，皱眉，道：这是原则的事。不过，救人也是原则。他这么说，好像在宽慰自己。没法子，就是这样，有时候必须用无原则来捍卫更高原则。

好吧！刘探突然大声说。老枪感觉这一声简直有点悲壮。他也悲壮起来，感觉身体里的血和刘探的血流在了一起。

第二天老枪就随赵大人采访那劫匪。看他那样子，老枪还真想揍他一顿。这是一个刁蛮的家伙，虽然有警察押着，但仍然歪着脑袋，一副爱理不理的样子。

你怎么会想到去抢劫？赵大人问。问话总要这样开始。

不回答。

又问了一遍。仍然不回答。

再问一遍时，对方好像被惹火了，应道：没钱！

没钱？怎么不去做工？你又不缺胳膊少腿的。

找不到工。对方应。

赵大人愣。他明白自己这话问得太幼稚了。哪里有工？但是他不能让对方气焰嚣张起来，他喝道：找不到，就该去抢劫吗？

对方一夹肩膀，一个笑。那你说怎么办？

这边又愣了。无论是赵大人，还是老枪，哪里知道怎么办？

你们当然不知道怎么办，对方说，这不是你们想的问题。他的贼眼溜着赵大人和老枪身上，停在了老枪别在腰间的手机。这手机，挺贵的吧？

这是我的劳动所得！老枪正色道。

劳动所得？对方道，你们一劳动就有所得，就得了这么多，就什么都有。我怎么就没有？

老枪一愣。

他突然伸手要摸老枪的手机。老枪一躲。他本来可以借此反击，揍对方一下的，可是老枪提不起气来了。好在边上的警察喝住了对方。

这手机为什么就是你的，不是我的？他仍然嘟囔。

所以你就要去抢了？老枪道。这是一句重复的废话，老枪不知道该怎么说了。他终于想出了一句反击的话：所以你到这种地方来了！

是运气不好。对方油油地应。

是你罪有应得！赵大人道，去干这种事，就应该想到会有这下场！

为什么？

法律！

法律怎么知道？

被害者难道就不会去报警？老枪道。

不会。对方肯定道。

为什么？

对方贼幽幽地笑了：他不敢。

为什么不敢？

他不看看自己也干了什么了？

老枪一惊，心中猛地被撕开了一个裂缝。你倒说说，他干了什么了？那天晚上，就是情人节第二天晚上，在后港巷外。

不是巷外，是后港巷里！对方说。

后港巷里？后港巷怎么了？

后港巷“梦之屋”发廊，你去问问吧！我怎么知道。对方翻了翻白眼。

赵大人和老枪都愣住了。

9

老枪跑去后港巷。这是一条阴暗的小巷，只有从边上店面里溢出来的红光，让你可以辨认这巷子的走向。

老枪找到了“梦之屋”。满堂红彤彤的。小姐们的脸被红色灯光铺得没有一点折皱，显得年轻漂亮。那些裸露的手臂和大腿也被红光映得鲜嫩可餐。整个房子给人温馨的感觉，叶赛宁就是这样被诱惑的吧？虽然这只是幻觉，但是老枪承认，人活世上，有时候还真需要幻觉。

一个小姐迎了上来。老枪还没有反应过来，就被她推进了内间。也许是老枪天生长着一副猥亵相吧，那小姐一开始就挑逗他的下身。老枪说：我不做，我们，说说话吧！

那小姐朝外面叫了起来：妈呀，又来一个！

老枪愣。怎么？

前几天来了一个，就是只来说话的。阿兰，还是你来吧！

她跑出去了，跟那个叫阿兰的小姐在外面拉拉扯扯、推推搡搡。其他小姐也都说还是阿兰来合适。阿兰不干。大家说：你不是还牵挂着那变态客人吧？阿兰听到“变态”二字，拉下脸道：你们才“变态”呢！去就去！怄气地来了。

老枪看见阿兰，吓了一跳。简直就是如洇站在面前。也许是也穿唐装的缘故吧，只是她那衣服，一看就知道是地摊货。老枪忽然觉得在如洇面前躺着不合适，坐了起来。阿兰说：你就躺着吧！老枪说，不要了，我冷。

老枪问：你们刚才说有个跟我一样的客人？

阿兰点头。

他……什么也不做？

点头。

那他白付给你钱？老枪问，就什么也不做？就说说话？

点头。

那说什么呢？老枪又问，脑子里蓦地闪过一个念头：该不会……有人就喜欢语言调情，语言挑逗别有一种刺激，特别是写作的。

没说什么，阿兰说，做出无所谓的样子，伸伸懒腰，半个手臂从宽宽的袖口里抻了出来。老枪看得出来，她的慵懒是装出来的。果然，她的眼眶滴出一滴眼泪来了，她连忙用手背止住。

我从来没有遇到这么文雅的客人。阿兰说，客人们，总是要你做这做那，讨厌得很。好像他们有几个钱，就了不起了。他们根本不把我们这种女人当人看。他不一样。他没有动我。我给他做了头，开始做身，做到腿了，他仍然没有动。看得出来，他很紧张，腿上肌肉绷得紧紧的，他的脸都紧张得发白了。他突然跳了起来，说：我不做！

不做？那你来做什么？我很诧异。我也见过这样的客人，他们是吝啬钱。我就说：没多少钱的。他仍然摇头。他说：我可以给你钱，我只想跟你说话，可以吗？

说话？有什么不可以的？对我们来说，我们要守的是身体，说话，要怎么说就怎么说，无非是动动嘴罢了。不过常常这样的客人是变态，那就更难受了。他们跟你说很下流的话，也要你说。我难以说出，可他越是逼你说，好像他就是喜欢盯着你难堪，他才快活似的。但是想想，赚人家的钱哪里有那么轻松的？慢慢的也就算了，你要怎样叫，我就怎样叫，反正又不是真的，快快把他们打发掉。

我留了个心眼。以前就曾发生过这样的事：过后他们不给足台费，说，我只是跟你说说话，也值那么多钱？我对他说：那你先把台费付了。他立刻去掏衣袋，紧张得毛手毛脚的，把钱交给我。我把钱拿出去，对外面的姐妹小声说：来了个变态！就因此她们现在还一直称他是变态，可是我现在觉得他不是了。你知道他要我说的是什么？

老枪摇头。

我爱你。

老枪心头猛然打起千万面鼓。

我很吃惊，阿兰继续说下去。吃惊的是，这么简单！这句话太简单了，满世界都把这句话丢来丢去地开玩笑。我就说了一句：我爱你。他伸手制止了我：等等！

我以为他要来什么花招了，果然没这么简单的。我提防地离他远一些，望着他。只见他，闭上了眼睛，眉头稍稍皱起，好像在脑子里拼命堆积着什么感觉。然后，他对我抬了抬手，像电视里演的拍戏的导演那样，说了声：开始！只不过他说得很小声。

我爱你。我说。

大声点！他说，再说。

我已经说了，还要再说吗？好在再说一遍，只是多费些口水。而且看他还是规矩人，我就又说了一句。由于大声说，显得跟宣誓似的，我忽然很想笑，但我止住了。

他闭着眼睛，好像沉浸在了什么场景里。他的眼皮忽然像盲人那样抻了一下，可是没有张开，眉头悬起来一下，怀疑似的。他又要求道：你说，我爱你，叶赛宁！

叶赛宁！果然是叶赛宁！老枪在心里叫。无可逃避。

我又说了。这时，我发现他眼角有点湿，慢慢地泪水多了起来，滋着眼角纹。可是他好像很享受，没有去动它。再来！他说。

我说：叶赛宁，我爱你！

谢谢！他说。很满足了，安详地躺着。我见过无数次客人最后这样躺着，那样子令我厌恶，每当这时候，我总在心里骂他：终于完了，我跟你不相干了！累死了，真受罪！可是今天，我没有这种感觉。我从来没有见过这么奇特的客人。也许他真的把我说的当一回事，他真的需要爱。其实我也需要爱。我多希望他真的希望我爱他啊！我又说了一句：我爱你！

我几乎要哭了。我瞧见那泪水终于冲破他的皱纹，唰地冲到他耳朵里，在耳窝里七拐八弯，聚集，满了。他说：谢谢你，如洇！

我愣了。

他爬了起来，开始穿鞋子。他的眼睛好像还是闭着，梦游似的。他摇摇晃晃走出去。我傻愣愣坐在那里，脑子里空荡荡的。忽然我明白他要走了，我想哀求他不要走。我站了起来，跟出去，可是我说不出来。我眼睁睁望着他走出去，消失了。我忽然开始恨他，他把我抛弃了。好像他天生就是我的，是我的那一半。是我把他等来的。但我知道，他爱的不是我，他只是借了我的嘴。他利用了我，我就更加恨他！

老枪刚走出后港巷口，就见一辆警车开来。几个警察气势汹汹冲进了巷里，冲进了一家家发廊。他吓出一身汗，好险！要是他迟走一步，就要被抓个现场了。罚款！老枪早听说了警察就喜欢抓嫖抓赌，有经济效益。不管你在干什么，干了还是没干，你在里面，你就说不清了，你被搅在里面了。像被一块大黑布蒙头盖住。天地漆黑。这时,秀贞来电话:叶赛宁不行了!

老枪到了医院，叶赛宁病床前已经围满了穿白大褂的人。他平塌塌躺着。秀贞在哭号，好像要把他叫醒似的。叶赛宁果然睁开了眼睛。扫了扫大家，又闭上了。护士们又一阵忙乱，可是没有用。叶赛宁的脸在下沉，沉了下去，跟周围一切没有关系了。好像沉进了水底。一张多么熟悉的脸，就这样消失了，多么具体的脸，至少在老枪看来是这样，他觉得已经知道了叶赛宁的一切。突然，这脸猛地浮了上来，像从潜水中猛然凫出来。他叫了一声：心啊！

老枪一惊。他蓦然记起，叶赛宁有个习惯用词：心。他的诗里，动不动就心怎样怎样的，心焦、心路、心爱，心想……有一次，老枪逗他：不是心想，是脑想。

不，是心在想！他坚持，心有所想，诗有所写。

心只是心脏！老枪说，它哪里会想？

怎么不会想？你听，它在动，它在想呢！

你这个科学盲！老枪笑他。

现在，老枪明白了，他是因此才去杀心的。杀死心脏。老枪感觉到一阵心疼：你这个科学盲，你这个白痴的诗人！

你是恨自己为什么要有这颗心吗？它会动，会想，会爱，它需要爱，它要确认爱。你为什么偏要去确认爱呢？

以至于你去了那种地方。你从来鄙视那种地方，那里阴暗，龌龊。可是你去了。以至于被抢了手机。黑吃黑。你当然不会束手就擒，以你的性格，你会反抗。老枪很知道。老枪可以构想当时有这么一场对话：

劫匪：手机拿来！

你：凭什么？

劫匪：不凭什么！（一把将手机抢过。）

你：你这是抢劫！

劫匪：抢劫就抢劫。

你：是犯法的！

劫匪：那你去报警啊！

你：你以为我不会？

劫匪：好啊，去啊，顺便告诉警察，你跑这里来干什么了？

你（愣了）：你！你，流氓！

劫匪：本来就是了。你不也是？

你：我不是！

劫匪：那你是什么？

我是诗人！你想说，但是你作罢了。并不因为对方是劫匪，根本瞧不起什么诗人，而是，你已经这样了，还敢玷污诗吗？无话可说。一个人最可悲的就是无话可说，自己都不觉得自己有申诉的权利了。

你眼睁睁地望着劫匪走了，消失了。

也许有一刻，你恨自己为什么不跟对方拼命？也许他会拔出刀来，那更好！把我杀了吧！把我杀死吧！可是这样你就会死在后港巷里……

一辆110警车开了过来，盘问你，半夜站在这里干什么？你又害怕调查，只得说自己被抢了，罪犯跑了。

你甚至还故意指了指歹徒逃跑的相反的方向。

……你不知道自己怎么回家来的。妻子见你脸色不好，问你。你说：手机被抢了。你不知道自己怎么这么顺从了，就连妻子给你洗脸洗脚，你都顺从地配合。你觉得自己已经死了。多少人犯了罪恶，跟没事一样，一样好好活着。他们早忘了，人要活着，就是要遗忘，淡忘那些不必要记住的东西。可是你不。你这个该死的人啊！

你也不是不想遗忘的。是这颗心。它在跳，咚咚！咚咚！踢着你，提醒着你。怎么能端着这颗心忘掉这颗心呢？

半夜里你终于躺不住了。你起来，想坐着可能会好一些，让它悬着，它就不会击打到你的胸、你的背了。但是很快的不行了。于是你又起来走，也许在阳台走，也许在厅上走。你企图用走来排遣。但是又不行了，它像一个可恶的皮肉发痒的欠揍的坏孩子。你于是把它狠抓了一下。一个疼，似乎舒服了些。但是很快地它又折腾起来了，抓它也没有作用了。你改为捶打。捶打也没用了……怎么办？怎么办？怎么办……需要一个东西直捣进去……

10

诗人叶赛宁的葬礼举办得很隆重。来了很多人，就连平时看不起诗歌的有关人士也来了。大家都在叹息我们社会治安太乱，叹息不重视人才，叹息时代精神的缺失。一个不爱诗的民族，是没有梦的民族，是没有希望的民族！作协派来的代表在追悼会说。诗人叶赛宁的非正常死亡，成了一个巨大的载体，人们可以把对这世界的种种不满注入其中。但这不妨碍他们离开葬礼后继续他们原来的生活。他们不会去杀死自己，更不会无知地去戮杀自己的心。他们知道是“脑想”，而不是“心想”，也知道“脑死亡”是死亡的科学概念。也包括我自己。老枪想。

只是老枪越来越感觉到自己的心脏的存在了。人身上的器官一旦有了感觉，是不是已经到了犯病的时候？他的身体真的有了毛病，很明显一点是，他不行了。跑去看医生，医生说，阳痿很多时候是某些疾病的征兆，比如糖尿病，比如心血管疾病。老枪想，说不定我已经患了心脏病。他曾提出跟小妖分手，小妖问：为什么呀？

没有爱。他说。

可是我爱你！小妖说。

老枪很吃惊，他没料到小妖会这么说。

小妖哭了，老枪觉得自己简直是作孽。爱就是作孽。世间上的感情如果都这么拿来拷问，那么这世界末日就到了。

如洇也来参加葬礼了。仍然着唐装。在那么多歪瓜劣枣的文人中间，她显得鹤立鸡群。秀贞在远远望着，问老枪：这是谁？老枪说：一个女诗人。把如洇带到秀贞跟前，介绍了。秀贞说：谢谢。把如洇礼貌地带到叶赛宁灵前，掀开冰棺罩上的布，对叶赛宁很突兀地大声说：老公，你的诗友来看你了！

她好像很相信如洇只是诗友。老枪想：还是不知道的好！人需要不知道些什么。可是她真的相信吗？如洇明显觉得被她往外推了一下。她不敢哭，很节制地在灵前默哀。她望着冰棺里的叶赛宁，这个身体曾是她身体里的一部分，现在抽走了，也许她身体里会永远缺少这一部分。她又为自己的固执而懊悔。所有对叶赛宁的恶心和怨恨，都因叶赛宁的永远离开而消失了。

她低下头，凑近冰棺玻璃罩，悄声对叶赛宁说了句：对不起！

蓦然，叶赛宁嘴唇动了一下。如洇一吓，回头看老枪。他活了！老枪也凑近看。他也看出叶赛宁的嘴巴有点翕张。也许是死时没有合紧的缘故吧！也许当时他要说什么，没有说出来。现在，这话从那翕开的缝里飞出来，飞翔在灵堂上空。老枪和如洇不约而同地望着空中，可是他们听不见他的话，只听到天花板上吊灯玻璃坠子的哗哗扇动声，和大家说话的聒噪。但是他们还是觉得自己听懂了，老枪懂，如洇更是懂，她最懂叶赛宁了。在她面前，叶赛宁总是赤裸得像个赤子。他会哀求，会痛不欲生，也暴露出了男人的本性，他吻她，舔她，进入她，揉她，前后左右，上上下下，他什么都做。最后，他趴在她身上，像头吃饱了想睡的慵懒的小猪……

……如洇不知道，他真的慵懒了，他吃饱了。起初，他以为这只是暂时的生理反应。他觉得累。他巴不得快快离开。只是对方不是应征女郎，他不能这么对待她。以前，他都是要送她到家的，送到她家门口，她不让，说那样容易被人撞见。于是到离她家一段路的地方，她就不走了，返过身，叫他走。他不肯走。最后他们达成协议，你退一步，我也退一步。他们就这样在夜色中渐退渐远，像两个小孩在玩游戏。

好在今晚，她急切切要回去。他随口说一声我送你。她答：不要。他就不再说了。

一个人走在回家的路上，起初他很轻松，如释重负。但他很快就感觉失去了什么，好像被扒手扒去了什么很重要的东西。他想给谁打个电话，诉说。他很自然地摁到手机地址簿里她的名字。但是他发现，他并不是想跟她讲。怎么？她不是我最紧密的人吗？她不是我爱的人吗？我不是爱她吗？是的。只是这“爱”好像鸡蛋精煮熟了，有了形状，不像原来的爱了。或者也可以说，他现在再想起那个叫“爱”的东西，就好像被科学知识武装头脑的现代人，看着巫婆的迷信表演。

睡觉前，他去小便，忽然觉得扶着的手有点黏滑。拿到鼻下嗅，居然有一种臭海蛎味。他有点奇怪，又摸了一下，闻了，确实是这个味道。简直不可思议，怎么会有这种味道呢？他想起了她的身体。她的身体柔软了，像水了，整个是水了，春潮滚滚，终于把他淹没了，他如鱼得水，他感到她非常非常爱他，他也非常非常爱她……可是那所谓爱液，其实是女人下水道的排泄物。

他跳进浴缸，打开水龙头，冲洗了起来。拼命冲洗。他抹了好多肥皂，洗了一遍，用手一摸，一嗅，仍然有臭海蛎味。他又洗。一遍又一遍洗，一遍又一遍搓，把包皮都搓破了……

洗完了，皮肤发涩，一脑惨淡。

这么快……他想。终于！其实他一直担心着的，发虚。所以他要不停地对对方说爱，也要对方对自己说。

未免也来得太快了点吧？比当年他和秀贞快得多，那好歹还经受了十年。其实秀贞并没什么不好。甚至她几乎没有缺点。只是相处时间太长了。恋爱六年，结婚四年，十年下来，秀贞身上几乎没一处不令他倒胃的，她的嘴里是隔夜饭的味道，她的下面是臭海蛎味……

叶赛宁后悔自己为什么要去和如洇做那种事，假如没有，还可以想象、期待、渴望，更可以指责她：你不爱我，你不够爱我！其实自己所有的追逐，与其是希望她给我爱，毋宁是希望她不给我爱，自己的渴望不过是一种行为艺术，自己的痛苦不过是假疯假癫。

但他不甘心。他要抓住爱！他要对她说：我爱你！也更要她说了：我爱你！我爱你！在互相说中把爱抓住！

葬礼后的一个星期天，人民广场举行了一场大型主题活动《让世界充满爱》。一万对情侣或夫妇面对面，向对方说：我爱你！

黑压压一大片人，有自愿参加的，也有路边被动员来的。很多路人被组织者追着撵着，连连摆手。有一对男女一边逃，一边说：我们不是……不是……

你们不是在一起吗？

是……可是……他们逃避着镜头，掩着脸。组织者好像明白了，这满大街的男男女女，未必都可以公开关系。那也没关系，组织者仍说，来吧！

他们猫腰从摄像机下溜走了。

一对老头老太也懵懵懂懂被拉了进来。老人颤巍巍的，耳朵有点背，问：说啥？

我爱你。组织者说。

老大爷摇头：这洋话咱说不来！

组织者说：刚才我们看见您紧紧牵着大妈的手走过街。

老大妈说：这死老头！总是这样！我叫他别拧我，他就是要拧！她伸出手，控诉似的。她的手腕上有老大爷拧的红痕。

组织者笑了，说：这就是爱！爱，就应该说出来！

老大爷说：做就做了，还说了干啥？

组织者说：我知道大爷您很含蓄，我们中国传统文化以含蓄为美德，但是其实，中国古代也有爱的表达。我们都很熟悉一首古诗叫《上邪》，就是爱的告白。

上邪！小妖叫。老枪和小妖是经过那里，小妖听到了。她对老枪说：上邪！马上，边上的主持人盯上了他们。

你们对这首诗很熟悉吗？她问。

小妖点头，指老枪：他是剧作家。

那更应该懂得情感了！主持人说，欢迎你们来参加我们的活动！

老枪不参加。他没有爱。可是小妖央求：去吧，去吧，既然来了！他受不了小妖哀求的眼神，只得答应了。

那边那个老大爷仍固执道：我不说这，不也照样过一辈子？

组织者说：是啊，可是您有没有想到，您不说，大妈这辈子也许会很受委屈呢！转而问老大妈：大妈您从没听大爷说我爱你，感到遗憾吗？

老大妈脸笑成了皱核桃，不肯说。她忽然发觉自己嘴巴洞开，嘴里全没牙了，慌忙拿手掩上。大家大笑。组织者说：那么大妈您想对大爷说吗？

老大妈笑得身体躬成了熟虾。她像老大爷的女儿一样直往老大爷腋下钻，脑袋竟钻到老大爷胳膊那一头去了。组织者追到那一头，又问。

老大妈点了头。鼓掌。工作人员立刻把他们场地最前沿，主持人的跟前，就在老枪旁边。老大爷嘴上还叽叽咕咕：搞什么名堂嘛！这边女主持人对着麦克风叫开了：好了，大型广场活动“对你说，我爱你”现在开始！大家准备好了吗？每个人右手按着自己的心口，左手举起，贴着爱人的巴掌，右手为心，左手为天……世界需要爱，爱需要说爱，说了爱才能锁住爱，不爱说了就会爱。跟我说，预备——起！我爱你！

我爱你！大家齐声说。声音有点零落。

大家一齐说！女主持人又说。我爱你！

我、爱、你！声音壮大了。老枪蓦地有一种触动。他知道这只是仪式，是假的，甚至是可笑的。但是也许有时候仪式还真是必不可少。仪式是物质世界的反动。人不能太物质，世界不能太真实。

主持人又说：再来，说……

一个小男孩在人群中钻来钻去。他找不到伴侣，牵牵这个人的裤腿，摸摸那个人的脚。组织者发现了，赶紧跑过来把小男孩抱出来。小男孩不愿意，哭闹了起来。人群中爆发出一片笑声。主持人灵机一动，蹲下去，向小男孩张开手臂。小男孩破涕为笑，颠跑了过去。女主持人就牵起小男孩的右手，放在他的胸口上，再牵起他的左手：来，我们也来！我们也需要爱，是不是？来，大家一起来，说，我、爱、你！

我、爱、你！

震天动地。广场上卷起巨大的热浪，老枪感觉自己也被冲击了，难以抗拒。小妖眼睛红了，噙着泪花。主持人似乎捕捉到了，她忽然改口道：我们也可以用我们传统的表达方式，大家跟我说：

上邪！
我欲与君相知，
长命无绝衰。
山无陵，
江水为竭，
冬雷震震，
夏雨雪，
天地合，
乃敢与君绝。

小妖趴在老枪肩头，痛哭起来。老枪把她抱住。老枪瞧见很多人都抱着对方哭。这是一场洗礼，集体的洗礼。

围观的群众很多也哭了。

又过了一个星期，如洇邀老枪到她的茶楼坐坐。茶楼很冷清，原来已经停业，要转让出去。他们已经在繁华地段又开了一家，规模更大的。

祝贺祝贺！老枪说。

祝贺什么啊！如洇说，混口饭吃吃罢了。

说着又有些感伤。彼此相对，颇有些惺惺相惜的感觉。如洇牵着唐装袖口给老枪沏茶，问：那时间差，弄清楚了吗？

老枪一愣。很快镇定了，他决定瞒下去。无论如何，这世界上多一份爱总是好的。

他答：弄清楚了。

如洇问：那到哪去了呢？

老枪说：乱逛去了。

如洇睁大了眼睛。

唉，诗人嘛，神经病一个，当个夜游神有什么奇怪的？

老枪很为自己的聪明自鸣得意。如洇道：该不会到你哪里去了吧？

老枪一惊。去我哪？不合逻辑！那不是见鬼了？他说。

如洇的眼神冷了。天知道你们男人间搞的什么鬼！她说。

女人还不一样？老枪随口反击了一句。

怎么说？如洇惊问。

老枪一醒。他似乎感觉到了什么。没什么，剧作家总喜欢装神弄鬼。他说，笑了。

如洇也笑了：搅浑一潭清水！

水太清则无茶。

无鱼！

不，无茶！老枪戳着面前的茶。

赖皮！如洇一甩宽袖。

跋

这本书的中心词是疼痛。若干年前，人民文学出版社出版了我类似的一本书,《冒犯书》,它的中心词是冒犯。看了这本书里的小说,有人说:陈希我懂得疼痛了。

很多人读我,更多地读到我作品中的冒犯,他们喜欢用“尖锐”、“生猛”评价我，但是很少读到冒犯背后的疼痛。我曾经说过，冒犯的底色是苦的，尖锐是建立在疼痛之上的。值得说明的是，这种疼痛首先是自己的疼痛。我的所有冒犯首先都是针对自己，我想这是我跟许多揭露者的区别。他们往往只针对别人，他们高高在上，他们洋洋自得，他们觉得自己正确，他们不承认自己黑暗。承认自己黑暗是超越的第一步。

感谢一些用心的阅读者和评论者,读到了我作品中的黑暗底下的光,他们认为这是宗教感。有很多人不能同意，在中国人的思维里，黑暗与宗教是截然不可相遇的，但其实，宗教恰恰就是建立在黑暗之上的，只有黑暗，才有光。当然，也有朋友觉得我应该再往前踏一步，再踏前一步,即可皈依了。我曾经拿某个宗教戒律问自己,我能受戒吗？委实不能。也许是我灵魂中的怀疑的因子,我要挣扎,我不甘。所以我只能有宗教感。我甚至认为清规戒律只是形式。但有时我也怀疑不受形式约束的“宗教感”是什么东西？也许还真的什么东西都不是。于是它是文学。文学恰恰就是这种皈依而无所皈依的东西。中国文学，包括传统的文学，我觉得没有达到高的境界,就在于遁入了某种教义,世俗观念的、意识形态的、道义的、科学的，乃至真、善、美。

作为文学写作者，我应该庆幸没有遁入宗教。遁入了，一切问题就解决了，写作就取消了。当然作家也不是魔鬼，作家是没有遁入宗教的圣徒，特别在如今时代，还坚持文学写作，某种程度应该就是圣徒。当然他同时也是魔鬼，他既是圣徒，又是魔鬼。文学写作者永远在天堂与地狱之间拉扯。

这样，他是无法安生了。有人将写作当做惬意的事情，所以他们只能写到皮毛，不能见出血肉。一旦见出血肉，就无法惬意了。写作是严厉的审视，而审视是会痛的。但越是会痛，就越是要碰，就好像牙疼，明知会疼，还是要拿舌头顶它。因为这样才能确认疼痛吧？确认了疼痛，存在感才产生了。

有些部位使人疼痛，但必须去碰；有些事情很不好玩，但必须去做。这是存在感的需要。感谢编辑陈彦瑾女士的坚持，更要感谢人民文学出版社领导的支持，在纯文学市场日渐萎缩的情况下，出版了这本书。不可为而为之，这也是宗教感吧？

陈希我

2013 年 8 月

本书篇目刊载概况：

《我疼》，原载《红豆》，《小说选刊》转载，进入中国小说学会年度排行榜；

《母亲》，原载《中国作家》，《小说月报》、《北京文学·中篇小说月报》、《中篇小说选刊》转载，参选鲁迅文学奖；

《又见小芳》，原载《人民文学》，《小说选刊》转载，获“人民文学奖”提名；

《绑住我》，原载《红豆》；

《罪恶》，原载《上海文学》，《中篇小说选刊》转载；

《飞机》，原载《山花》；

《风吕》，原载《青年文学》；

《欢乐英雄》，原载《十月》，进入“名家推荐中国原创小说排行榜”；

《上邪》，原载《人民文学》，获“人民文学奖”。

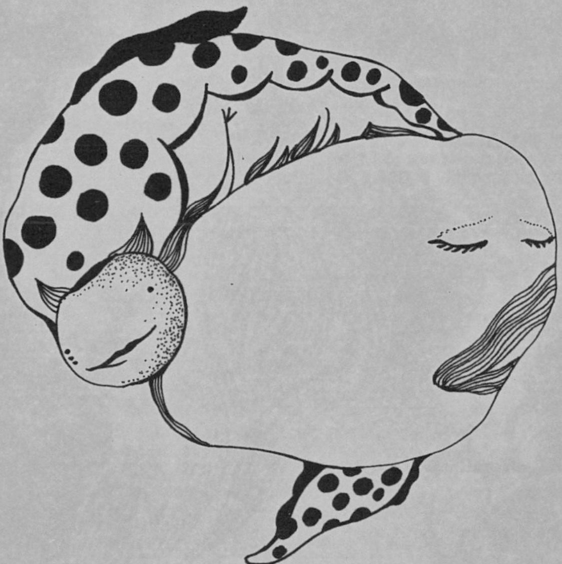